Claudia Puhlfürst

DUNKEL-HAFT

Claudia Puhlfürst

DUNKEL-HAFT

Thriller

*Bibliografische Information
der Deutschen Bibliothek*
Die Deutsche Bibliothek verzeichnet diese
Publikation in der Deutschen Nationalbibliografie;
detaillierte bibliografische Daten sind im Internet
über http://dnb.ddb.de abrufbar.

Besuchen Sie uns im Internet:
www.gmeiner-verlag.de

© 2006 – Gmeiner-Verlag GmbH
Im Ehnried 5, 88605 Meßkirch
Telefon 0 75 75/20 95-0
info@gmeiner-verlag.de
Alle Rechte vorbehalten
1. Auflage 2006

Lektorat: Claudia Senghaas, Kirchardt
Umschlaggestaltung: U.O.R.G. Lutz Eberle, Stuttgart
Unter Verwendung eines Fotos von sxc.hu
Gesetzt aus der 9,5/13 Punkt GV Garamond
Druck: Fuldaer Verlagsanstalt, Fulda
Printed in Germany
ISBN 13:978-3-89977-672-0
ISBN 10: 3-89977-672-0

1

Das Mädchen versuchte, die Augen zu öffnen, aber die Lider waren schwer wie Blei. Ihre Zunge fühlte sich pelzig an. Im Kopf hämmerte und pochte es. Das Mädchen kannte diese Anzeichen. Sie hatte Fieber. Vielleicht eine Grippe. Mama würde kommen und ihr heißen Tee ans Bett bringen. Und sie konnte zu Hause bleiben und brauchte morgen nicht in die Schule zu gehen. Aber – um Mama mit dem Tee erscheinen zu lassen, musste sie zuerst einmal die müden Augen aufkriegen. Also, auf jetzt, ihr schlappen Dinger! Im Zeitlupentempo klappte das rechte Lid hoch. Das linke folgte.

Schwärze.

Das Mädchen machte mühsam die Augen noch einmal zu und öffnete sie vorsichtig erneut.

Nichts zu sehen. Kein Lichtstrahl drang in ihr Zimmer. Es war pechrabenschwarze Nacht überall.

Sie ließ ihre Augen hin- und herrollen. Die Bewegung der Muskeln war deutlich zu spüren, aber diese blöden Glotzen sahen trotzdem nichts. Noch einmal klappten die Lider herunter und wieder herauf, wie bei einer Puppe.

Da war nichts. Allmählich schmerzten die Augäpfel vom angestrengten Starren.

Vielleicht träumte sie nur, dass sie die Augen geöffnet hatte, und in Wirklichkeit waren sie noch immer fest geschlossen. Das war schon vorgekommen. Sie hatte auch schon geträumt, fliegen zu können. Oder auf einem Pferd dahinzugaloppieren. Oder sich mit Tobey Maguire – besser gesagt mit Tobias Vincent Maguire – zu treffen. Wunderbare Erlebnisse. Beim Erwachen waren die Abenteuer verblichen und hatten sich zurückgezogen.

Manchmal wurde das Mädchen auch von schlechten Träumen geplagt. Teuflische Gestalten aus Horrorfilmen, Untote, Axtmörder oder Freddy Kruger verfolgten sie im Schlaf. Dann war sie froh, aufzuwachen.

Man konnte nie ganz sicher sein, ob man tatsächlich träumte. Vielleicht wussten Erwachsene, wie man das machte. *Sie* jedenfalls kannte keine Möglichkeit, es zu überprüfen.

Sie versuchte, die Zehen zu krümmen. Die waren schläfrig und wollten nicht. Ihre Gedanken wanderten weiter. Der rechte Arm lag halb unter dem Körper, der Linke über der Hüfte. Und die Oberfläche des Kopfkissens kratzte ein bisschen an ihrer Wange.

Sie war so unendlich müde.

Das hier war bestimmt einer von diesen furchtbaren Alpträumen. Sie würde noch ein bisschen weiterschlafen und wenn sie erwachte, wäre alles wie immer.

Das Mädchen ließ die müden Lider wieder nach unten sinken, zog die Decke über die Schultern und rollte sich zusammen.

2

»Ich hole mir noch ein Glas Saft.« Seine Frau drückte sich mit beiden Armen aus dem Sessel hoch und zog die Falten ihrer lilafarbenen Jogginghose glatt. »Soll ich dir noch ein Bier mitbringen?« Sie griff nach der leeren Flasche vor ihm.

»Ja, aus dem Kühlschrank bitte.« Auf der Marmorplatte des niedrigen Couchtisches war ein Ring aus Wasser zurückgeblieben. Er beugte sich vor und griff nach der Fernbedienung. Nachrichten im Ersten. Zuerst kam – wie immer – Politik. Politik interessierte ihn nicht. Diese Schauspieler steckten doch alle unter einer Decke.

Regina kam zurück. Mit der Linken balancierte sie ihr Saftglas, seine Bierflasche hing zwischen Zeige- und Mittelfinger der Rechten. Unter dem Arm klemmte eine angefangene Rolle Küchenkrepp.

Sie saugte den Wasserfleck vor ihm auf, polierte dann die Oberfläche und stierte eine Sekunde lang den glatten Marmor an, bevor sie ein weiteres Küchentuch abriss und fein säuberlich faltete, um die mitgebrachte Flasche darauf zu stellen.

Manfred legte seine Hand um den Flaschenhals. Feuchte Kälte drang durch die Finger. Die Biertulpe links von ihm wartete nun schon das zweite Mal vergebens darauf, benutzt zu werden. Er trank lieber aus der Flasche. Es schmeckte echter. Echte Kerle waren nicht etepetete. Sie brauchten kein Glas.

Seine Frau nippte an ihrem Saft und lehnte sich zurück.

Steuern, Krankenversicherung, Arbeitslosenverwaltung. Bla, bla, bla.

»Mach mal lauter.« Regina setzte sich aufrecht hin und nickte mit dem Kinn in Richtung Bildschirm. »Ich möchte das hören.«

»... Prozess gegen Marc Dutroux begonnen.« Ein Reporter stand in einer unscheinbaren Straße vor einem unscheinbaren Gebäude und referierte mit betroffenem Gesichtsausdruck über den Ablauf der Taten dieses Ungeheuers.

Jetzt wendete er sich einem bärtigen Mann mittleren Alters zu. »... Paul Marchal, der Vater von An, eines der ermordeten Mädchen.« Der Reporter schob dem Bärtigen das Mikro unter die Nase und ließ diesen vom Verschwinden seiner Tochter erzählen.

Manfred legte die Fernbedienung auf den Tisch und beobachtete seine Frau. Regina starrte mit nach vorn geschobenem Unterkiefer auf den Bildschirm. Ihr Gesichtsausdruck wechselte ständig von fasziniert zu angeekelt und wieder zu fasziniert.

»... 1996 wurde Dutroux schließlich gefasst. Und nun wird ihm hier –« der Reporter zeigte mit der Rechten auf das Gebäude hinter sich »– in Arlon der Prozess gemacht. Wir werden weiter über den Fall berichten.« Schnitt. Nächste Nachricht.

Er nahm einen Schluck und ließ den Mund ein wenig offen, um das bittere Prickeln an den Innenseiten der Wangen besser schmecken zu können.

»Ich glaube das alles nicht.« Seine Frau ließ zischend die angehaltene Luft entweichen und schüttelte den Kopf. »Was ist das bloß für ein Monster.« Sie nahm einen Schluck Orangensaft und drehte den Ton leiser. »Und wieso klagen die ihn jetzt erst an, fast zehn Jahre später? Der Reporter hat gesagt, man hätte ihn 1996 gefasst. Was haben die in der Zwischenzeit gemacht?«

»Keine Ahnung. Es interessiert mich auch nicht.« Manfred wandte seinen Blick ab. Er hatte keine Lust, sich mit seiner Frau über belgische Verhältnisse zu unterhalten. Er hatte überhaupt keine Lust, sich zu unterhalten. Er musste *nachdenken*.

Dieser Dutroux hatte mehrere Mädchen gefangen gehalten. In einem Keller. Es wurde spekuliert, ob eine Bande von Kinderschändern dahinter steckte. Die belgische Justiz schien wenig Interesse daran zu haben, den Fall aufzuklären. Wieso hatte es sonst acht Jahre bis zum Prozessbeginn dauern können? Aber das war gar nicht die entscheidende Frage. Der Mann auf dem Sofa streichelte mit dem Daumen über das feuchte Etikett der Bierflasche. Viel interessanter war: Was hatte dieser Dutroux mit den Mädchen gemacht? *Wozu* wurden sie dort in diesem Kellerverlies gefangen gehalten?

›Und nun zum Wetter.‹ Regina streckte eilig ihre Hand nach der Fernbedienung aus und erhöhte die Lautstärke. Der Wetterbericht war das Wichtigste.

Manfred nahm einen großen Schluck. Das Bier wurde allmählich warm. Die Medien hatten nichts darüber gebracht, *was* mit diesen Mädchen dort geschehen war. Über den Ort, in dem Dutroux jahrelang gewohnt hatte, die Nachbarn, seine Familie, vermeintliche Komplizen, das Verlies und seine Ergreifung war ausführlich berichtet worden. Aber das eigentlich Interessante verschwieg man. Oder wussten sie es nicht? Nach acht Jahren? Zwei hatten doch überlebt. Sie konnten erzählen, was Dutroux mit ihnen angestellt hatte. Vielleicht wollte man die beiden schützen.

Glatt schmiegte sich der Flaschenhals an seine Unterlippe. Der letzte Rest Bier gluckerte aus der Flasche. Er stellte sie zurück. Fein säuberlich auf den gefalteten Küchenkrepp.

»Was willst du sehen?« Regina wartete seine Antwort

nicht ab, sondern setzte gleich fort. »Im Ersten kommt ein Tatort.«

»Von mir aus.« Manfred erhob sich, steckte den Zeigefinger in die leere Flasche und hob sie an. Der Krepp klebte an der Unterseite und fiel dann ab. »Ich hole mir noch ein Bier.«

In der Küche war es still. Er öffnete das Fenster und schaute über den Hügel hinab zur Straße. Die Katze des Nachbarn saß am gegenüberliegenden Gartenzaun und hielt den Kopf schräg, so als lausche sie einer fernen Melodie. Im Kühlschrank lagen noch drei Pils. Sehr gut. Regina hatte vorgesorgt. Sie gab sich Mühe. Jedenfalls in dieser Beziehung. Was man von anderen Dingen leider nicht behaupten konnte.

Was das Äußere seiner Frau anging, konnte man von Bemühungen nichts erkennen. Sie ließ sich gehen. Ausgeleierte Jogginghosen, schlabbrige Pullover, keine Schminke. Die Hüften gingen mehr und mehr in die Breite. Und der gelegentliche Sex mit ihr war sterbenslangweilig. Immer das Gleiche. Immer die Missionarsstellung. Manchmal schob sie Kopfschmerzen vor, um ihre Ruhe zu haben. Das alles war Gift für die Potenz.

In seinen Fantasien war sie ein sechzehnjähriges Mädchen, das er in die Kunst der Liebe einführte. Willig und gelehrig. Manfred drückte mit der Linken das Fenster an den Rahmen und kippte es an.

Willig und gelehrig. Das führte ihn wieder zu der Frage von vorhin zurück. *Was* hatte dieser Dutroux mit den gefangenen Mädchen gemacht? Er nahm ein Pils aus dem Kühlschrank.

Eine reizvolle Vorstellung. Ein gefügiges Mädchen in einem sicher verschlossenen Raum, immer bereit, wenn ihr Gebieter Lust auf sie hatte. So ein junges, knackiges Ding würde sich seinen Forderungen nach einer kurzen

Zeit der Eingewöhnung ohne Widerstand fügen und nicht jeden zweiten Abend Kopfschmerzen vortäuschen wie seine Angetraute. Deren Fleisch im Übrigen auch allmählich schlaff und wabbelig wurde.

Das Wabbelfleisch hockte in seinem angestammten Sessel und blickte nicht einmal auf, als er zur Tür hereinkam. Sie war gefesselt von realitätsfremden Verbrechen, die sich ein überbezahlter Drehbuchautor ausgedacht hatte. Er ließ den Daumen aus der Flasche ploppen und nahm einen langen Zug.

Dutrouxs Mädchen waren in einem Keller eingesperrt gewesen. Manfred schloss die Augen und spürte den Samt des Sofas an der Rückseite der Oberschenkel. Das Bier machte die Beine schwer. Und die Frau von diesem Dutroux hatte scheinbar über all das Bescheid gewusst. Die Frau und noch ein paar andere Komplizen. Nicht besonders intelligent. Schon das sprach dafür, dass dieser Schwachkopf die Kleinen nicht für sich allein gefangen hielt. Warum hätte er sonst andere einweihen sollen? War doch logisch, dass die dann auch ein Stück vom Kuchen abhaben wollten. Und die Gefahr der Entdeckung wuchs mit jedem Mitwisser. Dieser Dutroux war ein hirnloser Dummkopf. Und das hatte er nun davon. Sie waren ihm auf die Schliche gekommen.

Er jedenfalls würde nicht so gedankenlos vorgehen. Wenn man so eine Entführung *richtig* plante und vorbereitete, würde nie im Leben jemand es herausfinden. Komplizen waren ganz schlecht. Und warum die süße Frucht mit jemandem teilen? Nein, man musste allein dafür schuften und konnte dann den Lohn der Mühen auch allein genießen. Und das eigene Haus war auch nicht besonders geeignet, um dort eine süße kleine Sklavin zu halten. Nicht, wenn man eine putzsüchtige Frau hatte, die auch den Keller regelmäßig aufräumte.

Seine Blase drückte. Das war der einzige Nachteil von Bier. Er sah das gerötete Gesicht seines Kumpels Ralf vor sich. ›Weißt du, warum Bier so schnell durchläuft?‹ Ralf hatte in Erwartung seiner Antwort gegrinst. ›Weil es nicht erst die Farbe wechseln muss.‹ Gemeinsam mit den anderen hatte Manfred losgegrölt und mit der flachen Hand auf den glatt polierten Eichentisch der Dorfkneipe gehauen. Ralf war ein Spaßvogel.

Er erhob sich. Regina schaute ihm mit gleichgültigem Gesicht nach und wandte sich dann wieder ihrem Tatort zu.

Das Neonlicht im Bad flackerte zuerst ein bisschen und beruhigte sich dann. Die Klobrille war auch an der Unterseite makellos weiß. Keine Urinflecken, keine verdächtigen braunen Spritzer. Da kannte seine Frau nichts. Sauberkeit musste sein. Regina putzte täglich. Manfred zielte in die Mitte des Beckens und betrachtete sein Gesicht im Spiegel. Dieser Dutroux hatte so durchschnittlich ausgesehen. Nichtssagend. Der nette Nachbar von nebenan.

Der Mann in dem dreiteiligen Spiegel des Kosmetikschränkchens kniff das rechte Auge zu und beobachtete, wie gleichzeitig der rechte Mundwinkel nach oben wanderte.

Ein Allerweltsgesicht. Genau wie Manfred Rabicht eins hatte. Der Durchschnittsmann schüttelte den letzten Tropfen ab, verstaute sein bestes Stück wieder in der Hose und drückte auf den Spülknopf. Vom Klostein blau gefärbtes Wasser strudelte ins Becken. Es roch schwach nach Chlor.

Im Hinausgehen wischte er mit der Linken über den Lichtschalter und ließ die Tür einen Spalt offen, damit der Raum durchlüften konnte. Das Bad hatte kein Fenster. Es war nachträglich eingebaut worden. Nicht besonders geschickt, ein Badezimmer ohne Fenster, aber es hatte keine andere Möglichkeit gegeben. Nun war es eine Dunkelkammer. Eine Dunkelkammer ohne Tageslicht. Dunkelzelle.

Manfred rieb sich mit den Fingern über die Stirn und stieß die Wohnzimmertür auf. Regina saß nach vorn gebeugt in ihrem Sessel, das halbvolle Saftglas in ihrer Rechten nach links gekippt.

»Pass auf, dass du nichts verschüttest.« Er deutete auf ihre Hand.

»Oh.« Regina sah hoch. »Ich war in Gedanken. Ein spannender Film ist das. Es geht um eine Autoschieberbande.« Sie nahm einen Schluck und stellte den Orangensaft auf den Couchtisch.

Manfred Rabicht lächelte und strich seiner Frau im Vorübergehen über die Schulter. Eine Autoschieberbande! Direkt aus dem Leben gegriffen! Ganz toll. Er ließ sich auf die Couch plumpsen und griff nach dem Bier. Amüsier dich nur, mein Täubchen. Dann hast du wenigstens nachher keine Kopfschmerzen. Nachher, wenn dein lieber Ehemann ein bisschen Spaß mit dir haben möchte. Der Mann auf der Couch hatte den Gesichtsausdruck einer Katze, die gerade dabei ist, den Sahnetopf auszuschlecken. Er würde sich im Dunkeln über Regina hermachen und sich dabei vorstellen, sie sei eine knackige fünfzehnjährige Jungfrau, die er in die Kunst der Liebe einführte.

3

Das Mädchen rannte über eine Blumenwiese und ließ die Arme wirbeln. Samtige Schmetterlinge gaukelten vor ihr her. Es duftete nach frisch gemähtem Gras. Vom Apfelbaum schneiten zartrosa Blütenblätter herab.

Nur die Stille war seltsam. Kein Vogel zwitscherte, keine Grille zirpte. Das Laub bewegte sich lautlos an den Ästen. Nichts war zu hören.

Das Mädchen blieb stehen, sah sich um und versuchte, probehalber in die Hände zu klatschen. Hölzern bewegten ihre Arme sich aufeinander zu und verharrten, bevor die Handflächen sich berühren konnten. Sie wollte weiterlaufen, aber die Luft schien sich in Sirup verwandelt zu haben. Nur mühsam lösten sich die Füße ein paar Zentimeter vom Boden und schoben sich schwerfällig nach vorn. Der Erdboden erzitterte leicht. Irgendetwas Massiges war hinter ihr und kam geräuschlos stampfend näher. Das Mädchen konnte den heißen Pestatem des Wesens im Nacken spüren.

Lauf, Helene, lauf! Schnell. Rette dich!

Ihr Kopf wollte losrennen, wollte mit aller Macht davonrasen, aber die störrischen Beine verhakten sich ineinander und als sie sich endlich mühsam entwirrt hatten, kamen sie keinen Zentimeter voran. Helene trat auf der Stelle und stürzte zu Boden.

Bebend lag sie auf der taufeuchten Wiese und versuchte, ihren keuchenden Atem unter Kontrolle zu bekommen, damit das Monster sie nicht hören konnte. Vielleicht übersah das Ungeheuer ja das zitternde Mädchen und trampelte von dannen.

Sie spürte, dass sie röchelte und jetzt konnte sie auch etwas hören. Rasselndes Ein- und wieder Ausatmen. Die taufeuchten Grashalme direkt vor ihren Augen verblassten und die Wiese verschwand.

Und sie lag auch nicht zusammengekrümmt auf der Seite, sondern auf dem Rücken, die Beine ganz gerade, die Arme seitlich neben dem Körper. Ihr Kopf war nach hinten überstreckt und der Mund stand ein wenig offen.

Es gab kein Ungeheuer hinter ihr. Es gab keine Blumenwiese und keinen Blütenschnee vom Apfelbaum. Das alles war nicht wirklich. Ein schlechter Traum.

Sie hatte
schon wieder
einen dieser Alpträume.

Helene hob den kraftlosen Arm und fuhr sich mit der Handfläche über das Gesicht. Ihre Wangen waren feucht. Sie musste im Traum geweint haben.

Sie würde jetzt gleich die Augen öffnen und *sehen*, dass sie in ihrem Bett lag. In ihrem nachtdunklen Teenagerzimmer, beschützt von all den Plüschtieren aus Kindertagen, dem alten Fusselteddy Freddy und der dicken Babypuppe Leila. An den Wänden die Poster ihrer Lieblingsgruppen. Im Hintergrund würde der runde Mond gemütlich zum Fenster hereinblinzeln und die Blätter des Kirschbaumes würden sanft hin und herschaukeln.

Bei drei. Eins, zwei ...

Helenes Augen blieben geschlossen. Nur noch ein paar Sekunden. Sie hatte Angst. Was, wenn das hier nicht ihr weiches Kuschelbett war? Was, wenn rings um sie wieder diese tintenschwarze Nacht waberte, in der man überhaupt nichts sehen konnte? So, wie in dem schlimmen Alptraum gestern? Sie konnte sich gar nicht daran erinnern, wie es ausgegangen war.

Aber, was soll es denn sonst sein, du dumme Trine. Du machst jetzt sofort die Augen auf und vergewisserst dich. Sei kein Feigling. Du bist ein starkes Mädchen. Also los.

Das Mädchen kniff die Lider einen Moment lang fester zu und öffnete sie dann einen Spalt, um die Umgebung erst einmal vorsichtig zu testen.

Finsternis.

Jetzt riss sie die Augen weit auf.

Nichts. Schwarze, schwarze Nacht.

Kein Mond, kein Kirschbaum, keine dicke Leila, keine Poster.

Absolute Lichtlosigkeit.

4

»Take good care of my baby ... never let her go ...«

Leise dudelte die softe Männerstimme aus dem Radiowecker durch das dunkle Schlafzimmer. Regina seufzte, drehte sich um und zog das Kissen über den Kopf. *Sie* würde ganz sicher nicht mit ihrem Mann aufstehen. Manfred schob das Deckbett beiseite. Die Morgenluft berührte mit kalten Fingern zuerst seine Füße und tastete sich dann an den nackten Beinen nach oben.

Er konnte spüren, wie sich die Härchen an den Schenkeln aufrichteten. Es wurde allmählich Zeit, zu langen Schlafanzügen überzugehen. Wie ein Turner am Pferd schwang er die Beine nach links und setzte sich gleichzeitig auf. Seine Zehen krümmten sich für eine Sekunde, als die Fußsohlen die Bodenfliesen berührten. Manfred drückte auf den Aus-Knopf und machte dem Gejaule den Garaus.

5:38 zwinkerten die grünleuchtenden Ziffern ihm zu. Zeit, aufzustehen, Herr Rabicht.

Das Bett knarrte, als er in seine Hausschlappen schlüpfte, sich erhob und zum Fenster schlurfte. Gerade erst Anfang September und die Tage wurden schon wieder merklich kürzer. Er legte die Hand auf den kalten Metallriegel und sah zum Nachbargrundstück hinüber. Man konnte förmlich zusehen, wie der Garten verwilderte, seitdem sich niemand mehr darum kümmerte. Der alte Bochmann war im Juli gestorben. Einfach so. Herzinfarkt hatten die Ärzte diagnostiziert. Ein schöner Tod.

Mit einundachtzig war es auch nicht zu früh. Manfred drückte das Fenster an den Rahmen, riegelte es zu und tapste ins Bad.

Die Neonröhre klickte erst ein paar Mal, ehe sie ansprang. Das viel zu helle Licht ließ ihn älter aussehen. Er wandte den Blick von seinem müden Spiegelgesicht ab und griff nach der Zahnbürste mit den verbogenen Borsten. Karl war ein guter Nachbar gewesen. Hielt Haus und Garten in Schuss. Auch nachdem seine Erna das Zeitliche gesegnet hatte, brachte er ab und zu Tomaten oder eine Gurke aus dem kleinen Gewächshaus herüber. Von Zeit zu Zeit war Manfred auch bei ihm drüben gewesen und sie hatten ein kühles Bier zusammen gezischt. Er spülte mit Mundwasser nach. Es roch nach grüner Minze.

Und nun war der Alte tot. Und schon ein paar Wochen später vergammelte da drüben alles. Wer weiß, wie es erst *im* Haus aussah. So weit er wusste, gab es keine direkten Erben. Erna und Karl hatten keine Kinder gehabt. Was geschah mit Haus und Hof, wenn der Eigentümer verstarb und keine Erben da waren? Legte der unersättliche Staat seine habgierigen Hände darauf?

Er stieg aus der Dusche und zog das Badetuch von links nach rechts über die Schultern und den Rücken. Vielleicht sollte man sich einmal danach erkundigen. Nicht, dass durch den allmählich verwildernden Garten noch Einbrecher angelockt wurden. Man konnte nie wissen. Manfred Rabicht warf das Handtuch über die Chromstange und richtete die Kanten gerade aus. Sein Spiegelgesicht blickte jetzt fröhlicher drein. Bereit, den Tag zu beginnen. Er griff nach den Boxershorts und schlüpfte dann in die rote Arbeitshose mit dem Brustlatz. Schwarze Socken, dunkelbraunes Hemd. Ein Hausmeister sollte nicht schick, sondern funktional gekleidet sein. Die Badezimmertür fiel mit einem Schmatzen ins

Schloss und er drückte sie wieder auf, damit der feuchte Dunst abziehen konnte.

Der Nachthimmel hinter dem Küchenfenster begann, sich dunkelgrün zu färben. Das Haus des Nachbarn duckte sich schwarz und klein unter die riesigen Fichten. Es schien zu trauern.

Manfred Rabicht besaß noch immer Karl Bochmanns Schlüssel. Niemand hatte ihn nach dem Tod seines Nachbarn danach gefragt. Karl hatte einen Schlüssel von ihnen, sie hatten einen Schlüssel von Karl. Das war so üblich. Und warum hätte er ihn freiwillig abgeben sollen? So konnte man wenigstens ab und zu nach dem Rechten sehen.

Und vielleicht sollte er genau das in den nächsten Tagen einmal tun. Nach dem Rechten sehen. Den Rasen mähen. Regina konnte indessen in der Nachbarschaft herumfragen, warum noch keine Erben aufgetaucht waren. Schließlich hatten sie das Recht, zu erfahren, wie es weitergehen würde.

Er öffnete den Klappverschluss der Kaffeedose und schaute auf die letzten Krümel am Boden. Regina hatte mal wieder nicht nachgefüllt. Und wie immer war nicht *sie* diejenige, die am frühen Morgen nach unten stapfen und Nachschub holen musste. Auf dem Weg dorthin nahm er die Klappkiste mit den leeren Flaschen mit.

Der Keller war ein Labyrinth, typisch für alte Häuser. Es gab etliche Kammern. Für Kohlen, für Vorräte, für Werkzeug. In den meisten lagerte ein Berg unsortierten Zeugs. Das war seine Schuld. Er fand nie Zeit, dort mal gründlich aufzuräumen. Den Vorratskeller hielt Regina in Schuss. Manfred schnüffelte. Es roch nach alten Kartoffeln und feuchter Erde. Er mochte den Kellergeruch schon seit seiner Kindheit. Er versprach Kühle und Dunkelheit. Und leckere Vorräte. Kompott und Marmelade.

Die Kaffeepackungen standen genau in Augenhöhe, in Reih und Glied auf den Brettern. Prodomo von Dallmayer. Regina kaufte nur diese Sorte. Er war teuer, aber sie behauptete, das sei der einzig wahre Kaffee. Kopfschüttelnd betrachtete Manfred das Etikett, stolperte im gleichen Augenblick über eine Kante im Betonboden und fing sich mit dem linken Arm an der Wand ab.

In Karls Keller gab es keinen Betonboden. Das Haus nebenan besaß noch den festgestampften, unverwüstlichen Lehmboden von früher. ›Geh mir weg mit diesem neumodischen Schnickschnack.‹ hatte Karl gesagt. ›Ein richtiger Keller braucht keinen Betonboden. Siehst du irgendwelche Unebenheiten hier? Ist es irgendwo feucht?‹ Dann hatte der Alte sich ächzend nach dem Bierkasten gebückt und im Aufrichten mit dem Kopf geschüttelt. ›Nichts da! Solange ich lebe, kommt hier kein Betonboden hin. Ein Kohlenkeller braucht kein Fenster, ein Kellerfußboden keinen Beton. Das war so und das bleibt so.‹ Dann war er, sich den krummen Rücken haltend, nach oben geschlurft und Manfred war ihm gefolgt wie ein Hündchen seinem Herrn.

Ein Kohlenkeller braucht kein Fenster.

Seit mindestens zehn Jahren hatten Karl und Erna eine Ölheizung. Gegen *diesen* Luxus hatte sich der alte Griesgram nicht gewehrt. Aber seinen guten alten Kohlenkeller wollte er auch nicht einfach so aufgeben. Also blieb der Raum, wie er war. Ein finsteres Loch von drei mal vier Metern. Zu nichts nütze.

Zu nichts nütze.

Manfred stach mit der Schere ein Loch in die fest verschweißte Tüte, damit sie sich entspannen konnte, schüttelte das Pulver nach unten und schnitt den oberen Falz ab. Kaffeeduft stieg ihm in die Nase.

Er schaltete die Maschine ein und suchte im Kühlschrank nach den belegten Broten, die seine Frau schon am Vorabend vorbereitet hatte. Im Küchenradio gab Opa Unger von ›Radio PSR‹ altbackene Witze zum Besten. Manfred kontrollierte die Uhrzeit. Zehn nach sechs. Er hatte genau noch zehn Minuten, um zu frühstücken.

Manfred Rabicht kam ungern zu spät. Er nahm seine Arbeit ernst. Der Besuch im Keller hatte ihn vier Minuten gekostet, die jetzt fehlten.

Im Schritttempo, um nicht anzuecken, fuhr er das Auto aus der Garage. Jetzt war es schon fast hell. In der Luft lag ein Geruch von fernem Kartoffelfeuer.

Manfred Rabicht bog auf die Straße ein und betrachtete im Vorüberfahren nachdenklich das geduckte Haus seines Nachbarn. Es schien auf etwas zu warten.

Er hielt vor dem großen Tor, stieg aus, schob den Schlüssel in das verrostete Schloss und nahm sich zum hundertsten Mal vor, es zu ölen. Hinter den Eisenstangen wartete der Schulhof auf das allmorgendliche Getümmel.

Der Hausmeister fuhr in die hinterste Ecke, stellte das Auto vor der Werkstatt ab, stieg aus und sah sich um. Auf dem Abfallcontainer stritten sich zwei Krähen um undefinierbare Reste. Hinter ihm knirschte der Kies. Die Sekretärin bugsierte ihr Auto auf ihren Stellplatz, schachtelte sich hinter dem Lenkrad hervor, winkte ihm zu und schloss den Hintereingang auf. Der Tag konnte beginnen.

5

Der Hausmeister legte die große Rohrzange neben ihre kleineren Gefährten und schob die beiden oberen Hälften des Werkzeugkastens zusammen, bis das Schloss einrastete. Fünfzehn Uhr. Für heute reichte es mit der Arbeit. Schließlich war morgen auch noch ein Tag.

Natürlich könnte Manfred Rabicht etwas Besseres sein, als gerade Hausmeister. Er war intelligent, kein Zweifel. Aber ihm genügte das hier, ihm fehlte der Ehrgeiz.

Klar, hätte er damals Abi machen und studieren können. Die Voraussetzungen dazu waren da gewesen, aber er hatte Geld verdienen und nicht noch jahrelang die Schulbank drücken wollen. Abitur und Studium, das hieß: Mindestens sechs Jahre keine Knete. Nichts für ihn.

Manfred Rabicht presste einen Zentimeter der körnigen Waschpaste heraus und rieb dann die Handflächen aneinander. Grauer Schaum strudelte ins Waschbecken. Er würde jetzt bei Helga im Sekretariat noch einen Kaffee trinken und dann nach Hause verschwinden.

Nach der Klempnerlehre hatte er zuerst ein paar Jahre bei seinem Meister gearbeitet. Handwerker verdienten im Osten gutes Geld. Und nach der Wende, als leider Schluss mit der schönen Westknete und der Sonderbehandlung gewesen war, hatte sich durch einen glücklichen Zufall dieser Job hier ergeben. Ihm gefiel es, Hausmeister zu sein. Keiner konnte so richtig nachprüfen, was er arbeitete und ob er arbeitete.

Auf dem Weg nach oben betrachtete er die rissigen Kellerwände des alten Gebäudes und klimperte dabei mit dem riesigen Schlüsselbund in seiner Kitteltasche. Ein bisschen neue Tünche würde dem ehrwürdigen Gemäuer nicht schaden, aber es war kein Geld da.

Neben einer massiven Eisentür konnte man noch die Abkürzung ›LSR‹ erkennen. Seit übersechzig Jahren prangten die Buchstaben dort. Die ehemals rote Farbe war zu einem bräunlichen Rosa verblichen, aber man konnte es noch immer lesen. Der Raum dahinter war ein fensterloses Loch. Zu DDR-Zeiten hatte man hier die Ausrüstung für den Unterricht in Zivilverteidigung gelagert. Gasmasken, Schutzanzüge, Krankentragen, Sani-Taschen. Manfred Rabicht war sich heute, nach all den Jahren, noch immer nicht im Klaren darüber, ob die senilen Bonzen in Berlin tatsächlich geglaubt hatten, mit diesen Mitteln einen Krieg gewinnen zu können.

Er stieg die Steinstufen nach oben und versuchte sich zu erinnern, wann er den Raum hinter der Tresortür zum letzten Mal betreten hatte. Es musste Jahre her sein.

Vielleicht sollte man den Luftschutzraum mal wieder inspizieren. Aber nicht mehr heute. Heute musste Manfred Rabicht erst einmal das Haus seines lieben Ex-Nachbarn Karl abchecken. Er klopfte dreimal kurz, einmal lang an die Tür des Sekretariats und trat, ohne auf ein »Herein« zu warten, ein.

Regina war nicht zu Hause. Am Flurspiegel klebte in Augenhöhe eine Haftnotiz. Manfred trat dichter heran und las. ›Bin bei Margot.‹ Der Zettel verdeckte seine Augen. Es sah aus, wie der Balken, der bei Zeitungsfotos zum Unkenntlichmachen von Gesichtern verwendet wurde. Nur dass er nicht schwarz, sondern gelb war. Er riss die Notiz ab und zerknüllte das Papier. Frau Rabicht war also bei ihrer Busenfreundin zum Kaffeeklatsch. Das konnte dauern. Gelegenheit für ihn, seine guten Vorsätze in die Tat umzusetzen und im Haus nebenan nach dem Rechten zu sehen.

Er zog die Haustür hinter sich zu und sah sich um. Die Dahlien ließen ihre schweren Köpfe nach unten hängen. Rot und orange loderten Farbfetzen durch das Bohnenspalier. Der eindringliche Duft nach Dillblüten weckte Erinnerungen an eingeweckte Gurken.

Vom Komposthaufen erhob sich ein Schwarm grünschwarz schillernder Fliegen und brummte missbilligend über den näher kommenden Störenfried. Kaum war er vorbei, ließen sich die Aasfresser wieder auf den ausgekochten Knochen nieder, die Regina dort achtlos hingeworfen hatte. Manfred nahm sich vor, sie daran zu erinnern, dass Fleischreste nicht auf den Kompost gehörten. Das lockte nicht nur widerliche Schmeißfliegen, sondern auch Marder und andere Raubtiere an.

Im hinteren Bereich des Gartens machte der Zaun einen Knick. Er blieb stehen und drehte sich um. Die Fichten, die noch vor zehn Jahren so hübsch wie kleine dunkelgrüne Pyramiden ausgesehen hatten, verdeckten nun fast ihr gesamtes Haus. Nur oben links lugte noch ein Eckchen des Schlafzimmerfensters heraus. Die niedrige Pforte zwischen den Brombeersträuchern kreischte beim Aufstoßen entrüstet und er nahm sich vor, sie demnächst mit etwas Kriechöl zum Schweigen zu bringen.

»Da bin ich, Karl. Will mal nach dem Rechten gucken. Das ist doch auch in deinem Sinne, nicht wahr?« Manfred Rabicht sah nach oben in den glatt blauen Himmel und hatte für einen kurzen Moment das Gefühl, der Alte schaue mit prüfendem Blick auf ihn herab.

Die Ähren der Grashalme reichten ihm bis zu den Knien

und benetzten den Saum seiner Hose mit Wassertröpfchen. Wie schnell entwickelte sich aus einer gepflegten Wiese eine Wildnis, wenn sich keiner darum kümmerte. Vereinzelt schimmerten noch ein paar übrig gebliebene dunkelrote Brombeeren zwischen den Blättern der wuchernden Sträucher hervor. Es sah aus wie eine Illustration in einem alten Kinderbuch.

Er stieg die drei Stufen zur Hintertür hinauf. Lautlos drehte sich der große Schlüssel im Schloss. Mit einem kleinen Quieken schwang die weiß lackierte Tür auf und gab den Blick auf die Küche frei. Manfred trat ein, zog die Tür hinter sich zu und sah sich um.

Das Rosenmuster von Ernas selbst gehäkelten Gardinen zeichnete sich lichtdurchbrochen auf dem dunkelgrünen Linoleum ab. Auf den Schränken lag eine graue Staubschicht. Und es roch ungewaschen und schweißig. In der Spüle lagen zwei verkrümmte Wespen. Seine Finger griffen wie von selbst nach dem Wasserhahn. Zuerst röchelte es in der Leitung, dann spuckte das Metallrohr einen halben Liter braune Brühe in das runde Becken, zischte und fauchte zwischendurch wie eine gereizte Katze, bis der Strahl sich schließlich beruhigte und allmählich klarer wurde.

Die Wespen wirbelten davon und Manfred Rabicht überlegte, wie lange Wasser, Strom und Gas nach dem Tod des Wohnungsinhabers noch bereitgestellt wurden. Gab es in Karls Haus überhaupt noch Strom? Er ging in den dämmrigen Flur und betätigte den Lichtschalter. Es funktionierte.

Die Tür zur Kellertreppe war mit einer Ölfarbe lackiert, die ihn an Kürbissuppe erinnerte. Sie war nicht verschlossen. Man konnte mit der Inspektion genauso gut im unteren Geschoss anfangen. Es war egal. Zuerst die Unterwelt, dann die oberen Stockwerke.

Manfred trat auf die erste Stufe und sah nach unten. Ein

finsteres, schwarzes Loch. Er drückte auf den Knopf rechts neben sich und am Fuß der Treppe leuchtete eine trübe Glühbirne auf.

Mit eingezogenem Kopf stieg der Mann Stufe für Stufe hinab.

Unten angekommen blieb Manfred Rabicht stehen und sah sich um. Das Licht der 40-Watt-Birne reichte nicht bis in die Ecken.

Geradeaus ging es in einen Raum mit Vorräten. Die Tür klemmte.

Er zerrte an dem eisernen Riegel und stolperte, als sie plötzlich nachgab. Eine müde nackte Glühbirne an einem dicken Kabel warf einen gelben Lichtkreis auf den Lehmboden. Sie flackerte widerwillig, beruhigte sich dann aber. An den Wänden standen gut gefüllte Metallregale.

Während Manfreds Blick über soldatisch aufgereihte Gläser mit Ernas Marmelade, eingekochten Früchten, Schnippelbohnen, Birnenkompott und vermutlich süß-sauer eingelegtem Kürbis glitt, dachte er darüber nach, was mit all diesen Dingen geschehen würde. Das Ganze würde am Ende wahrscheinlich im Müll landen.

Auf dem Boden standen drei Bierkästen. Hier hatten sie sich ab und zu ein Fläschchen geholt, um es in der Abendsonne auf der Terrasse zu trinken. Im obersten Kasten waren sogar noch volle Flaschen. Manfred Rabicht griff sich eine davon und betrachtete das grüngoldene Etikett, ehe er sie am eisernen Rand eines der Regale entkorkte. Es schmeckte würzig bitter.

Nachdenklich betrachtete er das kleine Klappfenster an der hinteren Wand. Es war fast undurchsichtig. An den Rändern hingen dick eingestaubte Spinnweben.

Wo war eigentlich der Kohlenkeller?

Neben dem Vorratskeller befand sich Karls ›Werkstatt‹. Ein mit rostigen Gerätschaften voll gestopfter Raum von ähnlicher Größe und mit dem gleichen wackligen Klappfenster. Und weiter war Manfred Rabicht bisher nicht gekommen. Es ging ihn ja auch nichts an, wieviele Winkel und Verschläge sich in diesem Labyrinth noch verbargen.

Er nahm noch einen Schluck Bier.

Heute aber würde er sich den gesamten Keller anschauen, Raum für Raum. Schließlich ging es um Ordnung und Sicherheit. Er nahm die Flasche in die Linke und streckte die Rechte nach dem Schloss der nächsten Tür aus. Wozu eigentlich diese ganzen wuchtigen Riegel? Sie hätten einen Bären zurückhalten können. Erna und Karl hatten allein gewohnt. Wozu brauchte man da schwere Eisenriegel an den Kellertüren? Aber vielleicht war das früher so üblich gewesen.

Die ›Werkstatt‹ bot, wie erwartet, ein Durcheinander von Handwerkszeug, Material und nutzlosem Zubehör. Er ging drei Schritte Richtung Fenster, vergewisserte sich, dass es fest verschlossen war, löschte die Tranfunzel und zog die Tür wieder zu. Alles in Ordnung hier drin.

Und nun weiter zu *unerforschten* Gestaden!

Manfred Rabicht begann, im Kopf einen Plan des Untergeschosses zu skizzieren. Von der Kellertreppe drei Meter geradeaus, Vorratskeller, links abbiegen, Werkstattkeller. Dann ging es wieder um die Ecke. Direkt im rechten Winkel, an der rückwärtigen Wand, befand sich noch eine Tür.

Auch hier ein mächtiger Riegel. Das Vorhängeschloss, das in der in der verrosteten Schlaufe hing, war offen. Er öffnete die Tür langsam, machte einen Schritt vorwärts und spähte in die Finsternis. Undurchdringliche Schwärze. Kein Klappfenster mit trüber Scheibe. Seine Handfläche glitt über die raue Feuchtigkeit der linken Seitenwand, bis die Finger das glatte Bakelit des Lichtschalters ertasteten und das Knöpfchen eindrückten.

Da hätten wir ja den Kohlenkeller. Wahrhaftig, ein finsteres Loch.

Ein Kohlenkeller braucht kein Fenster. Schwarze Kohlen, dunkle Umgebung.

Was eigentlich dumm war. Wie oft hatte früher der Händler die Briketts einfach vor dem Haus auf den Gehweg gekippt? Wohl dem, der ein Kellerfenster besaß, durch das man die schwarzen Klumpen schaufeln konnte. Denen, die nicht damit gesegnet waren, blieb nichts anderes übrig, als entweder die ganze Ladung mühselig selbst nach unten zu schleppen, oder den Lieferanten zu bestechen, damit er seine Männer die Säcke in den Keller tragen ließ. Letztendlich spielte es keine Rolle mehr. *Dieser* Kohlenkeller von Karl Bochmann hatte jedenfalls kein Fenster.

Die glatten dunklen Härchen an seinen Armen richteten sich auf. Es war kühl in dieser Unterwelt.

Manfred Rabicht machte noch einen Schritt in den Raum hinein und sah sich um. Die niedrige Decke wölbte sich dicht über ihm. Man wollte unwillkürlich den Kopf einziehen, obwohl noch mindestens zwanzig Zentimeter Platz waren. An der hinteren Wand lag noch ein bescheidenes Häufchen Eierbriketts. Wahrscheinlich für kalte Wintertage. Karl und Erna hatten trotz der Ölheizung ihren alten Kachelofen im Wohnzimmer behalten. Ansonsten war der Keller leer.

Seine Füße setzten sich wie von selbst in Bewegung. Sechs Schritte bis zum Kohlenhaufen. Das waren ungefähr vier Meter. Vier Schritte in der Breite. Etwa drei Meter. Links und hinten die nackte Hauswand, bestimmt einen halben Meter dick. Rechts vom Kohlenkeller befand sich Karls ›Werkstatt‹. Er nahm die halbvolle Bierflasche in die linke Hand, machte mit der Rechten eine Faust und schlug sie einmal fest an die Mauer. Massives Ziegelwerk. Gute alte Wertarbeit.

Der Mann im Keller drehte sich um und blickte zur halb offenen Tür in Richtung Kellergang. Holzbretter. Nicht besonders stabil. Da nützte auch der große Eisenriegel nichts. Und sie öffnete sich nach außen. Man müsste nur von innen dagegen rennen und das morsche Ding würde aus den Angeln fallen.

Aber ein geschickter Handwerker konnte vieles umbauen. Manfred Rabicht betrachtete die Angel gedankenverloren, löschte dann das Licht, drückte die Tür an den Rahmen und hängte das Vorhängeschloss zurück in die Öse.

Es wurde Zeit, die Inspektion hier unten zu beenden.

Neben dem Kohlenkeller machte der Gang noch einmal einen rechtwinkligen Knick. Hinter der nächsten Tür befand sich die Elektrik. Schaltkästen, Stromzähler, Gerümpel. Dann kam ein Verschlag mit der Ölheizung. Dahinter war Schluss.

Auf halber Treppe blieb er stehen, trank die Flasche leer und stellte sie neben sich auf eine Stufe. Die konnte man beim nächsten Mal zurück in den Kasten stellen. Oben angekommen machte er das Licht aus und schloss die Kellertür.

Der nette Nachbar würde nun noch schnell die oberen Zimmer durchsehen und dann verschwinden. Es war Zeit für Feierabend.

6

»Hallo Schatz! Bin wieder da!« Aufgeräumt trompetete Reginas Stimme vom Flur aus ins Wohnzimmer. Manfred antwortete nicht.

Regina erwartete das auch gar nicht. »Ich ziehe mich schnell um!« Ihr Kopf lugte kurz um die Ecke und verschwand wieder. »Dann mache ich uns Abendbrot.« Die letzten Worte wurden leiser, während sie die Treppe in den ersten Stock hinaufpolterte.

Er nahm die Fernbedienung vom Tisch und begann, durch die Programme zu zappen.

»... das Wetter. Der Spätsommer bleibt uns die nächsten Tage erhalten.« Dieser Kachelmann hatte zu lange, fettige Haare. Und sein Doppelkinn wurde von einem Dreitagebart nicht *wirklich* verdeckt. Zapp.

»... die neue Fit-Diät ...« *Das* wäre etwas für Herrn Kachelmann gewesen! Und für Frau Rabicht auch. Aber bei Berichten über Dicke und ihre meist ergebnislosen Versuche, abzunehmen, schaltete sein Weib sofort um. Das hätte womöglich zu unschönen Vergleichen geführt. Manfred zog den rechten Mundwinkel hoch, streifte die Hausschlappen von den Füßen und legte die Fersen auf den Couchtisch. Zapp.

»... zweiten Tag im Prozess gegen Marc Dutroux ...«

Marc Dutroux. Der stümperhafte Kinderentführer. Manfred drehte den Ton lauter. Regina kam die Treppe heruntergetrampelt. Er gab noch ein paar Dezibel zu.

»Willst du ein Bier?« Sie erschien in der Wohnzimmertür, wartete auf sein Nicken und verschwand in Richtung Küche.

Er betrachtete den Reporter, welcher hastig in das wulstige orangefarbene Mikrofon näselte. Es sei nun fast auf den Tag genau neun Jahre her, dass die beiden Mädchen Julie Lejeune und Melissa Russo in der Nähe von Lüttich verschleppt worden waren. Die genauen Umstände ihrer Entführung seien nie völlig geklärt worden. Ein Bild der beiden Kinder wurde eingeblendet. Hübsch sahen sie aus.

Manfred Rabicht nahm den rechten Fuß vom Linken und wechselte die Position der Beine. Wo blieb eigentlich Regina mit dem kalten Bier?

Das zerknirschte Gesicht des Berichterstatters erschien wieder auf der Bildfläche. Er sah aus wie ein trauriger Berner Sennhund. Die Kinder seien im Winter 1995/96 im Keller des Täters verdurstet, als er in Haft saß. Julie und Melissa wurden gerade mal acht Jahre alt. Die Stimme des Reporters schwankte kurz.

Der Mann auf der Couch wackelte mit dem Kopf. Zwei Achtjährige! Wie konnte ein erwachsener Mann Gefallen an achtjährigen Kindern finden? Dieser Dutroux war wirklich ein Perverser.

Die Wohnzimmertür schwang auf und prallte auf die Metallscheibe des Türstoppers auf dem Fußboden. Regina tapste herein, eine mit Bier gefüllte Tulpe in der einen, die dazugehörige halb volle Flasche in der anderen Hand und stellte beides vor ihm auf den Tisch. Manfred nickte ihr zu und lächelte dann. Schlaues Weib. So war er gezwungen, aus dem Glas zu trinken.

»Essen gibt es in zehn Minuten.« Sie drehte sich um, als der deprimierte Bernhardiner gerade sagte, dass das Gericht sich durch mehr als 400 000 Seiten Akten und 470 Zeugenaussagen würde quälen müssen.

Manfred nahm einen Schluck. In Karls Keller hatte es ihm besser geschmeckt.

In der Küche klirrte und schepperte es. Was machte seine Frau da drüben bloß? Er stellte das Glas zurück und erhob sich, um nachzusehen.

»Sieh dir nur mal diese Schweinerei an!« Regina kniete auf dem Boden und tupfte mit ihrer Allzweckwaffe Küchenkrepp in einem Gemenge aus roter Soße und Glasscherben herum. »Rutscht mir doch diese blöde Ketchupflasche aus der Hand und klatscht auf die Fliesen!« Sie fuhr mit kreisenden Bewegungen über die tomatenrote Schmiere und warf die Tücher in eine Mülltüte. »So eine Sauerei!«

»Pass bloß auf, dass dich du nicht schneidest!«

»Zusammenkehren kann ich die Suppe ja leider schlecht. Warst du heute auf Karls Grundstück?« Ihr Kopf war weiter über den Fliesenboden geneigt, so dass sie seinen verblüfften Gesichtsausdruck nicht sah.

»Wie kommst du denn darauf?« Konnte Regina jetzt schon hellsehen?

»Als ich vorhin oben aus dem Schlafzimmerfenster geschaut habe, ist mir aufgefallen, dass das Gras hinter der Pforte zertrampelt war.«

»Ja, ich war drüben. Habe mal nach dem Rechten geschaut. So ein leer stehendes Haus lockt schnell Einbrecher an. Man muss das ja nicht noch forcieren. Ich dachte, guckst mal nach, ob alles in Ordnung ist.« Was schwafelte er da? Manfred gab sich ein inneres Stoppzeichen. Es gab überhaupt keine Veranlassung, sich so wortreich zu rechtfertigen.

»Und?« Regina beugte sich wieder über die Fliesen.

»Was und?«

»Na – ist nun alles in Ordnung?« War der Alte heute schwer von Begriff?

»Ach so, ja natürlich. Hast du eine Ahnung, wer eigentlich jetzt Karls Stromrechnung bezahlt?«

»Nein.« Das letzte zerknüllte Küchentuch wanderte in die grüne Plastiktüte. »Solange noch Geld auf dem Konto ist, wird es sicher einfach weiter abgebucht, denke ich.« Jetzt wischte Regina den Fußboden mit dem Abwaschlappen feucht nach. Mit demselben Lappen wusch sie dann anschließend wieder sein Glas ab. Manfred ekelte sich ein wenig. Es gab handfeste Gründe, das Bier aus der Flasche zu trinken.

»Ich möchte gern mal wissen, was aus Karls Haus und Grundstück wird? Erbt das der Staat?« Er beobachtete, wie sich seine Frau aufrichtete, dabei die rechte Hand in die Taille stützte und leise ächzte. Ein bisschen Sport könnte dir nichts schaden, meine Liebe.

»Was weiß denn ich.« Regina verstaute die Mülltüte im Schrank unter der Spüle. »Interessiert mich ehrlich gesagt auch nicht.« Sie ordnete Teller, Besteck, eine Flasche Saft, ein Glas für sich und ein weiteres Bier für ihren Mann auf dem Tablett an und nahm eine neue Ketchupflasche aus dem Vorratsschrank.

»Ich hätte schon gern gewusst, ob und wann wir neue Nachbarn kriegen. Aber egal.« Manfred hob die Schultern. Seine Frau war wirklich keine Hilfe. Ihr fehlte in manchen Dingen der Forscherdrang. Würde er sich eben allein darum kümmern müssen, was aus dem Nachbargrundstück wurde. Im erleuchteten Fenster des Backofens zerlief der Käse auf der Pizza-Hawaii.

Der Kurzzeitwecker trillerte. Regina band ihre Schürze ab, hängte sie neben die Geschirrtücher an die Tür und öffnete die Klappe des Backofens. Duft nach gebräuntem Käse breitete sich in der Küche aus. Sie griff nach den Topflappen und betrachtete ihren Mann, der mitten in der Küche stand und angestrengt nachzudenken schien. Irgendetwas beschäftigte ihn. »Nimmst du bitte das Geschirr? Ich bringe die Pizza.«

Manfred erwachte aus der Erstarrung, schob je drei Finger durch die Henkel des Tabletts und setzte sich vorsichtig in Bewegung.

»So. Hat gut geschmeckt.« Manfred Rabicht wischte sich die Ketchupreste aus den Mundwinkeln, spülte mit Bier nach und lehnte sich zurück.

Im Fernsehen beschimpften sich Politiker unterschiedlicher Parteien. Dann erschien hinter dem Nachrichtensprecher das Gerichtsgebäude von Arlon. Dutruox hatte nicht nur die beiden Achtjährigen gekidnappt, sondern auch weit ältere Mädchen. Ann und Efje oder Efche. Komische Namen. Ann war schon achtzehn gewesen. Sie und ihre Freundin waren genauso tot wie die beiden Kleinen. Und dann gab es noch Lätizia und Sabine. Verwischte Bilder der beiden Überlebenden huschten über den Fernsehschirm. Sie waren gerettet worden. Sie würden gegen Dutroux aussagen.

Manfred leerte das Bierglas, stellte es zurück und griff dann zur Flasche. War es nicht so, dass Kinderschänder immer Kinder gleichen Alters bevorzugten? Einer, der auf Achtjährige stand, würde doch sicher keinen Gefallen an einer Achtzehnjährigen finden, oder? Nicht, dass er sich mit solchen Perversen auskannte, aber es war zumindest komisch. Schon das sprach eigentlich dafür, dass dieser Typ die Mädchen nicht für sich ›besorgt‹ hatte. Er war und blieb ein stumpfsinniger Handlanger.

Der Bericht war zu Ende. »Unglaublich, nicht?« Regina rutschte im Sessel nach vorn, schob sich nach oben und begann, den Tisch abzuräumen. Seine Biertulpe ließ sie demonstrativ stehen.

Der Reporter hatte gesagt, Marc Dutruox hätte seine Opfer mit Medikamenten willenlos gemacht. Was ja eigentlich auch ganz logisch war. Eine Achtzehnjährige würde sich nicht ohne Gegenwehr in ihr Schicksal fügen. Also musste man sie ein bisschen ruhigstellen. Zumindest anfangs. Sie hatten nicht darüber berichtet, was das für Medikamente gewesen waren.

Aus der Küche drang das leise Klappern von Geschirr herein. Nahm Regina nicht manchmal Schlaftabletten?

Der Flaschenhals in seiner Hand war warm geworden. Manfred stellte das Bier auf die Marmorplatte und begab sich in Richtung Küche. Im Türrahmen blieb er kurz stehen. »Ich geh kurz nach oben. Bin gleich wieder da. Such dir inzwischen aus, was du heute Abend sehen möchtest.« Das würde sie beschäftigen, bis er zurückkam. Regina stand neben der Spüle und wischte die grau gemusterte Arbeitsplatte ab. Sie nickte, ohne sich umzudrehen.

Im Schlafzimmer war es warm und still. Die Fensterfläche rahmte ein Bild aus schwarz-grünen Fichten vor einem blauvioletten Abendhimmel ein. Er drehte den Riegel nach rechts, öffnete es und stützte die Handflächen auf den Sims. Unten summten noch ein paar eifrige Hummeln zwischen den Dahlien. In Karls Garten waren die Spuren seiner nachmittäglichen Stippvisite noch immer zu sehen. Auf einem ordentlich gemähten Rasen wäre sein Besuch gar nicht aufgefallen.

Manfred drehte sich um und betrachtete das Doppelbett mit der karierten Tagesdecke. Auf dem Nachttisch seiner Frau wartete ein aufgeschlagenes Buch mit dem Gesicht nach unten darauf, gelesen zu werden. Es lag schon seit mindestens vier Wochen so dort. Er hörte einen Moment lang den leisen Geräuschen aus der Küche zu, ging dann um das Bett herum und zog den Kasten ihres Nachtschränkchens auf.

Radedorm 5. Schwarze Buchstaben auf weißem Grund, darunter ein hell- und ein mittelblauer Balken. Manfred nahm die kleine Schachtel in die Hand, betrachte sie von allen Seiten und las das Kleingedruckte. ›Wirkstoff: Nitrazepam.‹ Was auch immer das war. Von draußen drang das Brummen eines entfernten Motorflugzeugs herein. Es wurde leiser und verklang.

›Zur symptomatischen Behandlung von Durchschlafstörungen. Durchschlafstörungen‹ – das klang irgendwie komisch. Es ging doch eher darum, jemanden zur Ruhe zu bringen, oder?

Er öffnete das Schächtelchen vorsichtig und lugte hinein. Zweimal zehn Tabletten. Nahm Regina eigentlich regelmäßig Schlaftabletten? Das würde sich ganz einfach feststellen lassen, wenn man täglich den Inhalt der Schachtel kontrollierte. Und den Beipackzettel würde sie auf keinen Fall vermissen. Manfred zog das zusammengefaltete Blättchen aus der Packung und schob es in die rechte hintere Hosentasche. Es konnte nichts schaden, sich morgen, während der Arbeitszeit, das Ganze in Ruhe durchzulesen. Er schob die Tabletten zurück, deponierte alles wieder an Ort und Stelle und drückte den Kasten des Nachtschränkchens zu. Das Tagwerk war vollbracht. Abschied nehmend warf er einen Blick aus dem weit offenen Fenster. Die Abenddämmerung kam näher und verdunkelte die Farben des Tages. Morgen würde er da drüben erst mal den Rasen mähen.

7

»Guten Morgen, Herr Rabicht!« Das Kind stand auf dem Schulhof, dicht bei der Wand und hielt einen langen Zweig in der rechten Hand. Eben hatte es damit noch wie mit einer Peitsche geknallt.

»Morgen.« Der Angesprochene schälte sich aus dem Sitz seines Autos und betrachtete das Kind genauer. Von weitem hatte es wie ein Junge ausgesehen. Jetzt erkannte er, dass es ein Mädchen war. Ein stoppelhaariges, sommersprossiges Ding mit einer Fantasiepeitsche.

»Was machst du denn um diese Zeit schon hier?«

»Ich bin zu früh losgegangen.« Der Mund des jungenhaften Mädchens blieb nach der Antwort ein wenig offen. Dadurch bekam ihr Gesicht den dümmlich glotzenden Ausdruck eines Karpfens. Sie ergriff ihren Rucksack, der an die Kellerwand gelehnt war, schnappte nach den Trägern und rannte dann davon, so, als sei ihr der Hausmeister auf einmal unheimlich geworden.

Komisches kleines Ding! Er nahm die Aktentasche vom Beifahrersitz und schloss das Auto ab.

Jetzt war es aber wirklich an der Zeit, an die Arbeit zu gehen. Wenn man sich etwas vorgenommen hatte, durfte man nicht ewig zögern, sonst blieb es für immer ein Wunschtraum. Man musste einfach beginnen, dann lief es schon ganz von selbst weiter.

Seine Schritte hallten auf dem Steinfußboden der Kellergänge. Blass rotbraun grüßten die Buchstaben LSR. Der

Hausmeister blieb stehen und betrachtete das Türschloss. Massives Eisen. Der imponierend große Ring mit den Schulschlüsseln klimperte leise in seiner Rechten. Ein Bunker für den Atomkrieg. Der Raum war jahrelang nicht überprüft worden. Er probierte den ersten Schlüssel.

Nach dem achten Versuch knirschte das Schloss. Die Tür erinnerte den Hausmeister an Filme mit Egon Olsen. ›Franz Jäger, Berlin.‹ Langsam schwang die massive Metallkonstruktion herum. Drei Neonröhren an der Decke beleuchteten die Szenerie mit staubgefiltertem Licht.

Er setzte den rechten Fuß in den Raum hinein, hielt inne und sah sich nach einem Keil für die Tür um. Was, wenn sie unerwartet zufiel? Wer weiß, ob man den Bunker überhaupt von innen öffnen konnte! Er hatte keine Lust, in diesem fensterlosen Raum ohne Luftzufuhr gefangen zu sein. Auch nicht für fünf Minuten.

Manfred Rabicht sah zur Uhr. Mittlerweile würde oben regsame Betriebsamkeit herrschen. In den unterirdischen Katakomben hörte man davon fast nichts. Man konnte sich einbilden, im Keller einer abgelegenen Burg zu sein, von Grabesstille umgeben. Die ›Bewohner‹ der Oberwelt verirrten sich fast nie hierher. Das hier war *sein* Reich. Sie konnten ihn über die Wechselsprechanlage erreichen, wenn etwas Eiliges zu erledigen war. Ansonsten ließ man ihn in Ruhe. Er zeigte sich ab und zu im Schulhaus, immer in Eile, immer mit etwas in den Händen, das allen bewies, dass der Hausmeister beschäftigt war.

Auf dem Gang vor der ›Tresortür‹ lagen mehrere Metallstangen. Er quetschte zwei von ihnen in den Spalt zwischen Tür und Angel. Der Rückzug war gesichert. Nun konnte man den Raum inspizieren.

In der Ecke rechts lagerten Zeltbahnen. Für das Feldlager der Zivilverteidigung. Das Letzte dieser Camps war nun auch schon fünfzehn Jahre her. Daneben befand sich ein

Stapel braunroter Umhängetaschen. Vorn prangte ein rotes Kreuz auf weißem Grund. Taschen für Sanitäter. Uralter Mist. Hinten an der Wand hockte ein unförmiger Haufen wie der bucklige Rücken eines Wals. Mindestens dreißig Gasmasken türmten sich dort und warteten geduldig auf den nächsten Giftkrieg. Die trüben Glas-Augenscheiben schienen ihm im schmutzigen Neonlicht zuzuzwinkern.

Er ging zu dem Berg, nahm sich eine Gasmaske und drehte sie in den Händen.

Larven aus Gummi, mit einem löchrigen Schweinerüssel aus Blech. Es war lange her, dass er solch ein Ding aufgehabt hatte. Wäre ein hübscher Gag zum nächsten Radebeuler Fasching. Man müsste sie nur richtig reinigen und innen neu einpudern. Keiner würde ihn erkennen. Und atmen konnte man damit auch, man musste nur den Aktivkohlefilter herausschrauben.

Manfred Rabicht merkte nicht, wie seine Mundwinkel nach oben wanderten, während er sich nach vorn beugte und die grauen Gummilarven aus der Nähe betrachtete. Die obersten waren mit einer dicken Staubschicht bedeckt. Wie ferngesteuert begann seine Rechte, in dem Stapel zu wühlen. Die zuunterst liegenden Masken sahen aus wie neu. Der Giftgasangriff konnte beginnen. Der Hausmeister nahm eine der Tarnkappen und suchte nach der eingestanzten Nummer. Es gab unterschiedliche Größen. Für große, mittlere und kleine Köpfe. Kurze Bildfragmente seiner Armeezeit blitzten vor ihm auf, während er zwei auswählte. Mit den beiden Beutestücken in der Linken machte sich Manfred Rabicht auf den Rückzug. Die beiden Metallstangen aus dem Türspalt brachte er zurück auf den Gang. Er zückte den Kerkermeister-Schlüsselbund und musterte die Tür des Luftschutzraumes. Auch an der Innenseite befand sich eine majestätische Klinke. Aber gewiss doch. Schließlich war das hier kein Gefängnis. Die Blockade mit den Eisenstangen hätte er sich sparen können. Aber sicher war sicher. Ein bisschen Paranoia hatte noch keinem geschadet.

Der Schlüssel drehte sich im Schloss. Die beiden Gummilarven verschwanden in der Aktentasche. Der Hausmeister machte sich beschwingt auf den Weg in seine Werkstatt.

Die Nachmittagssonne flirrte durch das Blätterdach der Buchen und malte zitternde Sonnenkringel auf das Dach des dunkelgrünen Skodas. Manfred Rabicht gab der Tür zu seinem Reich einen Stoß. Klackend fiel sie ins Schloss. Warme Luft fächelte um sein Gesicht. In den Katakomben war es während der Sommermonate kühl und im Winter angenehm warm. Man spürte nichts vom Wetter draußen. Der Arbeitstag war beendet. Das Privatleben begann. Halb vier am Nachmittag. Man konnte noch viel erledigen.

Während er sich anschnallte und den Motor anließ, dachte Manfred Rabicht über seine Trittspuren im wuchernden Gras von Karl Bochmanns Garten nach. Es würde mindestens zwei Stunden dauern, auch wenn man nur die großen Flächen mähte.

Er gab Gas und fuhr über die Kreuzung, als die Ampel von Gelb auf Rot umschaltete. »Hat keiner gesehen.« Manfred Rabicht schob den Unterkiefer vor. Ein Mann der es eilig hatte, ließ sich nicht von Ampeln mit zu kurzer Grünphase aufhalten.

In der Meißner Straße war Rushhour, jedermann wollte nach Hause. Früh fuhren sie alle nach Dresden zur Arbeit, nachmittags wieder in ihre Vororte. Es hatte keinen Sinn, zu drängeln. Langsam tuckerte der Skoda durch Radebeul.

Regina hatte schon das Tor für ihn geöffnet. Er fuhr ins Grundstück, stellte den Wagen ab und betrachtete die Aktentasche auf dem Beifahrersitz nachdenklich, bevor er ausstieg. Regina schnüffelte nicht in seinen Sachen herum, aber manchmal stießen Menschen auch zufällig auf etwas. Und man musste dem Schicksal nicht provokant den Mittelfinger zeigen. Vielleicht war es besser, sich zuerst ein nettes kleines Versteck für seine Karnevalsmasken zu überlegen.

Die Haustür war nicht abgeschlossen. Wie leichtsinnig von seiner Frau! Vorsichtig ließ er sie hinter sich ins Schloss gleiten und stand einen Moment lang unbeweglich im Flur. Im oberen Stockwerk raschelte es.

»Regina?« Das Rascheln hörte auf. Schritte tapsten über das Laminat. Der Kopf seiner Frau erschien über dem Geländer.

»Da bist du ja!« Sie lächelte. »Möchtest du Kaffee?«

»Nein, danke. Ich habe schon zwei Tassen getrunken, bevor ich losgefahren bin.« Er öffnete den kleinen Holzschrank neben dem Flurspiegel und griff nach dem Schlüssel des Nachbarn. »Ich gehe rüber zu Karl und mähe den Rasen. Wer weiß, wie lange das schöne Wetter anhält. Dann sieht es wenigstens *etwas* ordentlicher aus.«

»Gibt es da drüben noch Strom?« Reginas Gesicht leuchtete wie ein großer weißer Mond über ihm.

»Ja. Strom ist da, Wasser ist da. Ich geh jetzt rüber, kann zwei Stunden dauern.«

»Von mir aus.«

Aus dem Schlafzimmerfenster sah Regina ihren Mann durch den hinteren Teil des Gartens stiefeln. Es wirkte ein wenig lächerlich. Manfred schritt in seiner Arbeitskluft, die Aktentasche in der Linken, gemessen dahin.

Regina betrachtete das zerkratzte Fensterbrett. Ein neuer Anstrich könnte nichts schaden. Aber der Hausherr hatte seinen eigenen Kopf. Statt hier etwas zu erledigen, mähte er lieber da drüben den Rasen. Als ob das irgendeine Rolle spielte. Karl war tot, irgendwelche Erben nicht in Sicht. Die Bürokraten würden Monate brauchen, um zu entscheiden, was mit dem Häuschen des Nachbarn geschehen sollte. Aber der übereifrige Herr Rabicht musste *jetzt* dort für Ordnung sorgen. Davon abgesehen, war Rasenmähen eine frustrierende Angelegenheit. Kaum hatte man sich durch den gesamten Garten gekämpft, wucherte das Gras aufs Neue. Sie kippte das Schlafzimmerfenster an. Manfred blieb einen Augenblick lang vor den Brombeersträuchern stehen, öffnete die Pforte und verschwand zwischen den Fichten. Regina betrachtete das Stückchen Trampelpfad im Nachbargarten und drehte sich dann um, das Bild ihres Mannes mit der Aktentasche in der linken Hand noch immer vor Augen. Wozu brauchte er eigentlich da drüben seine Tasche?

Der warme, staubig-abgestandene Geruch des Vortages empfing Manfred Rabicht. Er stellte die Tasche auf den Eichentisch, ging zu den beiden Küchenfenstern und schob sein Gesicht dicht an die gehäkelte Gardine. Zwischen einigen der kleinen Karos zitterten hauchzarte Spinnweben. Die Vorhänge waren seit Jahren nicht in der Waschmaschine gewesen. Manfred entriegelte das Fenster, öffnete beide Flügel und klemmte die hellgrüne Plastikgießkanne dazwischen, damit sie offen blieben. Dies war ein offizieller Besuch. Da konnte man auch die Fenster öffnen und Durchzug machen.

Er kehrte zum Tisch zurück und streckte die Hand nach der Aktentasche aus. Wo bewahrte Karl eigentlich seinen Rasenmäher auf? Der Mann in der Küche ließ den Arm sinken und schloss die Augen. Hinter den zusammengekniffenen Lidern rollten die Augen von links nach rechts, während er in Gedanken die Räume durchstreifte. Vorratskeller. Konserven, Bierkästen, spinnwebverwobene Regale. Kein Rasenmäher.

Nächster Raum. Werkstattkeller. Manfred Rabicht kniff die Augen noch ein wenig fester zusammen und ließ seinen imaginären Blick von links nach rechts schwenken. Wenn das da hinten in der Ecke nicht Karls alter Benzinrasenmäher war, wollte er einen Besen fressen.

»Das wäre geklärt. Dann mal los, holen wir uns das Teil.« Er zog das unhandliche Ding hinter sich her in den Gang bis vor die Tür zum Vorratskeller. Das Monstrum schien aus reinem Blei zu bestehen. Eine kleine Stärkung war durchaus angemessen, bevor man den Rasenmäher die Treppen hinaufwuchtete.

Er tapste im Halbdunkel über den Lehmboden, griff nach einem der Flaschenhälse und öffnete sie am Rand des Metallregals. Der erste Schluck prickelte bitter im Mund. Die Glühbirne im Gang zwinkerte ihm zu. Der Mann wischte sich mit dem Hemdärmel über die Stirn, ging ein paar Schritte in Richtung Kohlenkeller und betrachtete das gewaltige Vorhängeschloss und die Scharniere, bevor er einen weiteren Schluck nahm.

Aus der Sicht des Kohlenhaufens betrachtet war es einleuchtend, dass die Tür nach außen aufschwang. Falls die Briketts irgendwann einmal den Wunsch verspüren sollten, aus ihrer Dunkelzelle auszubrechen, würde es leichter für sie sein. Aber seit wann führten Kohlen ein Eigenleben?

Er drehte sich um und kehrte zum Rasenmäher zurück. »Auf geht's. Du kommst an die frische Luft, mein Freund.« Jetzt kam der unangenehme Teil. Das Monstrum musste nach oben.

Wieso hatte Karl das Ding eigentlich nicht in der Garage aufbewahrt? Man hätte es einfach rausrollen und nach getaner Arbeit wieder hineinrollen können. Stattdessen schleppte der Alte das Gerät die Treppen hoch und runter.

Er stellte seine Bierflasche an den Fuß der Treppe und packte die blatternarbige Maschine. Sein Keuchen prallte auf die in Babyscheißefarbe gestrichenen Wände.

Oben angekommen, stellte Manfred Rabicht das Folterinstrument ab und streckte vorsichtig den gebeugten

Rücken. Das war Schwerstarbeit. Kaum zu glauben, dass Karl diese Sisyphusarbeit alle zwei Wochen auf sich genommen hatte. *Er* jedenfalls würde den Rasenmäher nachher bestimmt nicht wieder hinunterbringen. Die Räder klackerten über das Linoleum. Manfred war an der Vordertür angekommen und fummelte in der rechten Hosentasche nach dem Schlüssel.

Die Garage hatte er gestern bei seinem Inspektionsrundgang ausgelassen. Karl und Erna hatten kein Auto besessen. Sicherlich lagerte dort nur Gerümpel. Er trug den Rasenmäher die drei Stufen zum Garten hinunter. Eigentlich konnte man auch sofort einen Blick in die Garage werfen und nach einem Reservekanister mit Benzin Ausschau halten.

Das graue Garagentor quietschte und kreischte beim Hochziehen erbärmlich. Lichtfinger der tief stehenden Sonne tasteten sich von außen herein, bahnten sich ihren Weg durch schwebende Staubwölkchen und zeigten flirrend auf einen nagelneuen Elektro-Rasenmäher an der hinteren Wand.

Manfred Rabicht schloss den Mund mit einem schnappenden Geräusch und atmete kopfschüttelnd aus. Da hätte man mit ein bisschen Nachdenken auch gleich drauf kommen können, dass ein klappriger alter Mann einen tonnenschweren Rasenmäher nicht jede zweite Woche die Kellertreppe hinauf- und wieder herunterwuchtete. Das alte Benzinmonstrum war schon längst ausgemustert.

»Na schön, Karl. Kein Problem.« Er sah sich in der vollgerümpelten Garage um. »Du hast es auch nicht übers Herz gebracht, etwas wegzuwerfen, alter Knabe.« In den wackligen Regalen stapelten sich Werkzeuge, Kisten mit rostigen Nägeln, Einweckgläser mit eingetrockneten Farbresten, Holzkeile und Bretter. »Genug gebummelt, Manfred. Wird Zeit, dass du was Nützliches tust.« Der hilfsbereite Nachbar würde jetzt den Rasen mähen. Mit dem schönen neuen, leichten Gerät. Und dann war Feierabend für heute. Er ging ein paar Schritte über den staubigen Boden. In einem Schuhkarton neben dem Rasenmäher lagen Türscharniere in verschiedensten Größen. Wie Löffel in einer Besteckschublade kuschelten sie sich hintereinander. Das Metall glänzte bläulich. Manfred Rabicht legte die linke Handfläche in den Nacken und betrachtete die Teile einen Augenblick, bevor er den Arm nach dem Rasenmäher ausstreckte. Türscharniere.

Ihm fiel ein, dass er schon seit über einer Woche nicht im Baumarkt gewesen war. Auch für Reparaturen in der Schule brauchte man Material. Manfred Rabicht liebte Baumärkte. Es war das Shopping-Paradies echter Männer. Er zog den Rasenmäher hinter sich her und nahm sich vor, morgen während der Arbeit einen kleinen Abstecher zu Hellweg zu machen. Es gab immer etwas zu kaufen.

8

Helene blieb regungslos liegen, machte die Augen wieder zu und versuchte, nachzudenken.

Wie konnte sie herausfinden, ob dies hier ein böser Traum war?

Aber war nicht das *vorhin* ein Traum gewesen? Die Blumenwiese? Die Apfelblüten und die Schmetterlinge? Dann war das Monster erschienen und sie war aufgewacht.

Also war *das hier* jetzt kein Traum, oder?

Das Mädchen wusste nicht mehr weiter. Ihr Mund war trocken. Sie hatte großen Durst. Wenn man sich ganz große Mühe gab, konnte man aus einem schlechten Traum erwachen, das war möglich. Man musste es nur wollen.

Helene *wollte* jetzt aufwachen. Jetzt gleich.

AUFWACHEN.

Vielleicht sollte sie nach Mama rufen. Mama würde herbeieilen und sie trösten. Wie früher, als Helene noch klein gewesen war. Aber ein sechzehnjähriges Mädchen rief nicht mehr nach seiner Mama. Mit sechzehn war man doch schon fast erwachsen. Nein, sie würde dies hier allein durchstehen.

Also, noch einmal von vorn, Helli-Babe. Du machst das schon. Jetzt finden wir erst einmal heraus, ob dies ein Alptraum ist. Dann sehen wir weiter. Schritt für Schritt.

Helli Babe ließ ihre rechte Hand über die Decke gleiten. Kratziges Gewebe. Das war nicht ihr kuscheliges Daunenbett, eher eine Art Pferdedecke. Aber es fühlte sich *wirklich* echt an.

Die Hand glitt zur Seite und betastete die Matratze. Der Zeigefinger bohrte sich in die Unterlage. Nachgiebig. Eine Art Schaumstoff, mit glattem Stoff bespannt. Ganz vorsichtig schoben sich die Finger weiter. Wenn alles mit rechten Dingen zuging, müsste nun der hölzerne Rahmen folgen. Der Rahmen kam nicht. Stattdessen rutschte die Hand ab und landete auf einer kühlen, glatten Fläche.

Helene beschloss, nun doch die Augen wieder zu öffnen. Die Empfindungen ihrer Finger schienen real zu sein, aber das war eindeutig nicht *ihr* Bett. Sie lag auf einer Matratze, zugedeckt mit einer kratzenden Wolldecke. Es schien definitiv kein Traum zu sein. Aber was war es dann?

Innerlich wappnete sie sich gegen das, was sie gleich zu sehen bekommen würde, zählte erneut bis drei und schlug mit einem Ruck die Augen auf.

Nichts. Ein schwarzes Loch um das Mädchen herum hatte das gesamte Licht verschluckt.

Helene versuchte zu schielen und verfolgte die Bewegung ihrer Augäpfel. Sie wanderten nach innen. Also funktionierten zumindest die Augenmuskeln. Warum also sah sie dann nichts?

Vielleicht war sie über Nacht blind geworden? Gab es das? Dass ein Mensch im Schlaf erblindete? Gehört hatte sie so etwas noch nie.

Es gab eigentlich nur zwei Möglichkeiten. Entweder hatten ihre Augen schlapp gemacht, oder um sie herum war tatsächlich rabenschwarze Nacht. Dass dies hier einer ihrer Alpträume war, glaubte sie mittlerweile nicht mehr. Dazu wirkte es *zu* echt. Wie zum Teufel konnte man herausfinden, was von beiden zutraf?

Ein Spiel aus Kindertagen fiel ihr ein. Man musste beide Fäuste fest auf die geschlossenen Augen pressen. Dann tauchten plötzlich aus dem Nichts bunte Spiralen, leuchtende Pünktchen oder rotierende Kreise auf. Nahm man die Hände weg, war für einen Moment alles dunkel und dann kam das Licht zurück.

Helene schloss die Augen und drückte die Fingerknöchel gegen die Lider.

Zuerst erschienen winzige neongrüne Würfel. Sie wurden größer und ihre Farbe wandelte sich in zitterndes Blau. Dann flossen sie auseinander. Die Augäpfel begannen zu schmerzen und das Mädchen löste den Druck und dachte darüber nach.

Wenn da Farben und Bilder waren, bedeutete das doch, dass ihre Augen noch funktionierten. Wenn also um sie herum Licht wäre, würde sie auch etwas sehen können. Das hieß wiederum, um sie herum war *kein* Licht. Das Mädchen nickte. Schien eine logische Schlussfolgerung zu sein.

Das ist noch nicht alles. Denk weiter, Helli-Babe.

Denk weiter, denk weiter. Halts Maul. Ich will nicht weiterdenken. Ich bin erschöpft und habe Durst. Lass mich in Ruhe.

Das werde ich nicht. Du denkst das jetzt zu Ende. Es ist wichtig.

Helene seufzte und bemühte sich, den Faden weiter zu spinnen. Um sie herum war kein Licht. Richtig. Das war der letzte Gedanke gewesen.

In ihrem Zimmer war es nachts immer ein bisschen hell.

Richtig.

Dies hier war nicht ihr Zimmer.

Treffer, Süße.

Das ist nicht dein Zimmer und du bist nicht zu Hause. Du liegst mit einer Pferdedecke zugedeckt auf einer Matratze in einem völlig finsteren Raum.

Helene fühlte Tränen hinter ihren malträtierten Augen nach oben quellen. Jetzt wollte sie doch nach ihrer Mama rufen, aber aus ihrer Kehle kam nur ein heiseres Krächzen.

9

Doreen warf die Haustür hinter sich ins Schloss. Ihre Absätze klackten metallisch auf den Gehwegplatten. Im Vorübergehen warf sie – wie jeden Tag – einen Blick in die Auslage des Geschäfts mit den Ethno-Klamotten. Die öffneten erst um elf. Pech für den Laden, Glück für Doreens Portemonnaie.

Ihre neuen Schuhe waren zu hoch. Die Fußballen schmerzten jetzt schon, und sie hatte noch nicht einmal die Hälfte des Weges zum Büro zurückgelegt. Das war die Strafe für vernunftwidrige Käufe. Sie würde wie eine der beiden unbeliebten Stiefschwestern von Aschenbrödel enden. Mit blasigen, bluttriefenden Füßen, als alte Jungfer. Und kein eleganter Prinz weit und breit in Sicht.

Obwohl – Doreen betrachtete ihr seitliches Spiegelbild in einer dunklen Scheibe und zog den Bauch ein – Jungfer war wohl nicht der angemessene Ausdruck. Sie verkniff sich ein Grinsen und versuchte, mehr mit den Fersen aufzutreten. Zwickau schlief noch. In der Ferne quietschte eine Straßenbahn um eine Ecke. Vereinzelt eilten ein paar Leute in verschiedene Richtungen. Morgens hasteten sie, nachmittags schlenderten sie.

In der Unterführung zur Zentralhaltestelle blies ein kalter Wind. Das Echo ihrer Schritte prallte von den beschmierten Wänden ab und verhöhnte die Frau mit den schmerzenden Füßen. Klick – Klack, Zehen ab. Klick, Klack. Klick. Klack.

Doreen schob den Unterkiefer nach vorn und stieg wieder ans Tageslicht. Es war gar nicht so schlimm, wenn man den Fuß nur mit der vorderen Hälfte auf die Stufen stellte. Irgendwo läutete eine Turmuhr. Vielleicht war es die Glocke der Lutherkirche. Vielleicht auch nicht. Acht Uhr an einem morgenkühlen Tag Anfang September. Eine Ahnung von Herbst lag in der Luft.

Honigsüßer Duft wehte aus der offenen Tür von Norberts Lieblingsbäcker auf die Straße heraus. Die Frau mit den schicken Schuhen verlangsamte ihren Schritt und hob im Vorbeigehen die Hand. Die Verkäuferin grüßte zurück. Doreens Speicheldrüsen zogen sich zusammen und sie befahl sich, weiterzugehen. Keine Streuselschnecken, keinen Quarkkuchen, keine Butterplätzchen heute. Das alles war Gift für die Figur.

Norberts altersschwacher Kadett parkte direkt vor der Haustür. Er war *immer* früher da. Wenn sie oben ankam, saß er vor dem Computer und starrte auf den Bildschirm. Der rechte Mittelfinger hämmerte auf die Tasten und von Zeit zu Zeit huschte die Hand zur Mouse und rutschte mit dieser über die Unterlage, die wie ein Perserteppich im Miniformat aussah.

Doreen lehnte sich mit der Schulter gegen die Haustür, schob sie auf und stapfte nach oben. Klick. Klack. Zehen ab.

Vielleicht lagen irgendwo im Büro noch ein paar bequeme Schuhe herum. Egal, wie sie aussahen. Hauptsache flach.

Was für ein Unfug, neue Schuhe gleich auf die Straße anzuziehen! Man musste sie zu Hause erst einmal einlaufen. »Eitle Trine! Das hast du nun davon! Wer schön sein will, muss leiden.« Doreen drückte auf die Klingel an der Bürotür. Der Summer ertönte fast in der gleichen Sekunde.

»Was schimpfst du denn?« Norbert ließ die Freie Presse sinken und lächelte sie an.

»Ich ärgere mich über mich selber. Hab mir neue Schuhe gekauft –« sie hob das rechte Bein ein bisschen an und zeigte ihm die Errungenschaft – »und musste sie natürlich heute gleich anziehen. Die Dinger sind noch nicht eingelaufen.« Doreen beugte sich nach vorn und öffnete die Riemchen.

Norbert schwenkte den Blick sofort vom Ausschnitt seiner Kollegin weg auf die Zeitung. Er verstand die Frauen nicht. Wieso kauften sie sich sündhaft teure Schuhe, die dann unbequem waren oder wochenlang zu Hause ›eingelaufen‹ werden mussten. »Warum hast du sie dann angezogen?«

»Weil sie schick sind. Deswegen.« Sie seufzte, tapste zur Abstellkammer und spähte hinein. Nach einer Sekunde kam ihre rechte Hand mit ein Paar schwarzen Espadrilles wieder zum Vorschein.

Doreen grinste, ging zum Tisch und warf einen Blick in Norberts Tasse. Eine grünbraune Brühe. Kleine dunkle Flöckchen trieben durch die Flüssigkeit. »Was ist *das* eigentlich?«

»Pfefferminztee, frisch gebrüht.« Norbert legte die Zeitung vor sich hin und griff nach dem Henkel. »Ich soll doch nicht mehr soviel Kaffee trinken.« Seine Mundwinkel wanderten kurz nach unten.

»Ach so. *Ich* darf aber, oder stört dich das?«

»Nein, stört mich nicht.« Er nahm einen Schluck, verzog das Gesicht und stellte die Tasse schnell wieder zurück.

Doreen klappte den Deckel hoch und hielt den Wasserkocher unter den Hahn. Mal sehen, wie lange ihr Kollege das durchhielt. Die Ärzte hatten ihm nach dem Stromschlag im Sommer letzten Jahres fast alles verboten, was Spaß machte. ›Ihr Herz muss sich erholen, Herr Löwe.‹ hatten sie gesagt. ›Also, leben Sie gesund. Keine Zigaretten mehr. Alkohol in Maßen.‹

Im Innern der blauen Plastikkanne begann es zu brummeln und sie gab zwei Esslöffel Kaffeepulver in ihre Tasse. Hinter ihr piepste es und der Lüfter des Computers fing zu summen an.

›Wäre auch nicht schlecht, wenn sie ein paar Kilo abnehmen könnten.‹ Der Arzt war noch nicht fertig gewesen. Keine Zigaretten, kaum Alkohol und Gewichtsreduktion reichten noch nicht als Strafe für jahrelanges Vernachlässigen des eigenen Körpers. Es sollte *richtig* wehtun. Der Mann im weißen Kittel hatte mit väterlicher Miene weiter doziert. ›Beginnen Sie auf jeden Fall damit, Sport zu treiben, Herr Löwe.‹ Doreen hatte ihren Gesichtsmuskeln befohlen, auf gar keinen Fall zu zucken und zu Norbert geschielt, der wie ein Ölgötze mit halboffenem Mund da hockte.

Sport. Aber klar doch. Norbert *liebte* Sport. Sport war super. Abends vor dem Fernseher. Die Beine auf dem Couchtisch, ein Bier in der Hand.

Doreen rührte um, nahm die Tasse und ging vorsichtig zu ihrem Schreibtisch. Das war jetzt über ein Jahr her. Sie zog den Stuhl mit der Fußspitze hervor und setzte sich. Ihr Kollege hatte aufgehört, zu rauchen. Er trank keinen Kaffee mehr und hatte seinen Bierkonsum eingeschränkt.

»Was guckst du mich so an?« Norbert wickelte einen zuckerfreien Kaugummi aus dem Papier. Es war nicht einfach, mit dem Rauchen aufzuhören. Er hatte ständig Hunger.

»Ich habe daran gedacht, dass wir schon vor Wochen zum Optiker gehen wollten. Wegen einer Brille für dich.« Das würde er ihr unbesehen glauben.

Sie sah, wie Norbert den weißen Streifen in den Mund schob und ließ ihre Blicke zu seinem Bauch schweifen. ›*Wäre auch nicht schlecht, wenn sie ein paar Kilo abnehmen könnten.*‹ Herr Löwe hatte nicht abgenommen. Er hatte zugenommen. Schnell schaute Doreen wieder nach oben. Herr Löwe kaute jetzt heftig. Es war bestimmt nicht einfach, alles auf einmal zu schaffen. Aber er bemühte sich. Sie nahm einen Schluck Kaffee.

»Doro, wir haben ein Problem.« Norbert löste die Augen vom Bildschirm, drückte den Kaugummi mit der Zunge in die linke Backentasche und blickte seine Kollegin an. Ihre Wangen waren von der kühlen Morgenluft noch leicht gerötet. Die dunklen, glatten Haare wurden am Hinterkopf von einer perlmuttfarbenen Spange zusammengehalten. Jetzt legte sie den Kopf schief und der Zopf wippte hin und her.

»Ein Problem?«

»Ein ziemlich großes sogar.« Er hob die Tasse und wälzte den lauwarmen Tee im Mund herum. Widerliches Zeug.

»Raus mit der Sprache, Mann. Was ist es?« Doreen schob den Kopf ein paar Zentimeter nach vorn, so dass ihr Kinn in seine Richtung wies.

»Geld. Läppische, schnöde, alles beherrschende, unentbehrliche Knete. Wir sind fast pleite.« Norbert atmete tief ein und sprach dann weiter. »Besser gesagt, das Detektivbüro Löwe ist ziemlich bankrott.«

»Bankrott.« Doreen rührte in ihrer Tasse, zog den Löffel heraus und ließ ihn in der Luft schweben. Von der Löffelspitze löste sich in Zeitlupe ein Tropfen. Er fiel genau in die Mitte des Strudels.

»Seit Ende Juli haben wir keine Aufträge mehr gehabt. Jetzt ist es Anfang September. Die Reserven sind aufgebraucht.« Er machte eine Schnute und schaute mit seinem betrübten Hundeblick in die Teetasse.

»Eine, maximal zwei Wochen haben wir noch. Bis dahin müssen wir uns etwas einfallen lassen. Ich wollte dich nur schon mal darauf vorbereiten.« Der Kollege zog den linken Mundwinkel hoch und ließ die blauen Murmeln nach oben rollern. »Wenn nicht in den nächsten Tagen ein schöner dicker Fisch in unser Netz geht, müssen wir uns etwas einfallen lassen.«

10

Mit schwülstigen Klängen begleitete das Orchester die fröhlich zwitschernde Stimme aus dem Lautsprecher, die den Kunden liebevoll vortrug, wie kompetent, aktuell und preiswert der hiesige Baumarkt sei. Die Beschallung war überall zu hören, sogar auf der Toilette. Niemand konnte dem Gedudel entgehen. Es war der reinste Psychoterror. Manfred Rabicht bemühte sich, nicht hinzuhören. Er zog seine Brieftasche aus dem Innenfach der Cordjacke, klappte sie auf und betrachtete nachdenklich das Gekritzel auf dem kleinen gelben Zettel.

›Türscharniere‹ stand dort. Und ›Überfallsicherung‹.

Der Mann mit der abgewetzten Cordjacke schaute nach oben. Große Schilder mit roter Schrift wiesen den Weg durch das Labyrinth von Holz, Metall, Keramik und Werkzeug.

Türscharniere und Überfallsicherungen für Kellertüren gab es bei Eisenwaren. Manfred Rabicht musste nicht suchen. Er kannte den Baumarkt wie seine Westentasche.

Im Mittelgang waren diverse Sonderangebote in metallenen Eisenkäfigen aufgebaut. Lauter billiger Schrott. Man sparte beim Kauf und der Mist hielt nicht lange. Am Ende gab man mehr Geld aus, als wenn man gleich etwas Hochwertigeres gekauft hätte. Und wer brauchte das alles überhaupt?

Seine Augen glitten über die Fächer. Scheren-Set. Messer-Set. Zwei- dreimal benutzt und schon stumpf. Pinsel und

Tapetenkleister. 10 verschiedene Schraubenzieher in einer durchsichtigen Kunststofftasche. Taschenlampen in allen Größen. Klobrillen mit Muster.

Eisenwaren. Rechts abbiegen.

Der Mann starrte auf den Monitor vor sich. Ein Handwerker mit Latzhose demonstrierte die Handhabung eines Akku-Schraubers. Super einfach. Super schnell. Super kraftvoll. Super billig.

Manfred Rabicht hörte die Botschaften nicht. Vor seinem inneren Auge glitten die Regale mit den ›Schnäppchen‹ vorbei. Die Erstarrung dauerte nur wenige Sekunden. Dann schlossen sich seine Hände fester um den Plastikgriff des Wagens und er kehrte um, schob das Gefährt den Mittelgang zurück, während sein Blick über die Fächer glitt. Einige Meter weiter vorn blieb er stehen und betrachtete mit nach vorn geschobener Unterlippe den Inhalt des Containers.

Eine Halogenlampe mit langer Lebensdauer. Helles Licht und portabel.

›Portabel.‹ Was für ein Schwulst. Manfred Rabicht nahm die eingeschweißte Lampe aus dem Regal. Batterien waren auch gleich dabei. Nicht schlecht. Für den Preis konnte er zwei nehmen. Falls eine von ihnen den Geist aufgab. Was seine Theorie über Sonderangebote bestätigen würde. Dazu noch drei von den kleinen Stab-Taschenlampen. Die konnte man immer gebrauchen. Sie erhellten dunkle Räume. Der Mann in der Cordjacke lächelte wieder sein sanftes Lächeln.

Und nun zurück zu den Eisenwaren. Der Wagen ratterte über die Fugen der Bodenfliesen.

Auf dem Schulhof herrschte die Ruhe vor dem Sturm. Alles bereitete sich auf die Hofpause vor. Die dicken kleinen Sperlinge hatten sich ins Geäst der Bäume zurückgezogen.

Manfred Rabicht parkte neben dem Auto der Sekretärin, stieg aus, öffnete den Kofferraum und lud für alle sichtbar aus. Zwei Holzregale für seine Werkstatt und fünf Neonröhren in Papphülsen für den Flur. Schließlich war der Hausmeister dienstlich im Baumarkt gewesen. Mit einem Blick auf die Taschenlampen klappte er den Deckel zu und marschierte in Richtung Hintertür.

Die Unterwelt erwartete ihren Meister kühl und schläfrig. Auf dem Weg in die Werkstatt begann es über ihm zu trappeln und zu scharren. Die Pause hatte begonnen und die wilden Horden machten sich auf den Weg nach draußen.

Wenn die Rasselbande wieder in ihre Zimmer zurückgekehrt war, würde sich der Hausmeister aufmachen, und die kaputten Neonröhren im ersten Stock ersetzen. Jetzt aber war es Zeit für seine Mittagspause. Solange die da oben über die Gänge tobten, konnte er sowieso nichts erledigen.

Das eingestaubte Transistorradio gab beim Einschalten ein müdes Knacken von sich. Es war alt. Er schob den Regler ein paar Mal hin und her, um das Rauschen abzustellen. Ein schwaches Knistern blieb. Hier unten war der Empfang schlecht. Er zog einen dreibeinigen Schemel unter der Werkbank hervor, setzte sich und betrachtete die Brote, die ihm Regina mitgegeben hatte. Schulessen gab es schon seit Jahren nicht mehr.

»... der vierte Tag im Prozess gegen Marc Dutroux ...«

Manfred Rabicht biss von der Schnitte ab. »...Werden auch die beiden überlebenden Opfer Laetitia Delhez und Sabine Dardenne aussagen ...« Es rauschte stärker und der Mann auf dem Schemel beugte sich vor, um lauter zu stellen.

›Sabin und Lätizia.‹ Hübsche Namen. Wie mochten die beiden aussehen? Seine Kaumuskeln bewegten sich im Takt der Worte. Der Nachrichtensprecher ging zu anderen Meldungen über. Manfred Rabicht nahm sich vor, in den Abendnachrichten auf Berichte vom Gerichtsverfahren zu achten. Vielleicht zeigte man die beiden Mädchen.

Dieser Dutroux hatte seine Opfer monatelang gefangen gehalten. Das war auch ein logistisches Problem. Menschen mussten essen und trinken. Sie gingen auf Toilette. Wenn eine Toilette vorhanden war.

Man konnte nicht einfach ein Mädchen von der Straße auflesen und es in einen Keller einsperren. Man musste alles vorher planen, vorbereiten und ausprobieren. Alle Unwägbarkeiten bedenken. Sonst ging es einem wie diesem Schwachkopf Dutroux – man wurde gefasst. Wahrscheinlich hätte man ihn schon viel eher erwischen können. Die Berichte über die belgischen Ermittler waren voll von Nachlässigkeit und schlampigem Vorgehen.

Manfred Rabicht schluckte den letzten Bissen hinunter und spülte mit Cola nach. Über ihm wurde das Getrampel leiser. Er schaltete das Radio aus und blieb noch einen Augenblick sitzen.

Mit dem Werkzeugkasten in der Rechten, die Neonröhren in ihren braunen Hülsen unter dem Arm, schritt der Hausmeister durch sein Reich. Es gab viel Arbeit. Er würde jetzt die Lampen im ersten Stock reparieren, danach auf einen Schwatz im Sekretariat vorbeischauen und einen Kaffee trinken. Wenn dann noch Zeit war, konnte man sich noch eine Kleinigkeit vornehmen. Oder Feierabend machen, nach Hause fahren und für Ordnung sorgen. Er hatte es gestern nicht geschafft, Karls Wiese komplett zu mähen. Hinter dem Haus war noch ein großes Stück übrig. Der nette Nachbar würde das heute noch erledigen. Dann sah es wenigstens ordentlich aus. Das Wetter war perfekt dafür. Wer weiß, wie lange es noch so schön warm sein würde.

Pfeifend stieg der Hausmeister nach oben.

»Hallo, ich bin zu Hause!« Manfred zog die Tür hinter sich ins Schloss und kam sich einen Moment lang vor wie der einfältige Vater im Film ›Pleasantville‹.

Von hinten rechts wehten schrille Wortfetzen in den Flur. Sie wurden lauter, als er sich dem Wohnzimmer näherte. Seine liebe Frau lümmelte vor dem Fernseher, einen Teller mit Apfelstückchen vor sich und schaute Gerichtsshows. Hatte sie nichts Vernünftiges zu tun? Manfred Rabicht machte zwei schnelle Schritte auf das faule Weib zu. Sie zuckte zusammen und der Teller in ihrer Rechten zitterte.

»Hast du mich erschreckt!«

»Das passiert, wenn man nicht abschließt.« Im Fernsehen schrien sich zwei Laiendarsteller in einem unechten Gerichtssaal an. Die Show war grottenschlecht. Er griff nach der Fernbedienung und stellte den Ton leiser. Wie konnte sich ein normal denkender Mensch so etwas freiwillig ansehen?

»Willst du Kaffee?« Regina machte Anstalten, sich zu erheben und er beeilte sich, den Kopf zu schütteln.

»Nein. Ich geh rüber zu Karl und mäh den Rasen fertig. Dann ist das wenigstens erledigt.« Manfred drehte sich um. »Mach uns was Ordentliches zum Abendbrot.« Er spürte ihr beflissenes Nicken im Nacken. Sie hatte ein schlechtes Gewissen. Es war ihm egal.

Kühl und stumm empfing ihn Karls Keller. Das dicke Mauerwerk ließ keinen Laut von außen hereindringen. Keinen Ton hinein, keinen Lärm hinaus. Was zu beweisen wäre.

Manfred Rabicht stellte die Aktentasche auf eine leere Obstkiste, öffnete sie und nahm Stift und Zettel heraus.

Er schrieb: ›Lärmschutz prüfen‹ und kratzte sich mit dem Fingernagel hinter dem Ohr. Man konnte später darüber nachdenken, wie das am besten zu bewerkstelligen war. Zettel und Stift wanderten in die Brusttasche seiner Latzhose. Es gab sicher noch mehr zu planen. Gut, wenn man dann etwas zu schreiben parat hatte. Sein Blick fiel auf die Taschenlampen.

Regina würde garantiert noch eine Weile vor der Glotze sitzen, ehe sie sich ans Abendbrot machte, jetzt wo er für mindestens zwei Stunden weg war. Also war es besser, zuerst ein paar Arbeiten im Keller zu erledigen und danach die Wiese zu mähen. So würde sie das Brummen des Rasenmähers durch das Küchenfenster hören und wissen, dass ihr Mann da draußen fleißig war.

Er nahm die Überfallsicherung, die Türscharniere und die Lampen aus der Tasche, klappte diese zu und nahm alles mit nach nebenan in Karls Werkstatt.

Von der zerschrammten Werkbank zwinkerten ihm die Glasscheiben der Gasmasken zu. Die Karnevalsmasken, richtig! Eine hübsche Verkleidung.

Manfred Rabicht legte seine mitgebrachten Utensilien ab und griff danach. Vorsichtig fuhren seine Hände über die glatte Oberfläche. Grüngrauer Gummi. An den Innenseiten war sie ein wenig schmierig. Er rollte den Rand seitlich und oben ein wenig zusammen und schob das Kinn in die untere Wölbung. Nun kam der schwierige Teil. Das Ding musste jetzt mit einem Ruck möglichst glatt über den Kopf gezogen werden.

Es ziepte ein wenig an den Schläfen. Die hatten bei der Armee schon gewusst, warum die Haare kurz geschoren sein mussten. Nicht nur wegen der Läuse.

Der Mann in der Latzhose sog rasselnd Luft ein. Wahrscheinlich war der Filter dicht. Aber er brauchte ja auch gar keinen Filter. Schließlich war das hier kein Gasangriff, sondern ein Kostümfest. Und jetzt wollte er seine Verkleidung im Spiegel begutachten.

Auf dem Weg nach oben schraubte er das Mundstück auf und nahm das unnütze Teil heraus, so konnten auch die runden Glasfenster nicht gleich beschlagen.

Im trüben Flurlicht kam ihm eine Gestalt in Latzhose entgegen. Statt eines Gesichtes hatte das Wesen eine konturenlose, runde Oberfläche mit Schweinerüssel. Der glatte, grüngraue Kopf glänzte im Schein der Flurlampe matt. Der Schweinerüssel gab ein paar Grunzgeräusche von sich und wandte sich dann zur Seite.

Dass der Mann hinter der Maske grinste, war im Spiegel nicht zu sehen.

11

»Morgen!« Doreen stieß die Bürotür mit dem Fuß auf, hob die Rechte mit der Handfläche zu Norbert und ließ ihre Finger zappeln. Heute trug sie flache Schuhe.

Hastig klappte Norbert die neben ihm stehende Aktentasche zu, nicht ohne einen Blick auf die Hülle der Schachtel Gauloises zu werfen, die aus dem Seitenfach herauslugte. Daneben steckte ein silbernes Feuerzeug. Es waren keine Pall Mall, aber er hatte sie ja schließlich auch nicht selbst gekauft. Nur mitgenommen. Von einer Tankstellentoilette, gestern gegen neunzehn Uhr. Der Vorgänger musste sie dort vergessen haben.

Doreen hatte indessen ihre Jacke an den Garderobenhaken gehängt, kam zu seinem Schreibtisch und drückte ihm einen trockenen Begrüßungskuss auf die Wange. Dann ging sie um die Tische herum und setzte sich ihm gegenüber hin.

»Neuer Tag, neues Glück.« Norbert spürte noch den Abdruck ihres Mundes auf seiner linken Gesichtshälfte.

»Du könntest trotzdem früh die Kaffeemaschine anmachen. Für *mich*.« Sie drehte sich mit der Filtertüte in der Hand um und machte eine bittende Schnute.

»Ist in Ordnung.«

»Pfefferminz oder Hagebutte?«

»Egal. Nimm, was du denkst.« Norbert konnte am gestrafften Rücken seiner Kollegin ihre Gedanken sehen. Sie erwog, etwas zu seiner Wortkargheit zu sagen. Ihre Schultern rutschten ein Stück nach unten und er wusste, dass sie sich entschieden hatte, zu schweigen.

»Ich habe eine Überraschung für dich.«

»Eine Überraschung?« Doreens Stimme hob sich. »Hoffentlich etwas Gutes.«

»Überraschung ist doch immer etwas Gutes, oder? Sonst hätte ich Neuigkeit gesagt.«

»Was ist es?« Sie rutschte nach vorn auf die Stuhlkante und beugte den Oberkörper vor.

»Wir haben meinen Geburtstag gar nicht richtig gefeiert. Es ist zwar schon über einen Monat her, aber es ist nie zu spät, wie man so schön sagt ...« Jetzt blickte er auf und betrachtete Doreens Gesichtsausdruck. Sie sah aus, wie eine Katze vor einem Berg Schlagsahne. Wahrscheinlich erwartete das lauernde Pelztier eine Einladung zum Essen. Nun, sie täuschte sich.

»Und da habe ich mir gedacht ...« Norbert hielt inne und die Katze begann zu zappeln, so dass er lachen musste. »... wir fahren ein paar Tage weg.«

»Wir fahren ein paar Tage weg?« Doreens Mund blieb nach der Wiederholung seines Satzes ein bisschen offen. Ihre Lippen waren rot.

»Eine kleine Herbstreise, zum Ausspannen. Ich lade dich ein.«

»Ich ...« Ihre Augenbrauen wanderten nach unten. »Ich weiß nicht, ob ich dich richtig verstanden habe, Norbert. Wir zwei wollen verreisen, anlässlich deines Geburtstages. Wer soll das bezahlen? Und wohin soll es überhaupt gehen?«

Er versuchte das Schwarz ihrer Augen zu durchdringen. Die Frage war nicht, wer das bezahlte, oder wohin es ging, die Frage war: Würde sie mit ihm in den Urlaub fahren, auch wenn es nur eine Woche war?

»Nicht so weit weg. Mal eine Woche abschalten und auf andere Gedanken kommen.«

»Was ist bei dir ›nicht so weit‹?«

»Wie würde dir Dresden und Umgebung gefallen?« Norbert beeilte sich, weiterzusprechen, um ihr keine Möglichkeit zu einer Absage zu geben, bevor er seine Argumente vorgebracht hatte. »Da gibt es viel Kultur und die Umgebung ist auch traumhaft. Das Elbsandsteingebirge. Die Weinberge. Oder Pillnitz. Das finde ich wunderschön.« Sein Blick fiel auf das ernste Gesicht seiner Kollegin und er schaute schnell wieder weg. Wahrscheinlich redete er sich gerade um Kopf und Kragen.

»Ich kenne Dresden. Du vergisst, dass ich in Sachsen geboren bin.« Sie machte es ihm nicht leicht.

»Wir könnten auch woanders hinfahren. Nach Bayern zum Beispiel. In die Berge ... Ich dachte nur ...« Norbert hielt inne. Er würde nicht betteln. Wenn sie nicht wollte, auch gut. Man konnte auch allein etwas unternehmen. Sie hatten seit drei Jahren keinen richtigen Urlaub gehabt und ein Auftrag war nicht in Sicht.

»Dresden ist schon gut.« Doreen fing seinen Blick auf und lächelte kurz. »Aber ich bestehe auf getrennten Zimmern.« Sie lächelte noch immer, aber ihr Tonfall war ernst. Norbert sollte gar nicht erst auf dumme Gedanken kommen.

»Getrennte Zimmer, aber sicher doch. Was dachtest du denn? Jeder hat seine Suite.« Norbert sprach hastig. Sie hatte angebissen. Alles andere würde man sehen.

»Wann soll denn die Reise losgehen?«

»Nächste oder übernächste Woche. Was meinst du?«

»Nächste Woche ist mir zu kurzfristig. Wir haben ja heute schon Freitag.«

»Dann also ab Montag in einer Woche. Ich werde mich nachher gleich kümmern und im Internet etwas Passendes heraussuchen.« Norberts Augen leuchteten wie die eines kleinen Jungen, der gerade eine Eisenbahn geschenkt bekommen hat.

»Eine Frage hätte ich trotzdem noch, mein Lieber.« Doreen schob ihren Stuhl nach hinten und erhob sich. »Du lädst mich ein, hast du gesagt.« Der Mann am Schreibtisch gegenüber bemühte sich, eifrig zu nicken.

»Schön. Wovon willst du das bezahlen? Hast du nicht gestern gesagt, das Geld reicht gerade noch für zwei Wochen?«

»Lass das meine Sorge sein. Ich verrate es dir vielleicht später.« Er hatte sein Sphinx-Gesicht aufgesetzt. Sie würde jetzt nichts aus ihm herausbekommen.

Norbert nippte an seinem kalten Tee. Er hatte sich gestern nach dem Dienst noch um die ›Finanzen‹ gekümmert. In ein, höchstens zwei Wochen würden sie genügend Geld für die nächsten Monate zur Verfügung haben. Und dann konnte man immer noch weitersehen. *Er* jedenfalls würde seinen Lebenstraum vom eigenen Detektivbüro nicht wegen einer läppischen Auftragsflaute aufgeben.

»Was machen wir heute, außer auf einen Auftraggeber zu warten?« Doreen verschluckte sich und musste husten.

»Es wird Zeit, dass wir das Büro mal gründlich aufräumen, alle Akten sortieren und ordnen. Ich möchte einiges elektronisch erfassen.« Norbert zeigte auf den Computer. »Das ist schon lange überfällig.«

»Ich bin begeistert! Genau das, was ich mir unter einer kreativen Arbeit vorstelle.« Sie waren beide lieber unterwegs und observierten Leute, als hier im Büro zu hocken und Papierberge zu sortieren. Und so hatten diese sich im Laufe der letzten Monate wundersam vermehrt. »Was willst du denn ›elektronisch erfassen‹?«

»Die Kundendaten, Aufträge und Honorare. Ich arbeite mit Excel. Damit kann man alles sortieren und einzeln ausdrucken und zusammenrechnen. Excel ist toll zur Datenverwaltung.«

»Mit Excel, aha.« Doreen hatte noch nicht mit Excel gearbeitet, aber der Detektiv-Computerfreak würde es ihr garantiert gleich erklären.

12

»Sehr, sehr schön.« Manfred Rabicht betrachtete die Scharniere der Kellertür. Sie öffnete sich jetzt nach innen. Langsam zog er die Tür zu, klappte die Überfallsicherung herum und hängte das Vorhängeschloss in den Bügel. Unbezwingbar. Niemand würde von innen herauskommen.

Es war nicht leicht gewesen, alles umzubauen, aber er war schließlich nicht umsonst Hausmeister. Für einen wie ihn war fast nichts unmöglich. An was man alles denken musste! Kellertüren, die nach außen aufgingen, waren nicht sicher. Es bräuchte sich bloß einer fest dagegen zu werfen und die Tür würde aufspringen. Viel zu riskant. Also war ihm nichts anderes übrig geblieben, als sich an die Arbeit zu machen. Die Rahmenkonstruktion hatte er gleich mit ersetzt und die Bretter verstärkt. *Diese* Tür würde keiner so schnell aufbekommen.

»Das war's, Herr Rabicht. Fertig für heute!« Der Mann mit der Latzhose lächelte sein nettes Lächeln und knipste das Licht im Kohlenkeller aus. Es gab noch einiges zu erledigen, aber morgen war auch noch ein Tag.

Und nun würde Herr Rabicht schnell noch den restlichen Rasen mähen und dann hinübergehen. Zu seiner langweiligen Angetrauten. Er wollte die Nachrichten nicht verpassen. Vielleicht brachten sie wieder etwas von Marc Dutroux, dem Dummkopf.

Wie hatte dieser Typ eigentlich seine Opfer betäubt? Es war doch nicht anzunehmen, dass er die Mädchen einfach von der Straße weggeschnappt und in sein Auto verfrachtet hatte. Die Kleinen vielleicht, aber eine Achtzehnjährige? Nicht sehr wahrscheinlich. Die hätte sich doch bestimmt gewehrt, geschrieen, gezappelt. Und im Auto würde so ein Balg garantiert nicht ruhig sitzen bleiben. Ganz davon abgesehen, dass die Teenager von heute renitent und aufsässig waren.

Langsam stieg Manfred Rabicht, den Blick auf die unebenen Stufen gerichtet, nach oben, löschte das Licht und zog die Tür zum Keller zu. Daraus folgte also, dass die kleinen Biester zuerst einmal außer Gefecht gesetzt werden mussten, schnell und schmerzlos. Das war auch noch so ein Problem, über das er in Ruhe nachdenken musste.

Er drehte sich am Hinterausgang noch einmal um und ließ seinen Blick durch die Küche schweifen. Im Licht der tief stehenden Sonne flirrten feine Staubteilchen. Alles in Ordnung. »Bis morgen, Karl!« Es kam keine Antwort und Manfred Rabicht ging hinaus und schloss ab.

Regina rumorte in der Küche herum. Es roch nach gebratenem Speck. Kochen konnte sie, das musste man ihr lassen. Und leider aß sie auch gern. Aber das war ihm gleichgültig. Seine Frau reizte ihn schon seit Jahren nicht mehr. Sich mit der Rechten an der Garderobe festhaltend, streifte Reginas Ehemann langsam die Schuhe von den Füßen, schlüpfte in seine Pantoffeln und schlurfte in Richtung des Speckgeruchs. In der Tür blieb er stehen und stützte sich am Rahmen ab.

»Da bin ich.«

»Alles erledigt bei Karl?« Sie rührte in der Pfanne, ohne aufzusehen.

»Fast. Den Rasen habe ich gemäht. In den nächsten Tagen will ich mir noch seine Werkstatt vornehmen. Karl hatte einige Geräte von mir ausgeliehen. Die hätte ich gern zurück.« Er brauchte eine schlüssige Erklärung dafür, weiter dort drüben herumzustöbern. Die Sache mit dem geborgten Werkzeug würde seine Frau ihm glauben.

»Mach das.« Regina schaltete den Herd aus, nahm zwei Teller aus dem Schrank und verteilte das Rührei darauf. Wie es sich gehörte. Zwei Drittel für den Hausherrn, ein Drittel für sich selbst. »Gehen wir rüber.«

Manfred Rabicht drehte sich um und ging voran. Im Wohnzimmer war der Couchtisch gedeckt und der Fernseher flimmerte vor sich hin. Er lief die ganze Zeit, egal, ob sein Weib im Zimmer war oder nicht. Manfred ließ sich auf die Couch plumpsen, griff nach dem Bier und nahm einen großen Schluck.

»Guten Appetit.« Regina reichte ihm seinen Teller, nahm im Sessel gegenüber Platz und stellte den Ton lauter. Dann begann sie, mit gleichmäßigen Bewegungen das Rührei in sich hineinzuschaufeln. Bis auf das, *was* sie aßen, war es jeden Abend die gleiche Zeremonie.

Sie aßen immer vor der Glotze. Er wollte das Neueste aus aller Welt sehen und dabei gemütlich ein Bier trinken. Sie wollte ihre Ruhe haben. Nach den Nachrichten verschwand Regina in der Küche und brachte alles auf Vordermann. Wenn nicht gerade Fußball kam, guckten die Eheleute Rabicht gemeinsam einen Film.

Regina kratzte die letzten Speckwürfel zusammen und stellte den Teller auf ihr Platzdeckchen. Die weiße Oberfläche des Porzellans glänzte fettig. Manfred war schon fertig mit seinem Essen, hatte das Glas leer getrunken und griff nun nach der Bierflasche.

Jetzt beugte er sich etwas nach vorn. Im Fernsehen berichtete ein Reporter mit zerzausten Haaren vom Kinderschänderprozess in Belgien.

Regina fand das Ganze widerlich und bemühte sich, nicht *zu* genau hinzuhören. Solche Nachrichten behagten ihr nicht. Wenn sie ehrlich war, langweilte sie die ganze

Tagesschau. Eine gute Gelegenheit, um den Tisch abzuräumen und in der Küche zu verschwinden. Sie erhob sich. »Möchtest du noch ein Bier?«

Ihr Mann starrte auf den Bildschirm, ohne sich zu bewegen und sie wiederholte ihre Frage etwas lauter. Jetzt nickte er kurz und sie verließ das Wohnzimmer.

Manfred tastete, ohne die Augen vom Fernseher zu nehmen, nach der Flasche. Gut, dass die alte Nervensäge in der Küche verschwunden war. Ihr dämliches Gequatsche führte dazu, dass er von den wichtigen Ereignissen nur die Hälfte mitbekam. Er nahm die Fernbedienung von der Glasplatte. *Marc Dutroux, du alter Dummkopf.*

Der Typ sah völlig unscheinbar aus. Er saß da, hinter Sicherheitsglas in dem winzigen Gerichtssaal und stierte vor sich hin, so, als ginge ihn das alles nichts an. Der Reporter mit der Sturmfrisur laberte und laberte. Von den Aussagen der Zeugen und Sachverständigen. Unwichtiges Zeug. Ob es weitere Komplizen gegeben habe ... Man wisse es nicht genau.

Was hatten diese blöden Bullen in Belgien eigentlich in den acht Jahren gemacht? Acht Jahre! Da musste es doch möglich gewesen sein, etwas herauszufinden. Manfred Rabicht schüttelte den Kopf und trank das Bier aus. Die deutschen Behörden waren da gefährlicher. Ein Entführer musste sich weit mehr in Acht nehmen, als in diesem komischen Belgien, wo es drei verschiedene Amtssprachen und für jeden Bereich mehrere Behörden gab, die sich gegenseitig das Leben schwer machten.

Und du bist so ein vorsichtiger Mann, Manfred Rabicht?
Ich glaube schon. Manfred Rabicht denkt zuerst und handelt dann.

Der Mann, der keine Fehler machte, lächelte und saugte am Hals der Bierflasche. Leer.

Die Berichte über seinen Freund Dutroux waren zu Ende. Er erhob sich. Aus der Küche drangen noch immer Abwasch-Geräusche herein. Es konnte dauern, bis Regina mit Nachschub erschien. Er würde sich schnell das nächste Bier selber holen.

Und vergiss nicht Manfred, du kannst jederzeit abbrechen. Noch ist nichts geschehen. Du hast in Karls Keller ein bisschen aufgeräumt und den Rasen gemäht. Sonst nichts. Also, mach dir keinen Kopf.

»Alles klar bei dir?«

»Bloß noch schnell das Frühstück vorbereiten.« Regina drehte den Kopf über die Schulter und nickte ihm zu. »Heute Vormittag war übrigens ein Typ vom Nachlassgericht da und wollte in Karls Haus.«

Manfred Rabicht starrte auf die grüngoldenen Etiketten der Bierflaschen. Pilsner. Schönes kaltes Bier. Er öffnete den Mund und schloss ihn wieder. Regina schwafelte indessen fröhlich weiter. »Er hat erst bei uns geklingelt und sich vorgestellt. Nicht, dass wir ihn für einen Einbrecher halten, hat er gesagt.« Sie gluckerte ihr dümmliches Kichern heraus, von dem sie glaubte, es sei bezaubernd und redete weiter, während ihr Mann blicklos in den hell erleuchteten Kühlschrank stierte. »Ich habe ihm den Schlüssel gegeben und er hat ihn nach einer Stunde wiedergebracht.«

»Was wollte er?« Seine Stimme klang belegt.

»Also, genau weiß ich es auch nicht.« Manfred konnte hören, wie sie den Stöpsel aus dem Edelstahlbecken zog. Er drückte die Kühlschranktür zu und drehte sich langsam zu seiner Frau um.

»Wenn ich das richtig verstanden habe, müssen sie erfassen, was an Werten da ist und ob es nicht doch irgendwelche Erben gibt.« Sie wischte sich mit dem Ärmel über die Stirn. An ihrer Hand klebte Schaum. Manfred nickte ihr zu. *Weiter dummes Huhn. Weiter!*

»Karl und Erna hatten keine Kinder und es gibt wohl auch keine anderen Verwandten.«

»Ja?« Er ließ das Wort wie eine Frage klingen. Regina spülte das Abwaschbecken mit heißem Wasser aus, drehte sich um und band die Schürze ab.

»Der Mann hat erklärt, dass nach dem Ausstellen des Totenscheins, und wenn es keine Erben gibt, sich das Nachlassgericht darum kümmert.« Sie grinste kurz und fuhr dann fort. »Also, in so einem Fall wird zuerst einmal erforscht, ob es nicht doch irgendwo noch erbberechtigte Leute gibt. Dazu muss das Nachlassgericht die Papiere prüfen.«

»Aha. Und deshalb war der Herr heute da?« Manfred Rabicht schwitzte.

»Genau.« Regina freute sich sichtlich, dass sie alles so gut behalten und wiedergegeben hatte.

»Hat er gefunden, was er gesucht hat?«

»Keine Ahnung. Er hat gesagt, er habe erst einmal alles mitgenommen, was vielleicht von Bedeutung sein könnte.«

»Hm.« Seine Gedanken rasten. Nicht anzunehmen, dass der Typ auch im Keller gewesen war. Und wenn schon. In Karls Keller gab es nichts zu sehen. »Wie geht das eigentlich jetzt weiter mit Karls Haus?«

»Das habe ich den Herrn auch gefragt.« Regina hängte die Schürze an den Haken neben der Küchentür und trocknete sich die Hände an einem Geschirrtuch ab. »Es ist wohl so. Wenn keine Erben aufzufinden sind, fällt alles an den Staat. Dann werden Haus und Grundstück versteigert. Könnte also sein, dass wir neue Nachbarn kriegen.« Sie lächelte ihm zu. »Du wolltest wohl doch kein Bier mehr?«

Manfred Rabicht blickte nach unten auf seine leeren Hände und dann auf den geschlossenen Kühlschrank. »Äh, doch. Wann kommt er wieder?«

73

»Das kann dauern. Jetzt prüfen sie erst einmal die Dokumente. Vergiss nicht, das sind *Beamte*. Die arbeiten laangsaaam.« Regina ging voraus und löschte das Licht in der Küche. »Ich denke, er ruft vorher an. Den Schlüssel müssen wir dann abgeben. Momentan hat er ihn uns dagelassen. Er war sehr nett. Eigentlich dürfen sie das nicht, hat er gesagt. Aber falls etwas ist.«

Manfred folgte seiner Frau ins Wohnzimmer und versuchte, seinen Gesichtsausdruck in eine neutrale Maske zu verwandeln.

Siehst du, so leicht kann es gehen, wenn man nicht aufpasst.

Diesen ›Nachlassherrn‹ musste er im Auge behalten. ›Das kann dauern‹ hatte Regina gesagt. Aber wie lange war *das*?

Manfred Rabicht setzte die Flasche an und ignorierte den vorwurfsvollen Blick seiner Frau. Da hatte sie nun extra das Glas stehen lassen und er kümmerte sich gar nicht darum.

Die einfachste Variante wäre, bei diesem Nachlassgericht anzurufen. Würden sie ihm Auskunft geben? Vielleicht, wenn er eine schlüssige Begründung für seine Anfrage hatte. Was war ein triftiger Grund? Ein Nachbar, der Haus und Grundstück kaufen wollte und sich nun nach den Eigentumsverhältnissen erkundigte? Man müsste es versuchen.

Er deponierte die Flasche auf dem Platzdeckchen. Regina hatte irgendeinen Film eingestellt. Hübsche junge Mädchen schwenkten knackige Ärsche durchs Bild. Seine Zunge kam hervor und leckte über die Oberlippe. Frischfleisch. Er hatte schon so viel Energie und Zeit in sein ›Projekt‹ investiert. Wäre schade, jetzt aufzugeben.

Manfred Rabicht lehnte sich zurück und genoss den Anblick in der Glotze. Auf jeden Fall würde er morgen erst einmal ein Duplikat des Schlüssels machen. Und dann weitersehen. So schnell gab einer wie er nicht auf.

13

Hör auf zu heulen, blöde Kuh. Das hilft dir auch nicht weiter. Denk nach. Tu irgendwas.

Tu irgendwas. Gut gesagt. Aber was zum Teufel sollte sie tun? Helene hatte keine Ahnung, wo sie hier war.

Was könnte es denn sein, Heulsuse?

Sie krächzte die Worte laut heraus. »Was könnte es sein?«

Wenn die Überlegungen zu ihrer Sehkraft eben logisch gewesen waren, dann konnte sie theoretisch etwas sehen. Praktisch sah sie nichts, weil es stockdunkel war.

So weit waren wir schon. Und du bist anscheinend nicht zu Hause. Wo könntest du dann sein?

Das Mädchen zog die Nase hoch und wischte sich mit dem Ärmel die Tränen aus den Augenwinkeln. Ihre Muskeln fühlten sich wie nach zehn Stunden Sportunterricht hintereinander an. Wieso war sie so entkräftet?

Du bist krank. Das ist es.

Wahrscheinlich hatte sie Fieber. Fieber ging einher mit Gliederschmerzen. Sagten sie das nicht immer in der Werbung für Erkältungsmittel? Konnte es also sein, dass sie vielleicht in einem Krankenhaus lag? Und, um sie nicht zu stören, hatten die Ärzte völlige Dunkelheit angeordnet? Ein Krankenhaus. Das war es. Helene Reimann war krank. Deshalb lag sie nicht in ihrem Bett daheim. Gott sei Dank.

Sie war aus irgendeinem Grund krank geworden. Nichts, was man nicht wieder einrenken konnte. Man kümmerte sich um sie. Sie konnte jederzeit nach der Schwester klingeln.

Das Mädchen holte tief Luft und seufzte beruhigt.

Ein Krankenhaus, soso. Was für ein Scheiß, wirklich.

Helene hob die kraftlosen Arme und hielt sich die Ohren zu. Nicht zum Aushalten war das. Die Stimme wollte heute gar keine Ruhe geben.

In jedem Krankenhaus gibt es Nachtlichter. Die Schilder für Fluchtwege sind beleuchtet. Grün. Es ist nie – ich wiederhole – NIE – ganz dunkel. Was, wenn ein Patient mal raus muss? Soll er aus dem Bett stürzen, weil er in der Finsternis über etwas stolpert? Also vergiss es.

»Verfluchte Scheiße! Halt doch einfach dein loses Maul, ja. Was soll es denn sonst sein?«

Also Helli, ich sehe da zwei Möglichkeiten. Erstens – du bist komplett verrückt geworden.

»Verrückt, na danke schön. Was ist das andere?«

Da kommst du doch selber drauf, Babe. Wie viele Varianten gibt es denn noch? Streng deinen Grips an.

Helene kniff die Augen fest zusammen und versuchte nachzudenken, aber die Gedanken in ihrem Kopf wirbelten durcheinander wie das Kartenspiel aus Alice im Wunderland. Ihre innere Stimme schwieg. Sie legte die Handflächen über die Augen und rekapitulierte die Lage. Lichtloser Raum. Schaumstoffmatratze. Billige Wolldecke. Kein schlechter Traum. Keine Ahnung.

Wie wär's denn mit ›eingesperrt‹?

Das letzte Wort schien in Helenes Kopf widerzuhallen. Ein – ge – sperrt. Es klang nicht besonders schön.

Wie meinst du das, eingesperrt?

Na eingebuchtet. Verlies, Haft, Zelle, Kerker, capito?

Das Mädchen schüttelte in der Dunkelheit rhythmisch den Kopf. Glaub' ich nicht. Glaub' ich nicht. Glaub' ich nicht.

Das ist das Einzige, was in Frage kommt. Alles andere ist Humbug, Baby. Du bist wach. Und du bist eingesperrt. Dunkelhaft sozusagen.

Wer sollte mich einsperren wollen?

Also, das weiß ich nun auch nicht, Süße. Ich bin nur deine innere Stimme. Denk selber nach.

Nachdenken, schon wieder. Das war doch hier kein schlechter Horrorfilm, in dem Mädchen gekidnappt und im Keller gefangen gehalten wurden.

Vielleicht ist es genau das?

Wieder begannen die Tränen hervorzuquellen. Zum Glück sah keiner, dass Helli Babe, begehrte Freundin und Schwarm aller Jungs zwischen vierzehn und achtzehn, hier herumflennte wie ein alter Waschlappen.

Wenn es wirklich so ist ... Helenes Gedanken stockten und kamen wieder ins Trudeln. Sie rief sich zur Räson. Wenn es also tatsächlich so ist, wie ich denke, was bedeutet das dann?

Es bedeutet, jemand hat dich gekidnappt und hier eingesperrt.

Jemand.

Wann und warum hatte JEMAND Helene Reimann entführt?

Sie versuchte sich die letzten Stunden ins Gedächtnis zurückzurufen. Frühstück zu Hause. Das Mädchen sah die blaue Schüssel mit den winzigen weißen Punkten vor sich. Braune Schoko-Pops schwammen träge durch einen See aus Milch. Sie saß allein auf dem Barhocker in der Küche. Mama war schon auf Arbeit. Die Erinnerung an das Frühstück schien in Ordnung zu sein.

Gut Helli. Und weiter.

Nach dem Frühstück kam die Schule. Normalerweise traf sie sich mit Sarah und sie zogen gemeinsam los. Im

Sommer, wenn das Wetter schön war, liefen sie die drei Kilometer in den nächsten Ort. Man konnte ein paar Zigaretten rauchen und über die Jungs herziehen. Im Winter oder bei Regen nahmen sie den Schulbus. Die Schule war öde. Täglich der gleiche blöde Trott. Die Schüler schlugen die Zeit tot und hofften, ohne Leistungskontrollen über den Tag zu kommen.

Lenk nicht ab. Denk weiter nach. Du warst in der Schule. Was kam dann?

Danach wollte Sarah ein Eis essen gehen. Also waren sie losgezogen. Dann hatten sich die Wege der beiden Freundinnen getrennt. Sarah wollte noch zum Tennis und Helene hatte sich auf den Heimweg gemacht.

Hatte sich auf den Heimweg gemacht.

Hier endete der Film. Danach kam nichts mehr. Irgendwann in der Vergangenheit hatte sich Helli Babe von ihrer Freundin Sarah verabschiedet und war losgelaufen. Das konnte gestern gewesen sein, das konnte vorgestern gewesen sein, das konnte vor einer Woche gewesen sein.

Wie lange war sie eigentlich schon hier? Und viel wichtiger – wer hatte sie hier eingesperrt?

Die renitente Stimme wollte noch eine Frage stellen, aber Helene verbot ihr das Wort. Sie wollte jetzt auf gar keinen Fall darüber nachdenken, *wozu* man sie hier festhielt. Nein, nein, weg damit. Eins nach dem anderen.

Zurück zum Anfang. Seit wann lag Helli auf dieser stinkenden Matratze? Sie tastete an ihrem linken Handgelenk nach der Uhr, fand aber nichts. Na schön, ihre Uhr war auch weg. Es gab also derzeit keine Möglichkeit, festzustellen, wie lange die Dunkelhaft schon andauerte. Sie kam irgendwie nicht weiter, in ihrer Erinnerung fehlten ein paar Szenen.

Das Mädchen versuchte, zu schlucken. Ihr Mund fühlte sich an, wie die Wüste Gobi. Wenn es nach ihrem Durst ging, lag sie schon mehrere Tage hier. Und ihre Blase drückte auch. Ganz toll, Helli. Bitteres Würgen stieg den Hals nach oben, aber das Mädchen zwang es zurück.

Gib nicht auf. Du bist doch die toughe Helene. Dir macht keiner was vor. Denk nach. Du solltest dir schnellstens etwas einfallen lassen, um hier rauszukommen. Vielleicht fängst du damit an, den Raum zu erkunden.

»Den Raum erkunden, gute Idee.« Die ängstliche Kleinmädchenstimme hallte von den im Finsteren verborgenen Wänden des Gefängnisses wider.

14

»Hier schau.«

Doreen saß dicht neben Norbert und betrachtete die Tabelle auf dem Bildschirm. Sie unterdrückte ein Gähnen. Wenn sie wüsste, wer von ihnen beiden in Zukunft dazu auserkoren war, die Daten einzutragen, würde sie auch wissen, ob es sich lohnte, aufmerksam zuzuhören. Wie sie ihren Kollegen kannte, würde er diese Arbeit lieber selbst erledigen. Norbert liebte den Computer und alles, was damit zu tun hatte.

Doreen nickte schicksalsergeben zu seinen Erklärungen. Die Tabellenlinien vor ihren Augen flimmerten.

»Dann kommt der Vorname, ganz einfach. So.« Norberts Mittelfinger zuckte über die Tasten.

Doreen versuchte, unauffällig auf ihre Armbanduhr zu schielen. Halb elf. Wie lange sollte die Lehrstunde eigentlich dauern? Sie schloss kurz die Augen und wünschte sich mit ganzer Kraft eine Ablenkung. Irgendetwas.

Der Türsummer ertönte. Doreen zuckte zusammen und öffnete die Augen schnell wieder. Anscheinend konnten ihre Gedanken Dinge geschehen lassen. Norbert beugte sich zur Seite und sprach sein energisches »Löwe?« in das Mikrofon.

»Detektivbüro Löwe?« Die Männerstimme knarrte und raschelte durch den Lautsprecher. »Lamm ist mein Name. Ich möchte mich wegen eines Auftrages bei Ihnen erkundigen.«

»Dritter Stock.«

»Ein Klient!« Er zwinkerte seiner Kollegin zu und erhob sich, um die Tassen wegzuräumen, während Doreen ihren Stuhl bei der Lehne packte, ihn an ihren Schreibtisch zurückrollte, sich setzte und einen Ordner mit längst vergangenen Aufträgen aufschlug. Den Kugelschreiber hielt sie nachlässig in der Rechten.

Norbert kam vom Waschbecken zurück und beugte sich zu ihrer Schulter herab. Warmer Atem streifte ihren Nacken. Es roch ein wenig nach Knoblauch. »Hab ich es dir nicht gesagt? Der dicke Fisch mit einem Auftrag für uns.«

»Schauen wir mal.« Sie rutschte ein paar Zentimeter zur Seite und Norbert richtete sich schnell wieder auf, ging zur Garderobe und nahm sein Jackett vom Haken. Die Klingel begann zu surren und der Chef-Detektiv begab sich zur Tür und öffnete sie.

»Guten Tag, Herr Lamm. Ich bin Herr Löwe. Kommen Sie herein.«

Doreen versuchte, einen Blick auf den neuen Klienten zu erhaschen, aber der breite Rücken ihres Kollegen versperrte ihr die Sicht. Jetzt drehte sich ›Herr Löwe‹ um und ging voran.

Der ›dicke Fisch‹ entpuppte sich als dürrer Hering. Norbert war auch nicht der Größte, aber dieses ›Lämmchen‹ reichte ihm höchstens bis zur Brust.

»Meine Kollegin, Frau Graichen.« Der Chef-Detektiv machte eine großzügige Geste zu Doreen und sie nickte freundlich. Der Hering hatte schütteres braunes Haar und einen Schnauzbart.

»Nehmen Sie Platz bitte. Einen Kaffee?«

»Nein danke.« Herr Lamm setzte sich mit steifem Rücken und verschränkte die Hände im Schoß.

»Können wir Ihnen etwas anderes anbieten?«

»Vielleicht einen Schluck Wasser.« Der Hering sprach mit leiser, gehemmter Stimme.

»Ich mach' das schon.« Doreen erhob sich. ›Hering‹ erschien ihr nicht ausreichend. Das da war eher eine Sprotte. So ein kleines, geräuchertes, verschrumpeltes Ding. Sie nahm eine Flasche Wasser und zwei Gläser aus dem Regal. Sprotte, genau. Das passte.

Norbert hatte gegenüber dem kleinen Mann Platz genommen und wartete auf seine Kollegin. Er würde Fragen stellen und sie würde die Einzelheiten notieren. So machten sie es immer. Es kam ihm nicht in den Sinn, dass dies den Eindruck von Chef und Sekretärin erweckte.

»Also, Herr Lamm. Womit können wir Ihnen denn helfen?«

»Ich brauche einen Vaterschaftstest.«

»Einen Vaterschaftstest?« Norbert zog beide Augenbrauen nach oben und wartete auf weitere Erklärungen. Die Sprotte trank einen Schluck Wasser und fuhr dann fort. »Ich fange mal von vorne an.«

Doreen drückte die Spitze des Kugelschreibers heraus. Der Mann war ihr unsympathisch.

»Ich bin seit zwei Jahren geschieden. Wir haben eine Tochter, Lara. Ich zahle seit der Scheidung Alimente.«

Norbert nickte aufmunternd.

»Ich glaube nun, dass Lara nicht meine Tochter ist, aber mir fehlen die Beweise.«

Doreen legte ihre linke Hand an den oberen Rand der Mappe, so dass Herr Lamm nicht sehen konnte, was sie schrieb und notierte: »Lamm, geschieden, Lara, Alimente.« Dann begann sie, einen Fisch zu malen. Hinter den Kiemen bestand der Körper nur noch aus Gräten. Sie verbarg ihr Grinsen und legte die Handfläche auf die Zeichnung.

»Wie kommen Sie darauf?«

»Worauf?« Das Fischmaul blieb ein wenig offen. Er hatte verfärbte Zähne. Doreen schnaufte hörbar. Worauf, worauf? *Wie* blöd bist du eigentlich, Idiot?

»Darauf, dass Lara *nicht* Ihre Tochter ist.« Norbert war ganz ruhig geblieben.

»Meine Mutter hat mich darauf gebracht. Sie hatte schon immer den Verdacht, dass Kerstin mich ausnutzt.«

»Kerstin ist Ihre Frau?« Der Fisch öffnete sein Maul, um zu widersprechen und Norbert korrigierte sich schnell. »Ihre geschiedene Frau meine ich natürlich.«

»Genau. Sie hätte mich bloß geheiratet, um versorgt zu sein, sagt meine Mutter.«

Doreen kritzelte: »Exfrau, Kerstin« und malte dem Fisch eine Warze ans Maul. Die liebe Mama, soso. Wenn es die wachsamen Mütter nicht gäbe. Sprotte erklärte indessen weiter sein Dilemma.

»Gleich nachdem wir uns kennen gelernt hatten, wurde Kerstin schwanger. Und wir haben dann auch ziemlich überstürzt geheiratet. Meine Mutter hat mich damals schon davor gewarnt. Man kann heutzutage auch Kinder haben, ohne gleich heiraten zu müssen.« Herr Lamm holte Luft.

»Lara kam zur Welt. Ich war sehr glücklich. Es ging drei Jahre gut. Dann wollte Kerstin plötzlich nicht mehr. Wir hätten uns nichts mehr zu sagen. Sie wollte die Scheidung. Ich habe noch versucht, sie umzustimmen, aber es war vergebens. Im Nachhinein habe ich erfahren, dass sie zu der Zeit schon einen anderen hatte.« Er setzte das Glas an, verschluckte sich und hustete.

Norbert nickte. Arme Sau. Das hörte sich ganz nach einem gehörnten Ehemann an.

»Und nun denken Sie, dass Lara nicht Ihr Kind ist?«

Die Sprotte wackelte heftig mit dem Kopf. »Sie sieht mir gar nicht ähnlich. Und was mir auch zu denken gibt, ist, dass Kerstin so schnell schwanger geworden ist. Wir kannten uns erst ein paar Tage. Was, wenn sie von einem anderen schwanger war und mich dann bloß als Versorger für das Baby haben wollte?«

Doreen begann, einen zweiten, kleineren Fisch neben den Ersten zu malen. So was kommt vor, Hohlkopf. Öfter, als man denkt.

»Sie wollen also Gewissheit über Ihre Vaterschaft, richtig?« Norbert hatte seinen ›seriösen‹ Blick aufgesetzt. Der Räucherfisch nickte.

»Warum fordern Sie nicht einfach einen Vaterschaftstest von Ihrer Frau? Das wäre doch der einfachste Weg, oder?«

»Das habe ich versucht. Aber sie verweigert es. Ich darf Lara nicht mal sehen. Ich müsste vor Gericht gehen und klagen. Das ist sehr teuer.«

»Verstehe.« Jetzt nahm Norbert auch einen Schluck. »Was sollen wir denn jetzt genau für Sie machen?«

»Es gibt Internetanbieter für Vaterschaftstests. Das kostet zwar auch Geld, ist aber billiger als ein Gerichtsprozess. Dazu muss man Material vom vermeintlichen Vater und vom Kind einschicken, welches dann untersucht wird.«

»Genetische Substanz meinen sie?«

»Genau. Haare, Speichel, Fingernägel, irgend so etwas.« Wieder ließ Sprotte seinen Kopf wippen. In seinem linken Ohr klebte ein bisschen Ohrenschmalz und Doreen drehte sich schnell zur Seite, um ihren angeekelten Gesichtsausdruck zu verbergen.

»Wir sollen dieses Material nun für Sie besorgen. Das wird schwierig werden, Herr Lamm.«

»Ich weiß. Sehen Sie eine Möglichkeit?«

»Wir müssten dazu ja irgendwie an Ihre Tochter herankommen. Ich würde das gern mit meiner Kollegin besprechen, ehe wir mit Ihnen einen Vertrag machen.« Norbert schaute zu Doreen. Sie zog die Mundwinkel nach unten. Er fuhr fort. »Geben Sie uns erst einmal alle Informationen. Name, Adresse, Arbeitsstelle ihrer Frau. Wenn ich richtig gerechnet habe, ist Ihre Tochter –« Norbert stockte kurz bei dem Wort ›Tochter‹ »– jetzt fünf Jahre alt.« Die Sprotte nickte. »Geht sie in eine Kindertagesstätte? Wenn ja, wo? Welche Spielplätze bevorzugt Ihre Frau? Haben Sie Fotos mit?« Er hielt inne.

»Fotos? Von Lara?« Herr Lamm schüttelte den Kopf. »Ich wusste doch nicht …«

»Nun, halb so wild. Erfassen wir zuerst die Daten.«

Doreen ließ die Spitze des Kugelschreibers herausschnappen und richtete ihren Blick auf den Räucherfisch. Sie hatte Mühe, nicht ständig zu seinem Ohr zu schauen.

»Gut, Herr Lamm. Wir entscheiden noch heute, ob wir den Fall übernehmen.«

Norbert war zum Zeichen, dass das Gespräch beendet sei, aufgestanden und sein Gegenüber folgte ihm. Doreen beeilte sich, den Schreibblock zuzuklappen. Nicht nötig, dass der Hering sein Ebenbild erblickte.

»Können wir Sie anrufen?«

»Ich gebe Ihnen noch meine Handynummer.« Der gehörnte Ehemann griff in sein Jackett, entnahm seiner abgewetzten Brieftasche eine Visitenkarte und überreichte sie dem Detektiv.

»Danke.« Norbert ging in Richtung Tür. »Wenn wir den Fall übernehmen, müssten Sie noch einmal vorbeikommen, damit wir die Einzelheiten besprechen können. Heute am späten Nachmittag?« Die Sprotte nickte.

»Wunderbar. Dann bis später. Ich rufe Sie an.« Norbert öffnete die Tür und hielt sie auf. Herr Lamm ging, ohne ihnen die Hand zu geben, hinaus.

15

»Also das interessiert mich jetzt aber brennend. Entschuldige.« Norbert hatte die Tür hinter dem Besucher geschlossen und eilte zu seinem Schreibtisch. »Ich werde gleich im Internet recherchieren. Vaterschaftstests! Wie aufregend!«

»Dann wasche ich in der Zwischenzeit ab.« Doreen betrachtete ihr Spiegelbild und rollte dann mit den Augen. Was war daran ›aufregend‹? Vielleicht, wenn man selbst Mutter oder Vater war.

Es war *überhaupt* ein Wunder, dass die Sprotte Kinder hatte. Oder, besser gesagt, *ein* Kind. Vielleicht stimmte auch das nicht einmal. Welche Frau fand schon so einen dürren Hering attraktiv? Das war das falsche Wort. Interessant? Auch nicht das Richtige. So ein schmaler Hänfling mit fliehendem Kinn, der keine Frau richtig ansehen konnte. Igittigitt.

Doreen ließ ihr rechtes Auge zwinkern. Im Spiegel zwinkerte es links zurück. So einer war tatsächlich nur als Einnahmequelle von Interesse. Sie stellte sich vor, wie es wäre, von einem Mann ein Kind zu bekommen, der sich nach der Zeugung verabschiedete. Paul war so ein Beziehungsgestörter.

Würde sie einen anderen zum vermeintlich leiblichen Vater küren, einen leichtgläubigen Dummkopf wie Herrn Lamm? Sie spülte ein Glas mit heißem Wasser aus, stellte es zum Trocknen ab und musterte ihr Gesicht. Wenn man sich nur vorstellte, danach mit dem Notnagel zusammenleben zu müssen! Jeden Tag die verweichlichte Gestalt vor

Augen. Nachts mit ihm in einem Bett! Mit der Niete am Frühstückstisch. Im Kino, im Supermarkt, beim Italiener. Ganz davon abgesehen, musste man ja auch zumindest anfangs seinen Widerwillen überwinden und ab und zu mit dem Weichei schlafen.

Nein, auf gar keinen Fall. Alles Geld der Welt war das nicht wert. Mochten andere Frauen so handeln, sie nicht.

»Das gibt's nicht! Doro, komm mal her. Das musst du dir angucken!« Norberts Stimme überschlug sich fast. »Hunderte von Anbietern mit Vaterschaftstests! Unglaublich! Hättest du gedacht, dass es so viele verschiedene Firmen gibt? Der Bedarf scheint ja riesig zu sein! Jetzt checken wir mal einige der Seiten, was so ein Vaterschaftstest kostet und welches Material die dazu brauchen.«

»Mich würde eher interessieren, *wie* so was gemacht wird.«

»Genetisch irgendwie. Man braucht was vom Körper. Wo DNS drin ist. Vielleicht steht es irgendwo. Www.bin – ich – vater.de. Na, wenn das kein zugkräftiger Titel ist!« Er grinste. »Zweihundertsiebzig Euro. Das ist nicht gerade ein Pappenstiel. Aber immer noch billiger als ein Gerichtsprozess. Warte, hier steht was über die rechtliche Seite.

Nach einem Urteil des Landgerichts München, blablabla ...« Norbert drehte mit dem Mittelfinger an dem kleinen Rädchen in der Mitte der Computermouse »... sind private Abstammungsanalysen auch *ohne* Wissen der Mutter erlaubt. Aha!« Er schaute kurz zur Seite und las weiter vor. »Auch unverheiratete Väter haben nach diesem Urteil das Recht, die Abstammung des Kindes ohne Wissen der Mutter genetisch überprüfen zu lassen. Es besteht ein ›anerkennenswertes Interesse‹ des möglicherweise biologischen Vaters, die Abstammung durch einen wenig belastenden heimlichen Test zu klären.« Er schwieg und ließ die Sätze einwirken.

»Wenn ich dieses Behördendeutsch richtig verstehe, ist es demnach also legal, einen Vaterschaftstest zu machen, ohne, dass die Mutter des Kindes davon weiß.«

Norbert nickte zu Doreens Worten.

»Ich bin begeistert. Wir tun also nichts Ungesetzliches.« Sie zeigte auf ein Kästchen mit der Bezeichnung ›Probenentnahme‹. »Geh da mal hin. Ich möchte wissen, was man für so einen Test braucht.«

Es klickte leise und auf dem Bildschirm erschienen Fotos von kleinen Glasröhrchen und Wattestäbchen. Oder zumindest etwas, das genauso aussah wie Wattestäbchen.

»Speichelentnahme an der Mundinnenseite. Ich habe das schon im Fernsehen gesehen.« Norbert lehnte sich an. Sein Rücken schmerzte. »Wenn sie zum Beispiel einen Vergewaltiger oder einen Mörder suchen und einen Massengentest durchführen. Man schabt innen von der Mundschleimhaut Gewebe ab, das dann untersucht wird.« Er holte Luft und setzte zu einer seiner weitschweifigen Erklärungen an, aber Doreen unterbrach ihn.

»Der Vaterschaftstest wird also mit Speichel gemacht. Sehr schön, Norbert. Aber wie sollen *wir* an den Mund von Herrn Lamms Tochter herankommen, ohne dass es auffällt? Wir haben Glück, wenn wir überhaupt in die Nähe des Kindes kommen!«

Sie lehnte sich ebenfalls zurück und verschränkte die Arme vor der Brust. »Unmöglich das Ganze. Vergessen wir es.«

»Nichts ist unmöglich, Doro.« Norbert bewegte den Kopf hin und her, ohne es zu merken. »Gerade das ist ja die Herausforderung. Ich schau jetzt mal nach, ob auch noch andere Dinge für den Test geeignet sind. Irgendwo habe ich schon mal davon gehört oder gelesen. Es sollen sogar schon Windeln eingeschickt worden sein.«

»Mach das. Ich sortiere inzwischen die Akten.« Doreen schob ihren Stuhl nach hinten und erhob sich. Sollte er doch ›recherchieren‹, wenn es ihm Spaß machte. Er würde sich jetzt sowieso nicht davon abbringen lassen. Sie betrachtete unlustig die Ordner in dem Wandregal und dachte an das bevorstehende Wochenende.

Dieses Mal würde sie die beiden freien Tage ganz für sich allein verbringen. Kein Ausflug zu ihren Eltern, kein gemeinsamer Kinobesuch mit Norbert, keine Einladung zum Essen. Stattdessen würde sie endlich einmal ausschlafen und dann den Rest des Tages faul auf dem Sofa liegen und lesen. Ein Stapel neuer Krimis wartete schon seit Wochen darauf verschlungen werden. Sie hatte *ihr* Privatleben, Norbert seins. Sie waren nicht miteinander verheiratet.

Doreen zog einen Ordner heraus und schnaufte verärgert, als ein Stapel nicht eingehefteter Papiere herausfiel und zu Boden flatterte. »Elende Schlamperei!« Sie hockte sich hin und begann, das Durcheinander aufzusammeln. Das kam davon, wenn man zu bequem war, etwas gleich richtig abzuheften und es nur zwischen die Mappen steckte. Norbert tat so, als habe er nichts bemerkt, aber sie konnte ihn aus den Augenwinkeln grinsen sehen. Unter dem Regal ruhten sich dicke graue Staubflocken aus.

»Hier! Ich hab's gefunden. Man braucht nicht unbedingt Speichel! Schau, da steht es. Haare mit Haarwurzeln, Kaugummis, Zigarettenkippen, Schnuller, Zahnbürsten, eingetrocknete Blutflecke, gebrauchte Taschentücher. Das ist ja toll!« Es klang verzückt. »Aus was man heutzutage alles Erbmaterial gewinnen kann!« Er rieb sich die Hände und setzte den Monolog fort: »Was wäre denn in unserem Fall geeignet? Lara ist fünf. Schnuller und Zigarettenkippen fallen demnach schon mal aus.« Vor Norberts innerem

Auge tauchte die Schachtel Gauloises auf. Geduldig wartete sie in seiner Tasche darauf, was mit ihr geschehen würde. Schmerzhaftes Verlangen nach einer – *einer einzigen Zigarette* – schnürte ihm die Kehle zu.

»Gut. Was bleibt uns dann? Eingetrocknetes Blut? Eher nicht. Haare mit Haarwurzeln schon eher. Ein gebrauchtes Taschentuch ist wahrscheinlich am einfachsten zu beschaffen. Das schmeißt eine Mutter nach dem Ausschnauben schon mal in den nächsten Papierkorb.« Er nickte sich selbst zu und drehte dann den Kopf zur Seite, um sie anzuschauen. »Wäre einen Versuch wert, oder?«

»Es könnte klappen.« Doreen kratzte sich am Hals.

»Dann biete ich Herrn Lamm das an. Wir versuchen es, setzen aber ein Zeitlimit. Drei Tage vielleicht. Um den Versand der Proben muss er sich dann selbst kümmern.«

»Braucht man für das Taschentuch auch so ein Röhrchen?«

»Warte, hier steht –« Norbert wackelte mit der Mouse und der Bildschirm erwachte zum Leben »– das Taschentuch kann sowohl ein Stoff- als auch ein Papiertaschentuch sein. Wichtig ist, dass es gut getrocknet wird. Als Verpackung reicht ein Briefumschlag. Na das ist doch bestens. Herr Lamm braucht nur für seine *eigene* Speichelprobe ein Röhrchen. Und das muss der gute Mann schon allein erledigen.«

»Na gut. Versuchen wir es.« Doreen klopfte ihrem Kollegen auf die Schulter und ging zurück zu ihrem Papierstapel. Sie fand den Räucherfisch widerlich, aber dieser Auftrag war mal etwas anderes.

»Ich rufe ihn gleich an. Wo ist die Visitenkarte?«

»Liegt auf meinem Schreibtisch.«

Norbert beugte sich vor, angelte ächzend nach dem kleinen weißen Kärtchen und betrachtete die neongrün glitzernden Buchstaben. Möchtegern-schick. Grinsend begann er zu wählen.

»Herr Lamm kommt heute Nachmittag noch einmal vorbei. In der Zwischenzeit sollten wir uns Gedanken machen, wie wir uns unauffällig an seine Frau und das Kind heranpirschen können. Wir müssen zuerst den Tagesablauf von Mutter und Kind kennen. Daraus leiten sich dann Möglichkeiten ›zufälliger‹ Begegnungen ab.«

»Was, wenn Klein-Lara keinen Schnupfen hat?«

»Hm.« Norbert rieb sich die Stirn. »Dann hätten wir noch die Haare. Du könntest doch dem Kind liebevoll über den Kopf streichen ...«

»Und ihm dabei ein paar Haare ausreißen? Allerliebst, Norbert, wirklich. Tolle Idee. Ich bin begeistert!«

»Es war ein Spaß. Wir werden schon eine Möglichkeit finden. Und wenn wir ihren Müll durchsuchen.«

»Das ist hoffentlich *auch* ein Spaß, Herr Löwe. *Ich* werde niemandes ›Müll durchsuchen‹, da kannst du Gift drauf nehmen.« Doreen schüttelte sich. Bei Norbert wusste man manchmal nicht, ob er es nicht doch so meinte, oder nur die Lage testen wollte.

»Alles nur Spaß, Süße, alles nur Spaß. Und nun zurück zu ernsten Dingen.«

16

Manfred Rabicht vergewisserte sich durch ein flüchtiges Klopfen, dass sein Portemonnaie noch in der hinteren Hosentasche war und schob seinen Einkaufswagen vorwärts.

Sonnabendvormittags im Baumarkt. Es gab keine schönere Freizeitbeschäftigung. Regina war daheim und kochte irgendein Wochenendmahl. Etwas Opulentes mit Fleisch und Beilagen. Und ihr lieber Ehemann ging seinen Aufgaben nach.

Im Gang zum ›Gartencenter‹ war schon die Weihnachtsdekoration aufgebaut. Er bemühte sich, nicht hinzusehen. Schrecklich. Heute war der achte September und wenn es nach den ›Werbestrategen‹ ging, stand Weihnachten vor der Tür. Ob überhaupt irgendein Kunde jetzt schon solche Artikel kaufte? Manfred Rabicht schlenderte an den vertrocknenden Bonsais vorbei in Richtung Außenbereich.

Gartenzubehör.

Seine Schritte wurden langsamer. Er las: ›Campingtoilette‹ und blieb stehen. Knapp 60 Euro. Gar nicht so teuer. Der obere Teil glich einer normalen Toilette, nur dass er aus Plastik, statt aus Porzellan bestand. Darunter befand sich ein Behälter, den man abschrauben konnte. Zum Entleeren. Sehr praktisch das Ganze. Es gab braune und dunkelgrüne Exemplare. Manfred Rabicht entschied sich für ein braunes und hob das sperrige Teil in den Wagen. Es war leichter, als es aussah.

Es ist ja auch noch leer. Leer und sauber.

Was ihn zu der Frage brachte, was man damit machte,

wenn es voll war. Es war anzunehmen, dass der Inhalt des Behälters eine Art flüssiger, brauner, stinkender Brei sein würde. Gülle. Gartenbewohner würden die Brühe wegen der Geruchsbelästigung ganz sicher nicht auf den Kompost schütten. Wahrscheinlicher war, dass sie ein Loch im Boden gruben und ihre mobile Toilette dort entleerten. Das war aber in seinem Fall gar nicht nötig. Man konnte die Jauche auch einfach in Karls Toilette gießen.

»Manfred, du denkst mit, wie ich sehe!« Ein paar Meter entfernt von ihm stand ein etwa dreijähriges Mädchen mit einer Rotznase und gaffte den Selbstgespräche führenden Mann mit halb offenem Mund an.

»Glotz woanders hin, Wechselbalg, sonst beiße ich dir die Nase ab!« Er zeigte dem Bankert zur Bekräftigung seine Zähne und sah, wie die Unterlippe des Kindes zu zittern begann. Gleich würde das Ding anfangen zu greinen. Im selben Augenblick bog eine kleine Frau mit suchendem Blick um die Ecke und atmete auf, als sie das Kind vor sich stehen sah. Er schenkte ihr ein nettes Lächeln und die Frau lächelte zurück. Sie nahm die kleine Ausreißerin am Arm und zog das Mädchen hinter sich her. Sich entfernend, zeterte die Mutter auf das inzwischen laut heulende Kind ein, es sei selbst daran schuld, wenn es immer weglaufe. Das Geschrei wurde leiser und Manfred Rabicht schob seinen Wagen vorwärts. Passend zum Chemieklo gab es ein Pulver namens ›Instantsoft‹ zur Desinfektion und Spezial-Toilettenpapier, welches sich angeblich besonders schnell auflösen sollte. Er nahm zwei Rollen und einmal Pulver aus dem Regal und spazierte dann in Richtung Kasse.

»Regina?« Die Frau antwortete nicht. Wahrscheinlich hockte sie wieder vor der Glotze. Im Flur roch es nach Sauerkraut und Braten und ihm lief das Wasser im Mund zusammen. Ein gemütliches Mittagessen und dann würde sich

93

Manfred Rabicht zum Nachbarn verdrücken und das Werkzeug suchen, welches Karl sich ausgeborgt hatte. Und das konnte dauern, schließlich wusste er ja nicht, wo es war.

»Hallo. Wann gibt es Essen?« Das Weib saß tatsächlich vor dem Fernseher, die Beine auf der Couch, ein Kissen auf dem Bauch. Das war das, was *sie* sich unter einem gemütlichen Wochenende vorstellte.

»Wenn du möchtest, gleich.« Regina schob das Kissen beiseite und hievte ihren Körper hoch. »Ist alles fertig.«

»Sehr schön. Dann lass uns essen. Ich möchte nachher zu Karl rüber, mein Werkzeug suchen und ein bisschen aufräumen.« Er ging voran in die Küche und Regina folgte ihm.

»Ist gut.« Ihr war es egal. Hauptsache, sie hatte ihre Ruhe.

Die Brombeersträucher hingen noch immer voller dunkler Beeren. In den vorhergehenden Jahren hatte Regina Marmelade daraus gekocht. Im Vorbeigehen pflückte er zwei der weichen Murmeln und schob sie in den Mund. Am Zeigefinger blieb ein dunkelroter Fleck zurück.

Manfred Rabicht holte den Schlüssel aus der Brusttasche seiner Latzhose und öffnete Karls Küchentür. Er durfte am Montag nicht vergessen, das Nachlassgericht anzurufen, um sich nach dem Stand der Dinge zu erkundigen. Auch wenn Regina davon ausging, dass es Monate dauern konnte, bis etwas geschah, war das kein Maßstab für ihn. Auf keinen Fall durfte man sich auf die Äußerungen einer Frau verlassen, die fast nie richtig zuhörte.

Er schloss die Tür hinter sich. »Hallo Karl! Ich bin's mal wieder, dein Nachbar! Ein netter kleiner Kurzbesuch am Samstagnachmittag!«

Karl antwortete dem Gast nicht. Das Sonnenlicht malte ein gelbes Karomuster auf die alten Dielen. Leise summend sprang der Kühlschrank an. Noch war Strom da. Solange die Kosten abgebucht werden konnten, würde es auch keinen Grund geben, ihn abzuschalten.

Bei Manfred und Regina wurde alle zwei Monate eine pauschale Summe abgebucht. Sicher war das bei Karl genau so gewesen. Und garantiert hatte noch keiner den Zählerstand abgelesen. Demzufolge war es egal, ob und wie viel Strom eventuelle Gäste verbrauchten. Vorerst zumindest. Man musste den Gedanken im Hinterkopf behalten.

Manfred Rabicht seufzte und öffnete die Kellertür. Es gab so viel zu bedenken! Langsam stieg er in ›sein Reich‹ hinab und versuchte, alles mit den Augen eines Außenstehenden zu sehen. Noch war nichts Unrechtes geschehen. Er hatte den Rasen gemäht und Karls alten Kohlenkeller ein wenig auf Vordermann gebracht, na gut. Das mit der Kellertür hätte auch der verstorbene Besitzer selbst erledigt haben können. Vor dem Werkstattkeller blieb er stehen und schloss die Augen.

Stille.

Er konzentrierte sich und versuchte irgendwelche Geräusche wahrzunehmen, aber da war nichts. Totenstille. Absolute Lautlosigkeit.

Kein Lärm herein, kein Lärm hinaus. Logische Schlussfolgerung oder? Zur Sicherheit konnte man das noch mit einem kleinen Test überprüfen. Ein laut kreischendes Radio im Kohlenkeller bei geschlossener Tür. Da es keine Fenster gab, würde man im Garten nichts davon hören. Nahm er an. Würde er ausprobieren. Sicher war sicher. Nichts voraussetzen, was man nicht selbst getestet hatte.

Das schwere Vorhängeschloss des Kohlenkellers war offen. Noch.

Manfred Rabicht drückte auf den Lichtschalter und sah sich um. Der Haufen Eierbriketts störte nicht. Er konnte liegen bleiben.

Die Campingtoilette lag im Kofferraum seines Wagens. Es wäre keine gute Idee, das sperrige Teil im hellen Tageslicht durch den Garten in Karls Haus zu schleppen. Was, wenn Regina zufällig beobachtete, wie ihr Mann das Ding hinübertrug? Jeder noch so minderbemittelte Schwachkopf würde sich fragen, wozu eine Chemietoilette im Haus des verstorbenen Nachbarn gebraucht wurde. Er würde es im Dunkeln erledigen müssen, unter irgendeinem Vorwand. Ein vergessener Schlüssel oder ähnliches. Ihm würde schon etwas einfallen.

Der Mann in der Latzhose machte zwei Schritte in den Raum hinein, blieb stehen und drehte sich langsam einmal um die eigene Achse. Die Schnürschuhe tappten über den Lehmboden, während sein Blick über die gewölbte Decke und die rauen Wände glitt.

Was würde ein Gast außer einer Toilette noch brauchen? Tisch und Stuhl? Nicht nötig. Das Mädchen konnte auf dem Boden oder auf dem Bett sitzen. Das hier war keine Luxusherberge.

»Apropos Bett, Herr Rabicht. An was hatten Sie da gedacht?« ›Herr Rabicht‹ lauschte dem Klang seiner Stimme. Sie hallte ein bisschen.

Als Lagerstatt für seinen Gast – er dachte kurz darüber nach, ob es für den Begriff ›Gast‹ eine weibliche Entsprechung gab und fand keine – würde eine simple Matratze ausreichen. Ein Bett führte nur zur Verweichlichung. Eine Matratze und eine Decke. Schluss. Wenn sie artig war, konnte man ihr noch ein Kissen dazu spendieren.

Manfred Rabicht drehte sich um, knipste das Licht aus und machte auf dem Weg nach oben einen Abstecher in den Vorratskeller, um ein Bier mitzunehmen.

Planen und Vorbereiten. Das machte Spaß. Das kalte Bier kribbelte in seinem Bauch wie die Vorfreude in Kindertagen zur Weihnachtszeit.

Entnervt stöhnten und knarrten die Treppenstufen in den ersten Stock unter den Sohlen. An der Wand hingen verblichene Schwarz-Weiß-Fotos von Karl und Erna im Gebirge. Im Hintergrund schneebedeckte Gipfel, vorn ein jugendlicher Karl mit schwarzen Keilhosen, der einen Arm um seine lächelnde Frau gelegt hatte. Es sah aus wie eine Szene in einem alten Film.

In Karls Schlafzimmer roch es nach altem Mann. Der Mann in der Latzhose betrachtete das Doppelbett mit den beiden braun lackierten Kopfteilen. Karls Hälfte war von einer blau karierten Zudecke bedeckt. Auf dem Nachttisch stand ein leeres Wasserglas. Es hatte einen weißen Rand im oberen Drittel. Auf Ernas Seite gab es keinen Bettbezug. Hier lag lediglich eine zusammengeknüllte braune Decke auf der blanken Matratze.

Manfred Rabicht schob die Handfläche unter die Matratze und hob sie an. Schöner, stabiler Federkern. Die würde etwas aushalten. Er legte sich die Wolldecke um den Hals und zog die Matratze hinter sich her die Treppe hinunter bis in den Flur und von dort aus weiter in Richtung Kellertür. Dumpf polterte das kurze Ende Stufe für Stufe hinunter.

Die Frage war jetzt noch, ob eine Unterlage nötig sein würde. Lehmboden war immer etwas feucht. Es wäre sicher unangenehm, wenn die Matratze durchweichte. Vielleicht konnte man die Stelle vorher mit Folie auslegen. Sein Hals juckte an den Stellen, an denen die Wolldecke die nackte Haut berührte. Er zerrte die Matratze über den Boden, lehnte sie an die Wand vor dem Kohlenkeller und ging nach nebenan, um in Karls ›Werkstatt‹ nach Abdeckfolie zu suchen.

Zufrieden betrachtete Manfred Rabicht sein Werk.
In der rechten hinteren Ecke das ›Bett‹. Eine stabile Ma-

tratze mit einer Decke, völlig ausreichend. Über den Kohlenberg konnte man großzügig hinwegsehen. Die Toilette stünde am besten vorn rechts. Dort störte ihn das Teil nicht beim Hinein- und Herausgehen. Und mehr war momentan nicht nötig.

Bevor seine ›Besucherin‹ das schmucklose Domizil bezog, würde er die Glühbirne herausschrauben. Für den Anfang jedenfalls. Dunkelheit machte gefügig. Wenn sie brav war, konnte man ihr dann eine Taschenlampe zur Verfügung stellen. Je nachdem, wie sich das Mädchen benahm, würde er ihr weitere Vergünstigungen in Aussicht stellen – oder sie ihr wieder entziehen, falls sie seinen Anweisungen nicht folgte.

Manfred Rabicht ging zur Tür des Kohlenkellers, schloss sie und warf sich dann mit der Schulter dagegen. Stabil.

Und die Bezeichnung ›Kohlenkeller‹ würde er von jetzt an auch nicht mehr verwenden. ›Gästezimmer‹ klang einfach netter, komfortabler. Ein Raum, der einen Besucher beherbergte. Es spielte keine Rolle, *wo* sich dieser Raum befand.

Und er würde sich allmählich auch ernsthafte Gedanken machen müssen, wie er eine ›Besucherin‹ in dieses Gästezimmer bekam. Ganz sicher würde keines von den knackigen, jungen Dingern freiwillig mit ihm mitkommen. Also musste man sie irgendwie ruhig stellen, ins Auto bekommen und dann sofort narkotisieren. Schlaf, Kindlein schlaf. Manfred Rabicht würde sich dieses Problem morgen vornehmen. Es war sicher auch interessant, herauszufinden, wie Dutroux das gemacht hatte.

»Das ist deine Sonntagsaufgabe, Manfred.« Er schlug mit der Linken auf den Lichtschalter. An. Aus. An.

Und der Schallschutz musste noch überprüft werden. Am besten gleich heute Abend, wenn er die Campingtoilette herüberbrachte. Es würde Regina irgendwann auffallen, wenn ihr Mann *jeden* Tag bei Karl etwas zu erledigen hatte. Sie war dumm, aber nicht naiv.

Noch einmal ließ er seine Augen über das Gästezimmer gleiten. Sehr schön bis jetzt, Manfred, sehr schön. Es fehlte nur noch die Toilette.

Das Vorhängeschloss rastete ein.

Manfred Rabicht setzte die Flasche an den Mund und ließ den letzten Schluck Bier die Kehle hinabrinnen.

Es war alles vorbereitet.

17

Helene blieb noch einen Augenblick auf dem Rücken liegen und versuchte, sich zu sammeln. Dann bewegte sie den rechten Arm zum Rand der Matratze, ließ die Hand nach unten plumpsen und tastete den Boden ab. Die Oberfläche war glatt und kühl, aber nicht ganz eben. Keine Fugen. Vorsichtig krabbelten die Finger voran. Der Fußboden bestand weder aus Parkett, noch aus Stein, noch aus irgendeinem Bodenbelag. Sie hatte, ehrlich gesagt, keine Ahnung, was es war.

»So viel dazu, Babe. Das hat uns nicht weitergebracht.«

Ihre Stimme klang wie die eines kleinen, verängstigten Mädchens und Helene räusperte sich mehrmals, bevor sie fortfuhr, sich selber Mut zuzusprechen.

»Und nun wird sich Helene Reimann von diesem Lager erheben und den Raum erkunden.«

Lauter, Schätzchen. Nicht so zögerlich. Du bist die fabelhafte Helli. Alle bewundern dich. Da wirst du doch hier nicht einfach so schlappmachen!

»Die fabelhafte Helli schickt sich an, das schwarze Loch zu erforschen!« Helene krakeelte den Satz mit heiserer Stimme heraus und schlug gleich darauf die Hand vor den Mund. Was, wenn sie jemand hören konnte? Dann beschloss sie, dass es ihr egal war. Das konnte nicht so weitergehen und sie würde jetzt etwas dagegen unternehmen. Vorsichtig rollte sie sich aus der Rückenlage zur Seite, zog die Beine an und stemmte den Oberkörper hoch. *Gut so. Weiter, Schätzchen. Jetzt streckst du gleichzeitig Arme und Beine aus und richtest dann den Oberkörper auf.*

Das Mädchen kippte nach vorn. Brust und Stirn prallten gleichzeitig auf die Matratze. Sie blieb in dieser Position liegen und ließ die Tränen einfach herauslaufen. Das konnte doch alles nicht wahr sein. Was war mit dem sportlichen Körper der fabelhaften Helli passiert, dass die Muskeln nicht einmal mehr auf einfachste Befehle reagierten? Sie musste krank sein. Eine andere Erklärung kam nicht in Frage. Helli Babe war krank und halluzinierte.

Das hatten wir doch alles vorhin schon einmal. Du bist nicht krank. Du bist eingesperrt und solltest machen, dass du hier rauskommst. Versuchs noch mal, Schwächling. Steh auf.

Sie stemmte die Hände neben den Kopf und drückte die Arme durch. Sie zitterten ein bisschen. Die Oberschenkel schienen aus wabbeligem Pudding zu bestehen. »Ich glaube nicht, dass ich aufstehen kann.« Ihre Stimme zitterte auch. *Alles an ihr schlotterte.*

Dann kriechst du eben. Und zwar gleich. Setz dich in Bewegung.

Langsam bewegte das Mädchen einen Arm und setzte die Handfläche auf den kalten Boden. Der zweite Arm folgte. Dann die beiden Beine. Jetzt hockte sie auf allen Vieren neben der Matratze.

Und nun voran, Babe! Du kannst das! Du bist fabelhaft!

Das ›fabelhafte Babe‹ streckte den rechten Arm aus und bewegte ihn behutsam von links nach rechts durch die Schwärze, bevor sie einige Zentimeter vorankrabbelte. Das Ganze wiederholte sich. Arm ausstrecken, Luft abtasten, vorwärts kriechen. Im Vierfußgang, auf Knien rutschend. Für einen Beobachter von außen musste es grotesk aussehen.

Nach einer unendlichen Weile stießen die ausgestreckten Fingerspitzen auf ein senkrechtes Hindernis. Helene robbte ein paar Zentimeter näher und ließ die Handfläche darüber gleiten. Eine Wand. Scharfzähnig bohrten sich winzige Steinchen wie Schmirgelpapier in ihre Haut. Rauputz. Keine Tapete. Eine Wand war nicht schlecht. Man konnte sich daran aufrichten und festhalten.

Und genau das machen wir jetzt. Hoch mit dir, faules Stück.

Das Mädchen kroch dichter an die Mauer und richtete den Oberkörper vorsichtig auf, bis sie aufrecht vor der Wand kniete. Dann schob sie sich langsam nach oben, die Hände immer fest auf den unebenen Putz gepresst.

»Ich stehe! Die fabelhafte Helli steht!«

Super. Ich habe dir doch gesagt. Man muss nur wollen. Ruh dich einen Moment aus und mach weiter.

Ausruhen. Gute Idee. Ihre Knie schlotterten wie Espenlaub und in ihrem Kopf sauste und rauschte es wie zehn Wasserfälle zusammen. Der ganze Körper schwankte leicht von links nach rechts.

Helene dachte an ihren Cousin. Den süßen kleinen Robert. Anderthalb war er jetzt und konnte schon fast allein laufen. Anfangs hatte er immer etwas zum Festhalten gebraucht, eine Hand oder ein Geländer oder auch eine Wand, an der er sich mit wackligen Beinchen entlang hangeln konnte. Plumpste der kleine Kerl hin, war er nicht imstande, sich von allein wieder aufzurichten. Wahrscheinlich dröhnte es in Roberts Kopf dabei nicht so, wie in dem seiner Cousine gerade eben, aber sonst schien ihr die Situation durchaus vergleichbar.

Der süße kleine Robert. Das Engelein mit den Goldlocken. Ob sie ihn jemals wieder sehen würde? Ihr Hals wurde eng und eine einzelne Träne rollte aus dem Augenwinkel über die Wange. Sie war heiß.

Hör mit dem Selbstmitleid auf, blöde Kuh. Das hilft uns jetzt auch nicht weiter. Raff dich auf und erkunde den Raum. Und wenn es Stunden dauert.

Die Stimme hatte Recht. Sie konnte später über ein Wiedersehen mit Robert nachdenken. Helene schob den linken Fuß ein paar Zentimeter nach links und stützte sich dabei mit beiden Händen weiter fest an die Mauer. Sie würde jetzt immer linksherum an der Wand entlang schlurfen, immer in eine Richtung. In irgendeinem Buch hatte sie mal gelesen, wie man wieder aus einem Labyrinth herausfinden konnte, auch wenn es Stunden dauerte und nicht der kürzeste Weg war. Aber es wäre die einzig sichere Methode, hatte der Autor geschrieben. Man musste mit einer Hand immer die Wand berühren. Nie loslassen, immer an einer Seite entlang. Irgendwann kam man zum Ausgang.

Und genau so würde es die müde alte Helli jetzt machen. Linksherum. Die rechte Hand durfte den Kontakt zur Mauer nie verlieren.

Das Mädchen setzte sich in Bewegung. Linkes Bein, rechtes Bein. Immer nur wenige Zentimeter. Die Finger der ausgestreckten Linken tasteten sich durch die Luft und suchten nach Hindernissen. Die rechte Hand schleifte brav über den kratzigen Putz. Und noch einmal. Linkes Bein und rechtes Bein.

»Linkes Bein und rechtes Bein. Helli macht das superfein.« Ein kleines Lied. Dünn zitterte die Melodie durch die Finsternis.

Der linke Fuß stieß an etwas Hartes und zog sich sofort zurück. *Da ist etwas am Boden, Helli.*

Das Mädchen blieb unbeweglich stehen. In ihrem Kopf begann das Hämmern und Dröhnen erneut. Sie dachte darüber nach, zurückzugehen. Oder besser gesagt, zurückzuschlurfen.

Finde heraus, was es ist. Seit wann bist du so ängstlich?
Bin ich das, feige? Eigentlich nicht.
Also dann. Finde es heraus.

Helene winkelte das linke Knie an und streckte dann das Bein ganz langsam seitlich aus, bis die Fußspitze erneut auf etwas traf. Sie trat fester zu, hob den Fuß und ließ ihn in einem Viertelkreis hin- und herschwingen. Das Hindernis war kein glatter, einheitlicher Gegenstand, sondern ein rundliches Gebilde mit kleineren Buckeln. Sie würde es anfassen müssen. Helene grub die Zähne in die Unterlippe, ging in die Hocke und streckte den linken Arm aus.

Harte, faustgroße Riesenmurmeln auf einem Haufen. Sie nahm eine in die Hand. Es war eher ein Riesenei, als eine Kugel. Ziemlich glatte Oberfläche, die ein wenig bröselte. Ein Stein konnte es nicht sein. Steine waren schwerer als dieses Ding. Helene ließ es fallen. Beim Zurückplumpsen klapperte das Riesenei wie poröser Klinker über den Haufen. Was auch immer das sein mochte, es war nichts Gefährliches. Sie zog sich mühsam wieder nach oben. Heiß prallte ihr keuchender Atem von der Wand zurück auf das Gesicht. Schweiß lief ihr über die Stirn in die Augen. Die Knie schlotterten wie nach einem Dauerlauf im Hochsommer.

Zitternd und schwitzend stand das Mädchen an der Wand. In ihrem Kopf rauschten die Niagarafälle. Irgendetwas war nicht in Ordnung mit ihr, aber das ganze wehleidige Getue brachte sie auch nicht weiter.

Jammer nicht. Geh weiter. Du hast nicht den ganzen Tag Zeit.

Die letzten Worte wehten wie feine Spinnweben durch ihren Kopf. ›Nicht den ganzen Tag Zeit.‹

Was aber, wenn Helene tatsächlich den ganzen Tag Zeit hatte? Diesen und den nächsten und die ganze Woche? Vor kurzem hatte das Mädchen einen Film gesehen, in dem ein psychopathischer Teenager vier seiner Mitschüler eingesperrt hatte. In einem Bunker. Die zwei Mädchen und zwei Jungen waren der Überzeugung gewesen, es sei ein Spiel und ihr Kollege würde sie nach ein paar Tagen befreien. Der ›Freund‹ beobachtete von außen, wie die vier immer nervöser wurden. Er hatte nicht die Absicht, sie freizulassen. Sie waren seine Versuchskaninchen. Big Brother ohne Chance auf Auszug.

Was, also, wenn dies hier auch so ein Fall war? Wurde sie bereits beobachtet? Helene fröstelte.

Und *wer* hatte sie in diesem schwarzen Loch eingesperrt? Würde der Kidnapper zurückkommen? Und *wenn* er zurückkam, was dann?

Das zieht dich doch bloß runter, Schätzchen. Diese Gedanken musst du schnellstens loswerden.

Das Mädchen schüttelte leicht den Kopf und bemühte sich an einen leeren Tisch zu denken. Weiße, leere Fläche. Reines Tuch. Nichts. Sie würde sich jetzt wieder in Bewegung setzen. Linkes Bein und rechtes Bein. Den Raum erkunden, einen Schritt nach dem anderen. Sie drückte die rechte Handfläche fest an den Putz, winkelte das Bein an und streckte es nach links. Die Fußspitze stieß an den Haufen und zuckte zurück.

Der verfluchte Berg Rieseneier. Den hatte sie ganz vergessen. Er hinderte sie daran, sich weiter nach links zu tasten, die rechte Hand immer in Kontakt mit der Wand. Ein schöner Plan, Helene.

Taste dich um das Ding herum. Du bist doch sonst nicht so zaudernd. Los!

Wieder hob sie den linken Fuß und schob ihn langsam links am Rand des Haufens entlang. Der Berg schien nicht besonders groß zu sein. Vielleicht konnte man sich daran vorbeitasten, ohne den Wandkontakt zu verlieren.

Über ihr polterte etwas.
Das Mädchen erstarrte mitten in der Bewegung.

18

»Tschüss dann! Bis Montag!«

Doreen lächelte ihm zu und warf dann die Tür des Opels mit Schwung ins Schloss. Norbert verfolgte das Hin- und Herwiegen ihres Hinterteils, beugte sich dann nach rechts und kurbelte die Scheibe herunter.

»Soll ich dich Montag früh abholen?«

Doreen blieb stehen und sah über die Schulter zurück. »Nur, wenn es in Strömen regnet! Schönes Wochenende!« Sie wandte sich um und ging auf ihren Hauseingang zu.

Norbert befahl seinen Augen, sich von der Rückenansicht zu lösen und gurtete sich wieder an. Es war Zeit, nach Hause zu fahren. In seine einsame, langweilige Höhle in der Walter-Rathenau-Straße.

Er wartete, bis die Straßenbahn an ihm vorbeigerattert war und bog dann nach links ab. Doreen hätte ruhig mit ihm essen gehen können. Ein gemütlicher Freitagabend bei Stefano. Knoblauch und Pesto. Rotwein und italienisches Gedudel im Hintergrund. Aber sie war stur bei ihrem Nein geblieben. Wer weiß, was sie vorhatte. Womöglich traf sie sich wieder mit diesem Paul Irgendwas.

Norbert entspannte seine Kaumuskeln. Ein, zwei Bier zum Feierabend wären nicht schlecht. Seine Vorräte waren fast alle. Er seufzte und rangierte den Opel in eine Parklücke vor dem Plus-Markt.

»Und nun zum Sport.« Die Kamera wechselte vom Nachrichtensprecher auf die Sport-Tussi. Wieso moderierte diesen Teil der Nachrichten bei RTL eigentlich eine Frau? Das war irgendwie unpassend. Was wussten Frauen denn vom Fußball. Oder von der Formel I.

Norbert füllte den Gulasch aus der Büchse in einen Topf und stellte ihn auf den Herd. Während die braune Suppe sich allmählich erwärmte, räumte er die Klappkiste aus und dachte dabei über genetische Gutachten nach. Es schien ein großer Markt zu sein, sonst gäbe es nicht so viele Anbieter. Es war ja auch ganz einfach – anonym und sicher. Und manche Kinder sahen ihren Vätern nicht nur *äußerlich* nicht ähnlich, sie hatten auch charakterlich nichts mit ihnen gemeinsam. Die Mutter konnte sich sicher sein, schließlich war das Baby ja aus *ihrem* Bauch gekommen. Was aber überzeugte den Vater, wenn es keinerlei Übereinstimmung gab?

Und wie hoch mochte die Quote derer sein, die Kuckuckskinder aufzogen, ohne es zu wissen?

Im Fernsehen beleidigte Olli Kahn einen Mitspieler, indem er ihm einen behandschuhten Finger in die Nase steckte. Zumindest sah es so aus.

»Arroganter Heini!« Norbert stellte seine Aktentasche auf den Küchentisch, klappte sie auf und begann den Inhalt zu sortieren. Unter dem schwarzen Ledereinband des Kalenders leuchtete etwas Rotes. Er griff zu und zog die Hand sofort wieder zurück, als sei der Gegenstand kochend heiß.

»Ach du Scheibendreck. Das hatte ich ja völlig vergessen.« Die Finger packten zu, kamen mit der Schachtel Gauloises wieder zum Vorschein und legten das Päckchen auf den Tisch. Die Zellophanhülle glänzte im Licht der Küchenlampe. Im Hintergrund begann der Deckel auf dem Gulaschtopf zu klappern und es roch nach scharfem Paprika. Norbert ging zum Herd und drehte die Kochplatte auf Eins zurück.

»Was nun, Herr Löwe?« ›Herr Löwe‹ streckte seine Hände aus und betrachtete die Finger. Die gelbliche Verfärbung zwischen rechtem Zeige- und Mittelfinger war längst verschwunden. Und das würde auch so bleiben. Norbert kehrte zum Tisch zurück, griff sich die Schachtel und marschierte zum Mülleimer. Deckel auf und Tschüss!

Jetzt hatte er sich aber ein Bier verdient! Und das Essen war sicher auch heiß genug. Ein Abend vor der Glotze. Wie praktisch, dass auch in der Küche ein Fernseher stand. So konnte man gemütlich am Tisch sitzen; essen und trinken, ohne sich groß bewegen zu müssen und keiner meckerte über mangelnde Esskultur, wenn der Topf auf dem Tisch stand. Wozu das Ganze erst in eine Suppenschüssel füllen? Unnötiger Abwasch. Norbert setzte sich, entkorkte ein Bier, schöpfte Gulasch auf seinen Teller und tauchte den Löffel ein.

Im Flur ratterte die Klingel. Der Gulaschlöffel verharrte in der Luft. Mit einem leisen Platschen fiel ein dicker Tropfen zurück in den braunen See. Zwei kleine Spritzer färbten Norberts Hemd dunkel. Er bemerkte es nicht. Kurz vor halb acht. Draußen war es schon fast dunkel. Wer würde an einem Freitagabend einen alten Knacker in seiner Räuberhöhle besuchen? Vielleicht hatte es Doreen sich doch noch überlegt und wollte jetzt mit ihm essen gehen? Norbert ließ den Löffel in die Suppe gleiten und sprang auf. Wie es hier aussah! Es klingelte erneut. Doreen schien ungeduldig zu sein.

Im Vorbeigehen schaltete er den Fernseher aus und schloss dann die Küchentür hinter sich. Sie konnten sich im Wohnzimmer unterhalten, ehe sie zu Stefano aufbrachen.

»Komme schon, komme schon!« Energisch eilte Norbert durch den Flur und riss mit einem Lächeln die Wohnungstür auf.

Seine Mundwinkel froren ein und rutschten dann nach unten. Die kühle Klinke noch immer in der Hand, stand er da und betrachtete entgeistert den ungeduldigen Klingler.

»Guten Abend. Willst du mich nicht begrüßen?«

Langsam löste Norbert die Rechte von der Türklinke

und streckte sie seinem Sohn entgegen. »Hallo Nils. Was treibt dich denn hierher?« Das ›nach fast einem Jahr‹ verkniff er sich.

»Ich hatte Sehnsucht nach dir.« Es klang ironisch. Der Sohn löste seine Hand aus dem Griff. »Willst du mich gar nicht hereinbitten, Paps?«

»Doch, sicher.« Norbert drehte sich um und ging voran. Wie er diese Anrede hasste! Paps, Papps. Das hörte sich nach einem aufgedunsenen faulen Kloß an. Papps – der dicke fette Pfannkuchen. Und vielleicht war er auch genau das. In den Augen seines Sohnes.

Norbert öffnete die Wohnzimmertür und machte eine einladende Handbewegung. »Bitteschön.«

Nils war im Flur stehen geblieben. »Ich würde lieber in die Küche gehen, wenn es dir recht ist. Da können wir gemütlich eine rauchen.«

»Ich rauche nicht mehr. Aber von mir aus.« Norbert schloss die Wohnzimmertür wieder und folgte seinem Sohn in die Küche.

»Du rauchst nicht mehr? Seit wann das denn?« Nils wartete nicht auf eine Antwort, sondern nahm am Tisch Platz und sah sich um. »Warst wohl grade beim Abendbrot?«

»Du hast es erfasst. Und ich rauche jetzt seit –« Norbert rechnete kurz nach »– knapp vier Monaten nicht mehr.« *Aber das kann einer, der sich seit letztem Oktober nicht gemeldet hat, schließlich nicht wissen.*

Er nahm seinem Sohn gegenüber Platz und betrachtete betrübt die Gulaschsuppe. Auf der Oberfläche bildete sich bereits eine Haut.

»Warum hast du aufgehört?« Der Sohn wurstelte in der Brusttasche in seiner olivgrünen Armeejacke und brachte eine Schachtel F 6 hervor.

»Das ist eine lange Geschichte.« Norbert hatte keine

Lust, von seinem Krankenhausaufenthalt und wie es dazu gekommen war, zu erzählen.

»Aber es stört dich nicht, wenn ich rauche?«

Natürlich störte es ihn. Es störte ihn sogar gewaltig. Die ganze Wohnung würde hinterher tagelang nach Qualm stinken. Aber hätte das etwas geändert? Ein rücksichtsvoller Mensch hätte es sich ganz verkniffen. Aber Nils Löwe doch nicht. Nils war noch nie rücksichtsvoll gewesen.

»Möchtest du ein Bier?«

»Gern. Schön kalt bitte.«

Auch noch Ansprüche stellen. Norbert erhob sich. Er spürte altvertrauten Zorn aufsteigen.

»Brauch' kein Glas, danke. Wie geht's dir so? Läuft die Detektei?«

»Alles bestens, ich kann nicht klagen.«

»Und mit deiner hübschen Kollegin? Läuft da auch alles bestens?« Der Sohn grinste den Vater an und Norbert nahm schnell einen Schluck Bier. Das war die Höhe. Dieses unreife Bürschchen wagte es doch tatsächlich, schleimige Andeutungen zu machen. *Doreen geht dich einen Scheißdreck an, Freundchen.*

»Hast du mal …« Nils nahm die Kippe aus dem Mund und deutete auf den Aschekegel. Norbert stand auf. Seine zahlreichen Aschenbecher hatte er vor ein paar Wochen in einem Anfall von Selbstüberschätzung weggeschmissen. Es schien den Sohn nicht wirklich zu interessieren, ob er und Doreen miteinander klarkamen. Das war nur wieder eine seiner dämlichen Bemerkungen gewesen, mehr nicht. Er klopfte auf den Busch und wartete, ob der Vater drauf ansprang. Genau wie früher. *Aber ich habe im Gegensatz zu dir dazugelernt, mein Freund.* Norbert kam mit einer Untertasse zurück und stellte sie vor Nils auf den Tisch. *Und nun drehen wir den Spieß einmal um.*

»Wie läuft es denn bei dir?«

»Ich studiere natürlich fleißig.« Es klang trotzig.

»In welchem Semester bist du jetzt?«

»Fünftes.«

»Und es geht voran?«

»Klar doch.« Nils griff nach dem Bier und trank.

Norbert wartete darauf, dass sein Gegenüber damit herausrückte, was das eigentliche Ziel seines Besuches sei. Ganz sicher war der Bursche nicht hier, um mit seinem Vater eine Runde gemütlich zu plaudern. Mit versteinerter Miene musterte der Vater den Sohn.

Nils war groß und schlaksig. Arme und Beine wirkten zu lang für den Oberkörper. Die dunklen Haare standen wirr in alle Richtungen ab. Wahrscheinlich war das Absicht. Und dann dieses furchtbare Kinnbärtchen. Es sollte cool wirken, aber in Wirklichkeit verlieh es dem Gesicht den dümmlichen Zug eines Ziegenbocks.

Norbert nahm auch einen Schluck. Es schmeckte nach nichts. Gleichzeitig stellten Vater und Sohn die Flaschen zurück und sahen sich an. Nils wendete den Blick ab und tat dann so, als betrachte er die Einrichtung der Küche.

»Ich wollte dich fragen –«, er machte eine kurze Pause und seine Augen huschten zu Norbert, zuckten aber sofort zurück, als habe er sich verbrannt, »– also eigentlich brauche ich mehr Geld. Das, was du mir jeden Monat überweist, reicht hinten und vorne nicht. Ich kriege schließlich kein BAföG, wie du weißt. Und Mama hat auch nicht so viel.«

Norbert griff erneut nach der Bierflasche, obwohl er keinen Appetit darauf hatte. *Das hat dich also hergeführt. Schnöder Mammon! Hätte ich mir gleich denken können.* Er ließ sich Zeit beim Trinken. So einfach, wie der Junge sich das vorstellte, war es nicht.

Nils betrachtete den Filter seiner Zigarette und drückte

sie dann auf der Untertasse aus. Norbert trank noch immer. Schließlich setzte er die Flasche ab und schnaufte.

»Hat deine Mutter dich geschickt?«

»Nein. Wie kommst du darauf?« Der Sohn fingerte die nächste Zigarette aus der Schachtel.

»Das liegt doch nahe, oder?«

»Ich habe Ausgaben, Paps. Bin im Sommer in eine WG gezogen. Die Miete ist teurer als das Wohnheim. Leipzig ist nicht Zwickau.«

Nicht mein Problem, mein Freund. Norbert schwieg.

»Ich muss Lehrbücher kaufen. Fachbücher sind teuer. Einen neuen Computer brauche ich auch bald. Wenn man Informatik studiert, kann man nicht mit einem uralten Gerät arbeiten.«

»Hattest du dir nicht erst letztes Jahr einen neuen Laptop gekauft?«

»Ja, schon. Um mobil zu sein. Damit kann ich auch im Zug arbeiten. Aber mein Computer ist schon drei Jahre alt. Und inzwischen gibt es weitaus schnellere Rechner.«

»Schön und gut, Nils.« Der Angesprochene blies einen Rauchkringel über den Tisch. »Aber das alles überzeugt mich nicht. Eine Studienbescheinigung für dieses Semester habe ich auch noch nicht.«

»Die besorge ich gleich nächste Woche, wenn das Semester beginnt.« Die Stimme des Sohnes klang jetzt eifrig. Er witterte den Hauch einer Chance, dass der Vater sich doch überreden lassen würde.

»Schön. Dann machen wir es so: Du besorgst die Studienbescheinigung, ich denke inzwischen über deine Bitte nach. Nächstes Wochenende bringst du sie mir vorbei. Dann reden wir noch einmal. Und ich möchte wissen, wie viel deine Mutter dir monatlich gibt.« Norbert sah, wie sich die Augen seines Sohnes zusammenzogen, als dieser über die Forderung des Vaters nachdachte. Seine Exfrau würde sich mit Händen und Füßen dagegen sträuben, ihm eine wie auch immer geartete Auskunft über ihre Vermögensverhältnisse zu geben. Aber das war ihm egal. Gerda hatte den gemeinsamen Sohn hierher geschickt, sollte sie nun mit den Konsequenzen leben.

»Also gut. Dann komme ich nächsten Freitag wieder.« Nils knickte die halb gerauchte F 6 auf der Untertasse zusammen und drehte den Stummel hin und her. Dann erhob er sich.

»Kein zweites Bier?« Norbert blieb sitzen. Manche Söhne mochten es, mit ihren Vätern gemütlich zusammenzusitzen, einen zu trinken und über Gott und die Welt zu plaudern. Dieser hier gehörte nicht dazu. Außer, dass er Bier trank und wie ein Schlot rauchte, schien es keine Gemeinsamkeiten zwischen ihnen zu geben. Und das mit dem Rauchen war ja nun auch Geschichte.

»Nein, danke. Muss los.« Der lange Lulatsch schlurfte zur Tür. »Komme ja nächste Woche schon wieder.« Es klang nicht begeistert.

Der Vater folgte seinem Sohn in den Flur.

»Also, Tschüss dann.«

Nils drehte sich halb um und deutete mit ausgestrecktem Zeigefinger auf die Brust seines Vaters. »Du hast dich da mit Suppe bekleckert.« Dann ging er.

Norbert ging in die Küche zurück, nahm den Teller vom Tisch, goss den Gulasch in den Topf und schaltete die Herdplatte ein. Die beiden leeren Bierflaschen kamen in den Beutel unter der Spüle. Er nahm die Untertasse vom Tisch, ließ die beiden Kippen in den Mülleimer rutschen und beschloss, dass er sich ein weiteres Pilsner redlich verdient hatte. Der Deckel des Gulaschtopfes begann erneut unregelmäßig zu klappern, während Norbert mit der kalten Flasche in der Rechten vor dem geöffneten Kühlschrank stand und ins Leere starrte.

Dann machte er zwei Schritte zur Seite, öffnete den Mülleimer, nahm die beiden Kippen heraus, betrachtete sie nachdenklich, ging damit zu seinem Schreibtisch im Wohnzimmer und legte beide sorgfältig in einen Briefumschlag.

19

»Warte, ich will das sehen.« Manfred Rabicht hob kurz die Handfläche in Richtung seiner Frau und ärgerte sich über ihren widerwilligen Gesichtsausdruck. Sie durfte gern über das Fernsehprogramm bestimmen. Wenn sie *ohne* ihn vor der Glotze saß.

»... die erste Woche im Prozess gegen Marc Dutroux.« Die Sprecherin des Boulevardmagazins verzog maskenhaft ihre Mundwinkel. Sie sah nicht wirklich betroffen aus. Ein perfekt geschminktes Püppchen, zu hübsch, um seriösen Journalismus zu vermitteln. Sie spielten einen Film ein.

Manfred Rabicht rutschte auf dem Sessel nach vorn, drückte den Rücken durch und schielte zu Regina. Sie schien noch immer beleidigt, weil er ihr die Fernbedienung weggenommen hatte.

Nun wurde das verkorkste Leben des Kinderschänders geschildert. Bilder eines verträumten Dorfes inmitten sanft gewellter Hügel. Den Namen verstand er nicht richtig. Irgendwas mit Sars la Dingsbums. Hübscher Landstrich. *Sieht fast wie hier in der Dresdner Gegend aus.* Der Mann im Sessel nahm einen tiefen Schluck Bier.

Die Frau des Angeklagten wurde gezeigt. Sie hieß Michelle und guckte wie ein verängstigtes Mäuschen in die Kamera. Das Paar habe fünf Kinder, verkündete der Reporter unbewegt. Manfred Rabicht schüttelte den Kopf. *Fünf* Kinder! Was für eine asoziale Familie! Aus den Augenwinkeln sah er, wie Regina die Beine von der Couch nahm, sich hochhievte und hinausging.

Dutroux habe bereits in den Achtzigerjahren Mädchen entführt und missbraucht. Gemeinsam mit seiner Frau. Er war dafür ins Gefängnis gewandert. Ein paar Jährchen nur. Nichts Weltbewegendes. Danach hatte man ihn laufen lassen. War ja nur ein vorbestrafter Kinderschänder. Keine Gefahr, dass so einer womöglich wieder aktiv wurde.

Nächste Chance für den Typ, der mit seinem herabhängenden Schnauzbart irgendwie durchschnittlich aussah. Und dümmlich. Was sicherlich nicht unbedingt ein Nachteil für ihn gewesen war.

Danach folgte die Zusammenfassung der bisherigen Ereignisse im Gerichtsprozess. Man sei erst am Anfang. Der Prozess würde wahrscheinlich mehrere Monate dauern. Hunderttausende Seiten Akten und Aberhunderte Zeugenaussagen mussten durchgeackert werden.

Manfred Rabicht schloss die Augen und sah eine Federkernmatratze mit einer braunen Wolldecke vor sich.

Mehrere Monate. So lange wollte er nicht warten, um herauszufinden, *wie* Dutroux die Mädchen in seinen Kastenwagen bekommen hatte. Wenn sie es in ihren Berichten überhaupt erwähnten. ›Wir werden sie weiter über den Fall auf dem Laufenden halten.‹ Das Püppchen befeuchtete seinen rot ausgemalten Schmollmund und leitete zum nächsten Thema über.

Gab es eigentlich noch Äther? Und wo konnte ein unbescholtener Bürger so etwas kaufen, ohne sich verdächtig zu machen?

Der Mann im Sessel rutschte nach hinten und lehnte sich an.

Hatte nicht dieses glatte Puppen-Gesicht vor einiger Zeit einen Beitrag über die Verwendung von K.o.-Tropfen in Diskos ›moderiert‹? Ihm war lediglich im Gedächtnis geblieben, dass die Betroffenen – und es waren immer Frauen oder Mädchen gewesen – ziemlich schnell bewusstlos wurden und dann ein willenloses Opfer dessen waren, der ihnen die Tropfen verabreicht hatte.

Sehr nett, wenn man eine erwachsene Frau in einer Disko kennen gelernt hatte. Schlecht, wenn man jemanden auf offener Straße schnell und wirkungsvoll außer Gefecht setzen wollte, um die Person dann ins Auto zu verfrachten. Aber es konnte nichts schaden, sich unverbindlich darüber zu informieren. Im Internet zum Beispiel. Das Netz stellte keine Fragen, es beantwortete welche. Schade nur, dass er selbst keinen Internetanschluss zu Hause hatte.

»Morgen kommt Gerti vorbei.« Regina balancierte ein Tablett mit einer Flasche Schaumwein, einer Sektschale, zwei Glasschüsseln und einem Milchkännchen in den Händen, schob die Wohnzimmertür mit der Schulter zu und stakste mit ihrer Last zum Couchtisch.

»Gerti kommt vorbei?« Manfred Rabicht betrachtete die braune Masse in den beiden rosa Schälchen skeptisch.

»Ja, sie hat vorhin angerufen. Als du bei Karl drüben warst.« Sie stellte eine der Schüsseln vor ihren Mann, legte einen Löffel daneben und hob das Kännchen vom Tablett. »Schokopudding. Mit Vanillesoße.«

»Ich möchte nicht, vielen Dank.«

»Na gut, wenn du keinen Appetit hast.« Regina nahm die Kanne und goss mit einer kreisenden Bewegung langsam Flüssigkeit auf ihren Pudding. Ein dicker, gelber Klumpen fiel mit hörbarem Platschen auf die abgeplattete Spitze und rollerte nach unten. Manfred Rabicht wendete den Blick von der Nachspeise. Fehlte nur, dass Regina vor Vergnügen schmatzte. Er klickte sich durch die Programme und dachte über Gerti nach. Gerti war Reginas jüngere Schwester. Sie wohnte in Dresden. Seit sie geschieden worden war, tauchte sie fast jedes Wochenende bei ihnen auf und nervte mit endlosen Tiraden über ihren unerträglichen Exmann. Warum hatte sie ihn dann erst geheiratet, wenn er so furchtbar war? Gerald war ein ruhiger Zeitgenosse gewesen. Manfred hatte sich immer gut mit ihm verstanden. Aber Gerald war nicht mehr da und nun kam Gerti öfter.

Wenn die beiden Schwestern zusammen waren, schnatterten sie stundenlang, ohne Luft zu holen. Er verzog sich dann ganz schnell woanders hin. Es war nicht zum Aushalten.

Reginas Löffel klapperte am Rand der Schüssel entlang und schaufelte die Reste zusammen. Gleich würde sie nach *seiner* Schale greifen.

»Wann kommt deine Schwester morgen?«

»Am Nachmittag, zum Kaffee. Du bist sicher, dass du nichts davon möchtest?« Sie wartete nicht, bis er den Kopf geschüttelt hatte, sondern streckte den Arm aus und zog seinen Pudding zu sich herüber.

Manfred ließ die Fernbedienung sinken und legte sie dann auf den Tisch zurück. Am Nachmittag also. Gerti war eine furchtbare Nervensäge. Aber sie hatte auch einen Vorteil. Gerti arbeitete in der Apotheke. Als PTA, hochtrabend, ›pharmazeutisch-technische-Assistentin‹, früher einfach Apothekenhelferin genannt. Sie kannte die Medikamente und ihre Nebenwirkungen. Man konnte sie ein bisschen ausfragen.

Und das würde seine nächste Aufgabe sein. Herausfinden, ob und in welcher Form es in Deutschland K.o.-Tropfen gab. Mit welchen Medikamenten Leute ruhig gestellt wurden, ob es noch so etwas wie Äther gab, wo und wie das Ganze aufbewahrt wurde.

Gerti redete genauso gern wie ihre Schwester. Gerti würde ihm bereitwillig von ihrem außerordentlich wichtigen Job erzählen. Er müsste ein dazu passendes, unverfängliches Thema finden, um sie nicht misstrauisch zu machen. Auch das dümmste Schnatterinchen würde stutzig werden, wenn es über K.o.-Tropfen und ihre Anwendung ausgehorcht wurde. Es musste nett verpackt sein, in einer spannenden Geschichte.

»Ich werde morgen Vormittag mal bei Ralf vorbeischauen.«

»Ist gut.« Regina stellte die leere Schale auf das Tablett, ließ sich zurücksinken und unterdrückte ein Rülpsen.

Er würde ein wenig recherchieren müssen, um der Labertasche Gerti die richtigen Fragen stellen zu können. Ralf hatte einen Internetzugang und stellte keine dummen Fragen. Wenn sein Kumpel Manfred zu ihm kam, um ins Netz zu gehen, war das in Ordnung.

Mit kleinen warmen Kribbelfingern tastete sich die Vorfreude durch seinen Bauch. Wenn alles geklärt war, konnte er vielleicht schon nächste Woche auf die Suche gehen.

Sie suchen und mitnehmen. Sie erziehen. Eine hübsche kleine Sklavin, jung und knackig. Und unbenutzt.

Regina sah ihren Mann versunken lächeln. Er schien mit sich und der Welt zufrieden.

20

Norbert ließ die Straßenbahn in Richtung Bahnhof vorbeirattern, wendete und rangierte den Opel in eine Parklücke vor dem Schlecker-Laden. Sonnabends war die Bahnhofsstraße noch menschenleerer als sonst.

Eine Flaniermeile hatten die Stadtväter daraus machen wollen. Und was war es geworden? Ein seelenloser Boulevard mit verwaisten Geschäften, die schönen alten Bäume gefällt und durch neue ersetzt.

Die Verkäuferin im gegenüberliegenden Obst- und Gemüseladen sah, wie der dicke Mann auf der anderen Straßenseite den Kopf schüttelte. Dann setzte er sich langsam in Bewegung und kam herüber. Sie kannte ihn vom Sehen. Wochentags kam er pünktlich wie ein Uhrwerk kurz vor acht angefahren und verschwand im Haus gegenüber. Manchmal war er in Begleitung einer attraktiven Brünetten. Wahrscheinlich arbeiteten beide dort. Den klapprigen Opel stellte er selten direkt vor dem Haus ab. Die Politessen waren wie ein zorniger Bienenschwarm, immer unterwegs, immer auf der Suche nach Parksündern, die Geld in Zwickaus leere Kassen brachten.

Der Dicke schien kein Obstliebhaber zu sein. Seine hübsche Kollegin hatte schon hier eingekauft, er jedoch noch nie. Jetzt stand er auf dem Gehweg, betrachtete die draußen aufgebauten Stiegen und fuhr sich mit den Fingern der Linken über die Stirn. Die Verkäuferin beschloss, ihm bei seinen Entscheidungen zu helfen, ging hinaus und nickte dem dicken Mann freundlich zu.

»Guten Morgen.« Er lächelte sie an. »Ich brauche ein paar Vitamine. Der Herbst kommt.«

»Suchen Sie sich etwas aus. Nektarinen und Aprikosen sind im Angebot.« Sie lächelte zurück und er hängte sich einen der roten Plastikkörbe an den Unterarm, folgte ihr ins Geschäft und begann den Korb mit Obst zu füllen. Vor dem Fach mit den kandierten Früchten zögerte er kurz und griff dann nach einem Päckchen mit kandierten Ananasringen.

Die Verkäuferin drehte sich um und tat so, als suche sie etwas im Regal hinter dem Eingang. Der dicke Mann hatte ausgesehen wie ein Kind, das etwas Verbotenes tat. Jetzt nahm er noch eine Packung getrocknete Bananen und kam zur Kasse.

»Die sind lecker.« Sie nahm die Ananasscheiben aus dem Einkaufskorb. »Schön süß und trotzdem nicht nur aus Zucker.«

»Genau.« Der Mann lächelte erleichtert darüber, dass sie das genauso sah wie er und fingerte ein Portemonnaie aus der Hosentasche hervor. Es hatte die rundliche Form seines Hinterteils. Er bezahlte, griff nach dem Beutel und schlenderte mit einem »Schönes Wochenende!« hinaus.

Die Verkäuferin sah ihm nach. Vielleicht kaufte er jetzt öfters hier ein. Jeder Kunde zählte in der gottverlassenen Bahnhofstraße.

Norbert klappte den Briefkasten auf, nahm die Werbung heraus und knüllte das Hochglanzpapier zusammen. Was nützte der schönste Aufkleber, dass man kein Werbematerial wolle, wenn die Verteiler sich nicht daran hielten? Heute würde sein erster richtig gesunder Tag sein. Gesunde Nahrung und reichlich Bewegung. Wäre doch gelacht. Was andere konnten, konnte Norbert Löwe schon lange. Doreen würde staunen.

Er machte sich auf den Weg nach oben. Mit schnellen Schritten. Immer zwei Stufen auf einmal, sportlich flink.

Im ersten Stock beschloss er, dass eine Stufe pro Schritt auch ausreiche. Im zweiten Stock musste Norbert kurz stehen bleiben. Seine Lunge schmerzte. In den Oberschenkelmuskeln zog es.

»Sportlich flink, aber sicher doch. Für eine halbe Treppe. Das hätten wir dann auch geklärt, Herr Löwe.«. Vor der Bürotür blieb er stehen und holte rasselnd Luft. Da rauchte er nun schon seit Monaten nicht mehr und keuchte trotzdem wie nach einem Dreitausendmeterlauf. Norbert nahm den Schlüssel in die Rechte und sah betrübt auf seinen Bauch hinunter. Seine Fußspitzen waren im Stehen nicht zu sehen.

»Mach dir nichts vor, du bist ein übergewichtiger, alternder Mann.« Er betrat das Büro, schloss die Tür und ging zu seinem Schreibtisch. Man konnte nicht alles an einem Tag erreichen. Also, immer schön der Reihe nach. Schritt für Schritt.

Zuerst würde er seine Ernährung umstellen. Und gleichzeitig Sport treiben. Nicht *zu* übertreiben am Anfang. Das war gar nicht gut. Norbert nickte. Und Doreen würde vorerst nichts von seinen Plänen erfahren. Sie würde schon rechtzeitig darauf kommen.

Er ließ sich auf seinen Sessel plumpsen, schaltete den Computer an und erhob sich gleich wieder, um den Wasserkocher in Gang zu setzen, füllte Wasser auf und schüttete dann das Obst aus der Plastiktüte ins Waschbecken. Obst jedenfalls war gesund. Wassertropfen perlten von den rosa Äpfeln ab, als seien diese mit einer Wachsschicht überzogen. Er trocknete die Früchte mit dem Geschirrtuch ab, legte sie auf einen Teller, kehrte zum Schreibtisch zurück und sog schnüffelnd Luft ein. Ein Hauch von Doreens Parfüm lag noch immer in der Luft.

Der graue Kasten neben seinem Stuhl summte vor sich hin, während auf dem Monitor Sand durch eine winzige Eieruhr rieselte.

Norbert setzte sich auf die Stuhlkante, nahm einen Kugelschreiber aus der Stiftschale und begann zu schreiben. Erstens: Urlaubsreise recherchieren. Er ließ die Mine zurückschnappen und blickte auf den Bildschirm. Sein Gesicht spiegelte sich in der grauen Fläche.

Übernächste Woche. Doreen würde mitkommen. Das hatte sie versprochen. Jetzt musste er schnell etwas Passendes finden und buchen, ehe sie es sich womöglich wieder anders überlegte. Dies war der eigentliche Grund, weswegen Detektiv Löwe am Sonnabend in seinem Büro saß.

Und wenn man einmal dabei war, könnte man auch sich gleich ein bisschen über Diäten informieren. Vielleicht gab es unter all den Möglichkeiten eine, die einen erwachsenen Mann nicht zur völligen Selbstverleugnung zwang. Etwas, bei dem man nicht gänzlich auf ›normale‹ Nahrung verzichten musste. Norbert drückte die Spitze des Kugelschreibers wieder heraus und schrieb. Zweitens: Diäten.

Der Wasserkocher blubberte. Er war soweit.

Übernächste Woche würden die beiden Super-Detektive miteinander verreisen. Und nächste Woche gab es noch allerhand Arbeit. Sie hatten Herrn Lamm den Vorschlag gemacht, seine Frau und die Tochter zu beobachten, um herauszufinden, ob sie unauffällig an das Kind herankommen konnten. In der Zwischenzeit sollte ihr Auftraggeber die erforderlichen Unterlagen per Internet bestellen.

Norbert schloss die Augen und rieb mit den Händen über die Lider. Mit einem Klacken schaltete sich der Wasserkocher aus.

Vaterschaftstests, sichere Ergebnisse, diskreter Versand. Es brauchte keiner zu wissen, dass der Betreffende jemals gezweifelt hatte. Man konnte es geheim halten, niemand musste davon erfahren. Nur ein Test zur Sicherheit. Er öffnete die Augen wieder und starrte einige Sekunden blicklos auf seine Liste, ehe sich die Finger der Rechten fester um den Stift schlossen und schrieben. Drittens: Probenset für Vaterschaftstest bestellen.

Norbert lehnte sich zurück. Unbändiger Appetit auf eine Zigarette strudelte durch seinen Kopf.

Eine schöne, gemütliche Zigarette und einen Kaffee. Was für ein Glück, dass im Büro keine Reste mehr herumlagen. Er hätte sich sonst vergessen. Äpfel waren ein schlechter Ersatz.

Draußen kreischten ein paar erboste Amseln und übertönten für einen Augenblick das leise Summen des Computers. Norbert nahm einen Schluck Tee und klickte dann auf das Symbol des Internetexplorers. Er würde jetzt seine Liste abarbeiten.

Zuerst die Reise. Dresden war sicher teuer. Die Amseln vor dem Fenster krakeelten lauter.

Die Sächsische Schweiz wäre auch reizvoll. Hatte nicht sogar der berühmte Caspar David Friedrich hier Motive gefunden? Wilde Romantik, Kreuz im Gebirge?

Vor Norberts geistigem Auge zogen Horden von Glatzköpfen mit Springerstiefeln durch eine Schlucht. Ihre Schafsgesichter waren fanatisch verzerrt, Speichelfäden flogen aus den Mundwinkeln, die ausgestreckten Arme waren gen Himmel gereckt. Es mochte ein Zerrbild sein, aber es ließ sich nicht ausblenden. Nein, das Elbsandsteingebirge war vielleicht doch nicht so idyllisch.

Norbert griff nach einem Apfel und biss hinein. Saft spritzte auf die Tastatur.

Ein, zwei Viertel Wein in einer gemütlichen Kneipe, gute Idee. Meißen war ein Weinanbaugebiet. Wie wäre es mit Meißen, Meister? Er dachte kurz darüber nach, ob man das

›ß‹ zischelnder aussprechen musste, als das ›s‹ und tippte dann ein paar Suchbegriffe ein.

Meißen war teuer. Weltniveau. Nichts für einen Privatdetektiv, der kurz vor der Insolvenz stand. Aber die Idee mit dem Weinanbaugebiet war deswegen trotzdem nicht schlecht. Es gab ja noch andere Orte im Umkreis. Norbert schloss die Augen und versuchte, sich zu erinnern. Als ein Indianerdorf mit bunt bemalten Freizeitindianern vor seinem inneren Auge erschien, lächelte er.

Radebeul. Die Stadt, die sich ›Karl-May-Stadt‹ nannte und doch nicht der Geburtsort des Schriftstellers war. Aber in Radebeul gab es außer dem Karl-May-Museum auch Weinberge. Er war selbst schon dort gewesen. Vor mindestens zehn Jahren. Ein Tagesausflug mit seiner Frau und mit seinem Sohn. Nils war damals noch ein Kind gewesen. Zehn, elf Jahre.

Das war dann 1994, Herr Löwe. Die Zeit eilte dahin. Eins, zwei, drei im Sauseschritt.

Norbert kniff die Augen zusammen und schüttelte die Erinnerung aus seinem Kopf. Hinfort mit den verblichenen Bildern, hinfort mit dem schlaksigen, unartigen Kind, das jedes Mal sofort zu greinen angefangen hatte, wenn es nicht nach seinem Kopf gegangen war.

Es waren jedenfalls wundervoll romantische Weinberge dort, mit einem atemberaubenden Blick bis nach Dresden. Es hatte ihn beeindruckt. Es würde Doreen gefallen.

Er spülte seinen Mund mit einem Schluck des inzwischen kalten Tees aus, erhob sich und ging zum Fenster. Ein Schwall sonnenwarmer Luft kam herein und brachte von irgendwoher einen Geruch nach Zuckerwatte mit. Betrübt sah Norbert auf die im Licht silbern glänzenden Straßenbahngleise hinab, dachte an seinen Obstteller und Punkt zwei auf der Liste. Schon das Wort ›Diät‹ bereitete ihm Unbehagen. Aber er würde recherchieren, heute noch. Jetzt gleich. Sich informieren tat nicht weh.

Und dann war da noch Punkt drei.

Norbert drehte sich um und ging zu seinem Schreibtisch. »Alles schön der Reihe nach, dicker, alter Mann.«

21

Helenes Ohren hatten sich bewegt. Wie bei einem aufmerksamen Tier waren sie ein wenig nach vorn geruckt. Sie lauschte mit geschlossenen Augen.

Spitz bohrten sich die Körnchen der Wand in ihre beiden Handflächen. Es war totenstill. Sie versuchte, sich zu erinnern. Das Poltern war über ihr gewesen. *Über* ihr. Das bedeutete, sie war irgendwo unten. Unten.

In einem Keller.

In einem Kellerverlies.

Es polterte erneut. Das Mädchen begann zu zittern. Ein kaltes Rinnsal rann zwischen den Schulterblättern nach unten.

»Verstecken. Ich muss mich verstecken. Ein Versteck suchen.« Heiser flüsterte sie die Worte vor sich hin wie ein Mantra.

Es gibt hier kein Versteck, Süße. Scher dich zu deiner Matratze zurück. Leg dich hin und deck dich zu. Dann sehen wir weiter.

Hinlegen, zudecken. Decke über den Kopf ziehen, gute Idee. Es rührte sich kein einziger Muskel.

Wieder zuckten die Ohren. Jetzt hörten sie ein schlurfendes Geräusch. Schritte. Das waren Schritte!

Helene machte abrupt eine halbe Drehung, löste die Hände von der Wand und stolperte in die Finsternis hinein. Jemand lief da oben herum. Jemand.

Sollte sie um Hilfe rufen? Was, wenn es derjenige war,

der sie hier eingesperrt hatte? Der Jemand würde es sicher nicht nett finden, wenn seine Gefangene hier unten herumschrie.

Was, wenn es jemand anderes ist?

»Scheiße, Scheiße. Lieber Gott, was soll ich bloß tun?«

Ihre rechte Fußspitze blieb an einer Kante hängen und Helene fiel auf die Knie.

Die Matratze. Sie war an der Matratze angekommen.

Schnell robbte sie vorwärts, kroch unter die Pferdedecke und rollte sich wie ein Igel im Winterschlaf zusammen. Nichts mehr hören. Stille.

Gleich darauf riss sich Helene die Decke wieder vom Kopf und lauschte furchtsam in die Dunkelheit.

Eine Tür quietschte.

Kalter Schweiß erschien auf ihrer Stirn und rann an den Schläfen seitwärts nach unten.

Schritte.

Helene wollte schlucken, aber es ging nicht. Ihr war speiübel.

Der Jemand pfiff ein Liedchen. Das Liedchen kam näher.

»Oh nein. Oh nein. Bitte nicht. Geh wieder weg.«

Die Schritte waren jetzt deutlich zu hören. Dann hörte der Spuk auf einmal auf.

Totenstille.

Das Mädchen hatte jetzt Schüttelfrost. Sie wusste nicht, wie lange es dauerte, aber plötzlich scharrte es nebenan. Dann hörte sie Metall klappern. Direkt vor ihr.

Der pfeifende Jemand würde in ihren Raum kommen. Jetzt gleich. Helene fühlte es am ganzen Körper. Das Klappern ihrer Zähne dröhnte wie ein Presslufthammer.

Hör verdammt noch mal auf, zu zittern. Das sieht er doch gleich. Mund zu. Press Oberkiefer und Unterkiefer fest zusammen. Und zieh dir die Decke über den Kopf.

Helene tat, was ihre innere Stimme befahl. Sie spannte alle Muskeln an. Die Zähne knirschten aufeinander. Es schmerzte, aber es half.

Eine Tür bewegte sich in den Angeln.

22

»Hallo Manfred! Komm rein.« Ralf stellte den Fuß vor die Tür und schüttelte die Hand seines Kumpels. »Bin erst vor einer halben Stunde aufgestanden.«

Das sieht man. Manfred sprach den Satz nicht aus. Unter Ralfs Augen hingen gut gefüllte Tränensäcke. Er sah aus, als habe er die Nacht durchgeheult. Wahrscheinlicher war eine abendliche Bier-Orgie. So, wie jeden Sonnabend.

Der Kumpel schloss die Tür und ging dann voran, in seine vor Sauberkeit leuchtende Küche. Andrea stand an der Spüle und wusch das Frühstücksgeschirr ab. Sie schob ihm einen Ellenbogen hin und Manfred berührte den weichen Arm von Ralfs Frau mit einem gemurmelten Gruß. Im Raum roch es nach gebratener Zwiebel und Bratensoße.

»Wir verziehen uns ins Arbeitszimmer. Manfred will im Internet recherchieren.«

Andrea antwortete nicht. Ralf machte eine Folge-mir-Geste und verließ die Küche und den Bratenduft.

»Was willst du eigentlich nachsehen?«

»Ich möchte mich über ein Medikament informieren. Gerti – du weißt schon – Reginas nervtötende Schwester –« er blickte kurz zu Ralf und sah diesen nicken. *Aber klar doch.* Ralf wusste, wer gemeint war. Schnatterinchen, die geschiedene Nervensäge.

»– Gerti hat Regina etwas aus der Apotheke mitgebracht. Zur Beruhigung, sagt sie. Weil Regina immer so schlecht schlafen kann.«

»Aha.«

»Ja, und sie hat gesagt, das wäre ein Supermittel, fast ohne Nebenwirkungen.«

»Und das glaubst du nicht ganz.« Ralf ließ seine Schneidezähne sehen. Er hatte verstanden.

»Ganz genau. Ich traue dem Frieden nicht. Regina ist seitdem immer müde und schlapp. Und nun will ich mich selbst informieren. Es kann doch nicht gesund sein, wenn jemand jeden Abend ein Schlafmittel einwirft. *Ich* glaube nämlich im Gegensatz zu meiner Angetrauten, dass das abhängig macht.« Manfred tippte ›Radedorm‹ in das Eingabefeld der Suchmaschine und wartete auf die Ergebnisse. Die Sache mit dem Beruhigungsmittel hatte er sich gestern Abend zurechtgelegt. Ralfs von Alkohol zerfressenes Gehirn würde daran nichts Komisches finden. Schließlich nahm Regina tatsächlich ab und zu Schlaftabletten. Es war dicht an der Wahrheit. Fast glaubte Manfred selbst an seine Besorgnis gegenüber seiner lieben Frau. Das war ein Zeichen dafür, dass die Geschichte gut war.

»Willst du ein Bier?« Der Kumpel rutschte mit seinem Plastikhocker rückwärts und erhob sich. Das hier war langweilig.

Manfreds Blick schweifte zur rechten unteren Ecke des Bildschirms. Zehn Uhr fünfundvierzig. Entschieden zu früh für Alkohol. »Eigentlich trinke ich vormittags noch nichts. Aber gut, von mir aus, weil heute Sonntag ist.« Es würde ihn schläfrig und träge machen. Aber er musste ja nicht die ganze Flasche leeren. Und Ralf wäre mindestens fünf Minuten weg, weil die Bierkästen in der Garage standen. Zeit für Manfred, sich schnell über K.o.-Tropfen zu informieren.

»Ich trinke vormittags eigentlich auch nie was. Das ist heute eine Ausnahme. Früher sind wir immer gemeinsam zum Frühschoppen losgezogen, weißt du noch?« Ralf schlurfte hinaus. »Bin gleich wieder da.«

»Alles klar!« Eine Ausnahme, aber gewiss doch, Ralfi. Jedes Wochenende eine Ausnahme. Hastig gab Manfred »K.o.-Tropfen« in das weiße Feld ein und hämmerte mit dem Mittelfinger auf ›Enter‹. Die Suchergebnisse erschienen und er klickte eilig auf den ersten vielversprechenden Link.

Diskobesucherin vergewaltigt ... Zurück. Nächster Link. Gammahydroxybuttersäure ... Betäubungsmittelgesetz ... Zurück. Runterscrollen. Weiterlesen. Nicht frei verkäuflich.

Schöne Scheiße.

Das war`s dann wohl. Otto Normalverbraucher würde in Deutschland keine K.o.-Tropfen bekommen. In den Niederlanden gab es sie noch. Unter dem Ladentisch. Prima. Die Niederlande waren weit weg. Zu weit für einen aus Radebeul. Es musste etwas anderes geben. In älteren Krimis war manchmal von Äther die Rede. Wurde Äther noch verwendet, und wenn ja, wo?

Schnell klopfte Manfred das Wort in die Tasten, wartete einen Augenblick und ließ dann seine Blicke von oben nach unten über den Bildschirm wandern. Er las ›Äther, blauer Himmel, Gravitation‹. Das war wohl falsch. Vielleicht musste man mehrere Wörter gleichzeitig eingeben, um die passende Antwort zu finden. Zum Beispiel Äther und Betäubungsmittel. Seine Finger wanderten über die Tastatur. Textzeilen erschienen auf dem Monitor.

Narkose. Schon besser. Brennbare Flüssigkeiten.

Nächste Seite.

›Äther, auch Diethylether oder Diäthyläther. Lösungsmittel, Experiment. Organische Stoffe.‹

Hörte sich irgendwie nach Chemieunterricht an.

Chemieunterricht?

Manfred Rabicht sah das Chemiekabinett seiner Schule vor sich. Grüne Metallschränke, Glasflaschen mit Totenköpfen. Seine Augen weiteten sich. Konnte es sein, dass er die ganze Zeit Probleme gesehen hatte, wo keine waren? War es *möglich*, dass das Wundermittel im Chemiekabinett seiner Schule stand, frei zugänglich für einen Hausmeister mit Schlüsselgewalt?

Das war zu schön, um wahr zu sein. Und gab es nicht im Chemie-Vorbereitungszimmer etwas zu reparieren? Die Heizung oder so? Also ran, an die Arbeit, Herr Rabicht! Der fleißige Hausmeister würde gleich morgen nach dem Rechten sehen und die Dinge erledigen, die erledigt werden mussten.

Im Flur klirrte es.

Ralfs Schlurfen kam näher und Manfred drückte ungeduldig mehrmals den Zurück-Button.

»Zwei schöne kalte Pilsner!« Zeitgleich mit Ralfs Stimme erschien auf dem Monitor die Erklärung zum Schlafmittel ›Radedorm‹ und Manfred Rabicht drehte sich um und lächelte dem Kumpel zu. »Wunderbar.«

»Hast du gefunden, was du gesucht hast?« Ralf stellte eine der beiden Flaschen neben die Tastatur, ließ sich ächzend auf seinem rosa Plüschthron nieder und nahm einen kräftigen Zug.

»Ich denke schon.«

»Und – ist es so, wie du dachtest?«

»Genau, wie ich vermutet habe.«

»Starke Nebenwirkungen, hm?«

»Du sagst es. Das Mittel ist gefährlich. Die Person leidet unter Müdigkeit und Antriebslosigkeit.« Manfred deutete auf den Bildschirm. »Und welcher Mann möchte schon eine ständig müde Frau? Meistens ist es ja ganz nett, wenn die Weiber ihre Klappe halten, aber nicht immer, wenn du verstehst, was ich meine ...« Er grinste dem Kumpel verschwörerisch zu.

»Vollkommen richtig, alter Schwede. Also hat deine Schwägerin Scheiße erzählt.«

»Du wirst lachen, aber ich bin mir nicht mal sicher, ob sie es tatsächlich bewusst gemacht hat. Vielleicht ist Gerti einfach zu blöd, sich die Nebenwirkungen zu merken. Das spielt auch keine Rolle.«

»Ich sage es ja immer. Die Weiber hauen uns die Taschen voll, wo sie nur können. Aber wir sind auch nicht auf den Kopf gefallen, was?« Ralfs linke Hand klatschte auf den Rücken des Kumpels, er zeigte erneut seine schiefen Zähne, setzte die Flasche an den Mund und ließ, ohne Luft zu holen, das gesamte restliche Bier in sich hineingluckern. Mit einem Seufzen stellte er die Flasche zurück und rieb mit Daumen und Zeigefinger sein Ohrläppchen.

»Was wirst du nun machen?«

»Gerti zur Rede stellen. Sie kommt heute Nachmittag vorbei.« Manfred schaute auf die Uhr. Bald halb zwölf. »Das geht doch nicht, dass diese blöde Kuh ihrer Schwester irgendwelche Tabletten mitbringt und die wirft sie, ohne nachzudenken ein. Ich muss dann auch bald wieder los.«

»Was ist mit deinem Bier?«

»Das trinke ich noch aus.« Widerwillig nahm Manfred Rabicht die Flasche in die Hand. Er hätte lieber noch ein bisschen im Netz nach Äther und dessen genauer Wirkung gefahndet, aber das war nicht möglich, wenn Ralf hier direkt neben ihm saß und dummes Zeug faselte. Kalt und bitter brannte das Pilsener in seiner Kehle. Er würde spätestens in einer halben Stunde furchtbar müde werden. Vielleicht war ein kleines Mittagsschläfchen angebracht. Morgen gab es eine Menge zu tun, Arbeit für einen fleißigen Hausmeister und fürsorglichen Nachbarn. Manfred Rabicht setzte die Flasche ab, atmete aus und erhob sich.

»Also dann, ich muss. Regina wartet mit dem Mittag. Danke Ralf.«

»Kein Problem.« Auch Ralf erhob sich. »Kannst immer zu mir kommen, weißte doch.« Er folgte dem Kumpel in den Flur und hielt die Tür auf. »Schön, dass wir mal wieder gequatscht haben.«

23

»Geh' weiter Dorftussi!« Norbert hielt den Fuß auf der Bremse, sah sein entnervtes Gesicht im Rückspiegel und rollte mit den Augen. Die dicke Frau mit dem grünen Parka stand wie festgetackert hinter seinem Auto, umklammerte den Griff ihres Einkaufswagens und blickte starr in die andere Richtung.

»Also, ist denn das die ...« Er kurbelte sein Fenster herunter und streckte den Kopf hinaus. »Könnten Sie bitte zur Seite gehen? Ich möchte hier einparken!«

Die Frau zuckte zusammen und glotzte den Störenfried an. Nach einer ihm endlos erscheinenden Zeitspanne setzte sie sich gemächlich in Bewegung.

Norbert kurbelte die Seitenscheibe wieder nach oben und ließ das Auto rückwärts in die Parklücke rollen. »Leute gibt's ...« Die Handbremse ratschte beim Hochziehen. Norbert zog den Zündschlüssel ab, beugte sich zum Beifahrersitz, zog den Einkaufszettel aus einem Seitenfach seiner Aktentasche und studierte die Liste.

Bier war leider verboten. Aber all die anderen Sachen würden richtig Spaß machen. Rührei mit viel Speck. Kassler, Rumpsteak, Eisbein. Aal und Lachs. Butter, soviel man wollte. Alles, was einen Mann stark und glücklich machte. Ein Traum.

Von Obst und Gemüse wurde doch ein erwachsener Mensch nicht satt. Schon die Jäger und Sammler hatten sich hauptsächlich von Eiweiß und Fett ernährt. Und waren sie davon krank geworden? Nein. Vielen Dank, Doktor Atkins.

Norbert steckte den Zettel in die Hosentasche, stieg aus, schloss das Auto ab und lief über den Parkplatz. Die Sonne wärmte sein Gesicht. Was für ein Glück, dass er im Internet auf diese Seiten gestoßen war. Auch die Erfahrungsberichte anderer ›Atkins-Jünger‹ klangen fast zu schön, um wahr zu sein.

Und es war ihm auch egal, was die Schulmedizin dazu meinte. Hauptsache, es funktionierte, ohne dass man sich kasteien musste. Und das würde er von heute an testen.

Am Eingang zum Supermarkt roch es nach Brathähnchen und Norbert spürte, wie sich die Speicheldrüsen unter seinen Ohren zusammenzogen. Brathähnchen war ›erlaubt‹. Mitsamt seiner knusprigen, fetten Haut. Der dicke Mann ließ einer ›Dorfbewohnerin‹ lächelnd den Vortritt und schob seinen Wagen durch die Schranke hinein in das Schlaraffenland.

»Einundsiebzig Euro zehn.« Die Kassiererin schaute hoch und wartete geduldig, bis die Kundin ihre EC-Karte hervorgekramt hatte.

»Hallo, großer Meister! Wochenendeinkauf?«

Norbert drehte sich um und erwiderte das Lächeln seiner Kollegin. »Hallo, Doro! Was für ein Zufall! Zwickau ist und bleibt doch ein Dorf.«

Doreen nickte und begann, ihre Einkäufe auf das Band zu stapeln. Norbert schob seinen Bauch seitlich neben ihren Wagen und half ihr dabei, bis die Dame vor ihm endlich den Beleg unterschrieben hatte. Die Kassiererin begann, seine Waren über den Scanner zu ziehen und er hatte das Gefühl, Doreen mustere jeden seiner Artikel mit Argusaugen. Norbert schickte ein Dankgebet an sein Gewissen, das es ihm strengstens untersagt hatte, eine Schachtel Pall Mall aus dem Regal an der Kasse zu nehmen. Noch immer konnte er nicht ohne Gier an all den Zigaretten vorbeigehen.

Schließlich war alles verstaut und Norbert bedeckte die Fleisch- und Fischberge notdürftig mit der Fernsehzeitung, um dann Doreen beim Einladen ihrer Waren zu helfen. *Sie* hatte natürlich nur gesunde Sachen eingekauft. Fettarmen Joghurt, fettarme Milch, Pflaumen und Birnen, einen Blumenkohl und drei Kohlrabis. Neben vier Putenschnitzeln lag eine Packung Einwegrasierer und Rasiergel.

»Das Gleiche nehme ich auch.« Norbert grinste und zeigte auf die leuchtend blaue Dose. »Ich dachte immer, ihr verwendet extra Frauen-Rasierer.« Er ließ es wie eine Frage klingen.

»Nein. Ich jedenfalls nicht. Das ist nur Geldschneiderei. Man kann genauso gut die Männersachen verwenden.«

Gemeinsam schoben sie ihre Wagen in Richtung Ausgang. *Doreen in der Badewanne, wie sie gemächlich mit dem Rasierer über ihre langen Beine fuhr.* Norbert verscheuchte das Bild schnell. »Bist du mit der Straßenbahn gefahren?«

»Ja. Es blieb mir ja nichts anderes übrig. Ich hätte auch zum Plus-Markt um die Ecke laufen können, aber da gibt es diesen Biojoghurt nicht.« Sie zeigte auf die hellblauen Becher. Ihr Auto hatte vor ein paar Wochen den Geist aufgegeben und für ein neues war kein Geld da. So fuhr sie entweder mit ihm mit oder ging zu Fuß. Es war nicht schlimm. Man bekam viel frische Luft ab und noch war Spätsommer.

»Ich fahre dich nach Hause.« Norbert blieb neben dem Geldautomaten stehen und betrachtete den Brathähnchengrill.

»Das brauchst du nicht.«

»Zier dich nicht. Es ist kein großer Umweg.« Er legte die Hand auf ihren Unterarm. Die Haut fühlte sich weich und warm an.

»Na gut.« Doreen sah ihm einen Moment lang nach und richtete den Blick dann auf den Inhalt seines Einkaufswagens. Entweder bekam Norbert Gäste, die extreme Fleisch-

und Fischliebhaber waren, oder er hatte vor, sich am Wochenende zu überfressen. Da befand sich nicht ein einziges Stück frisches Obst oder Gemüse auf dem ganzen Stapel. Und jetzt kam er mit zwei halben Brathähnchen zurück.

»Wollen wir noch einen Kaffee trinken gehen?« Norbert dachte kurz darüber nach, ob Kaffee erlaubt war, konnte sich aber nicht erinnern. Da er heute Früh schon einen Apfel gegessen hatte, war es sowieso egal. Die strenge Diät würde morgen beginnen. Heute konnte man noch einmal über die Stränge schlagen.

»Wenn es nicht zu lange dauert? Woran hattest du gedacht?« Die Wagenräder ratterten synchron über die Fugen der Gehwegplatten.

»An das ›Basilikum‹. Das gehört zum Achat-Hotel an der Leipziger Straße.« Er zog den Autoschlüssel aus der Hosentasche.

»Aber höchstens eine Stunde.« Doreen blieb stehen und wartete, bis Norbert den Kofferraum geöffnet hatte. Sie hatte heute nichts Besonderes vor, wollte aber nicht den ganzen Sonnabend mit ihrem Kollegen verbringen.

»Ich habe übrigens unseren kleinen Ausflug gebucht. Für übernächste Woche.« Norbert hatte die Worte ›Urlaub‹ und ›Reise‹ bewusst vermieden. Das hörte sich so förmlich an, nach Familie und zänkischem Ehepaar. ›Ausflug‹ war unbedenklich. Das klang nett harmlos. Er rührte in seiner Tasse, fixierte scheinbar fasziniert den schwarzbraunen Strudel und prüfte den Tonfall von Doreens Stimme, ehe er es wagte, sie anzusehen.

»Wohin geht die Reise?«
»Nach Dresden, wie ich schon gesagt hatte.«
»Dresden.«
»Ja, traumhafte Umgebung, Kultur, Weinberge in Meißen und Radebeul. Man könnte auch ins Elbsandsteinge-

birge fahren, oder nach Pillnitz. Ich liebe Pillnitz.« *Norbert Löwe, hör auf zu schwafeln.. Du verprellst sie noch mit deinem enthusiastischen Gestammel.*

»Und wir fahren mit deinem Auto?«

Norbert ließ seinen Kopf zweimal auf- und abwippen und schwenkte dabei eifrig den Löffel durch seinen Kaffee.

»Wann geht es zurück?«

»Sonnabend dachte ich?« Er versuchte einen Blick in die Schneewittchenaugen und fand keine Ablehnung. »Dann haben wir noch den Sonntag zu Hause, ehe wir wieder ins Büro müssen.«

»*Falls* es etwas zu tun gibt.« Doreen schaute zur Uhr und verfolgte dann, wie ihr Kollege einen Schluck von seinem schwarzen Kaffee nahm und das Gesicht verzog. »Eine halbe Stunde haben wir noch. Jetzt wüsste ich gern von dir, woher du das Geld für die nächsten Monate nehmen willst. Du hast mir neulich versprochen, dass du es mir erzählen wirst.«

Norbert stellte die Tasse zurück und betrachtete betrübt die schwarze Flüssigkeit. »Ich habe meine Lebensversicherung aufgelöst.«

»Du hast was?«

»Meine Lebensversicherung aufgelöst. Das war sowieso die falsche Geldanlage. Hat kaum Zinsen eingebracht, unnützer Kram.« Er schnaufte. »Wir brauchen *jetzt* das Geld. Es kommen auch wieder bessere Zeiten.« Seine Schultern sackten nach unten. »Ich werde dann stattdessen eine Rentenversicherung abschließen.«

»Aber das ist doch ein Verlustgeschäft. Und wenn du eine neue Versicherung abschließt, musst du höhere Zinsen bezahlen.«

»Kann schon sein. Aber ich habe das so entschieden und es tut mir auch nicht Leid.« Norbert nahm noch einen Schluck, bemühte sich nicht zu atmen und stellte die Tasse zurück. Kaffee mit Süßstoff war ab jetzt von der Liste gestrichen.

»Gut finde ich das *nicht*.« Doreen schob die Unterlippe vor. »Aber es ist deine Entscheidung.«

»Du hast es erfasst. Und es ist auch schon erledigt, aus und vorbei. Das Geld wird überwiesen. Ich gebe doch nicht wegen einer momentanen Auftragsflaute mein –« er stockte kurz und verbesserte sich »– unser Detektivbüro auf. Es kommen auch wieder bessere Zeiten.«

»Hoffen wir das Beste.« Sie legte ihr Portemonnaie auf den Tisch. »Und am Montag verfolgen wir Frau Lamm mit dem kleinen Lara-Lämmchen, um dem Kind sein Erbgut zu entreißen.«

»Genau.« Ein schüchternes Lächeln tauchte in Norberts Gesicht auf. »Das wird spannend. Ich freue mich schon darauf.«

»Ich auch.«

Die Kellnerin stand am Tresen und rauchte. Während Norbert seinen Plan für die Observation am Montag entwickelte, fixierte Doreen den Hinterkopf der Frau und versuchte, gleichzeitig mit ihren Blicken die Worte ›Dreh – dich – um‹ mitzusenden. Dreh – dich – endlich – um – und – kümmere – dich – um – deine – Kunden. Die Frau bemerkte nichts. Ihr Rücken schien gepanzert.

»... und verfolgen sie von dem Moment an, an dem sie aus der Tür tritt. Ich hoffe bloß, das Kind hat Schnupfen. Sonst müssen wir uns etwas anderes einfallen lassen. Und dann –« Norbert rieb sein Ohrläppchen und bemerkte Doreens starren Blick. »Hörst du gar nicht zu?«

»Entschuldige. Ich würde gern bezahlen, aber die Dame dort ignoriert uns. Wir haben bestellt, sie hat uns etwas gebracht und nun sind wir fürs Erste erledigt.« Sie schob den Unterkiefer vor.

»Reg' dich nicht auf. Es ist Wochenende.« Er hob den Arm. »Hallo! Wir würden gern zahlen!«

»Komme sofort!« Die Kellnerin drückte ihre Zigarette aus und kam an den Tisch. »Zusammen?«

»Ja bitte.« Doreen legte die Hand auf ihr Portemonnaie und versuchte den Groll hinunterzuwürgen. Das war die Aufregung nicht wert. Sie bezahlte und erhob sich, während die Bedienung den Tisch abräumte. In der Tasse ihres Kollegen schwappte kalt gewordene, teerähnliche Brühe. Anscheinend schmeckte ihm Kaffee mit Süßstoff nicht.

»Auf ins Wochenende.« Norbert zwängte seinen Bauch hinter das Lenkrad. Im Auto roch es nach Brathähnchen.

»Will Herr Lamm eigentlich die Sachen für den Vaterschaftstest selbst einschicken?« Doreen schnallte sich an. Das Auto brummte die Leipziger Straße hinunter.

»Ja. *Wir* besorgen nur das Material. Der Rest ist seine Sache. *Er* bestellt die Probenröhrchen –«

Norbert sah sich vor dem Monitor sitzen und auf den Button ›Probenset bestellen‹ klicken

»– *er* schließt einen Vertrag mit der Firma ab, *er* bezahlt –« es kostete 299 Euro bei ›Gentest.org‹ und man musste *vorher* überweisen

»– *er* schickt alles ein und *er* bekommt die Ergebnisse.«

»Wie lange dauert so was?« Sie schielte auf den Tacho. Norbert fuhr 65 Stundenkilometer.

»Mindestens zwei Wochen.« Ein so genannter Expresstest, bei dem die Ergebnisse schon nach drei Tagen vorlagen, kostete 199 Euro Aufpreis.

»Ich bin ziemlich gespannt, was dabei rauskommt. Was, wenn er nicht der Vater ist?«

Was, wenn er nicht der Vater ist?

»Das werden wir sehen. Da wären wir.« Norbert bog nach links auf die Bosestraße ab, bremste und hielt mit eingeschalteter Warnblinkanlage vor Doreens Haus.

»Montag um acht?« Sie beugte sich zum Seitenfenster

herein und gab ihm ein Küsschen auf die Wange. »Schönes Wochenende noch!«

Norbert sah ihr nach und gab dann Gas. Im Gesicht fühlte er den Abdruck ihrer Lippen. Er wollte nach Hause und sich mit fettem Fleisch voll stopfen. Vorher würde er noch an der Sparkassenfiliale anhalten und einen Überweisungsträger in den Briefkasten werfen. 300 Euro.

24

Der Kies unter den Rädern knirschte und kleine Steinchen klackten gegen das Bodenblech. Der Hausmeister fuhr einen schwungvollen Bogen, stellte den Skoda neben dem Auto der Sekretärin ab, stieg aus und blickte an der Fensterfront nach oben. Er würde den Montagmorgen jetzt mit einem Kaffee bei Helga im Sekretariat beginnen und dann, noch bevor die ersten Lehrer eintrafen, die Heizung in den Chemieräumen inspizieren. Es war besser, alles in Schuss zu haben, bevor der Winter Einzug hielt.

»Morgen meine Beste!«

»Guten Morgen Manne. Kleinen Moment noch.« Die Sekretärin blickte kopfschüttelnd auf den Bildschirm und ließ ihre Finger dann über die Tasten gleiten. Es sah aus, als spiele sie ein kompliziertes Klavierstück.

»So, jetzt kann's losgehen.« Helga hämmerte den Schlussakkord in die Tastatur, ging zum Schrank, nahm zwei Tassen heraus und kam dann zu ihm.

»Die Aula muss für das Chorkonzert übermorgen vorbereitet werden.« Sie goss Kaffee ein.

»Das mache ich später. Zuerst überprüfe ich die Heizung in den Chemieräumen. Der Temperaturfühler scheint kaputt sein.«

»Schöner Mist mit der ganzen neuen Technik.« Helga schlürfte einen Schluck aus ihrer Tasse und setzte sie dann zurück. »*Die* Probleme hatten wir früher nicht.«

»Tja, das nützt ja alles nichts. Damit müssen wir nun leider klarkommen.«

Nach zehn Minuten belanglosem Smalltalk über das schöne Wetter brach Manfred Rabicht auf. Auf in den ersten Stock, zu Äther und anderen netten Chemikalien. In einer Viertelstunde würden die ersten Lehrer eintrudeln und er wollte vorher nachsehen, ob die begehrte Flüssigkeit in einem der grünen Schränke stand.

Im Chemie-Vorbereitungszimmer breitete er zuerst seine Werkzeuge auf einem der fahrbaren Tische aus und rückte einen der Schreibtische beiseite, um den Heizkörper freizulegen.

Dann drehte er sich mit der Rohrzange in der Hand einmal um die eigene Achse und betrachtete die Schränke.

›Säuren und Laugen‹ stand auf dem einen. Gelbe Schilder mit schwarzen Buchstaben. War Äther eine Säure oder eine Lauge? Manfred Rabicht hatte keine Ahnung. Er würde alles der Reihe nach durchsehen müssen.

Auf den Gängen herrschte noch die atemlose Stille vor dem Sturm. Der Mann in der roten Latzhose trat an den ›Säuren und Laugen‹-Schrank heran, drehte den Knopf und zog an der Tür.

Verschlossen. Der Scheiß-Schrank war zu.

Das ist doch wohl logisch. Es gibt ganz sicher Vorschriften zur Aufbewahrung solcher Chemikalien. Der Totenkopf neben dem gelben Schild grinste fies.

Es war aber ziemlich wahrscheinlich, dass die Lehrer die Schlüssel nicht mit nach Hause nahmen. Ganz bestimmt waren sie in irgendeiner ihrer Schubladen.

Manfred Rabicht sah auf die Uhr. Noch zehn Minuten. Wie würde das aussehen, wenn einer der Chemielehrer plötzlich hier hereinschneite und den Hausmeister, statt mit der Rohrzange die Heizung bearbeitend, in seiner persönlichen Schublade wühlen sah?

Nicht gut, Herr Rabicht, nicht gut.

Also dann, anderer Plan. Verschieben wir das Ganze auf heute Nachmittag.

Er ging zurück zu seinem Koffer und betrachtete die fettig schimmernden Werkzeuge darin.

Äther, Ether, Diäthyläther. So nah und doch so fern. Vielleicht stand die Flasche gar nicht in dem verschlossenen Säuren-Laugen-Schrank.

Die Rohrzange in seiner Hand sank langsam nach unten, während der Hausmeister von Wand zu Wand blickte. In den Regalen mit den Glastüren rechts von ihm waren fein säuberlich die verschiedensten Geräte aufgereiht. Große braune Glasbehälter, Reagenzgläser, Trichter und andere Sachen, von denen Manfred Rabicht nicht wusste, wie sie genannt wurden. Daneben stand eine Art Spind aus Metall. Der Spind zischelte leise.

Er ging dichter heran und betrachtete das zischende Ungetüm. Seit wann konnten Schränke fauchen?

Mit einem unhörbaren Schnappen kam die Erinnerung an die Umbauten nach der Wende zu ihm. Neue Arbeits- und Brandschutzbestimmungen. Die alten Möbel waren nicht mehr gut genug, die Räume mussten renoviert werden, neue Tische und Bänke wurden geliefert. Und moderne, angeblich viel sicherere Schränke. Und wie von Zauberhand stellte sich auch der exakte Begriff für den zischenden Schrank ein. Abzugsschrank. Das Ding war ein Abzugsschrank. Oben befand sich eine Entlüftung, die irgendwelche Gase

– wohin eigentlich?–

pustete.

»Hätten wir das auch geklärt.« Manfred Rabicht griff nach dem Riegel des ›Abzugsschranks‹, zog daran und die Tür öffnete sich widerwillig. Auf mehreren übereinander liegenden Einlegeböden standen unzählige braune Glasflaschen mit verschiedenen Flüssigkeiten. Gelbe Etiketten mit schwarzer Schrift. Totenköpfe fehlten. Scheinbar waren das hier keine Gifte. Die standen mit Sicherheit in dem verschlossenen Schrank. Wahrscheinlich handelte es sich um Stoffe, die irgendwelche Gase abgaben, welche durch die Entlüftung nach draußen abgeführt wurden.

Manfred Rabicht kratzte sich mit der Rohrzange am Kopf.

Den Flaschen entströmten also Gase. War Äther nicht auch ein Gas? Tropfte man die Flüssigkeit auf ein Tuch, bildete sich sofort betäubendes Gas. Dann presste man das Tuch der zu narkotisierenden Person auf Mund und Nase, sie atmete es ein und wurde bewusstlos. So hatte er es zumindest einmal in einem älteren Krimi gesehen.

Es war *nicht* giftig, aber es betäubte. Musste man so etwas nicht in einem Abzugsschrank aufbewahren? Langsam streckte Manfred Rabicht die linke Hand aus und schob die drei vorn stehenden Flaschen im oberen Fach ein paar Zentimeter zur Seite.

Im gleichen Augenblick, als Glas leise auf Glas klirrte, klapperte ein Schlüssel im Schloss, die Tür des Vorbereitungszimmers flog auf, krachte an den Gummipuffer im Fußboden und prallte wieder zurück.

Ein Mann im zerknitterten Leinenjackett kam hereingestürmt, eilte in Richtung der Schreibtische, schlüpfte im Gehen aus den Ärmeln und schleuderte seine Aktentasche aus einem halben Meter Entfernung auf einen der Stühle. Erst dann schien ihm aufzufallen, dass etwas anders war als sonst und er drehte sich langsam um, bis sein Blick auf den Mann mit der roten Latzhose fiel, der mit erhobener Rohrzange unbeweglich neben dem offenen Abzugsschrank stand.

»Guten Morgen Herr Rabicht!« Der Lehrer zog die Augenbrauen kurz nach oben. »Was machen Sie denn hier?«

»Ich habe nach der Heizung gesehen.« Der Hausmeister zeigte mit den rot ummantelten Griffen der Zange in Richtung Fenster. »Und dann hatte ich den Eindruck, dass die Entlüftung an diesem Schrank nicht richtig funktioniert. Scheint aber nichts Ernsthaftes zu sein.« Er griff nach der Tür. »Werden hier drin gefährliche Stoffe aufbewahrt?«

»Nur Lösungsmittel. Nichts Giftiges oder Explosives. Kann eigentlich nichts passieren, auch wenn der Abzug mal nicht geht.« Der Lehrer hängte sein Jackett auf einen Bügel und wandte sich ab.

»Gut, ich mache mit der Heizung heute Nachmittag weiter.« Manfred Rabicht ließ seinen Blick Abschied nehmend über die braunen Glasflaschen gleiten, während sein Daumen über die geriffelten Innenseiten der Zange glitt. Die Tür des Schrankes ließ sich schwer schließen, so als sei ein Widerstand eingebaut.

»Machen Sie das.« Der Lehrer griff nach einem nicht mehr ganz sauberen Kittel. Er hatte zu tun.

»Also, dann.« Der Hausmeister drückte fester gegen die Schranktür.

Aus der untersten Reihe schrie ihn ein Etikett an. Dicke schwarze Buchstaben auf gelbem Grund.

Diethylether.

Manfred Rabicht drückte die Tür ins Schloss und grinste. Da ist ja mein Schätzchen. Heute Nachmittag hole ich dich, du süße kleine Ätherflasche!

Der Mann in der Latzhose drehte sich um und lächelte dem Lehrer freundlich zu. »Tschüss. Frohes Schaffen wünsche ich!« Der Angesprochene nickte nur. Er war ein viel beschäftigter Chemielehrer. Keine Zeit für belangloses Gequatsche.

Pfeifend ging der Hausmeister hinaus.

25

»Da bist du ja, meine Hübsche!« Manfred Rabicht beugte sich vorsichtig nach unten, umfasste den Hals der braunen Glasflasche, hob sie vorsichtig heraus, betrachtete das Etikett im warmen Licht des Nachmittags und dachte einen Moment lang darüber nach, ob dies tatsächlich die gesuchte Flüssigkeit war. Gestern, bei Ralf, im Internet, hatte dort gestanden: Äther, auch Diäthyläther. Dann musste das hier das Richtige sein.

Diethylether stand auf dem Schild. Seit wann wurde das eigentlich mit ›E‹ statt mit ›Ä‹ geschrieben? Daneben ein kleiner Aufkleber mit einer orangefarbenen Flamme.

Leicht entzündlich? Hatte der Kollege nicht heute früh gesagt, in diesem Schrank sei nichts Gefährliches? War ›leicht entzündlich‹ etwa nicht gefährlich? Manfred Rabicht bewegte den Kopf von links nach rechts. Diese Chemielehrer nahmen ihren Beruf nicht ernst. Er würde sich jedenfalls mit dieser Flasche sehr in Acht nehmen.

»Wir füllen uns jetzt etwas ab.« Er konnte nicht alles mitnehmen. Das würde irgendwann auffallen. Vielleicht brauchten die das Zeug ja morgen schon im Unterricht. Manfred Rabicht war nicht so ein hirnloser Dummkopf wie Marc Dutroux. Keiner würde es merken, wenn der Pegel in der Ätherflasche niedriger war. Die kriegten hier doch eh nichts mit.

Der Hausmeister machte seinen Werkzeugkoffer auf, hob einen Pappkarton heraus und stellte diesen vor sich auf den gekachelten Labortisch. Er klappte ihn auf und seine Finger entrollten das um ein Schraubglas gewickelte Handtuch.

»Wir nehmen die Hälfte.« Der Mann in der Latzhose hielt die große braune Flasche gegen das Licht und betrachtete nachdenklich die hin- und herschwappende Flüssigkeit im Innern. War es eigentlich schon gefährlich, die Dämpfe einzuatmen, die beim Öffnen entwichen? Wurde man davon ohnmächtig?

»Am besten, du hältst solange die Luft an.«

»Das mache ich.« Manfred Rabicht stellte den Äther auf den Labortisch, öffnete das Schraubglas und betrachtete das Gewinde des Deckels.

Leicht entzündlich. Das Marmeladenglas schloss garantiert nicht luftdicht ab. Was, wenn der Äther während der Fahrt im Auto verdunstete? Was, wenn ein Funken ausreichte, die Dämpfe zu entzünden? Er würde in die Luft fliegen. Vielleicht aber auch nicht. Es konnte so sein und es konnte auch nicht so sein. Jedenfalls hatte er keine Ahnung und das machte ihm Angst.

Manfred Rabicht drehte sich um, betrachtete die Glastüren, öffnete einen der Schränke und musterte die seltsamen Glasgeräte darin. Schließlich entschied er sich für ein bauchiges Gefäß mit langem schlanken Hals, in dessen oberen Ende ein Gummistopfen steckte. Gummistopfen waren absolut dicht. Es standen noch mindestens zehn gleiche Gefäße daneben. Sie erinnerten ihn ein wenig an Bocksbeutel aus Franken. Dickbäuchige Weinflaschen. Wenn man nicht nachzählte, konnte man auch nicht feststellen, dass eins von ihnen fehlte. Und wer zählte schon täglich alle Geräte! Außerdem konnte man das Ding irgendwann zurückbringen.

»Genau. Dann wollen wir mal.« Er nahm sich das bauchige Gefäß und einen großen Glastrichter, entfernte den Stopfen und steckte das Ganze auf dem Labortisch zusammen.

»Und nun – Luft anhalten, Herr Rabicht!« Schnell drehten seine Finger den geriffelten Verschluss der Ätherflasche auf, umschlossen den kühlen Hals und kippten dann langsam den Inhalt in den Trichter. Der Äther sah aus wie Wasser. Schnell fließendes, sauberes Leitungswasser. Leise gluckerte die Flüssigkeit in den Bauch des Gefäßes. Manfred Rabicht spürte, wie ihm die Luft knapp wurde, stellte die Flasche zurück und beeilte sich, sie wieder zuzuschrauben. Dann nestelten seine Finger eilig den Stopfen auf ›sein‹ Äthergefäß, ehe er mit einem hörbaren Pusten die angesammelte Luft ausstieß und tief einatmete. Ein süßlicher Geruch lag im Raum. Roch so Äther? Es war ein angenehmer Duft.

Schön für dich, meine zukünftige kleine Besucherin!

»Das war's schon.« Der Mann in der Latzhose stellte die nun nur noch halb volle Flasche zurück in den zischenden Schrank und schloss ihn.

»Nun fahren wir schön nach Hause.« Er wickelte seinen ›Bocksbeutel‹ in das Handtuch und versuchte dann, das Päckchen in der Werkzeugkiste zu verstauen, aber es passte nicht aufrecht hinein. Hinlegen war sicher keine gute Idee. Was, wenn der Stopfen doch nicht richtig dicht war und der Äther auslief?

Was, wenn ein verspäteter Lehrer den Hausmeister mit einer in ein Handtuch gewickelten Chemikalienflasche durchs Schulhaus laufen sah? Auch wenn die Lehrer einen Hausmeister, oder eine Reinigungskraft gern übersahen. »Wir wollen doch kein Risiko eingehen« Manfred Rabicht nahm sich einen Einkaufsbeutel aus Plastik von einem der Kleiderhaken und stellte seine kostbare Flasche hinein. »Bring' ich morgen früh zurück. Versprochen!«

Er klappte die Werkzeugkiste zu und ließ den Blick prüfend durch den Raum schweifen. Sah alles wie vorher aus.

»Tschüss dann, bis morgen, ich mach mich vom Acker!«

Im Schulhaus herrschte die andächtige Nachmittagsstille. Weiter vorn klappte eine Tür und Absätze klackten über die Treppen nach unten. Herr Rabicht würde seine Utensilien jetzt nach unten in die Werkstatt bringen und dann mit Helga noch einen Kaffee trinken, ehe sie beide Feierabend machten.

Manfred Rabicht zog die Haustür hinter sich ins Schloss und blieb im Flur stehen.

»Regina! Bist du da?«

Schweigen. Im Garten kreischten ein paar Amseln.

»Regina!« Lauter jetzt. Die Amseln verstummten plötzlich. Staubige Stille lag im dämmrigen Flur. *Natürlich* antwortete Regina nicht. Sie hatte sich gestern mit Gerti für heute Nachmittag zum gemeinsamen Einkaufsbummel verabredet. Aber es schadete nichts, sich zu vergewissern, ob sie auch tatsächlich losgezogen waren. Die Weiber waren nach Dresden hineingefahren und machten die Läden unsicher. Und der Strohwitwer hatte auch Wichtiges zu tun.

Die Wirkung des Äthers musste geprüft werden. Man konnte und durfte sich nicht auf das verlassen, was in Filmen gezeigt wurde. Leider gab es keine Möglichkeit, die Dauer der Narkose an einem Versuchsobjekt zu testen. Manfred Rabicht würde wohl oder übel in den sauren Apfel beißen und es an sich selbst ausprobieren müssen. Drüben bei Karl. Im neu eingerichteten ›Gästezimmer‹. Er hängte die Jacke an die Garderobe, nahm Karls Schlüssel vom Haken und ging hinaus.

Sanft kitzelten die schräg stehenden Strahlen der Sonne den Nacken des Mannes, der sich über den Kofferraum seines Autos beugte. Mit einer gelben Plastiktüte in der Hand richtete er sich auf, ließ den Deckel mit einem metallischen Schnappen zufallen und sah sich um. Friedliche Vorstadtidylle. Kein Nachbar glotzte neugierig aus einem der Fenster. Ein paar Häuser weiter kreischte eine Motorsäge. Sonst herrschte dörfliche Ruhe.

Manfred Rabicht umklammerte die Tüte mit der Ätherflasche und stiefelte über den Trampelpfad zur Gartenpforte. Regina würde nicht vor achtzehn Uhr zurück sein. Er hatte ausreichend Zeit, sein kleines Experiment durchzuführen.

Die Luft in Karls Küche roch abgestanden. Unter dem Tisch hatten sich zahlreiche Staubflocken zu einem grauen Knäuel zusammengefunden. Er ging weiter in den ebenfalls muffig riechenden Flur und begab sich in den Keller.

Manfred Rabicht beschloss, den Raum in Zukunft nicht mehr als Kohlenkeller zu bezeichnen. Dies hier würde ab jetzt das ›Gästezimmer‹ sein. Eine Herberge für seinen Besuch. Auf unbestimmte Zeit. Und der Herbergsleiter würde nun sein exklusives ›Gäste-Beruhigungsmittel‹ testen. Er hatte sich alles gut überlegt.

Eins von Reginas weichen Staubtüchern würde den Äther gut aufsaugen. Man musste es mit der Flüssigkeit tränken, währenddessen die Luft anhalten, die Flasche verschließen und auf die Uhr sehen. Sich dann gemütlich hinlegen und das Tuch auf Mund und Nase pressen. Wenn alles richtig lief, würde er sanft einschlafen und nach einer bestimmten Zeit wieder erwachen. Aufwachen, sofort zur Uhr sehen und feststellen, wie lange die Ohnmacht gedauert hatte. Und das wäre es dann auch schon. soweit die Theorie. Und nun zur Praxis.

Manfred Rabicht konnte sein Herz klopfen hören. »Fang mit dem Experiment an, Feigling. Es kann nichts passieren.« Seine Stimme klang dünn. Die Füße schurrten zögernd über den glatten Lehmboden. Er drückte die Tür des ›Gästezimmers‹ zu, ging zu der Matratze

Bett klingt schöner.

zum Bett also, hockte sich hin, nahm die Ätherflasche aus dem Plastikbeutel und wickelte das Handtuch ab. Dann legte er sich probehalber auf den Rücken, richtete sich jedoch gleich wieder auf, löste die Uhr vom Handgelenk, legte sie neben sich auf den Boden und griff nach Tuch und Flasche.

»Es geht los.« Ein Blick zur Uhr. Bestimmter Tonfall. »Sechzehn Uhr dreißig. Das Experiment beginnt!«

Manfred Rabicht lehnte den Oberkörper zur Seite, zog den Stopfen aus der Flasche und neigte sie vorsichtig, so dass die wasserklare Flüssigkeit langsam auf das Tuch in seiner Rechten lief.

Süßlicher Duft breitete sich im Raum aus.

Es kann nichts passieren. Du schläfst ein und wachst wieder auf.

Wachst wieder auf.

Der Mann auf der Matratze stöpselte die Glasflasche zu, ließ sich zurücksinken, führte die rechte Hand zum Gesicht und presste den weichen Stoff auf Mund und Nase.

26

Manfred Rabicht öffnete langsam die Augen und klappte mit einem trockenen Schnappen den halb offenen Mund zu. Seine Lider fühlten sich geschwollen an. Die Augen erblickten eine schmutzig weiße unebene Fläche. Vorsichtig ließ er die Augäpfel nach links und rechts rollen. Eine gekalkte Wand. Das hier war nicht sein Schlafzimmer.

Sein Kopf war nach hinten überstreckt, die Nackenmuskeln schmerzten. Schwerfällig zog er das Kinn in Richtung Brust und schob die Ellenbogen unter den Körper, um sich hochzustemmen. Sein Blick fiel auf die bauchige Glasflasche mit dem Schwanenhals und wie ein Blitzlichtgewitter kam die Erinnerung zurück.

Die Äther-Narkose. Mit Manfred Rabicht als Versuchskaninchen.

Seine letzten Worte hallten in ihm nach. »Sechzehn Uhr dreißig. Das Experiment beginnt!«

Sechzehn Uhr dreißig. Und wie spät war es jetzt?

Er schielte zur Uhr auf dem Boden und kniff die Augen zusammen, um das verschwommene Bild schärfer zu stellen. Kurz nach fünf? Fünf Minuten nach siebzehn Uhr, richtig.

Das bedeutete, das Versuchskarnickel hatte eine halbe Stunde ›geschlafen‹. Manfred Rabicht setzte sich aufrecht hin. Sein Magen machte einen Überschlag und im Mund sammelte sich der Speichel. Er zog die Flüssigkeit unter der Zunge zusammen und schluckte mehrmals.

Du wirst doch jetzt nicht kotzen!

Der Speichel lief noch immer, stärker jetzt. Brechreiz stieg die Speiseröhre nach oben. Manfred Rabicht schluckte hastiger, wälzte sich auf die Knie, griff nach der auf dem Boden liegenden Plastiktüte, zerrte sie auseinander und hielt sie sich vor den Mund. Mit einem heftigen Schwall kam ein halber Liter sauer riechender, gelblicher Flüssigkeit hervorgeschossen und plätscherte in die Tüte. Hoffentlich war der Aldi-Beutel dicht.

Pfui Teufel. Seine Speiseröhre brannte. Davon hatte nichts im Internet gestanden. Schöne Bescherung! Man war eine halbe Stunde bewusstlos

das war perfekt für seine Zwecke

und kotzte sich anschließend die Seele aus dem Leib, was nicht so ganz perfekt war. Manfred Rabicht schluckte den sauren Geschmack hinunter, erhob sich, tappte hinüber in Karls Werkstatt, nahm ein Bier aus dem Kasten und gurgelte damit. Allmählich klang die Übelkeit ab. Er ließ das Pilsner im Gang stehen, ging ins ›Gästezimmer‹ zurück, wickelte die Ätherflasche wieder fein säuberlich in das Handtuch und machte einen Knoten in die Plastiktüte mit seinem Mageninhalt.

Experiment geglückt. Das Problem mit der schnellen Betäubung war gelöst. Es sollte keine Schwierigkeiten bereiten, dem potenziellen Opfer das Tuch mit dem Äther aufs Gesicht zu pressen, wenn man den Überraschungsmoment ausnutzte.

»Und wie wir festgestellt haben, tritt die Bewusstlosigkeit sofort ein.« Er hob das Staubtuch auf und hielt es mit ausgestrecktem Arm vor sich. Es roch noch immer leicht süßlich.

Leider dauerte der traumlose Schlaf nicht lange an. Das bedeutete, sein Gast würde womöglich noch im Auto erwachen. *Und alles voll kotzen, vergiss das nicht.*

Auch das, Herr Rabicht, auch das. Aber eine andere Sache war viel wichtiger. Wie konnte man das Mädchen für *längere* Zeit schläfrig und gehorsam machen? Ganz sicher würde sie nicht von Anfang an fügsam sein. Man musste sie gewiss erst ein bisschen zähmen. Manfred Rabicht zügelte die Fünkchen der Vorfreude in seiner Brust. Später. Denk das jetzt erst einmal zu Ende.

Er konnte auch nicht Tag und Nacht neben ihr sitzen und beobachten, ob sie rebellierte. Also musste ein Mittelchen her, das Menschen langfristig ruhig stellte. So etwas Ähnliches wie Reginas Schlaftabletten. Leider würde sie es merken, wenn der Packungsinhalt kontinuierlich abnahm. Er würde sich selbst etwas besorgen müssen.

Manfred Rabicht sah seine Schwägerin Gerti vor sich. Gleich einer wohl genährten und trotzdem unzufriedenen Matrone hatte sie in seinem Wohnzimmer auf dem Sofa herumgelungert und wie ein Waschweib über ihren Exmann und die Arbeit in der Apotheke gekeift. Wie schwer sie es doch mit ihren ›eingebildeten‹ Kolleginnen hatte. Die Kolleginnen, ach ja. Jünger allesamt. Und hübscher.

Manfred Rabicht grinste und tappte in den Kellergang, um sich die Bierflasche zu holen. Es war nicht schwer, hübscher als Gerti zu sein.

Und wie faul die jungen Dinger waren! Gerti musste alles selbst erledigen. *Sie* war eine unersetzliche Kraft. *Sie* mischte Rezepturen zusammen und füllte Tinkturen ab. Sehr wichtige Sachen, bei denen nichts schief gehen durfte.

Regina hatte neben ihrer Schwester auf dem Sofa gesessen und ihr die ganze Zeit bestätigend zugenickt, was diese dazu brachte, noch dicker aufzutragen.

Das gesamte Ärztehaus, in dem sich die Apotheke befand, war auf Gertis Künste angewiesen. Einer der Ärzte führte sogar kleine ambulante Operationen in seiner Praxis durch. Und wer fertigte die dafür benötigte Beruhigungstinktur an und gab sie den Patienten unter Aufsicht?

Aber klar doch! Die unersetzliche Gerti, wer sonst! Was da alles passieren konnte, wenn man nicht aufpasste! Nahm man zu viel, schliefen die Patienten sofort ein. Und das wollen wir doch nicht! Gertis Stimme schraubte sich in schrille Höhen. Die Patienten sollten ja nur beruhigt werden. Das *richtige* Narkosemittel gab es dann erst kurz vor der Operation.

Nahm man jedoch zu wenig, blieben sie aufgeregt. Es wurde streng nach Körpergewicht dosiert. Mit so einem Dormicum war nicht zu spaßen! Nach diesem Aufschrei hatte Manfred Rabicht das Wohnzimmer verlassen. Der ganze Sonntagnachmittag war verdorben.

Er setzte das Bier an. Die bittere Flüssigkeit spülte den letzten Rest des sauren Geschmacks in seinem Mund hinunter. Vielleicht hatte das hirnlose Geschwätz seiner Schwägerin doch etwas Gutes gehabt. Er betrachtete das grüngoldene Etikett und hörte Gertis schrille Stimme.

Beruhigungstinktur. Dormicum. Nimmt man zu viel, schlafen die Patienten sofort ein.

Ein kleiner Wink des Schicksals. Er würde keine Schlaftabletten brauchen. Tinktur war etwas Flüssiges. Tinktur konnte man in ein Getränk mischen, Grapefruitsaft zum Beispiel.

Blieb letztendlich die Frage: Wie konnte sich ein Außenstehender das Mittel beschaffen? Wenn er das Waschweib richtig verstanden hatte, wurde es den Patienten kurz vor der Operation verabreicht. Sie nahmen es nicht mit nach Hause. Es wurde je nach Körpergewicht dosiert.

Manfred Rabicht ging zurück in den Kohlenkeller und berichtigte sich sofort. *In das Gästezimmer.* Er würde morgen einen Besuch bei Gerti machen. Der Schlaftablettenkonsum seiner Frau bereitete ihm ernsthafte Sorgen. Gerti würde ihm diesbezüglich einen Rat geben können.

»Sehr gute Idee.« Hingehen, reden, sich umsehen.

Er sah auf die Armbanduhr und ließ den Rest Bier aus der Flasche in seinen Mund rinnen. Es war halb sechs, Zeit, das ›Hotel‹ für heute zu schließen. Manfred Rabicht beugte sich nach unten und nahm die Kotztüte mit spitzen Fingern vom Boden auf. Die Ätherflasche konnte bis zu ihrem Einsatz hier bleiben.

Gemächlich drehte er sich einmal um die eigene Achse und musterte den kahlen Raum.

Die Herberge für seinen Gast war vorbereitet. Eine gemütliche Lagerstatt. Eine Toilette. Eine schöne, stabile Eingangstür. Mehr wurde fürs Erste nicht gebraucht. Die Kohlen in der Ecke störten nicht. Sein Gast würde anfangs sowieso die ganze Zeit schön schlafen. Was später wurde, musste man sehen.

Manfred Rabicht ging zur Tür und berührte den Lichtschalter. Hatte er etwas vergessen?

»Nein, nein. Alles paletti. Das Beruhigungsmittel besorgen wir uns noch und dann kann es losgehen.« Die linke Hand drückte den Schalter nach oben und es wurde dunkel. Heiße Wellen der Vorfreude brandeten durch seinen Bauch, fluteten nach oben in den Kopf und nach unten, zwischen die Beine. Die Ereignisse kamen näher. Er schloss die Kellertür hinter sich und lächelte selig.

27

Doreen blickte die scheintote Bahnhofsstraße hinauf und sah, wie sich weiter oben ein kleiner, dicker Mann aus seinem Auto quälte. Er ging zum Kofferraum, öffnete ihn, um eine Aktentasche herauszunehmen, ließ die Klappe herunterfallen und hob die Hand in Richtung des gegenüberliegenden Obst- und Gemüseladens. Dann tappte er langsam zur Tür eines Mietshauses. Im grellen Licht der Morgensonne wirkte die Szene wie ein Scherenschnitt. Sie beschleunigte ihre Schritte und reckte den Arm nach oben, um dem Mann zuzuwinken, aber er bemerkte es nicht. Mit gesenktem Kopf verschwand Norbert im Hauseingang. Doreen lief noch ein bisschen schneller und betrachtete die verwaisten Geschäfte zu ihrer Linken. »Sind umgezogen!« stand da auf einem von der Sonne ausgeblichenen Schild, und: »Geschäft ab Mai geschlossen.« Manche Läden gab es noch, aber hier wimmelte es nicht gerade von zahlungskräftigen Kunden. Früher, als alle Welt noch mit dem Zug unterwegs gewesen war, hatten die Bahnhofsstraßen der größeren Städte zu den besten Lagen gehört. Jetzt herrschte hier Totenruhe. Schlecht für Zwickau, gut für Löwe und Partner. Nicht jeder ihrer Auftraggeber wollte gesehen werden.

Sie schloss ihre Handfläche um die Klinke. Das Metall war kühl.

Der Türsummer trötete sein Begrüßungssurren. Norbert saß wie ein Buddha hinter seinem Schreibtisch, die Arme in Brusthöhe über dem Bauch verschränkt.

»Guten Morgen, meine Liebe. Pünktlich um acht!«

»Das hört sich an, als käme ich sonst gern einmal zu spät.« Doreens Augenbrauen wanderten bei ihren Worten ein paar Millimeter in Richtung Haaransatz und ihre Mundwinkel zeigten nach unten, während sie nach dem Kleiderbügel griff.

»So meinte ich es nicht. Es sollte ein Lob sein.« Betrübt betrachtete Norbert den durchgedrückten Rücken seiner Kollegin. Sie schien ihren empfindlichen Tag zu haben. »Ich habe schon Kaffee für dich angesteckt.«

»Angesteckt, hm?« Sie schnitt ihrem Spiegelgesicht eine Grimasse und drehte sich um.

»Das sagt man halt so.« Der Buddha zog den Hals zwischen die Schultern und ließ sie wieder nach unten sinken. »Angesteckt – damit ist das Stromkabel der Maschine gemeint.«

»Ich weiß.« Doreen ging zu Norbert und legte ihm eine Handfläche auf den Rücken. Ihre Fingerspitzen berührten die warme Haut seines Halses. »Danke fürs ›Anstecken‹.«

Sie setzte sich. Der Stuhl rollte einige Zentimeter rückwärts.

»Dann schau dir das mal an, bevor es den Kaffee gibt.« Norbert hielt vier Fotos mit dem Rücken zu ihr wie Karten in der Rechten, fächerte sie auseinander und legte sie dann vor Doreen auf die Tischplatte.

Die Frau auf den Bildern sah aus, wie eins dieser magersüchtigen Models. Dünne, lange Stockbeine, Streichholzärmchen, maskenhafter Ausdruck im Gesicht. Die reichlich aufgetragene Schminke machte den Aufzug billig. Ihre Arme umklammerten ein etwa dreijähriges Mädchen mit großen runden Puppenaugen und rotblonden Zöpfchen. Das Kind sah aus wie ein Klon dieser unehelichen Boris-Becker-Tochter, gezeugt in einer berüchtigten Londoner Hotel-Besenkammer.

»Frau Lamm mit Tochter?«

Norbert ließ sein Kinn bedächtig zweimal nach unten wippen.

»Die Kleine sieht ihrem Vater aber gar nicht ähnlich, oder wie siehst du das?« Doreen griff nach den anderen Fotos. Auf zweien sah man das ›Anna-Ermakova-Double‹, auf einem nur die Mutter. *Sie* ähnelte ihrer Tochter auch nicht. Keine roten Haare. Das musste nichts bedeuten. Heute konnte man mit Chemie jede nur erdenkliche Farbe auf dem Kopf erzeugen.

»Nicht alle Kinder gleichen ihren Vätern.«

»Das stimmt auch wieder.« Doreen betrachtete noch einen Moment lang die Fingerabdrücke auf der Hochglanzoberfläche und legte die Bilder dann zurück. Im Hochschauen erhaschte sie einen Blick auf Norberts bekümmertes Seerobengesicht. Irgendwas betrübte ihn. Bevor sie Gelegenheit hatte, danach zu fragen, stand er auf und ging, um den Kaffee zu holen.

»Ich habe schon einen Plan für heute gemacht.«

»Sag an.« Doreen hob den Löffel aus der Flüssigkeit und beobachtete, wie sich ein Tropfen von seiner Oberfläche löste und mit einem leisen Platschen in die Tasse plumpste.

»Das Material für den Vaterschaftstest muss besorgt werden.«

»Für Herrn Lamm.« Ein skelettierter Fisch tauchte vor Doreens innerem Auge auf und sie grinste ein bisschen.

»So ist es. Da seine Exfrau arbeitslos ist, gehe ich davon aus, dass sie sich tagsüber meist zu Hause aufhält. Ab und zu wird sie einkaufen gehen, oder – wenn wir Glück haben – mit ihrer Tochter auf den Spielplatz. Wir kommen um eine längere Observation nicht herum, da wir nicht wissen, wie ihr Tagesablauf aussieht.«

»Du willst sie beobachten ...« Doreen nahm einen Schluck Kaffee. Er schmeckte bitter.

»Du hast es erfasst. Vielleicht haben wir Glück und es bietet sich eine Gelegenheit, ein benutztes Taschentuch oder ein paar Haare von Lamms ›Vielleicht-Tochter‹ aufzusammeln.«

»Wo wohnt Frau Lamm?«

Norbert schob mit dem Ellenbogen einen Stapel Zeitungen beiseite, zog das karierte Blatt darunter hervor und fuhr mit dem Mittelfinger von oben nach unten darüber. »In der Mittenzweistraße. Wo auch immer das sein mag.« Er sah hoch.

»Das ist gar nicht weit von hier, am Schwanenteich. Wir können hin *laufen* –« Doreen sah kurz zum Fenster und dann zu ihren Schuhen hinab. »– bei dem Wetter.«

Norberts rechte Hand rutschte von der Tischplatte und strich gedankenverloren über seinen wohl gerundeten Bauch. »Gute Idee. Ein bisschen Bewegung kann mir nichts schaden.«

»Wann gehen wir los?«

»Um neun dachte ich?« Seine Stimme hob sich am Satzende.

»Von mir aus gern.« Sie erhob sich, um ihre Tasse auszuspülen. »Wie lange wollen wir eigentlich observieren?« Das heiße Wasser lief lautlos aus dem Hahn. Es sah gelblich aus.

»Maximal drei Tage.« Auch Norbert erhob sich jetzt. Sein Großvaterstuhl knarrte erleichtert.

»Das heißt, bis Mittwoch?«

»Richtig, Doro.« Er stellte sich hinter sie. Sein Gesicht leuchtete über Doreens Schulter im Spiegel wie ein rosa angehauchter Mond, dessen Bart sich beim Sprechen auf und ab bewegte. »Am Donnerstag und am Freitag bringen wir unsere Akten auf Vordermann, dann kommt schon das

Wochenende und am Montag fahren wir nach Dresden. In einer Woche.« Der Mond verfärbte sich von rosa zu rötlich. Die Murmelaugen fanden Doreens Blick und huschten dann schnell zur Seite weg. Norbert wandte sich um, tappte zurück zu seinem Schreibtisch und begann mit gesenktem Kopf in den Papieren zu wühlen.

»Drei Tage. Was, wenn wir bis Mittwoch nichts Brauchbares von Lara haben?« Doreen angelte mit der Linken nach dem Geschirrtuch, drehte sich auf dem Absatz und polierte die gläserne Kaffeekanne, während ihr Blick auf dem gebeugten Kopf ihres Kollegen ruhte.

»Dann beenden wir den Auftrag und Herr Lamm muss sich selbst kümmern. Ich hatte ihm das schon mitgeteilt. Wir versuchen es, aber garantieren kann ich für nichts.« Norbert beugte sich zur Seite, unterdrückte dabei ein Ächzen, hievte seine Aktentasche auf die Tischplatte und klappte sie auf. »Dann wollen wir mal alles einpacken.«

Er schob die Fotos von Mutter und Tochter in zwei Klarsichthüllen und streckte den Arm über den Tisch hinweg in ihre Richtung. »Hier – schau dir die beiden noch einmal genau an, damit du sie nachher auf Anhieb wieder erkennst.«

Doreen fixierte die Augen von Kerstin Lamm. *Hast du Schlampe deinem Mann ein Kuckucksei untergeschoben?* Die Hülle reflektierte das Licht des Fensters. Das Gesicht auf dem Foto blieb unbeweglich starr. Hübsch geschminkt, aber leblos. ›Anna Ermakova‹ brauchte sie sich nicht einzuprägen. Das Kind war unverwechselbar.

»Alles klar. Von mir aus können wir.« Sie lächelte und reichte Norbert die beiden durchsichtigen Umschläge, damit er sie in der Aktentasche verstauen konnte.

»Das ist sie!« Norbert kniff die Augen zusammen. Eigentlich hatten sie sich bloß einen Eindruck von der Wohngegend und möglichen Beobachtungsposten verschaffen wollen. Zu Fuß. Man konnte nicht den halben Tag lang in einer dörflich anmutenden Nebenstraße auf- und ablaufen. Die Gegend um den Schwanenteich war kein anonymes Neubaugebiet. Hier waren die Bewohner noch wachsam. Und für stundenlange Observationen nahm ein Detektiv immer das Auto. Man musste nicht den ganzen Tag stehen, sondern konnte gemütlich in den abgewetzten Polstern herumlümmeln. Man fiel weniger auf und blieb mobil. Fuhr die beschattete Person weg, konnte man ihr folgen. Schaute jemand aus einem der umliegenden Häuser von oben auf den geparkten Wagen herunter, war nicht zu sehen, dass jemand darin saß. Wenn nicht gerade eine Hand mit einer brennenden Zigarette aus dem Seitenfenster hing.

Die Frau vor ihnen ging in Richtung Parkstraße. Sie zog ein kleines rothaariges Mädchen mit sich. Die Zöpfchen des Kindes wippten.

Norbert beschleunigte seine Schritte und winkelte den rechten Ellenbogen an. Doreens Hand krabbelte wie ein zutrauliches Tierchen durch die Öffnung und begab sich auf seinem Unterarm zur Ruhe. Von weitem wirkten sie nun wie ein Ehepaar, das einen kleinen Spaziergang machte.

»Das ist ja ein schöner Zufall.« Doreen hatte ihren Kopf nach links geneigt und sprach mit gedämpfter Stimme.

»Schauen wir mal, wo die beiden hin wollen ...« Norbert drehte das linke Handgelenk zweimal hin und her und befreite die Uhr vom Hemdärmel. »...viertel zehn an einem Montagmorgen.«

»Vielleicht machen sie einen Spaziergang im Park, bei dem herrlichen Wetter.«

»Wäre möglich.« Auch Norbert redete nicht so laut wie sonst.

»Und die Kleine hat mächtigen Haarausfall. Wir nehmen

ein paar mit und übergeben sie Herrn – Lamm.« Fast hätte sie ›Hering‹ gesagt. Doreen lächelte.

Die Frau und das kleine rothaarige Mädchen überquerten die Parkstraße und verschwanden zwischen den Sträuchern. Es sah aus, als tauchten sie nach unten ab. Zuerst sah man die Beine nicht mehr, dann den Rumpf, danach entschwand das ganze Kind, bis schließlich nur noch der Kopf der Mutter zu sehen war. Als auch dieser verschwunden war, legte Norbert noch einen Zahn zu. »Los, hinterher. Wir sind ein Pärchen, das spazieren geht. Das könnte unsere Gelegenheit sein, etwas Brauchbares für den Vaterschaftstest zu beschaffen.«

»Das wäre zu schön, um wahr zu sein.« Doreen drehte ihre Linke nach oben und drückte seinen Bizeps. Norbert liebte solche Spielchen. Am schönsten fand er es, wenn sie ›das Paar‹ gaben. Und er war gut in seiner Rolle als Ehemann/Freund/Liebster. Sie lächelte stärker.

Am Eingang zum Park blieben sie kurz stehen. Der steile Weg nach unten war mit Katzenköpfen gepflastert.

Frau Lamm und Tochter waren verschwunden.

28

»Guten Tag.« Die Eingangstür schloss sich hinter dem Mann mit der roten Latzhose. »Ich möchte zu Frau Möller.«

»Zu Frau Möller, kleinen Moment. Ich schau mal, ob sie da ist.« Mit anmutigem Hüftschwung verschwand die junge Konkurrentin von Gerti im hinteren Bereich der Apotheke. Die unteren Enden ihres Kittels wehten hinter ihr her. Ihren Hinterkopf zierte ein altmodischer Dutt.

Manfred Rabicht ließ seinen Blick schnell über die Wandregale schweifen. Hübsch drapierte Kosmetika und alte Glasbehälter mit verschnörkelter Schrift, die den Chemikalienflaschen in der Schule glichen. Er war allein im Raum. Es wäre ein Einfaches, sich ein paar Lutschbonbons von der Theke zu nehmen. Aber auch *nur* Bonbons. Die ›interessanten‹ Sachen lagen natürlich nicht frei herum. Er musterte die grauen Kästen unter den Regalen. Die kleinen Schildchen enthielten nur Anfangsbuchstaben. Ein Laie wurde lange stöbern müssen, um das Gesuchte zu finden.

»Manfred!« Gertis Stimme klang schrill. Sie reichte ihm die Fingerspitzen über den Tresen. »Was führt dich hierher?«

»Ich brauche deinen Rat.«

»Meinen Rat?«

»Ja. Ich habe ein Problem und du kannst mir sicher dabei helfen.«

»Was ist es?« Gerti zog die Augenbrauen nach oben. Ihre Neugierde war geweckt.

»Können wir uns ein paar Minuten irgendwo unterhalten?« Manfred Rabicht ließ seine Augenbrauen ebenfalls kurz nach oben zucken und machte gleichzeitig eine unmerkliche Kopfbewegung in Richtung der jungen Kollegin.

»Gehen wir nach hinten. Aber wirklich nur fünf Minuten!« Gerti wandte sich um. Ihr Kittel spannte über dem Hinterteil. »Wenn ich gebraucht werde, rufst du mich.« Die attraktive Kollegin nickte. Sie würde ganz gewiss nicht nach Hilfe rufen.

Manfred Rabicht folgte seiner Schwägerin und versuchte, sich im Gehen unauffällig alle Einzelheiten einzuprägen.

»So. Leg los. Ich hoffe es ist nichts Schlimmes.« Gerti deutete auf einen in einer Ecke stehenden Bistrotisch, zog sich einen Stuhl heraus und setzte sich mit bedrohlich nach vorn gereckter Brust hin.

»Ich hätte schon vorgestern mit dir darüber geredet, aber da war Regina dabei.«

»Es geht um Regina?« Zwischen den Augenbrauen seiner Schwägerin erschienen zwei senkrechte Falten.

»Ich erkläre es dir.« Manfred Rabicht setzte eine Hilfe suchende Miene auf und fuhr fort. »Regina nimmt Schlaftabletten. Schon lange.« Gertis Mund öffnete sich zu einer Erwiderung und er beeilte sich weiterzureden. »Das ist ja auch kein Problem, wenn man nur ab und zu mal eine braucht. Jetzt habe ich aber den Eindruck, dass es mehr wird. Ich zähle natürlich die Tabletten in der Packung nicht nach ...«

Gerti nickte. Das machte man als braver Ehemann auch nicht.

»... es ist nur so ein Gefühl. Jetzt wollte ich von dir wissen, ob das gefährlich ist und dich um Rat fragen, was man tun könnte. Du kennst dich doch damit aus.« Pause. Das sollte reichen. Genug Honig ums Maul geschmiert. Jetzt war Madam Unfehlbar dran.

Und schon ging es los. Gerti begann, ihre Kenntnisse über Schlafmittel und deren Nebenwirkungen abzuspulen. Er behielt seinen besorgten Blick bei, nickte zwischen den Sätzen, sah ihr ab und zu kurz auf die Nasenwurzel, damit sie das Gefühl bekam, er höre aufmerksam zu und durchforstete aus den Augenwinkeln den Raum. Links von ihm, in einem durch eine Glasscheibe abgeteilten Nebenzimmer wuselten zwei ebenfalls weiß bekittelte Damen herum. Sie schienen Pülverchen abzuwiegen und Flüssigkeiten abzufüllen. Rechts befand sich ein cremefarbener Stahlschrank, der offen stand. Er erinnerte ihn an den Abzugsschrank aus dem Chemie-Vorbereitungsraum.

Außen steckte ein Sicherheitsschlüssel. War das der gesuchte Schatz des Pharao? Ein unverschlossener Arzneimittelschrank, aus dem man sich bedienen konnte? PTA wie Gerti und ihre Kollegen, die PKA, pharmazeutisch kaufmännische Angestellte, brauchten ihn nicht ständig abzuschließen. Hier hinten hatte kein Unbefugter etwas zu suchen.

Das Waschweib dozierte und salbaderte indessen, dass es eine Freude war. Schließlich hielt sie inne und blickte ihn an. Manfred Rabicht forschte in seinem Innern danach, was sie als Letztes gesagt hatte, fand aber nur verwehte Satzfetzen und nickte der Schwägerin noch einmal nachdrücklich zu. *Wiederhole deine letzte Aussage, Schnatterinchen! Mach schon.*

»Ich werde versuchen, mit ihr darüber zu reden.« Gerti sah nicht glücklich aus.

»Das ist gut. Du brauchst ihr ja nicht zu sagen, dass ich dich darauf aufmerksam gemacht habe.« Er senkte den Blick auf die große runde Gebäckschachtel vor sich. Die Kokoskrümel auf den Keksen sahen aus wie geraspeltes Plastik.

»Sowieso nicht. Ich frage mich nur, wo Regina die

Schlaftabletten herhat. Ihre anderen Medikamente holt sie immer hier bei uns.« Schnatterinchen schnaufte und schwafelte weiter. Aus den angekündigten fünf Minuten waren inzwischen fünfzehn geworden und es hatte nicht den Anschein, dass sie mit ihrem Monolog zum Ende kam. Manfred Rabicht schielte noch einmal zu dem Stahlschrank. Im Innern war es dunkel. Keine Chance für ihn, zu erkennen, was sich darin befand. Es wurde Zeit, die Forschungstätigkeit zu beenden. Der Erkundungsgang in die Apotheke hatte nicht viel gebracht.

Und sogar *wenn* dieser cremefarbene Schrank da rechts von ihm die begehrten Betäubungsmittel enthielt, er wusste ja noch nicht einmal, *was* er davon am besten verwenden konnte. Und dann war es auch eine leichtfertige Annahme, zu glauben, niemand würde das plötzliche Verschwinden einer Packung bemerken.

Ein Betäubungsmittel fehlte. Der einzige Fremde, der sich an diesem Tag im ›Backstage-Bereich‹ der Apotheke aufgehalten hatte, war Gerti Möllers Schwager. Was also würden die Weißkittel-Grazien schlussfolgern? Das konnte er sich aus dem Kopf schlagen. Es musste eine simplere Lösung geben. Etwas viel Unkomplizierteres. Manfred Rabicht rückte den Bistrostuhl nach hinten und stand auf.

»Also danke erst mal, Gerti.«

»Keine Ursache, Manne. Ich bin froh, dass du mir das erzählt hast.« Schnatterinchen erhob sich ebenfalls und schwenkte den breiten Hintern vor ihm her. »Mach dir keine Sorgen. Wir kriegen das schon in den Griff.« Gerti blieb hinter dem Tresen stehen und wartete, bis er um diesen herum in den Kundenraum zurückgekehrt war. »Also dann.« Sie streckte den Arm aus. »Brauchst du noch was aus der Apotheke?« Ein dienstbeflissenes Lächeln verwandelte ihr Gesicht in das einer beliebigen Verkäuferin.

»Auf Anhieb fällt mir nichts ein.« *Wenn du wüsstest,*

dumme Trine. Was ich alles gebrauchen könnte ... Er drückte die nachgiebige Hand seiner Schwägerin. Es fühlte sich an, als seien gar keine Knochen in dem weichen Gewebe. Gertis adrette Kollegin stand daneben und lächelte charmant. Eine hübsche Person war das. Manfred Rabicht ließ das schlaffe Gewebe los und nickte dem entzückenden Wesen neben Schnatterinchen anerkennend zu, ehe er sich umdrehte und hinausging.

Die Tür schloss sich. Der Mann in der Latzhose blieb vor dem Schaufenster der Apotheke stehen, legte den Kopf in den Nacken und schloss die Augen. Sonnenstrahlen kitzelten sein Gesicht und kribbelten in der Nase. In der Luft lag ein Geruch nach reifen Äpfeln. Hinter ihm hupte es.

Er öffnete die Augen wieder und machte dem weißen Kastenwagen Platz, der mit eingeschalteter Warnblinkanlage herangepresscht kam, auf den Bürgersteig kurvte und dann abrupt bremste. Ein junger Mann schlängelte sich hinter dem Lenkrad hervor, hüpfte heraus, ging um das Auto herum und öffnete die beiden hinteren Türen. Manfred Rabicht betrachtete die Beschriftung auf der ihm zugewandten Seite des Lieferwagens.

Eilige Arzneimittel.

Eilig, ganz genau. Das Bürschchen hinter dem Steuer hatte es ziemlich eilig gehabt. Jetzt hob der Milchbubi zwei rote Transportkisten aus dem Auto und stapfte damit in Richtung Apotheke. Noch vor der Eingangstür schmetterte er ein »Hallo Schönste!« in den Innenraum. In seiner Hast, die hübsche junge Angestellte mit der altmodischen Frisur zu umgarnen, hatte das Bürschchen die rechte Tür des Transporters einfach offen gelassen.

Der Mann in der Latzhose machte einen Schritt auf die Straße und ging um den Kastenwagen herum zu dessen

Rückseite. Im Innern stapelten sich die Transportkisten. Wahrscheinlich belieferte der Bubi mehrere Apotheken.

Er trat dichter an das Auto heran und versuchte, die Schrift auf den weißen Schachteln in den Plastikkisten zu entziffern. Kryptische Worte. Nichts, womit ein Laie etwas anfangen konnte. Noch einen Schritt näher. Die rechte Tür wippte unmerklich hin und her. Sein Knie stieß an die Ladekante. Von der Apotheke aus war der Mann mit der Latzhose nun nicht mehr zu sehen. Er neigte seinen Kopf nach unten und überflog hastig die Etiketten.

Cetirizin-hydrochlorid. 10 mg, Filmtabletten.

Hydrotalcit-Kautabletten.

L-Thyroxin Henning und Azubronchin Brausetabletten.

Midazolam-ratiopharm; Ampullen. Was immer das auch sein mochte. Ampullen enthielten etwas Flüssiges. Vielleicht konnte man mit irgend einem der Mittel etwas anfangen. Und wenn nicht, ab damit in den nächsten Mülleimer. Es war einen Versuch wert.

Die Türen der Apotheke glitten auseinander.

Manfred Rabicht zog mit der Linken den Reißverschluss der Brusttasche auf, langte mit der Rechten nach den Medikamenten und stopfte sie in die Brusttasche. Die Finger seiner Linken zogen und zerrten, aber der Reißverschluss ließ sich nicht mehr schließen. Egal. Und jetzt weg von hier.

Absatzschuhe klackerten. Eine kleine Frau marschierte am Lieferwagen vorbei, ohne den Mann mit der roten Latzhose wahrzunehmen.

Er machte einen schnellen Schritt zur Seite, eilte über die Straße und blieb vor einem Schaufenster mit Schuhen stehen. In der Glasscheibe widerspiegelte sich das weiße Auto.

Das Bürschchen schlug im Vorbeieilen die hintere Tür des Lieferwagens zu, ohne hineinzuschen, öffnete die Fahrertür, sprang hinein und fuhr, ohne sich anzuschnallen, los. Die Reifen quietschten.

Der Mann in der Latzhose drehte sich um und sah dem Auto nach. *Tschüss Milchbubi, du leichtsinniger Dummkopf.*

Langsam schlenderte er davon. Seine rechte Hand strich abwesend über die ausgebeulte Brusttasche der Latzhose.

29

»Wo sind sie hin?« Norbert machte noch einen kleinen Schritt nach vorn und blieb dann stehen.

»Das gibt es doch gar nicht.« Doreen klammerte sich an den Bizeps ihres Kollegen und wünschte sich einen Röntgenblick, um das dichte Laub der Bäume durchdringen zu können.

»Komm! Da runter. Weit können sie nicht sein.« Vorsichtig stolperte der dicke Mann über die grauen Buckel der Pflastersteine, seine Kollegin hinter sich herziehend. Eine quer verlaufende Rinne, in der trübbraunes Wasser von rechts nach links in eine Wiese floss, bildete das Ende des steilen Stückes.

Das Pärchen hetzte noch ein paar Meter vorwärts. Wie auf ein unhörbares Kommando hin blieben sie an der Gabelung stehen. Die Frau blickte nach links, der Mann nach rechts.

»Da sind sie ja! Puh.« Norbert ließ den linken Arm auf halbe Höhe sinken und wischte sich mit dem Hemdärmel über die Stirn.

Auf dem Weg in Richtung Freilichtbühne leuchtete der Schopf des kleinen Mädchens wie ein flammendes Zeichen. Mutter und Tochter entfernten sich schnell.

Das Pärchen sah sich an.

»Wohin wollen die beiden?«

»Keine Ahnung, Norbert.« Doreen sah nach oben. Die Blattfinger der Kastanien wurden schon gelb. »Auf der anderen Seite vom Schwanenteich ist ein Spielplatz.« Sie deutete nach links. Neben ihnen krakeelte eine Horde wildgewordener Wellensittiche hinter Gittern um die Wette. Am Boden der Voliere stiefelte ein Goldfasan von links nach rechts und wieder zurück. Es stank nach Ziegenbock.

Kleine Steinchen knirschten im Takt ihrer Schritte. Der Weg verbreiterte sich zum Wasser hin zu einem Halbkreis. Auf dem Teich glitten zwei weiße und ein grauer Schwan wie an einer Schnur gezogen dahin.

Doreen wandte den Kopf nach rechts und sah zwischen zwei Blumenrabatten zu der breiten Treppe hinauf, an deren oberem Ende ein helles Gebäude mit trapezförmigem Dach in der Sonne leuchtete. Die untere Etage war zurückgesetzt und der so entstandene Raum wurde von weißen Säulen gestützt. Über den Pfeilern wölbten sich im ersten Stock hohe, mehrfach unterteilte Fenster mit Bögen im oberen Teil, darüber in einer Reihe die gleiche Anzahl kleinerer, fast quadratischer Fenster. Es sah sehr hübsch aus, ein bisschen wie in einem alten Südstaatenfilm. Und das Bild war ein wenig verschwommen. Ein unscharfes Foto eines herrschaftlichen Gebäudes. Doreen zwinkerte mehrmals. Die Gravur auf ihrer Netzhaut blich aus und verlosch. Sie öffnete die Augen und warf noch einen Abschied nehmenden Blick auf den leeren Raum über der mit Moos und Birkenschösslingen bewachsenen Treppe.

Das Schwanenschloss, ein Wahrzeichen Zwickaus.

Doreen hatte hier Tanzstunde gehabt. In einem lindgrünen Seidenkleid mit kleinen bunten Blumen. Hinter den zwei Meter hohen Rundbogenfenstern hatte sich ein großer Saal befunden. Sie konnte noch das leise Seufzen des Eichenparketts unter den unsicheren Schritten der Tanzpaare hören. Leises Gläserklingeln und das Raunen der Gäste. Mit hochgezogenen Augenbrauen und unmerklichen Kopfbewegungen hatte die Tanzstundenlehrerin ihren Schülern Anweisungen gegeben.

Kastanienfinger schoben sich zwischen Doreens Blick und das Stückchen Himmel über der Freitreppe. Vorbei.

Es gab kein Schwanenschloss mehr. Die ›weltklugen‹ Stadtväter hatten es Anfang der Neunziger abreißen lassen. Einfach so. Es sei baufällig gewesen. Behauptete man. Weg damit.

Weg mit einem Stückchen Geschichte, einem Bauwerk, das einer Stadt historisches Flair gab. Erinnerungen und Geschichte. Weg damit.

Doreen hängte sich fester bei Norbert ein, seufzte und richtete den Blick wieder nach vorn, wo Mutter und Tochter dahineilten. Jetzt bogen sie nach links ab und verschwanden zwischen den Sträuchern. Graublau schimmerte der Schwanenteich durch das Geäst der Bäume.

»Als ob sie es ahnen, dass ihnen jemand folgt.« Mit einem kleinen Hüpfer glich der Mann sein Schrittmaß wieder dem der Frau an seiner Seite an.

»Wir sind doch nur ein harmloses Liebespaar auf dem Weg in die Stadt.« Man konnte an Doreens Stimme hören, dass sie dabei lächelte.

»Auch richtig. Völlig unverdächtig.« Ein kleiner Schluckauf beförderte den Geschmack des Rühreis mit Speck wieder nach oben, das Norbert zum Frühstück gegessen hatte. Seit zwei Tagen ernährte er sich nach den Anweisungen von Herrn Atkins und es gefiel ihm. Lauter fettige, gehaltvolle Sachen. Man konnte schlemmen und nahm dabei ab. Und auf das abendliche Bier verzichtete ein abnehmwilliger Mann doch gern. Fürs Erste.

»Sie gehen garantiert auf den Spielplatz.« Doreen löste ihre Hand vom Unterarm ihres Kollegen und deutete nach vorn. Mutter und Kind hatten jetzt die ehemalige Reitwiese erreicht und schwenkten abermals nach links.

»Das könnte unsere Chance sein. Legen wir einen Zahn

zu.« Norbert befühlte mit der Linken die Briefumschläge in der Tasche seines Jacketts.

Das Taschentuch kann sowohl ein Stoff- als auch ein Papiertaschentuch sein. Wichtig ist, dass es gut getrocknet wird. Als Verpackung reicht ein Briefumschlag.

Papierene Behältnisse für Vaterschaftstests. Haare, Speichel, Rotz aus der Nase eines kleinen Kindes. Zigarettenkippen aus einem Mülleimer. Alles war zu gebrauchen.

Im Gleichschritt marschierte das Pärchen dahin. Die unbewegte Wasseroberfläche des Schwanenteichs reflektierte das Licht gleichmäßig wie ein Spiegel. Ein Mann mit einem nassen Labrador stand am Ufer. Der Hund schüttelte sich heftig. Tropfen stoben schleierförmig von seinem Fell nach allen Seiten.

Weiter vorn machte Frau Lamm einen Schwenk nach rechts und zog das Mädchen mit den rotblonden Zöpfen hinunter zum Spielplatz.

»Na bitte. Wir haben Glück.« Doreens Fußspitze blieb an einer hervorstehenden Wurzel hängen, sie stolperte und krallte sich an Norberts Tweedärmel fest.

»Abwarten. Das sieht jedenfalls schon mal gut aus. Wenn wir heute schon –«, seine Stimme hob sich bei dem Wort ›heute‹, »– Material von der Kleinen bekommen, haben wir den Rest der Woche ganz für uns. Wir könnten in Ruhe das Büro aufräumen und uns etwas mehr Freizeit gönnen.« Und uns, wie man so schön sagt, ›seelisch und moralisch‹ auf die Reise nächste Woche vorbereiten. *Vor allem moralisch.* Norberts Herz machte einen Salto und landete unter dem Magen.

»Ich bin dafür.« Doreen folgte ihm zum Rand des Spielplatzes. »Wollen wir uns ein paar Minuten hinsetzen und die Ruhe genießen?« Sie zog ihren linken Arm aus der Umklammerung und zeigte auf eine Bank.

»Gern. Die Ruhe genießen.« Norberts Blick schlängelte

sich zwischen den Stämmen hindurch zur Humboldtstraße. Ein Auto startete mit quietschenden Reifen, als die Ampel auf Grün schaltete.

Sie nahmen dicht nebeneinander Platz. Seitlich von ihnen turnte Anna Ermakova auf einem Klettergerüst herum, während ihre Mutter, dem Pärchen gegenüber gleich, auf einer Bank saß und rauchte. Sehnsüchtig folgte Norberts Blick dem Tanz der glühenden Zigarettenspitze.

»Da!« Doreens Hand landete mit einem leisen Klatschen auf seinem Oberschenkel, flatterte wieder nach oben und machte eine verwischte Geste nach links. Ein Mann näherte sich dem Spielplatz. Seine Arme schwangen bei jedem Schritt vor- und zurück. Wie eine lodernde Fackel leuchteten seine Haare durch das dunkle Grün der Sträucher.

Frau Lamm warf ihre Zigarette in den Kies, erhob sich und drückte die Fußspitze auf die brennende Kippe. Dann hielt sie dem Mann ihren Mund hin, ließ sich küssen und deutete anschließend zu dem spielenden Kind.

Norbert schluckte. Doreens Finger schienen ein Loch in seine Hose zu brennen, während ihre Augen dem Rotschopf folgten, der sich zu Frau Lamm auf die Bank setzte und den Arm um sie legte.

30

Helene kniff die Augen fest zusammen. Mit kratzigen Fingern berührte die Decke ihre Wange, heißer Atem befeuchtete das Gewebe.

Holz schabte über Beton. Jemand ächzte. Dann quietschte Metall auf Metall. Zwei schlurfende Schritte.

Klack.

Bräunliches Licht bohrte sich durch die geschlossenen Lider des Mädchens.

Licht, Helligkeit. Es gab etwas zu sehen da draußen. Helene widerstand der Versuchung, die Augen noch fester zuzukneifen. Nur kleine Kinder glaubten, dass man unsichtbar wurde, wenn man die Augen schloss. Sie war kein kleines Kind mehr und das Versteckspiel würde nichts nützen.

Vorsichtig entspannte Helene die Lider, bis sich etwas Helligkeit durch einen kleinen Spalt drängte. Das Licht schmerzte. Ihre Wimpern machten das Bild als verwischte graue Bögen unscharf. Sie sah das faserige Karomuster der Decke direkt vor ihrem Gesicht. Übergroße gelbe und dunkelbraune Kästchen. Zwischen den Fäden des Gewebes schienen gelbe Lichtpünktchen hindurch.

Der Besucher hatte sich nach dem Anschalten des Lichtes nicht bewegt. Jetzt raschelte es und die Person begann, vor sich hin zu brummeln. Eine Männerstimme.

Ihre Zähne wollten wieder anfangen, hysterisch zu klappern, aber das Mädchen drückte sie aufeinander, bis es knirschte. Wenn der Jemand glaubte, dass seine Gefangene schliefe, würde er nicht so wachsam sein. Wer weiß, wozu das gut war.

Und jetzt wirfst du einen Blick auf den Typ, famose Helli. Mach schon. Schau ihn dir an.

Ihre linke Hand lag neben dem Gesicht und die famose Helli ließ sie im Schneckentempo zum Rand der Decke kriechen. Die Finger zupften und zogen, während die Ohren auf jedes Geräusch lauschten. Der Typ schien noch immer in der Tür zu stehen. Jedenfalls war seine Stimme nicht näher gekommen.

Mit winzigen Bewegungen schob sie sich die Decke auf die Nase und nahm zuerst einmal einen tiefen Zug von der kühlen trockenen Luft. Das rechte Auge war nun von der Decke befreit. Helene ließ die Lider fast geschlossen, und versuchte, etwas zu erkennen, sah aber nur flackernde Schlieren im grellen Licht. Die Helligkeit brannte. Ganz allmählich schälte sich ein Bild aus dem Geflimmer. Es wackelte unscharf hin und her.

Grauschwarze Wände. Eine gewölbte Decke. Direkt gegenüber lag ein Berg schwarzer Straußeneier.

Kohlen. Das waren Kohlen. Der Haufen, der sie vorhin fast zu Fall gebracht hatte, bestand aus simplen Briketts.

Gut, Helli. Wahrscheinlich ist dies hier dann ein Kohlenkeller. Und nun versuch einmal, ob du dir deinen Bewacher ansehen kannst.

Helene drehte den Kopf vorsichtig noch ein wenig nach rechts. Allmählich gewöhnte sich ihr rechtes Auge an die Helligkeit und sie konnte schärfer sehen.

Der Bewacher stand mit dem Rücken zu ihr und bewegte sich nicht. Er schien etwas vor sich zu betrachten. Sie öffnete die Lider etwas weiter und sah, dass er eine Latzhose trug. Wie ein Bauarbeiter. Sein Hinterkopf wirkte seltsam glatt, so als habe der Mann eine Glatze. Jetzt begann er wieder zu murmeln und Helene kniff schnell das Auge wieder zu und korrigierte sich. Er ›murmelte‹ nicht, er brummte ein Lied oder das, was er dafür hielt. Es hörte sich nach ›Schlaf, Kindchen, schlaf‹ an. Hoffentlich meinte der Typ nicht *sie* damit.

Das Mädchen konnte den Text nicht richtig verstehen. Entweder hatte er einen heißen Knödel im Mund oder nuschelte ganz fürchterlich. Sie blinzelte wieder und versuchte, den Raum zu inspizieren.

Jetzt bewegte sich der Latzhosen-Mann.

Sein Oberkörper drehte sich langsam zur Seite, bis er mit dem Gesicht zur Matratze stand.

Das weit aufgerissene Auge des Mädchens sah eine glatt polierte Oberfläche. Zwei Glasscheiben im vorderen Bereich reflektierten das trübe Licht. Er hatte keine Glatze. Der Latzhosen-Mann trug irgendeine furchtbare Maske mit einem Rüssel.

Helene begann zu schreien.

31

»Bist du still, du kleine Schlampe! Hier wird nicht gekreischt!« Die Stimme des Latzhosen-Mannes dröhnte dumpf unter der Maske hervor. Er machte zwei schnelle Schritte und riss Helene die Decke vom Körper.

Das Kreischen wurde zu einem schrillen Quieken.

»Halt dein Maul, sonst stopfe ich es dir!« Der Latzhosen-Mann fiel neben der Matratze auf die Knie und legte eine Handfläche auf den Hals des winselnden und zuckenden Bündels. »Bring mich nicht zur Weißglut! Ich könnte mich sonst vergessen.«

Die Hand drückte gegen den Kehlkopf des Mädchens. Helene erstarrte augenblicklich und machte die Augen zu. Mit fest zusammengekniffenen Lidern lag sie auf dem Rücken und stellte sich tot. Ihr Herz blähte sich hektisch auf und fiel wieder zusammen.

Die Stimme knurrte weiter. »Dir passiert nichts, wenn du ruhig bist. Ruhig und still. Verstanden?« Helene konnte nicht nicken. Der Druck auf den Hals lockerte sich etwas.

»Fang ja nicht wieder an, zu schreien, sonst muss ich dir wehtun.« Die Hand löste sich und klatschte leicht auf ihre rechte Wange. Das Geräusch hallte von den Wänden des Verlieses zurück. »Gib mir ein Zeichen, ob du mich verstanden hast!«

Mach die Augen auf, Helli-Babe. Schau ihn dir an. Sei mutig. Ihr rechtes Lid begann zu zucken. Sie musste dem Latzhosen-Mann jetzt zeigen, dass sie ihn verstanden hatte. Helene zweifelte nicht daran, dass er seine Drohung ernst meinte. Sie öffnete die Lider. Das Licht schmerzte im Innern ihrer Augäpfel.

Mit starrem Blick schaute Helene ihren Peiniger zum ersten Mal an. Im Licht der einsamen Glühbirne, die von der Decke herabhing, ähnelte der Latzhosen-Mann Fantomas. Die Gesichtshaut war eine glatte, graubraune Gummioberfläche. In den Glasscheiben vor den Augen spiegelte sich die Deckenlampe. Fantomas mit einem Schweinerüssel. Ein Halloween-Gespenst. Lächerlich, wenn sie nicht solche Angst gehabt hätte.

»Wunderbar, Süße. Geht doch. Und jetzt hörst du mir gut zu.« Fantomas sprach mit knorriger Stimme. Vielleicht kam das Knurren auch von dem Schweinerüssel. Der kein wirklicher Schweinerüssel war. Helene wusste jetzt, was der Mann auf dem Kopf trug. Es war eine Gasmaske. So eine, wie sie die Soldaten im Zweiten Weltkrieg aufgehabt hatten, sie erinnerte sich an Bilder davon im Geschichtsbuch. Aber sie hatte keine Ahnung, *warum* der Latzhosen-Mann die Maske trug. Darüber, was er mit ihr vorhatte, oder warum sie hier in diesem Kohlenkeller eingesperrt war, wollte sie erst gar nicht nachdenken.

Der Soldat redete weiter mit ihr. Dumpf drangen die Worte aus dem Blechrüssel, ohne dass sich die Oberfläche der Maske bewegte.

»Du bist hier zu Besuch. Ich möchte nicht, dass du Krach machst.«

Helene lag wie ein totes Insekt auf dem Rücken und wagte es nicht, zu zwinkern. Ihre Augen brannten.

»Und lass es dir nicht einfallen, hier herumzuschreien, wenn ich weg bin. Du stehst unter ständiger Beobachtung. Ich würde es hören, wenn du unartig wärst und müsste dich zur Strafe womöglich knebeln. Das wäre nicht schön, oder?«

Der Kopf neigte sich nach vorn. Die Stimme wurde leiser und verfiel in einen Singsang.

»Da liegt sie und rührt sich nicht, das ängstliche kleine Ding.« Fantomas streckte den Arm aus und fuhr ihr vorsichtig über die Wange. Helenes Augenlid begann zu zucken. Sie zwinkerte heftig und versuchte, die heißen Tränen hinunterzuschlucken, während die Maske weiter vor sich hin säuselte.

»Mein hübscher kleiner Käfer. Hab keine Angst. Alles wird gut.« Er erhob sich, ging zum Eingang, kehrte mit einer blauen Einkaufstasche zurück und hockte sich hin.

»Ich habe dir etwas zu Trinken mitgebracht.« Die rechte Hand schlüpfte in den Beutel und kam mit zwei Flaschen wieder zum Vorschein. »Bitter Lemon. Trink nicht alles auf einmal.« Er stellte die Flaschen neben die Matratze.

Helene ließ den Kopf langsam zur Seite rollen. Ihre Nackenmuskeln schmerzten. »Dann hätten wir noch ein paar Kekse.« Wieder kroch die Hand in die Tasche. »Ich lege sie dir hier hin.«

Und falls du ein Geschäft machen musst, die Toilette steht dort. Schau sie dir gut an, damit du im Dunkeln zurechtkommst.«

Der Maskenmann erhob sich. »Momentan kann ich dir nämlich noch kein Licht zur Verfügung stellen, Darling. Vielleicht später, wenn ich sicher sein kann, dass du gehorchst. Und nun muss ich leider gehen. Sei schön brav.« Er hob die Hand und ließ die Finger wackeln.

Helene blieb unbeweglich liegen. Nur ihre Augen folgten der Gestalt. Fantomas wickelte den leeren Einkaufsbeutel um die rechte Hand, ging in die Mitte des Raumes und begann, die Glühbirne aus der Fassung zu schrauben. Jetzt wusste sie, was vorhin so gequietscht hatte.

Das Licht erlosch. Der Schattenriss des Latzhosen-Mannes füllte den Türrahmen.

Seine Stimme tönte durch das Verlies. »War nett, mit dir zu plaudern, Helene Reimann. Es kann ein bisschen dauern, bis ich dich wieder besuche.« Die schwarze Gestalt hob noch einmal den Arm. »Und denk immer schön daran – ich kann dich hören.« Die Tür wurde zugezogen. Das Schloss klickte.

Helene Reimann starrte in die Finsternis.
Der Maskenmann kannte ihren Namen.
Vorsichtig drehte sie sich auf die Seite und tastete mit der ausgestreckten Hand über den Boden, bis die Finger das glatte Plastik der Limonadenflasche ertasteten. Bitter Lemon hatte Fantomas gesagt. Helene hasste das Zeug. Aber sie hatte auch großen Durst. Und deshalb würde ihr nichts anderes übrig bleiben, als das ekelhafte Gebräu hinunterzustürzen. Etwas anderes gab es nicht. Ihre Hand glitt über die geriffelte Oberfläche des Verschlusses. Er ließ sich leicht drehen.

Sie nahm einen tiefen Schluck, schloss den Mund sofort wieder und bemühte sich, dabei nicht zu atmen. *Runter damit, Helli.*

Kurze Sequenzen ihres schrillen Kreischens vorhin blitzten durch ihr Gehirn und Helene schämte sich ein bisschen, dass sie so ausgeflippt war. Der Typ hatte eine Gasmaske getragen, wie lächerlich.

Sie war ein großes Mädchen. Große Mädchen fingen beim Anblick einer Gasmaske nicht wie geistesgestört an zu kreischen. *Da willst du nun immer so cool sein und drehst beim Anblick von Fantomas komplett durch.* Vielleicht war es ein Spaß? Ein Test? Und sie hatte ihn nicht bestanden. Vielleicht wachte sie gleich auf und alles war vorbei? Helene nahm noch einen Schluck. Es schmeckte widerlich bitter. Irgendwie gelang es ihr nicht, an einen Test zu glauben.

›Du bist hier zu Besuch‹ hatte Fantomas gesagt.
Zu Besuch. Der nette Klang der Worte verursachte Hele-

ne eine Gänsehaut. Der Maskenmann würde wiederkommen. Und sie hatte keine Ahnung, was dann passieren würde. Sie rollte sich in der Dunkelheit zusammen und zog die Decke über den Kopf. Schlafen. Träumen.

Sie war so müde.

Unendlich müde.

32

»Heute back ich, morgen brau ich und übermorgen hole ich der Königin ihr Kind!« Der Hausmeister machte ein paar unbeholfene Tanzschritte in seiner Werkstatt und ließ die Arme einem Tambourmajor gleich auf und ab wirbeln. Der weiße Zettel in seiner Rechten flatterte wie ein Taschentuch in dem Luftzug. Das Heuschnupfen-Mittel, der Säurebinder, die Schleimlöser-Brausetabletten und das Schilddrüsenhormon – alles nutzloser Kram. Aber die Ampullen! Was war er doch für ein Glückspilz! Im Notfall hätte er die Aktion mit dem Dienstahl aus dem Lieferwagen wiederholen können, aber das war gar nicht nötig. Gleich beim ersten Versuch hatte Fortuna ihm zugelacht.

»Herr Rabicht, sie haben den Hauptgewinn!« Mit einem Hopser ließ er sich auf den Hocker plumpsen, strich das zarte Papier auf der Werkbank glatt und überflog den Text noch einmal.

Midazolam ratiopharm 5 ml Ampullen.

›Muskelrelaxierende und ausgeprägt sedativ-hypnotische Wirkung. Midazolam zeichnet sich durch raschen Wirkungseintritt aus‹.

Manfred Rabicht zog die Unterlippe zwischen die Zähne. Dieses Kauderwelsch war nicht gerade einfach zu verstehen. Schließlich konnte er niemanden danach fragen, was die Begriffe bedeuteten. Muskelrelaxierend, das konnte irgendwas mit Entspannung sein. Wichtiger für ihn war ›sedativ-hypnotisch‹. Sedativ hieß beruhigend, das hatte er irgendwann einmal gehört. Und ›rascher Wirkungseintritt‹ war perfekt.

Er schob den Zeigefinger über die Zeilen und las weiter. Über ihm rumpelte und polterte es. Die Pause hatte begonnen.

›Häufige unerwünschte Nebenwirkungen: Kopfschmerzen, Benommenheit, Muskelschwäche, Gangunsicherheit.‹

Unerwünschte Nebenwirkungen? Seine Mundwinkel wellten sich nach oben. »Wenn ihr euch da mal nicht täuscht, liebe Leute von Ratiopharm! Was ist an Benommenheit und Muskelschwäche schlecht?« Er rutschte dichter an die Werkbank heran. Die mit Metallplättchen beschlagenen Beine des Hockers machten quietschende Geräusche auf dem Steinfußboden.

Eine ganze Seite mit Nebenwirkungen. Was für ein Blödsinn! Um jedem Schadenersatzanspruch aus dem Weg zu gehen, listeten die Arzneimittelhersteller jeden möglichen Scheiß auf. Er drehte das Blatt um, setzte den rechten Zeigefinger auf die zweite Zeile und murmelte die Worte vor sich hin.

»Dosierung, ah ja.« Das war wichtig.

›Prämedikation vor Eingriffen in Narkose.‹ Genau das hatte die unfehlbare Gerti erzählt. In Vorbereitung auf kleine Operationen bekamen die Patienten ein Beruhigungsmittel. Er las weiter. ›3,5 bis 7 mg Midazolam intramuskulär zwanzig bis dreißig Minuten vor Narkosebeginn.‹ Dahinter stand in Klammern, dass pro Kilogramm Körpergewicht 0,05 bis 0,1 mg ausreichten.

Pro Kilogramm Körpergewicht. In seinem Kopf begann die Rechenmaschine zu rattern. Was wog eigentlich so ein knackiges junges Ding heutzutage? Das konnten doch höchstens sechzig Kilo sein. Allerhöchstens, Herr Rabicht. Du willst doch keinen Fettklops mit Speckrollen in der Taille und Nilpferdhintern, sondern eine schlanke Gespielin. Auf gar keinen Fall. Da hätte man ja auch bei der eigenen Frau bleiben können.

»Also sagen wir, *Obergrenze* sechzig.« Er würde bei der Auswahl schon darauf achten, dass es kein pummeliger Trampel war. Bei dem Wort Auswahl begann das Blut in seinem Kopf zu rauschen. Bald war es soweit. Wenn alles klappte, vielleicht noch diese Woche. Das erhitzte Blut strömte vom Kopf nach unten zwischen die Beine. Manfred Rabicht stierte durch die schwarzen Buchstaben hindurch und sah eine orientalische Tänzerin mit eleganten Armbewegungen vor ihrem Gebieter die Hüften schwingen. Nur mühsam gelang es ihm, sich von dem Bild zu lösen. Die Buchstaben vor seinen Augen sprangen wieder an ihre angestammten Plätze und formierten sich zu Sätzen.

Maximal sechzig Kilogramm Körpergewicht bedeutete demnach drei bis sechs Milligramm. Zur Sicherheit konnte man ihr ein bisschen mehr einflößen. Nicht schlecht. In einer Ampulle waren fünf Milliliter. Das dürfte eigentlich genügen. Noch einmal überflog er den Text mit der Dosierungsanweisung. Leider stand auf dem Zettel nichts davon, wie lange das Mittel wirkte. Er würde es ausprobieren müssen. Sein Blick blieb an dem Wort ›intramuskulär‹ hängen.

Intramuskulär. Irgendwas mit Muskeln. Mit Muskeln. Manfred Rabicht schloss die Augen.

Was, wenn die Flüssigkeit gespritzt werden musste? In einen Muskel?

›Intra‹ – *in den*, ›muskulär‹ – *Muskel*. »In den Muskel.« Er sprach die Worte vor sich hin. Das hörte sich verflucht einleuchtend an.

Ein Hausmeister hatte Ahnung von allem möglichen Handwerkskram. Reparaturen an defekten Geräten, Aufbauen von Möbeln, Einstellen der Heizungsanlage. Aber wohl kaum davon, wie man etwas in einen Muskel spritzte.

»Verfluchter Mist!« Manfred Rabicht ballte die Finger und ließ die Faust auf die Werkbank sausen. Sein ganzer schöner Plan war hinfällig, wenn diese Scheiß-Ampullen zum Spritzen gedacht waren. Er drückte den Hocker mit den Kniekehlen nach hinten und stand auf. Es polterte dumpf, als der dreibeinige Schemel umkippte.

Im gleichen Augenblick begann die Wechselsprechanlage zu brummen. Der Hausmeister verdrehte die Augen und drückte auf das rotleuchtende Knöpfchen. »Ja, was gibt's?« Helga hatte ein Problem. Ob der liebe Manne nicht mal schnell zu ihr ins Sekretariat kommen könne. Eins der alten Fenster hatte sich beim Öffnen irgendwie verklemmt und nun bekam sie es nicht wieder zu.

»Ich komm gleich.« Der ›liebe Manne‹ sah auf seine Armbanduhr. »In zehn Minuten bin ich oben. Ist eh gleich Feierabend.« Er nickte mehrmals. »Kannst schon mal die Kaffeemaschine anschmeißen! Bis gleich.« Die Sekretärin bedankte sich wortreich.

»Dann wollen wir mal zusammenpacken, Kollege Rabicht.« Mit zusammengezogenen Brauen faltete der Hausmeister den Packzettel zusammen und schob ihn in die weiße Verpackung zurück. Bis jetzt war alles so wunderbar gelaufen. Das ›Gästezimmer‹ war komplett eingerichtet. Die Ätherflasche wartete auf ihren großen Auftritt. Durch mehrere wundersame Zufälle war es ihm heute Vormittag gelungen, sich ein Betäubungsmittel zu beschaffen.

Und nun das! Intra – muskuläre Kacke.

Er verstaute die Schachteln in seiner Aktentasche. Alles war so perfekt gewesen.

Vielleicht kann man das Mittel auch in ein Getränk mischen und es wirkt trotzdem? Vielleicht nicht so lang anhaltend oder so stark wie, als wenn man es spritzt, aber es könnte doch sein, dass der Wirkstoff auch über den Magen ins Blut gelangt?

»Das ist eine Idee.« Die Schlösser der Aktentasche schnappten zu. Manfred Rabicht griff nach dem Henkel, ließ seinen Blick durch die Werkstatt schweifen, kontrollierte, ob alles aufgeräumt und ausgeschaltet war, nahm den Schlüssel aus der Hosentasche und ging hinaus.

Es waren vorerst genügend Ampullen vorhanden. Man könnte eine davon für einen Test opfern.

Seine Schritte hallten auf dem Kellergang. Ein Test. So wie das Einatmen der Ätherdämpfe. Wo man anschließend seinen Mageninhalt in eine Aldi-Tüte kotzte. Nicht sehr angenehm.

Freundlich grüßten die verwaschenen Buchstaben des Luftschutzraumes. Der Hausmeister verschloss die Zwischentür und machte sich auf den Weg nach oben.

Gut, von Übelkeit hatte nichts auf dem Beipackzettel gestanden, aber wer garantierte ihm, dass es nicht trotzdem geschah? Und konnte man die Wirkungen des Mittels nicht viel besser studieren, wenn man ein unbeteiligter Beobachter war?

Der Hausmeister klopfte dreimal kurz an die Tür zum Sekretariat und trat ein. »Da bin ich. Wo ist das verflixte Fenster?«

»Das linke dort.« Helga deutete hinter sich.

»Schaue ich mir sofort an.« Er ging hinüber und betrachtete den Rahmen. »Kein Problem. Das haben wir gleich.« Seine Hände arbeiteten an den Scharnieren. In seinem Kopf klickten die Relais. Es war viel besser, die Studien an einem unwissenden Objekt durchzuführen.

Ein unwissendes Versuchskaninchen. Für Manfred Rabicht kam dafür eigentlich nur *eine* Person in Frage.

Er drückte das Fenster zu, kippte es an und schloss es

wieder. »Funktioniert wieder einwandfrei, Helga. Lass uns noch schnell einen Kaffee trinken, dann muss ich los. Meine liebe Frau wartet auf mich. Wir haben noch einiges zu erledigen heute.«

33

»Heute machen wir es uns ein bisschen gemütlich.« Manfred Rabicht stellte den Einkaufsbeutel auf die Küchentheke.

»Wie kommst du denn darauf? Mitten in der Woche?« Regina strich sich mit dem Unterarm eine vorwitzige Haarsträhne aus der Stirn und beugte sich dann wieder über den Abwasch.

»Ein Lehrer hat mir heute ein paar tolle Cocktailrezepte mitgebracht. Die möchte ich ausprobieren.«

»Cocktails? Ich dachte, du magst keine Mixgetränke?«

»Man kann erst darüber urteilen, wenn man es selbst getestet hat. Vielleicht schmecken sie mir auch nicht. Genau das will ich ja herausfinden. Aber für dich dürfte das unter Garantie etwas sein.« Er tätschelte den Rücken seiner Frau.

»Na, von mir aus. Ich lasse mich gern überraschen.« Regina zog den Stöpsel und spülte den Schaum aus dem Becken. Dann drehte sie sich um und band die Schürze ab. »Was isst man eigentlich dazu?«

»Irgendwelche Häppchen, denke ich.« Manfred Rabicht hatte keine Ahnung, was zu Cocktails gereicht wurde. Es war schon schwierig genug gewesen, die Rezepte zu beschaffen. Er hatte extra ein Buch kaufen müssen. Und dann die Zutaten! Dinge, von denen ein normaler Mensch noch nie etwas gehört hatte. Aber man musste ja nicht gleich alles, was hier aufgezählt wurde, verwenden und ausprobieren. Regina war schließlich keine Expertin auf dem Gebiet. Sie würde alles trinken, was er ihr anbot, wenn es nur schön süß und nicht zu sehr nach Alkohol schmeckte.

»Dann mache ich ein paar Schnittchen.«

»Schnittchen, sehr schön.« *Schnittchen* glichen Häppchen in etwa wie Steingut Meißner Porzellan, aber es spielte keine Rolle. Manfred Rabicht begann, den Einkaufsbeutel auszuräumen. Seine Frau tappte zum Kühlschrank, öffnete ihn und starrte ein paar Sekunden lang hinein, ehe sie den Deckel des Käsefaches in der Tür hochklappte und die Butterdose herausnahm. Wahrscheinlich würde sie am Ende wieder die ewig gleichen, mit Salami und Kümmelkäse belegten Brote präsentieren.

Während seine Frau die Brotschneidemaschine anwarf, hob er die Flaschen aus dem Beutel heraus und stellte sie nebeneinander auf die marmorierte Plastikoberfläche.

Wermut. Bitterer selbstverständlich. Und Bitter Lemon. Er hatte nicht gekostet, nahm aber an, dass die Tropfen unangenehm schmeckten. Es handelte sich schließlich um eine Medizin. Und was eignete sich besser, um bitteren Geschmack zu überdecken, als etwas, das selbst bitter war?

Eine Flasche Rum, dazu Orangensaft. Süßer Kokossirup, eine Tüte Rohrzucker und ein Netz Limetten.

Zu bitter war auch wieder nicht gut. Die Versuchsperson sollte das Getränk nicht schon nach dem ersten Schluck ablehnen. Also musste man etwas Süßes beimischen. Etwas *sehr* Süßes.

»Haben wir eigentlich Eiswürfel?«

Regina legte das Messer neben das Brettchen, kam näher und betrachtete neugierig die Flaschen. Ihr Mund stand ein wenig offen. Wie bei einem Mondkalb. Ein dümmliches, nichts ahnendes Schaf. Manfred Rabicht schenkte ihr ein liebevolles Lächeln und nahm einen Glaskrug aus dem Hängeschrank. *Mein kleines Versuchskarnickel!*

»Eiswürfel? Da muss ich nachschauen.« Sie ging neben ihm in die Hocke, öffnete den Gefrierschrank und begann, unverständlich vor sich hinbrabbelnd, die grauen Plastikkästen herauszuziehen.

»Da!« Ihr schriller Aufschrei ließ ihn zusammenzucken. »Ich habe Eiswürfel gefunden!« Mit einem Stöhnen richtete sie sich wieder auf und reichte ihm eine steif gefrorene Tüte.

»Wunderbar. Dann hätten wir ja alles beisammen.« Er legte den Plastikbeutel mit den Kugeln aus Eis neben die Flaschenparade und fuhr fort, Limetten auszupressen. Regina blieb neben ihm stehen. Mit ihrem Schafsgesicht verfolgte sie jede seiner Handbewegungen.

»Womit hast du denn die Brote belegt?«

»Mit Schinken. Und Käse.«

Schinken also. Keine Salami. Wie einfallsreich von ihr.

»Wollen wir noch ein paar Gürkchen dazu essen?«

»Ich nicht unbedingt, aber wenn du möchtest?« Gürkchen? War sie jetzt völlig durchgeknallt? Das hier war keine Party, sondern ein Experiment. Und es wurde Zeit, dass das neugierige Weib aus der Küche verschwand, damit er ihren Drink präparieren konnte.

»Dann will ich auch keine.« Regina rührte sich nicht von der Stelle.

»Du könntest drüben schon den Tisch decken.« Er deutete mit dem Kinn in Richtung Wohnzimmer. »Ich mache hier inzwischen die Cocktails fertig.«

»Ist gut. Ich bin schon sehr gespannt, wie das schmeckt.« Sie griff nach seinem Arm, drückte kurz zu und wackelte dann hinaus.

Manfred Rabicht ließ schnaufend die Luft entweichen. Was für ein Theater! Er steckte die rechte Hand in die

Hosentasche und fühlte durch das Taschentuch hindurch nach den Umrissen der Ampulle. Nun kam der spannende Teil.

Zuerst alle Zutaten in den Glaskrug. Eine halbe Flasche Wermut, eine halbe Flasche Bitter Lemon. Zwei Gläser Orangensaft. Reichlich Kokossirup. Und umrühren. Weißliche Schlieren verteilten sich kreisend in der orangefarbenen Flüssigkeit. Er tauchte den Löffel ein und kostete. Wälzte den Schluck im Mund herum und sog etwas Luft dazu ein. Es war perfekt. Herb und süß.

Im Wohnzimmer rumorte es. Regina war damit beschäftigt, eine gemütliche Atmosphäre, oder was sie in ihrem Bauernschädel dafür hielt, zu schaffen. Manfred Rabicht löste seinen Blick von der noch immer träge strudelnden Flüssigkeit und schaute aus dem Fenster. Die Abenddämmerung tauchte alles in ein unwirkliches rotgoldenes Licht. Nicht mehr lange, dann würde die Dunkelheit das Feuer auf den Wipfeln der Fichten löschen. Und das Schafsgesicht würde hoffentlich tief und fest schlafen.

Es konnte eine lange Nacht für den Versuchsleiter werden. Wenn sein Wundermittel das hielt, was der Beipackzettel versprach, würde das Mondkalb für längere Zeit außer Gefecht gesetzt sein.

Schritte tappten heran. Regina näherte sich und sah ihm über die Schulter. »Sieht gut aus.«

»Das Eis fehlt noch und dann kann es losgehen.« Unter dem Plastikbeutel mit den Eiswürfeln hatte sich eine Pfütze gebildet. »Bring die Schnitten rüber. Ich komme mit den Cocktails nach.«

Eilig fuhr seine rechte Hand in die Hosentasche und nestelte die Ampulle aus dem Taschentuch. Die zitternden Finger knackten den oberen Teil ab.

Rechts hinein, rechts. Der rechte Cocktail ist ihrer. Glas klirrte an Glas. Geräuschlos tröpfelte die durchsichtige Flüssigkeit in das Getränk.

Nun das Eis dazu. Mach schon. Seine Ohren verfolgten das leise Gebrabbel des Fernsehers. Wahrscheinlich saß das Mondkalb schon in seiner angestammten Couchecke und wartete auf ihn.

Manfred Rabicht drückte die Eiswürfel aus der Folie. Mit einem Platschen landeten sie nacheinander zuerst im rechten und dann im linken Cocktail.

Noch einmal umrühren und fertig. Das Experiment kann beginnen!

Vorsichtig nahm er die Gläser von der Platte. *Links meins, rechts ihres.*

Seine Hände zitterten.

»Wie schön!« Regina richtete sich aus ihrer Sofaecke auf und klatschte mit einem infantilen Grinsen in die Hände. »Das war eine tolle Idee, Manfred!«

Was für ein kindisches Getue. Er hasste es, wenn sie mit ihrer hohen Stimme sprach. Manfred tat so, als müsse er sich auf die übervollen Gläser konzentrieren.

Rechts ihres, links meins.

»Dann wollen wir mal sehen, ob dir das schmeckt, was ich gemixt habe.« Das Glas aus der Rechten landete vor Regina auf dem Tisch.

»Ich bin auch gespannt.« Sie beobachtete, wie ihr Mann sein Getränk abstellte, auf dem Sessel ihr gegenüber Platz nahm, den Teller mit den belegten Broten zu sich heranzog und mit merkwürdigem Gesichtsausdruck darauf starrte, bevor er zur Fernbedienung griff und dem Werbegeschwätz den Ton abdrehte.

»Also dann. Auf uns.« Manfred Rabicht griff nach seinem Cocktail und erhob das Glas in ihre Richtung. »Prost!« Er nahm einen Schluck, schmatzte und sah dann zur Uhr.

»Willst du nicht probieren?« Das Mondkalb betrachtete die schmelzenden Eiswürfel in der gelblichen Flüssigkeit, führte dann das Glas zum Mund und kostete. »Es ist ziemlich herb.«

»Es muss ein bisschen bitter sein. Das ist das Besondere daran.« Er prostete ihr wieder zu. »Ich finde das gerade lecker. Vielleicht nehme ich dann das nächste Mal statt Bitter Lemon nur Orangensaft.«

»Das wäre bestimmt nicht schlecht.« Regina wischte mit ihrem Daumen über die beschlagene Oberfläche des Glases. Ihr Mann nahm noch einen kräftigen Zug. *Sein* Cocktail war schon halb leer. Er hatte sich eine Überraschung ausgedacht und sie saß hier und mäkelte daran herum. Das war nicht nett. »Aber das hier ist auch schon ziemlich gelungen, finde ich.« Sie hob das Glas. Vielleicht schmeckte es nicht so schlimm, wenn man das Ganze schnell, ohne zu atmen, hinuntergoss.

»Das freut mich.« Er zog die Mundwinkel nach oben.

Regina setzte ihren ›Cocktail‹ an und trank. Mit einem leisen Gluckern verschwand die Flüssigkeit in ihrer Kehle. Sie atmete heftig aus, schüttelte sich und betrachtete das jetzt nur noch viertelvolle Glas einen Moment. Es war so schwer, dass es ihren Arm leicht nach unten zog. *So schwer*, das die Finger Mühe hatten, es festzuhalten. Regina versuchte zu zwinkern, um den Schleier vor ihrem Blick wegzuwischen. In Zeitlupe bewegte sich die Hand in Richtung Tisch und ließ dann das Glas ein paar Zentimeter über der glatten Fläche einfach los. Mit einem Klirren landete es auf der Platte und kippelte noch zweimal hin und her. Regina versuchte, zu lächeln. Der Tag war lang gewesen. In ihrem Kopf breitete sich eine seltsame Leichtigkeit aus.

»Ich bin viel – leicht mü – de.« Die letzten beiden Worte lallte sie.

Manfred Rabicht beobachtete, wie die Augen seiner Frau nach oben rollten, bevor sie in die Sofaecke zurücksank.

Das Letzte, was Regina Rabicht dachte, war, dass ihr Mann sie ansah, wie die Schlange ein Kaninchen. Dann kippte ihr Kopf nach hinten.

34

Helene rannte mit wirbelnden Armen über die taufeuchte Wiese und bemühte sich dabei, nicht auf die vielen Gänseblümchen zu treten. Die Luft roch nach frisch gemähtem Gras und Honig. Ganz am Ende der Grasfläche, hinter den Schlehensträuchern, wölbte sich ein Regenbogen über dem Himmelsblau. Er strahlte in unwirklichen Farben. Das Mädchen rannte und rannte, aber der Regenbogen blieb immer in der gleichen Entfernung.

Feine Wölkchen schoben sich vor die Sonne und dämpften das Licht. Immer mehr von ihnen eilten herbei. Der Wolkenberg verfärbte sich grauschwarz und es wurde dunkel. Die Luft schien dichter zu werden.

Lauft, ihr Beine, lauft! Ich muss den Regenbogen erreichen!

Helenes Schritte wurden langsamer. Die Muskeln in den Oberschenkeln schmerzten. Sie konnte die Füße nur noch schleppend anheben. Es war ein Gefühl, als steckten diese in zähem Sirup, der bei jeder Bewegung an ihnen kleben blieb und ein Vorankommen behinderte. Der Sirup wurde zu Harz und schließlich musste Helene stehen bleiben. Schwer atmend sah sich das Mädchen um. Der Himmel hatte sich in der Zwischenzeit völlig verdüstert und leuchtete nun in einem bedrohlichen Gelbschwarz. Die Gänseblümchen und die Schlehensträucher waren verschwunden und hatten einer morastigen Einöde Platz gemacht. Erdwälle, Schlamm und Geröllberge umgaben das zitternde Mädchen. Sie drehte im Zeitlupentempo den Hals hin und her und lauschte auf den fernen Hall eines alten Kinderliedes in ihrem Kopf.

Wer hinter mir ist ... wer vor mir ist ... Eins, zwei, drei, ich komme!

Vor ihr war nichts.

Aber hinter ihr keuchte etwas. Es war noch weit weg, aber es kam näher. Das Licht war nun fast völlig verschwunden. Das Mädchen riss die Augen weit auf und versuchte, die Finsternis zu durchdringen. Das Keuchen wurde lauter und verwandelte sich in ein Schnaufen. Sie spürte heißen Atem im Nacken und erwachte mit einem Schrei.

Helene lag auf dem Rücken, rang nach Luft und fühlte kalten Schweiß auf ihrer Stirn. Was für ein Alptraum!

Die schlechten Träume schienen sich in letzter Zeit zu häufen. So, als hocke ihr ein buckliger, warziger Nachtmahr im Nacken, stets bereit, die weiche Kehle des hilflosen Mädchens ganz langsam zuzudrücken. Aber nach jedem Traum gab es eine Rückkehr in die Normalität. Man musste nur aufwachen. Und das würde sie jetzt tun.

Helene gab sich einen Ruck, öffnete die Augen und sah nichts.

Wie ein heftiger Blitz durchzuckte die Erkenntnis ihr Gehirn. Das hier war kein Alptraum, oh nein. *Das hier* war die Wirklichkeit, aber nicht die Normalität.

Sie befand sich in einem lichtlosen Verlies. Der Maskenmann hatte sie in einen Kohlenkeller eingesperrt. Helene fühlte heiße Tränen nach oben quellen und zwang sich, diese schnell wieder hinunterzuschlucken. Das hatten wir doch alles schon mal. Fang jetzt nicht wieder an, rumzujammern.

Erinnere dich an alles. Denk logisch. Finde einen Ausweg. Du schaffst das.

Wenn sie nur nicht so müde wäre! Der ganze Körper fühlte sich wie gerädert an. Gefahr machte einen Menschen doch normalerweise hellwach. Wieso kämpfte *sie* dann dauernd mit dem Schlaf? Der Maskenmann war verschwunden und was hatte sie gemacht, anstatt nach einem Ausweg zu suchen? Sie hatte sich die Decke über den Kopf gezogen und war entschlummert. Als gäbe es nichts Besseres zu tun. Schwächling! Aber damit war jetzt Schluss.

Helene umfasste mit der rechten Hand die Stelle am Handgelenk der linken, an der sich normalerweise ihre Uhr befand und dachte darüber nach, wie lange sie geschlafen haben mochte.

Im Dunkeln verlor man schnell jegliches Zeitgefühl.

›Es kann ein bisschen dauern, bis ich dich wieder besuche‹ hatte der Maskenmann zu ihr gesagt. Es kann ein bisschen dauern. Was war ›ein bisschen‹?

Bis er wieder auftauchte, musste sie sich eine Strategie zurechtgelegt haben.

Also, der Reihe nach, Helli. Zuerst trägst du alle Informationen zusammen, die du hast. Dann findest du einen Ausweg. Und denk nicht darüber nach, was er von dir will.

Bis jetzt war nichts Schlimmes passiert.

Helene versuchte, sich aufzusetzen. Im Sitzen konnte sie besser nachdenken. Ihr Mund war trocken wie die Wüste Gobi und ihre Blase drückte.

Dem kann abgeholfen werden, Schatz. Es gibt übelschmeckende Limonade und irgendwo dahinten in der Schwärze steht eine Toilette. Du krabbelst hinüber und setzt dich darauf.

Sie räusperte sich. »Zuerst einen Schluck von dem widerlichen Gesöff.« Ihre Stimme glich dem trockenen Krächzen eines Kehlkopfkranken. Die Flasche stand neben dem Bett –

der Matratze, Helli, das ist kein ›Bett‹ –

neben der Matratze. Sie drehte den Verschluss auf, setzte die

Flasche an die Lippen und ließ das Gebräu in den Mund gluckern. Es war lauwarm und schmeckte scheußlich. Helene mochte keine Bitter Lemon, aber sie konnte sich auch nicht daran erinnern, dass es *so* widerlich schmeckte. Der Deckel rollte aus ihrer Hand und kullerte davon. Und nun zur Toilette. Obwohl es absolut dunkel war, schloss das Mädchen die Augen und versuchte sich, zu erinnern. Der Maskenmann hatte vor ihr gestanden und nach hinten gezeigt.

Falls du ein Geschäft machen musst – die Toilette steht dort.

Die – Toilette – steht – dort.

Steht – dort. Dort.

Dort.

In der Schwärze verzog Helene das Gesicht, als wolle sie weinen. Was war mit ihrem Kopf los? Wie ein aufgeblähter Ballon wackelte das nutzlose Ding auf den Schultern hin und her. Die Gedanken schwebten wie Rauchwölkchen durch die hohle Kugel und sobald sie einen davon fassen wollte, löste er sich mit einem kleinen Puff in nichts auf. Sie ließ sich nach hinten sinken und stieß mit dem rechten Ellenbogen die Flasche um. Flüsternd bahnten sich kleine Rinnsale einen Weg über den unebenen Lehmboden.

Hatte sie nicht eben noch auf Toilette gehen wollen?

Einerlei.

Einerlei, süßer Brei.

Das ist Wurst, Herr Durst.

Toilette, Alouette.

Jetzt würde sich sie erst einmal ein bisschen ausruhen. Die Toilette hatte Zeit.

Zeit. Kleid. Streit.

Müde, Tüte.

Schlaf Schaf.

Schaf.

Helene schlief.

35

Norbert kniff die Lider fest zusammen und versuchte zwischen den Wimpern hindurch Einzelheiten des Pärchens auf der Bank gegenüber zu erspähen.

»Denkst du das, was ich denke?« Doreen flüsterte unwillkürlich, obwohl die beiden auf der anderen Seite sie kaum hören würden.

»Wenn das hier ein Zufall ist, dann aber ein gewaltiger.« Er öffnete die Augen wieder. Aus der Entfernung war nichts Genaues zu erkennen.

»Mama, Mama, guck mal!« ›Anna Ermakova‹ war aufgesprungen und lief zu ihrer Mutter. Sie stolperte über einen Buckel in der Wiese, fing sich jedoch im letzten Moment und rannte weiter. Vor der Bank blieb sie stehen und zeigte den beiden Erwachsenen etwas, das sie auf der Handfläche hatte. Frau Lamm nickte kurz und machte eine Geste zu dem Mann neben sich, der daraufhin den Arm von ihrer Schulter nahm und dem Kind die Hand gab.

Nach der Begrüßung drehte sich das Mädchen um und hopste zurück zum Sandkasten.

»Lass uns keine voreiligen Schlussfolgerungen ziehen, Doro.« Norbert bedauerte, den Fotoapparat im Büro gelassen zu haben und nahm sich vor, in Zukunft *immer* die Ausrüstung mitzunehmen, auch wenn sie nur ein paar Schritte spazieren gehen wollten.

Frau Lamm griff nach ihrer Zigarettenschachtel, schüttelte zwei heraus, steckte beide in den Mund und schwenkte dann das Feuerzeug zwischen den Enden hin und her. Daumen und Zeigefinger der rechten Hand griffen nach einem der weißen Stäbchen und steckten es dem Rotschopf zwischen die Lippen. Dann rauchten beide synchron.

In Norberts Brustkasten glühte die Sehnsucht nach einer Zigarette.

Klein-Lara indes hüpfte in den Sandkasten, kniete sich hin und begann, mit bloßen Händen ein Loch zu buddeln. Ihre Mutter ließ sie gewähren. Sie hatte den rechten Arm auf den Oberschenkel ihres Begleiters gelegt. Ein Spiegelbild des Pärchens gegenüber. Norberts Jeanshose kitzelte Doreens Handfläche.

»Die kennen sich aber nicht erst seit gestern.« Sie hob schnell ihren Arm, als habe sie sich verbrannt.

»Das scheint mir auch so. Bleiben wir noch ein bisschen hier sitzen und träumen vor uns hin.«

Doreen nickte, schlug die Beine übereinander, lehnte sich zurück und verglich die Köpfe von Klein-Lara und dem Mann neben ihrer Mutter. Im Sonnenlicht loderten beide kupferrot. Eine seltene Haarfarbe. Sehr selten.

Die Söhne von Lady Diana und Prinz Charles kamen ihr in den Sinn. William und Harry. William, groß, schlaksig, hübsch. Er ähnelte seiner Mutter, hatte aber auch etwas vom Vater. Das schnell dünner werdende Haar zum Beispiel. Und dann Harry. Kleiner und kräftiger. In seinem Gesicht war weder eine Ähnlichkeit zu Diana noch zu Charles zu entdecken. Man erklärte dies damit, dass ein Großelternteil bei Prinz Harry ›durchgeschlagen‹ sei. Alles war möglich. Man müsste einmal ein aktuelles Bild dieses ominösen Reitlehrers mit dem von Harry vergleichen. Doreen legte den Kopf in den Nacken und versuchte durch die gelbrandigen Blätter einen Blick auf den Himmel zu erhaschen.

»Lara, komm!« Die Stimme der Mutter wehte melodisch über den Spielplatz und das Kind erhob sich mit einer enttäuschten Schnute aus dem Sandkasten. Jetzt rannte sie nicht, sondern schlich zu der Bank. Kerstin Lamm warf ihre Kippe vor sich auf den Boden, obwohl direkt neben ihr ein Papierkorb stand und trat die Glut aus. Dann erhob sie sich und klopfte der Tochter den Sand aus den Sachen. Auch der Mann neben ihr stand auf. Im direkten Vergleich waren seine Haare eine Spur dunkler. Das konnte am Alter liegen. Oder an etwas anderem. Die Mutter nahm das Kind an die rechte Hand und hängte sich mit der Linken bei ihrem Begleiter ein. Der Mann nahm noch zwei Züge aus seiner Zigarette und warf den Stummel dann mit einer Schleuderbewegung in die Sträucher. Gemächlich schlenderte das Pärchen in Richtung Humboldtstraße davon.

»Umweltverschmutzer!« Norbert rutschte nach vorn und erhob sich. »Das müsste bestraft werden. So wie in Sydney. Hundert Euro für jede weggeworfene Kippe!« Er schob seine Hand in die Jackentasche und tastete nach den Briefumschlägen. »Komm Doreen. Wollen wir mal sehen, was uns das nützt.«

Sie folgte ihm über die Wiese zur gegenüberliegenden Seite. »Wir könnten im Sandkasten nach roten Haaren suchen.«

»Das machen wir gleich. Lass mich zuerst ...« Mit einem Ächzen ging Norbert neben der Bank in die Hocke und streckte wie eine Schildkröte den Hals nach vorn. Seine Hand glitt suchend über die Borkenstückchen zwischen den Büschen, kam mit einem Zigarettenstummel wieder zum Vorschein und verstaute diesen in einem Briefumschlag. Das Kuvert in der linken, die rechte Hand über dem Hosenbund in die Seite gestützt, richtete er sich wieder auf, angelte nach einem Stift, beschriftete den Umschlag und steckte ihn in die Tasche. »Und nun zu dem Kind.«

Der Mann mit dem Labrador, der oben am Teich entlang lief, schüttelte den Kopf. Zwei erwachsene Menschen. Und spielten im Sandkasten. Kindisches Volk! Er schnalzte nach seinem Hund und ging weiter.

36

Manfred Rabicht saß, ohne sich zu rühren, in seinem Sessel und betrachtete seine Frau. Ihr Kopf hing hintenüber. Der Mund stand offen. Sie atmete schnorchelnd ein und aus. Noch einmal ging sein Blick zur Uhr. Fünf vor acht. Die Tagesschau würde heute ganz ungestört ablaufen können.

Wenn man davon ausging, dass das Schafsgesicht dreiviertel des ›Cocktails‹ getrunken hatte, dann entsprach das ungefähr vier Milliliter Schlafmittel aus der Ampulle. Eingeschlafen war sie um drei viertel acht. Jetzt musste man nur die Zeit bis zu ihrem Erwachen messen und dann konnte man berechnen, wie lange der Vorrat reichte.

Auf jeden Fall war es verblüffend schnell gegangen.

Er erhob sich und trat vor seine Frau.

»Regina, wach auf!«

Sie rührte sich nicht.

»Regina! Du alte Schlampe, mach die Glotzen auf!« Keine Regung. Nicht einmal ein einziger Muskel zuckte. Nur der Brustkorb hob und senkte sich gleichmäßig.

Manfred Rabicht näherte seine rechte Hand dem Gesicht seiner Frau und schnippte mit den Fingern gegen ihre Wange. Auch dies führte zu keiner Reaktion. Schließlich beugte er sich seitlich über sie und sprach direkt in die Ohrmuschel. »Musstest du dich so sinnlos besaufen, du blöde Kuh? Wie sieht denn das aus, wenn du hier zugedröhnt bis über beide Ohren auf dem Sofa herumlungerst? Da darfst du dich dann auch nicht wundern, wenn ich mich nach einer anderen umsehe. Nur dass du schon mal Bescheid weißt.« Daumen und Zeigefinger kniffen in die nachgiebige Haut unter den Wangenknochen. Regina schnorchelte lauter.

Er ging zu seinem Sessel zurück und nahm die Fernbedienung mit. »Ich guck jetzt Nachrichten. Heute mal ohne nervtötendes Gefasel zwischendurch.« Der schlaffe Sack auf dem Sofa antwortete nicht.

»Ich werde Schnittchen essen und ab und zu einen Schluck von *meinem* Cocktail trinken. Ein gemütlicher Abend wird das.« Manfred Rabicht biss in ein Schinkenbrot.

»Der Anwalt von Marc Dutruox hat seinen Mandanten aufgefordert, sich endlich zu den vielfach vermuteten Netzwerken und Hintermännern zu äußern. Wer jedoch erwartet hatte, der Dreifachmörder werde die Gelegenheit ergreifen und in der Öffentlichkeit des Gerichtssaals zu den Hintergründen seiner Taten auspacken, wurde enttäuscht ....« Reginas Schnorcheln verwandelte sich in ein röchelndes Schnarchen.

Dreifachmörder.

Das hörte sich nicht gerade nett an. Manfred Rabicht trank einen herbsüßen Schluck. Man brauchte doch nicht gleich zu töten. Das war gar nicht nötig. Wenn man sich ausreichend verkleidete, das Gesicht verbarg, und dafür sorgte, dass die Umgebung neutral war, konnte man – es widerstrebte ihm, das Wort ›Opfer‹ zu verwenden – die Gespielin irgendwann wieder freilassen. Wenn man ihrer überdrüssig geworden war, zum Beispiel. Nein, umbringen war dumm. Es gab eine Leiche, die beseitigt werden musste. Es entstanden Spuren. Nicht nötig. Nicht mit ihm. Er war kein hirnloser Dummkopf. Und ein Mörder schon gar nicht. Sich vorzustellen, einen Menschen zu töten! Undenkbar! Manfred Rabicht mochte weder Gewalt noch Blut. Es würde auch so funktionieren.

Die Fernsehkamera schwenkte vom Gerichtsgebäude auf den Reporter, der schnell ein betroffenes Gesicht, oder das, was er dafür hielt, machte und in sein Stieleis zu plappern begann. »... Bleibt die Frage nach der Schuld Michelle Martins, die sich stets als ängstliches Werkzeug ihres gewalttätigen Ex-Mannes Dutroux dargestellt hat.« Ein Bild von dem unscheinbaren blonden Hühnchen wurde gezeigt. ›Ängstliches Werkzeug‹ traf genau den Kern der Sache.

Der Mann im Sessel nahm sich noch ein mit Schinken belegtes Brot und betrachtete den schlaffen Sack in der Sofaecke. Was für ein schwabbeliger Haufen Fleisch!

Der Reporter tat indessen kund, dass die Anwälte der Opfer und der Familien ein ganz anderes Bild der Vierundvierzigjährigen zeichneten. Schon in den Achtzigerjahren habe Michelle Martin ihrem Mann bei der Entführung und Vergewaltigung junger Mädchen aktiv geholfen ...

Kaum zu glauben. Manfred Rabicht beugte sich ein bisschen nach vorn und musterte das Foto hinter dem zerzausten Sprecher genauer. Das Hühnchen hatte ihrem Mann bei den Entführungen *geholfen?* Wieder schweifte sein Blick zu dem Schnarchsack auf dem Sofa. *Die da* würde ihrem Mann ganz sicher nicht behilflich sein.

»... wofür beide anschließend ins Gefängnis kamen. Als Dutroux Mitte der Neunzigerjahre erneut Mädchen entführte und einsperrte, habe sie nichts dagegen unternommen«, der Reporter schnappte nach Luft und fuhr dann fort »... auch nicht, als ihr Mann im Winter neunzehnhundertfünfundneunzig/sechsundneunzig in Haft saß und zwei Achtjährige in seinem Keller verdursteten.«

Das war ja eine tolle Geschichte. Dutroux hatte schon wegen dem gleichen Delikt gesessen. Seine Frau auch. Manfred Rabicht nahm einen großen Schluck von seinem Cocktail. Dann hatte man die beiden wieder freigelassen. Und natürlich waren aus ihnen keine ehrbaren Bürger geworden – wie denn auch? *Unglaublich.*

Eigentlich hatte dieser Dutroux großes Glück gehabt. Nur genützt hatte es ihm letztendlich nichts.

»... Werden wir Sie morgen wieder informieren.« Der Reporter wurde von dem Nachrichtensprecher verabschiedet.

Im ZDF wurde ein Thriller aus England angepriesen. ›Hautnah – die Methode Hill.‹

Manfred Rabicht stellte sein Glas ab, ging zu seiner Frau und beugte sich dicht über ihr Gesicht. Der Unterkiefer hing locker nach unten. Man konnte die Zunge sehen. Stoßweise entströmte die Luft aus ihrem Mund.

»Regina?« Die Angesprochene reagierte nicht. Er kehrte zu seinem Sessel zurück und machte es sich gemütlich.

Im Filmkrankenhaus sah man, wie eine unscharfe Gestalt wasserklare Flüssigkeit über eine Bahre und den Fußboden goss. Dann verschwand der Mann. Schnitt.

Eine ältere Dame mit einem Blumenstrauß kam hereinspaziert und lächelte unsicher, bevor sie den Flur entlang ging, vor einer Glastür stehen blieb und auf einen Knopf drückte.

Im selben Moment knallte es und eine Flammenwolke sprengte die gläserne Tür und walzte sich durch den Flur. Schreien, Toben, Rennen. Das hatten die Pyrotechniker sehr lebensecht inszeniert.

Regina bekam von all dem Getöse nichts mit. Mit noch immer nach hinten überhängendem Kopf lag sie unverändert in ihrer Sofaecke. Manfred Rabicht legte die Fernbedienung weg, ging zu seiner Frau hinüber, schob die Hände unter ihre Achseln und zerrte den schweren Sandsack in eine liegende Position. »Damit dir nachher nicht der Hals wehtut. Schlaf schön weiter.« Er sah zur Uhr. Halb zehn mittlerweile. Das hieß, sie schlief jetzt schon über anderthalb Stunden. Das war bemerkenswert.

Im Filmkrankenhaus untersuchte nun ein Spurenteam verkohlte Räume. Die flachgesichtige Polizistin sprach zu Doktor Hill. ›Der Täter hat Äther benutzt.‹ Doktor Hill nickte. Äther, aha. Der Mann im Sessel richtete sich auf und tastete nach der Fernbedienung, ohne den Blick vom Bildschirm zu nehmen.

›Das wird heutzutage in europäischen Krankenhäusern nicht mehr als Narkotikum verwendet. Er muss es woanders herhaben.‹ Doktor Hill nickte wieder. Der Mann im Sessel stellte den Ton lauter. Über seiner Stirn kerbten sich zwei senkrechte Falten ein. Noch einmal sah er, wie die behandschuhte Hand der verschwommenen Gestalt die wasserklare Flüssigkeit ausgoss.

Flachgesicht und der Doktor mit den blauen Augen verließen das Krankenhaus. Sie hatten vergessen, dem Zuschauer zu sagen, warum es zu der Explosion gekommen war. Waren die Ätherdämpfe daran schuld gewesen?

Was hätte es sonst sein sollen, Herr Rabicht? Es musste genauso funktionieren wie mit Benzin. Die alte Dame im Film hatte irgendwo geklingelt. Ein Funke zündete dann das explosive Gemisch.

»Du meine Güte. Was da alles passieren kann!« Der Mann im Sessel lockerte seine verkrampfte Nackenmuskulatur. Auf *seiner* Ätherflasche war eine schwarze Flamme auf orangefarbenem Grund abgebildet gewesen. Wahrscheinlich stand das Symbol *nicht nur* für brennbar. »Das soll nun einer ahnen.« Manfred Rabicht schüttete den Rest des Cocktails hinunter. Regina gab ein gurgelndes Geräusch von sich. Dann schloss sich ihr Mund mit einem Schnappen. »Halts Maul, Alte. Jedenfalls gut zu wissen. Ich muss achtsam damit umgehen.«

Er stand auf, um sich den Krug aus der Küche zu

holen. Einen konnte man sich ruhig noch genehmigen. Das Heute-Journal war sowieso langweilig. Nur Politik. Wen interessierte ernsthaft, was diese Lügner von sich gaben?

Gleich zehn. Manfred Rabicht war sehr gespannt, wie lange der Schnarchsack noch ›schlafen‹ würde.

37

Helenes Geist kämpfte sich aus einem wirren Knäuel verschwommener Traumsequenzen hervor, die sofort ausblichen und verschwanden.

Sie musste zur Toilette. Dringend.

Dieses Mal wusste sie vorher, was sie beim Öffnen der Augen erwarten würde. Ein winziger Rest Hoffnung flüsterte ihr zu, es trotzdem zu versuchen. Helene wappnete sich gegen die Schwärze und probierte es. Nacht, wie erwartet. Dunkelhaft.

Das nützt jetzt alles nichts, Babe. Kopf hoch. An die Arbeit.

Helene stützte beide Arme auf die Matratze und stemmte den Oberkörper hoch. Hinter ihrer Stirn summte und brummte ein Hornissenschwarm. *Mach weiter.* Sie zog die Beine an und drehte den Körper seitwärts. Vierfußgang. Wer nicht aufrecht laufen kann, der robbt eben. Ist doch nicht wichtig, Hauptsache, man kommt voran.

Die Toilette befand sich an der gleichen Wand wie die Matratze, ein Stückchen in Richtung der Tür. *Und dort krabbeln wir jetzt hin. Die famose Helli und die kluge Helene kriechen jetzt zum Klo.*

Die zwei kicherten. Es hörte sich ein bisschen geistesgestört an.

Das Mädchen wendete vorsichtig und tastete nach der Mauer. Dann begann sie sich, die Linke immer an der unebenen Wand, wie ein altersschwacher Käfer auf drei Beinen, vorwärts zu bewegen.

Jetzt kam der Rand der Matratze. Von da aus war es ungefähr noch ein Meter, wenn sie vorhin richtig aufgepasst hatte. Linkes Bein, rechtes Bein. Und noch einmal. Helene löste nach jeder Bewegung den linken Arm und fuhrwerkte damit in der Luft vor ihrem Körper herum, bis die Handfläche schließlich kaltes Plastik berührte.

Das Campingklo. Sie robbte näher und befühlte das Teil. Es glich einem glatt polierten Kasten mit abgerundeten Ecken. Ein Abflussrohr zur Kanalisation war sicherlich nicht vorhanden. Das, was in die Kloschüssel gelangte, musste auf irgendeine Art und Weise in den darunter liegenden Behälter kommen. Wahrscheinlich gab es eine Art Klappe. Helene krabbelte vor den Kasten und betastete die Seiten.

Ein Hebel! Bingo, Helli-Babe! Deine Vorhersagen treffen ein. Ich sehe, du wirst langsam klar im Kopf.

»Hoffentlich bleibt das so.« Es hörte sich an, wie die knorrige Stimme einer bösen Hexe. Das Innere ihres Mundes war noch immer staubtrocken.

Jetzt gehst du erst einmal auf Toilette und dann kannst du zurückkrabbeln und was trinken. Helene ließ den Kopf nach unten sacken. Ihre Rückenmuskeln schmerzten. Eigentlich taten ihr *alle* Muskeln weh.

Ein schöner Waschlappen war sie. Kniete hier vor einem Campingklo, umfasste den Kasten mit beiden Armen und ließ den Kopf hängen. »Nun setz dich schon drauf und mach dein Geschäft. Hebel drücken, fertig. Kann doch nicht so schwer sein.« Die kluge Helene sprach zur famosen Helli und diese befolgte die Anweisungen. Zitternde Hände fingerten am Reißverschluss der Jeans. Mit einem Ratschen öffnete er sich. Das Mädchen löste eine Hand von dem Plastikgehäuse und zerrte am Bund, um die Hose mitsamt dem Slip über die Hüften zu bekommen. Zum Glück war es stockfinster. Keiner konnte ihre ungelenke Aktion beobachten. Sie musste so dringend, dass es kaum noch auszuhalten war. Schließlich gab die enge Jeans nach und rutschte mit jedem Ruck ein Stückchen weiter nach unten. Helene klappte den Deckel auf, zog sich am Rand der Campingtoilette nach oben und setzte sich mit einer seitlichen Drehung darauf. Sie musste eine Hockstellung einnehmen, da sich das Klo so dicht über dem Boden befand.

Schweigen. Absolute Geräuschlosigkeit.

Sie konnte nicht pullern. Nicht jetzt und nicht hier und nicht in dieser Finsternis. Es ging einfach nicht. Die Stille begann zu pulsieren.

Taub war sie nicht geworden, schließlich konnte sie ja ihre eigenen Worte laut und deutlich hören. Obwohl – was, wenn auch *das* Einbildung war? Das Gespinst eines kranken Hirns?

»Wir hören jetzt sofort mit dem Scheiß auf, Madam. Du treibst mich in den Wahnsinn. Streng dich an, es wird schon gehen.«

Eben noch hatte Helene das Gefühl gehabt, in die Hose machen zu müssen und jetzt war der Druck plötzlich verschwunden. Sie kauerte hier mit angewinkelten Beinen auf diesem albernen Campingklo und fühlte sich beobachtet. So, als ob tausend Augen die Dunkelheit durchbohrten und jeden Zentimeter von ihr abtasteten. Ganz sicher war auch das ein Hirngespinst. Wie wollte jemand in der undurchdringlichen Schwärze etwas erkennen?

›Du stehst unter ständiger Beobachtung‹, hatte der Maskenmann gesagt.

Ständige Beobachtung. Hieß das, er hockte da irgendwo im Dunkeln und konnte ihre lächerlichen Verrenkungen *sehen*?

Nicht logisch, Schätzchen, nicht logisch.

Niemand würde in diesem Verlies etwas sehen können.

Entweder hatte der Maskenmann also gelogen, als er gesagt hatte, sie stehe unter ständiger Beobachtung, oder er überwachte den Raum lediglich akustisch. Jetzt fiel ihr auch sein nächster Satz wieder ein.

›Und denk immer schön daran – ich kann dich hören.‹ Hören, nicht sehen. Von Sehen war keine Rede gewesen.

Gut. Gehen wir mal davon aus, dass niemand das Häufchen Unglück auf diesem Scheiß-Campingklo sehen kann. Dann gibt es wohl auch kein Problem, das Ding jetzt zu benutzen.

Das Mädchen schloss die Augen und konzentrierte sich. Ihre Blase war voll, aber es gelang ihr immer noch nicht, sie zu entleeren.

Das Mädchen hob die rechte Hand, holte aus und ließ die Handfläche auf die rechte Wange sausen. Das Klatschen hallte von den Wänden zurück. Ihr Gesicht schmerzte. Gleichzeitig konnte sie es nicht glauben, dass sie sich soeben selbst eine gescheuert hatte. Die Ohrfeige brachte endlich den erwünschten Effekt.

Helene beugte den Oberkörper weiter nach vorn und begann zu hüsteln, um das leise Plätschern zu übertönen.

Kann – dich – hören.

Kann auch das Plätschern hören. Sie wollte nicht, dass der Maskenmann hören konnte, wie sie pullerte. Es war peinlich. Helene hustete lauter. Nach einer ihr unendlich erscheinenden Zeitspanne versiegte der heiße Strahl und sie beugte sich zur Seite und betätigte den Hebel.

Und du solltest lieber keine Selbstgespräche mehr führen, Schatz. Mochten sich die Stimmen im Kopf weiter streiten. Helene Reimann würde ab jetzt schweigen.

Sie beugte sich vor und wurstelte die Hosenbeine wieder nach oben. Die Jeans weigerte sich, über den Hintern zu gleiten. Das Mädchen rutschte nach vorn und ließ sich vorsichtig vor der Campingtoilette auf die Knie sinken. So vornübergebeugt gelang ihr schließlich das Kunststück. Die widerspenstige Hose ließ sich nach oben ziehen. Sie schloss den Reißverschluss und atmete tief durch.

Jetzt krabbelst du zurück und dann beginnst du damit, den Raum zu untersuchen. Helene hatte das übermächtige Bedürfnis, die Worte laut auszusprechen, widerstand jedoch dem Drang.

Ich. Kann. Dich. Hören.

Es war kaum anzunehmen, dass der Maskenmann die ganze Zeit in einem Nachbarraum saß und sie abhörte. Wahrscheinlich gab es irgendwo ein Mikrofon und ihr wirres Gefasel wurde auf Band aufgezeichnet. Dazwischen längere Phasen der Stille, in denen sie schlief. Nicht sehr aufregend.

Und dann musste er sich das Ganze ja auch irgendwann einmal anhören. Das dauerte genauso lang, wie die Aufzeichnung, schließlich konnte man ihres Wissens nach bei einer Bandaufzeichnung nicht wie bei einem Videofilm den Schnelldurchlauf abspielen. Hatte ein normaler Mensch so viel Zeit, sich Stunden um Stunden der Stille anzuhören, nur um dann ein zwei Sätze zu finden, die sich ein verängstigtes Mädchen selbst zuflüsterte? Wahrscheinlich nicht. Aber sicher konnte sie auch nicht sein.

Deshalb bleibt es dabei. Keine Selbstgespräche mehr, Helene Reimann.

Selbstgespräche hatten etwas Tröstliches. Wenn die Sätze nur in ihrem Kopf waren, glichen sie sanft dahingleitenden Spinnweben, verhuschten Spinnereien.

Laut ausgesprochene Befehle dagegen hatten etwas von Drill. Sie konnte sich vormachen, jemand anderes gebe ihr Anweisungen.

Du wirst ohne das zurechtkommen müssen, Schatz. Helene nickte müde. Die Stimme hatte wie immer Recht. Sie drehte sich um, streckte die rechte Hand in Richtung Wand aus und setzte sich in Bewegung.

Ihre Knie stießen an den Rand der Matratze. Wieder daheim.

Helene krabbelte hinauf und ließ sich mit dem Gesicht nach vorn fallen. Die Beine zitterten. Im Kopf flatterten orientierungslose Motten herum, taumelten hin und her und stießen an die Wände. Einmal Klo und wieder zurück! Was für eine anstrengende Reise!

Der Durst war auch wieder da. Sie drehte den Kopf nach rechts und fuhr mit dem Arm vorsichtig über den kalten Boden.

Die Hand berührte etwas Rundes und tastete über das Plastik. Helene hatte das Gefühl, keine Luft mehr zu bekommen.

Die Flasche war umgefallen und ausgelaufen. Es gab nichts zu trinken. Sie musste sie während des Schlafes aus Versehen umgestoßen haben. Helene schluckte die Tränen hinunter.

Hatte der Maskenmann nicht zwei Flaschen in der Hand gehabt?

Zwei Flaschen, genau.

Eine war leer. Eine musste noch voll sein. Helene rollte sich näher zum Rand der Matratze, um die Reichweite des Armes zu vergrößern und ließ die linke Hand mit halbkreisförmigen Bewegungen über den Boden schaben, bis die Fingerspitzen an das glatte Plastik der zweiten Flasche stießen.

Sie zog die Limonade zu sich heran, richtete den Oberkörper auf und hielt die Flasche in der Hand. Für einen kurzen Augenblick zogen sich ihre Mundwinkel nach oben. Egal, wie furchtbar das Gesöff schmeckte, es war etwas zu trinken. Der Verschluss ließ sich leicht drehen, so, als sei die Flasche schon einmal geöffnet und wieder verschlossen worden.

Helene öffnete die Augen und erstarrte.

38

»Möchten Sie etwas trinken?« Ohne eine Antwort abzuwarten, erhob sich Doreen und ging zum Regal mit den Vorräten. Hinter ihr stotterte die Sprotte irgendetwas von ›nicht nötig‹ und sie ließ ihre Augen entnervt von links nach rechts rollen. Norbert setzte inzwischen seine Erklärungen, wie sie an das Material von Herrn Lamms ›Tochter‹ gekommen waren fort. Die Schwierigkeiten, die sich dabei ergeben hatten, ließ er einfach weg.

Doreen schnitt ihrem Gesicht im Spiegel eine Grimasse, während sie sich an das gestrige Possenspiel erinnerte. Nach dem ›netten‹ kleinen Spaziergang in den Park am Montagvormittag hatten sie sich nach einer kurzen Mittagspause im Büro wieder in die Mittenzweistraße aufgemacht, nachdem Norbert bei Frau Lamm zu Hause angerufen und sich so vergewissert hatte, dass sie wieder daheim war.

Bis achtzehn Uhr hatten sie abwechselnd im Auto gesessen und darauf gewartet, dass Mutter und Tochter erschienen. Mutter und Tochter taten ihnen den Gefallen nicht, und so hatte Norbert schließlich verkündet, dass sie Dienstag früh weitermachen würden; Doreen in der Bosestraße abgesetzt und war in seine unaufgeräumte Wohnung gefahren.

Doreen schloss ihre Hand um den Hals der Wasserflasche, setzte ihr höflich-distanziertes Gesicht auf und kehrte zum Tisch zurück, wo Norbert inzwischen ebenfalls beim Dienstag angekommen war.

»Und da hätten wir nun dies für Sie!« Seine Hand machte

einen Kopfsprung in die Aktentasche und tauchte mit einem Briefumschlag wieder auf. Er wedelte triumphierend mit dem Kuvert in der Luft herum. Die Augen seines Gegenübers folgten den huschenden Bewegungen hypnotisiert.

»Was ist das?« Nach seiner Frage blieb der Mund des Kunden ein wenig offen. Doreen stellte die drei Gläser auf die Tischplatte und goss ein. Die Kohlensäureperlen zischelten flüsternd. Der dünnfädige Schnauzbart des Herings zuckte unmerklich. Wie hieß der Typ eigentlich mit Vornamen?

»Haare von Lara.« Norbert legte den Umschlag hin, griff nach dem Glas und nahm einen tiefen Schluck. »Es war nicht einfach, an Ihre –« seine Stimme stockte kurz vor dem nächsten Wort »– Tochter heranzukommen.«

Doreen betrachtete die fast leere Seltersflasche und unterdrückte ein Rülpsen. Es *war* einfach gewesen. Aber das durfte man den Leuten nie auf die Nase binden. Womöglich glaubten sie dann, zu viel zu bezahlen. Sie schloss kurz die Augen und sah den dicken Detektiv und seine Kollegin im Untergeschoss der Zwickau-Arkaden sitzen. Die Frau hatte einen kleinen Eisbecher *ohne Schlagsahne* vor sich, der dicke Mann trank Kaffee schwarz. Drei Tische weiter links saß eine knochige, stark geschminkte Frau mit einem kleinen Mädchen. Der Schopf des Kindes leuchtete im Kunstlicht orange. »Ich gehe kurz auf Toilette. Musst du auch?« Das Mädchen hatte unwillig den Kopf geschüttelt und dabei den Fuß der Eisschale umklammert, als ob sie Angst hätte, die Mutter würde diese mitnehmen. »Gut, dann bleibst du schön hier sitzen und isst dein Eis.«

Die magere Frau war aufgestanden, und noch ehe sie den Tisch verlassen hatte, war die Hand des dicken Mannes drei Tische weiter in die Jackentasche gefahren und hatte eine kleine Plüschente hervorgeholt. »Hier, schnell, bring ihr das!« Seine Blicke waren der Kollegin gefolgt, die sich einen Weg zwischen den Bistrostühlen hindurch zu dem rothaarigen Mädchen gebahnt hatte. Er sah, wie sie sich nach vorn beugte, etwas sagte und dabei lächelte. Dann gab sie dem Kind die Ente. Die Kleine drückte das Plüschtier an die Brust, während die fremde Frau ihr mehrmals über den Kopf strich und die schönen Haare bewunderte.

Die Mutter des Mädchens kam zurück und setzte sich. Mit herabgezogenen Augenbrauen betrachtete sie das gelbe Kuscheltier in der Hand ihrer Tochter.

»Das hat mir die Frau dort geschenkt.« Das Kind hatte hinübergedeutet. Zu dem leeren Platz drei Tische weiter.

»Aber wir haben es schließlich geschafft.« Norbert drehte den Briefumschlag um und schob ihn über den Tisch. Auf der Rückseite stand in Druckschrift: ›Lara Lamm, Kopfhaare, Dienstag: 11.09.‹

»Sehr schön.« Die Sprotte machte ein säuerliches Gesicht und griff mit spitzen Fingern nach dem Kuvert.

»Schicken Sie nicht alle Haare ein. Vielleicht möchten Sie den Test wiederholen.« Herr Lamm reagierte nicht auf die Worte des Detektivs. Betrübt betrachtete er die Druckbuchstaben auf dem Papier, nahm dann das Mineralwasser, trank einen winzigen Schluck, stellte das Glas ab, hob das Kinn und sah zuerst den Detektiv und dann dessen Kollegin an.

»Dann erstellen Sie mir jetzt mal die Rechnung.«

»Einen Moment noch.« Norberts Hand machte einen erneuten Tauchgang in die Aktentasche. Die Augen des kleinen Mannes huschten hinterher und blieben an der Schreibtischkante hängen. Sein Mund stand schon wieder offen.

»Wir hätten da *noch etwas* für Sie.« Als hätte man den Film von eben zurückgespult und ließe ihn jetzt erneut ablaufen, kam Norberts Rechte mit einem weiteren Briefumschlag nach oben und schwenkte diesen hin und her.

»Noch etwas?« Der Schnauzbart begann wieder zu zucken.

»Haben Sie den Freund Ihrer geschiedenen Frau schon einmal kennen gelernt?« Doreen beobachtete, wie die Augäpfel des Klienten kurz nach oben wanderten. Norberts Frage war überflüssig. *Hätte* Herr Lamm seinen Nebenbuhler zu Gesicht bekommen, wäre ihm auch klar gewesen, wer Laras wirklicher Vater sein musste.

»Nein. Wie ich schon sagte, habe ich keinen Kontakt zu ihr. Weder zu ihr, noch zu Lara, noch zu diesem neuen Freund.« Das Fischmaul schloss sich mit einem leisen ›Plopp‹. Herr Lamm kam nicht auf die Idee, danach zu fragen, was das Gespräch über den Freund seiner Exfrau zu bedeuten hatte.

»Nun, das dachte ich mir.« Norbert legte den Umschlag mit der unbeschrifteten Seite nach oben vor sich hin und wartete, bis der Blick seines Klienten sich daran festsaugte. »Wir denken, dass Sie dies hier vielleicht gebrauchen können.« Jetzt streckte er Zeige- und Mittelfinger aus und schob das Kuvert langsam über die Tischplatte. Es machte ein schabendes Geräusch.

»Was ist da drin?« Herr Lamm machte keine Anstalten, nach dem Brief zu greifen. Es schien, als habe er Angst davor, die Beschriftung auf der Rückseite zu sehen, oder etwas über den Inhalt zu erfahren.

Doreen hatte die Nase voll vom schlafmützigen Getue des Mannes. »Eine Zigarettenkippe ist da drin, Herr Lamm.« Ihre Stimme war lauter als sonst. »Eine Kippe vom Freund Ihrer Exfrau. Er hat übrigens auch rotes Haar.« Sie wartete einen Augenblick und sah, wie die Erkenntnis die Augen des Kunden mit einem rauchigen Schleier überzog. Jetzt tat ihr die Sprotte Leid. Aber nur ein kleines bisschen.

»Wir sind durch einen glücklichen Zufall da rangekommen.« In Norberts Kopf kreiselte ein Widerhall der Mischung aus Kummer und Zorn, die der Mann gegenüber ausstrahlte.

Sie hatten ihm lediglich bei der Materialbeschaffung geholfen. Herr Lamm wäre nicht zu ihnen gekommen, hätte er nicht schon im Vorfeld erhebliche Zweifel an seiner Vaterschaft gehabt. Und trotzdem musste es ein Schock sein, wenn sich die bösen Ahnungen bewahrheiteten. Norbert kniff die Augen zusammen und wischte die Gedanken beiseite. »Wir empfehlen Ihnen, dass Sie das zum Vergleich mit einschicken.«

»Da können Sie Gift drauf nehmen.«

»Sie wissen, dass solche Vaterschaftstests ohne Einwilligung der Mutter vor Gericht nicht anerkannt werden?«

»Das ist mir bekannt. Aber ich möchte trotzdem Gewissheit. Und dann werde ich mit einem Anwalt sprechen und sehen, was man tun kann.« Herr Lamm schien sich mittlerweile auch ohne DNS-Beweis sicher zu sein, dass er nicht Laras Vater war.

»In Ordnung. Was Sie mit den Testergebnissen machen, ist Ihre Sache.

39

Die Morgendämmerung verlieh dem Himmel über den Baumwipfeln eine smaragdgrüne Tönung. Nicht mehr lange, und rosa Lichtfinger würden den Tag ankündigen. Die Frau saß mit krummem Rücken vor ihrer Kaffeetasse. Sie hatte tiefe Augenringe. Der Mann dagegen schien gute Laune zu haben. Mit belustigtem Gesichtsausdruck schmierte er Frischkäse auf eine Toastscheibe.

»Du hast dich gestern Abend ganz schön gehen lassen.«

»Ich verstehe das nicht. Ich habe doch gar nicht so viel getrunken. Der Cocktail muss ziemlich stark gewesen sein.«

»Na, ich weiß ja nicht. Du hast in kurzer Zeit zwei volle Gläser förmlich hinuntergestürzt.« Manfred Rabicht machte eine Pause und biss von seinem Toast ab. Würde sie sich erinnern, dass es nur *ein* Drink gewesen war?

»Zwei Gläser? Oh Gott.« Regina kniff die Augen zu und sackte noch mehr zusammen. »Das habe ich gar nicht richtig mitbekommen. Jedenfalls brummt mir der Schädel immer noch.« Sie setzte die Fingerspitzen an die Schläfe und vollführte kreisende Bewegungen damit. »Wie bin ich eigentlich ins Bett gekommen?«

»Ich habe dich gebracht.« Er spülte den letzten Bissen mit einem Schluck Kaffee hinunter. Regina schraubte ihre Augen noch ein wenig weiter heraus. Sie schien sich tatsächlich an nichts zu erinnern. Es war brillant.

Manfred Rabicht schloss kurz die Augen und sah die Bilder des vergangenen Abends vor sich.

Gegen halb elf hatte der Schnarchsack begonnen, sich zu bewegen. Die Augenlider flatterten und die Finger zuckten ab und zu, so als träume sie. Das Zappeln nahm zu, bis sie gegen elf ein unverständliches Lallen von sich gegeben und fünf Minuten später die Augen geöffnet hatte. Er war zu ihr hinüber geeilt und hatte sie angesprochen, aber sie schien ihn nicht bewusst wahrzunehmen. Die Augen rollten nach oben und die Lider klappten wieder herunter. Fünf Minuten vergingen. Regina öffnete den Mund und stammelte etwas von Durst. Zumindest hörte es sich so ähnlich an. Der liebevolle Mann hatte schließlich seiner volltrunkenen Frau ein Glas Wasser an die Lippen gehalten und sie dabei gestützt, so dass sie trinken konnte. Was musste sich die Schlampe auch so zulöten! Wie ein nasser Sack war das besoffene Weib zurück auf die Couch geplumpst und hatte die Augen erneut geschlossen.

Die Uhr war mahnend in Richtung halb zwölf vorangetickt. Er musste morgen um halb sechs raus, konnte nicht die ganze Nacht hier im Sessel herumhängen und seine schlafmützige Alte beobachten. Der Schnarchsack musste irgendwie in die Koje. Das Experiment hatte bis hierher bestens funktioniert.

Manfred Rabicht rechnete kurz nach. Reichlich drei Stunden knock-out mit nur einer Ampulle. Und wie man sehen konnte – mit verächtlicher Miene hatte er das schlaffe Ding in der Sofaecke betrachtet – dauerte die Erschöpfung auch weiter an. Es war nicht anzunehmen, dass Regina es alleine in ihr Bett schaffen würde. Was für heute Abend nicht so toll, für die Zukunft aber erwünscht war. Es würde ihm wohl nichts anderes übrig bleiben, als das faule Ding ins Schlafzimmer zu schleifen.

Und so war es dann auch gekommen. Der liebevolle Ehemann hatte seine volltrunkene Frau von hinten mit den Armen umschlungen und sie hinter sich hergezogen.

Mit nachsichtigem Blick betrachtete er seine Frau. »Am besten legst du dich wieder hin, wenn ich weg bin. Schlaf deinen Rausch richtig aus und dann ist heute Abend alles wieder in Ordnung. Tut mir Leid, wenn die Cocktails zu stark für dich waren.«

»Es hat lecker geschmeckt, aber ich kehre in Zukunft doch lieber wieder zu Wein zurück. Nimm es mir nicht übel.« Regina nippte an ihrem Kaffee und stellte die Tasse mit angeekeltem Gesicht wieder zurück.

»Kein Problem.« Er zwinkerte seinem kleinen Versuchskaninchen zu und erhob sich. »Ich muss dann los.« Die Frau nickte nur, ohne zu antworten.

Manfred Rabicht schloss die Eingangstür hinter sich, blieb auf der ersten Stufe stehen und sah zum Haus des Nachbarn hinüber. Den Rücken gebeugt, versteckte es sich hinter den Fichten, in der Fensterscheibe im ersten Stock widerspiegelte sich der rosagelbe Himmel. Die untere Etage war von seiner Position aus nicht zu sehen.

Und der Keller auch nicht.

Er fröstelte. Wie von selbst fanden seine Füße den Weg nach unten. Morgentau hatte sich wie ein trüber Film über das dunkle Grün des Skoda gelegt. Er stieg ein und ließ den Motor an. In seiner Küche erlosch das Licht. Regina begab sich zurück in ihr Bett, um weiterzuschlafen. Manfred Rabicht gestattete sich ein Grinsen. Ihren ›Rausch‹ auszuschlafen.

Das Mittel in den Ampullen wirkte perfekt. Drei Stunden Betäubung. Und Regina wog sicher mehr als ein junges Mädchen. Da sich die Dosierung nach dem Körpergewicht richtete, würde der traumlose Schlaf bei seiner zukünftigen

Gespielin sicher länger dauern. Und wie der Versuch gezeigt hatte, wachte man nicht auf und war sofort wieder fit, sondern zeigte Anzeichen von starkem Alkoholgenuss. Die Person konnte weder deutlich sprechen noch gehen. Ganz gewiss ließ die Wirkung nur allmählich nach.

Er fuhr los. Alles war vorbereitet, das ›Gästezimmer‹ eingerichtet. Spartanisch zwar, aber es würde fürs Erste reichen. Es gab ein Bett und eine Toilette. Nahrung und Getränke würde der Hotelchef persönlich vorbeibringen. Die Besucherin würde anfangs viel schlafen und demzufolge nichts vermissen. In Karls Keller lagerten die Ätherflasche und die Midazolam-Ampullen. Fehlte nur noch sein Gast.

Sein Gast. Sein Gast. Sein Gast.

Ein knackiges, junges Ding. Manfred Rabicht trat aufs Gaspedal. In seinem Unterleib loderte ein Feuer.

Mittwoch. Heute war Mittwoch. Am kommenden Wochenende würde er viel freie Zeit haben. Sehr viel freie Zeit. Den ganzen Sonnabend und den ganzen Sonntag. Vielleicht würde er Freitag länger arbeiten müssen? Eine Havarie am Heizungssystem der Schule? Das würde Regina ihm unbesehen abnehmen. Sie rief nie an und forschte nach, was er tat. Überstunden waren selten, kamen aber vor.

Nachher, in der Schule, würde er sich den Atlas vornehmen. Es wäre außerordentlich unklug, den ›Gast‹ in der Nähe von Radebeul mitzunehmen. Ziemlich dumm, und Manfred Rabicht war nicht dumm. Es würde sich nicht umgehen lassen, sie woanders zu suchen. Weit weg von seinem eigenen Wohnort. Aber das war die kleinste Hürde. Er hatte Zeit.

Ein altes Märchen kam ihm in den Sinn und er summte die Worte zu einer imaginären Melodie leise vor sich hin.

»Heute back ich ...

morgen brau ich ...

übermorgen hol ich der Königin ihr Kind!«

229

40

»Ich habe schon ab und zu Schlaftabletten genommen, das stimmt.« Regina sah ihrer Schwester kurz in die Augen und wandte dann den Blick ab. »Aber doch nicht dauernd.«

»Das hat er auch gar nicht behauptet. Manfred meinte nur, es sei in letzter Zeit mehr geworden, und dass er sich Sorgen mache.«

»Mehr geworden, hm.«

»Sei nicht gleich beleidigt. Auf mich hat er den Eindruck gemacht, er meine es ehrlich. Das ist doch eigentlich schön, wenn der Mann auch nach Jahren noch um seine Frau besorgt ist. Sieh es doch mal positiv!« Gerti machte der Bedienung ein Zeichen, näher zu kommen. »Gerald hat sich nie wirklich darum gekümmert, ob es mir gut geht oder schlecht. Bei ihm hat sich alles immer nur um seine Person gedreht. Nehmen wir noch einen Kaffee zum Nachtisch?«

»Von mir aus. Ich habe Zeit. Manfred muss heute länger arbeiten. Die Heizungsanlage in der Schule ist kaputt. Wir haben September. Schon bald könnte es kalt werden. Dann muss alles einwandfrei funktionieren. Er hat gesagt, er kommt heute nicht vor sieben nach Hause. Kann auch acht werden.« Die Kellnerin tauchte neben ihr auf und Regina verstummte, während ihre Schwester bestellte. Was war eigentlich in ihren Mann gefahren? Ihre Schlaftabletten waren nur zur Sicherheit da. Sie griff selten nach diesem Hilfsmittel. Und schon gar nicht war es ›mehr geworden‹. Wie kam der Blödian darauf? Und dann rannte er gleich zu ihrer Schwester und spielte den Besorgten! Hätte er das nicht zuerst mit ihr besprechen können?

»Und wieso wird die Heizung gerade an einem Freitagnachmittag gebaut?« Gerti warf den abgebildeten Eisbechern noch einen bedauernden Blick zu und legte die aufgeschlagene Karte auf den Tisch.

»Damit sie eventuell am Wochenende weitere Arbeiten erledigen können, je nachdem, wo der Fehler liegt. Man muss wohl in alle Zimmer und das geht nicht, wenn Unterricht ist. Was weiß denn ich.« Neben den Heißgetränken in der Karte waren außerdem Bier, Limonade, Wasser und Säfte aufgelistet. Reginas Blick wanderte auf die rechte Seite. Und hier die Cocktails. Sie überflog die Fantasienamen. Manhattan. Das war etwas mit Wermut.

Der Kaffee kam und beide Frauen rührten synchron in ihren Tassen.

»Vorgestern Abend hat Manfred Mixgetränke gemacht. So eine Art Cocktails mit Wermut und Rum.«

»Cocktails?« Gertis Stimme ging am Ende des Satzes in die Höhe. »Das ist ja eine tolle Idee!« Ihr Schwager gab sich wirklich Mühe, seine Frau zu verwöhnen.

»Bei mir hatte das eine verheerende Wirkung.« Regina ließ den kleinen Löffel in der Tasse kreisen. Im Hintergrund kicherten drei Mädchen.

»Hat wohl durchgehauen?«

»Ich war ziemlich besoffen, um ehrlich zu sein. Ich kann mich an gar nichts mehr erinnern. Manfred sagt, ich sei auf dem Sofa eingeschlafen.«

»Das ist ja ein dolles Ding!« Gerti kicherte. »Bestimmt war die Mischung zu stark. Ich kenne das. Es schmeckt süß und süffig und man merkt den Alkohol gar nicht. Und auf einmal macht es ›Bumm‹ und man ist hinüber.«

»Das kannst du laut sagen. Ich *war so was* von hinüber.« Gerti hatte Recht. Nur *süß* hatte es nicht gerade geschmeckt.

Aber das spielte im Nachhinein auch keine Rolle mehr. Regina schlürfte den letzten Schluck Kaffee und setzte die Tasse ab. »Nette Idee von ihm, aber ich bin für die nächste Zeit von so etwas geheilt.« Sie deutete auf die Cocktail-Liste in der Karte und schaute dann zur Uhr. »Wollen wir zahlen? Ich lade dich ein.«

»Wenn du unbedingt möchtest.« Auch Gerti sah zur Uhr. Ihre Mittagspause neigte sich dem Ende zu. Sie würde die Sache mit den Schlaftabletten im Auge behalten. Regina wusste, dass *sie* davon wusste.

»Dann hast du also heute quasi deinen freien Nachmittag, wenn Manfred Überstunden macht.« Regina nickte und hängte sich die Handtasche über die Schulter.

»Ich habe heute auch zeitig Schluss. Wir könnten noch etwas unternehmen. Ein bisschen einkaufen gehen zum Beispiel. Was hältst du von der Idee?« Gerti folgte ihrer Schwester nach draußen.

»Einkaufen, hm. Eigentlich brauche ich nichts.«

»Du hast ›eigentlich‹ gesagt.«

»Ich weiß. Das bedeutet, vielleicht brauche ich doch was.« Regina lächelte. In der grellen Mittagssonne wirkte ihr Gesicht bleich. »Also, von mir aus. Wann treffen wir uns?«

»Um drei an der Apotheke.« Gerti hob die Hand. »Ich muss los. Bis nachher!« Sie drehte sich um und ging davon. Ihre Schuhe klapperten rhythmisch auf den Steinplatten.

»Du meine Güte.« Regina stieß das Gartentor mit dem Fuß auf und beeilte sich, ihre Tüten hindurchzubugsieren, bevor es zurückschwang. »Hoffentlich ist Manfred noch unterwegs.« Der Skoda stand jedenfalls nicht in der Auffahrt. Sie stellte die Beutel auf der obersten Stufe ab und wühlte mit der Rechten in ihrer Handtasche nach dem Schlüssel. Eine Amsel zwitscherte auf dem obersten Zweig einer Fichte an der Grenze zum Nachbargrundstück ihr Abendlied. Die Triller schwebten in Kaskaden durch die Luft und verloren sich in den Weiten des flaschengrünen Himmels.

Während ihre Hand noch immer in den unergründlichen Tiefen der Tasche herumtastete, betrachtete Regina den Garten. Der Rasen war in der letzten Woche ziemlich gewachsen. Es wäre keine schlechte Idee, wenn Manfred sich auch mal *hier* engagieren würde, statt da drüben. Sie ließ ihren Blick hinüberschweifen. Die letzten Strahlen der Abendsonne färbten den Dachfirst flammend rot. Dunkel und schweigend sah das Schlafzimmerfenster im ersten Stock herüber. Abendfrieden. Die Amsel schmetterte den Refrain, blinkerte zweimal mit ihren Knopfaugen und flatterte davon, um woanders ihr Lied zu wiederholen.

Die Stille summte in Reginas Ohren. Wo versteckte sich eigentlich dieser blöde Schlüssel? Ihre Hand betastete ein ledernes Etui. Nein. Das war das Portemonnaie. Ein fast unhörbares Poltern ließ sie innehalten.

Es war von da drüben gekommen.

Regina neigte den Kopf und lauschte, aber es blieb ruhig. Hinter dem Haus begann die Amsel wieder mit ihrem Lied.

Die rechte Hand stieß an kaltes, gezacktes Metall. Der Schlüsselbund.

Wer weiß, was das für ein Rumoren war. Vielleicht hat eine Katze im Garten was umgeworfen. *Geh rein und sieh zu, dass du die Sachen verstaut hast, bevor Manfred nach Hause kommt.*

Er wäre nicht erfreut, zu sehen, dass seine Frau zwei Blusen, ein neues Parfüm und dazu auch noch ein paar Schuhe gekauft hatte. Also, erst mal weg mit dem Zeug. Manfred kontrollierte die Kontoauszüge einmal im Monat. Es war genug Zeit, ihm den Kaufrausch schonend beizubringen, Stück für Stück.

Regina schloss auf, balancierte die Tüten in den Vorsaal und stellte alles auf dem Läufer vor der Garderobe ab.

Sie würde jetzt die Beute verstecken und dann ein schönes Abendbrot zaubern. Es war Freitagabend, das Wochenende stand vor der Tür. Ein gemütlicher Abend vor dem Fernseher. Morgen war der Garten dran. Er konnte den Rasen mähen, sie würde die letzten Brombeeren abnehmen und Marmelade kochen. Wunderbar. Hoffentlich kam Manfred nicht *allzu* spät.

41

»Hat unser Lämmchen eigentlich die Tests abgeschickt?« Doreen schloss ihre Knie fester um die Einkaufstüte, die bei jeder Kurve hin und her rutschte.

»Er hat nicht noch einmal angerufen. Aber ich denke schon.« Norbert zog den Sicherheitsgurt von der linken Halsseite über die Schulter. »Er ist ja nicht verpflichtet, uns davon zu informieren.«

»Ich hätte zu gern gewusst …«

»Mich interessiert es auch, aber es geht uns nichts an.« Er zog am Blinkerhebel, tippte kurz auf die Bremse, bog nach links in die Bosestraße ab, fuhr einen Bogen und blieb vor Doreens Wohnhaus stehen. »Da wären wir.«

»Dann genieße den Freitagabend und das Wochenende.« Sie angelte, den Blick zu Norbert gewandt, nach den Henkeln der Tüte. »Hoffentlich haben wir nächste Woche schönes Wetter. Du holst mich am Montag um neun ab?« Es war mehr eine Feststellung, denn eine Frage.

»Ich werde pünktlich da sein.«

Am Montag würden also der Chef-Detektiv und seine Kollegin nach Dresden reisen. Eine ganze Woche Urlaub. Gestern und vorgestern war er schon immer um sieben in die Bahnhofsstraße gefahren und hatte über das Internet einige ›Überraschungen‹ organisiert. Doreen würde staunen.

In der Walther-Rathenau-Straße war alles zugeparkt. Das wurde auch immer schlimmer. Ein Auto war das Erste, was sich die Leute anschafften. Und dann reichten die Parkplätze hinten und vorne nicht. Langsam rollte der Kadett durch die Nebenstraßen. Nach zwei vergeblichen Runden fand Norbert eine Parklücke und seufzte erleichtert. Das Wochenende konnte beginnen.

Die Eingriffslöcher der Klappkiste schnitten ihm in die Finger und Norbert presste das schwere Ding fester an seinen Bauch. An seinen – leider immer noch ziemlich voluminösen – Bauch. Im Haus roch es nach Sauerkraut. Vorsichtig tappte er die Treppen nach oben und setzte den Kasten auf der obersten Stufe ab. Sein asthmatisches Schnaufen war wahrscheinlich bis ins Erdgeschoss zu hören. Der Schlüssel klemmte. Nach dem ›Besuch‹ des Lateinlehrers Wolfram Kippling im letzten Jahr hatte Norbert ein Sicherheitsschloss in die alte Holztür einbauen lassen.

Mit einem Stöhnen hob er die Einkaufskiste hoch, ging hinein und gab der Wohnungstür mit der Ferse einen Stoß, so dass sie zufiel.

Endlich daheim. Auch die Tür zur Küche bekam einen Tritt ab. Klingelnd stieß die grüne Flasche Olivenöl an ihre gelbe Sonnenblumenöl-Schwester, als die Klappkiste auf dem Küchentisch landete. In der Küche war es schon dämmrig. Noch nicht einmal halb neun und schon fast dunkel. Norbert ging zum Fenster, zog die Vorhänge zu und machte dann das Licht an.

Der dicke, alte Mann würde jetzt seine Einkäufe auspacken, etwas essen, sich vor den Fernseher setzen und irgendwelchen sinnlosen Mist ansehen.

Die knochenharten, tiefgefrorenen Steaks hatten die zwei Stückchen Butter zwischen sich zu unförmigen Batzen gewalkt. Betrübt betrachtete er die Klumpen und legte sie neben die vier Eierpackungen auf den Küchentisch. Als ihm Doreens entsetztes Gesicht dazu einfiel, gluckerte ein Lachen aus ihm heraus. Vier mal zwölf Eier, zwei Stück Butter, ein Kilo Rumpsteak, drei Becher Schlagsahne. Gekochter

Schinken, Räucheraal und Buttermakrele. Mayonnaise – mit Süßungsmittel. Den Schnittkäse nicht zu vergessen.

›Ich will den Gefrierschrank auffüllen.‹ Diese Erklärung konnte für dieses Mal herhalten. Beim nächsten gemeinsamen Einkauf würde man sich etwas anderes ausdenken müssen. Norbert dachte kurz darüber nach, warum es ihm widerstrebte, Doreen die Wahrheit zu erzählen. Was, wenn die Diät scheiterte? Würde sie sich dann über ihn lustig machen? Lieber erst einmal abwarten.

Er fand den Inhalt seines Einkaufswagens auch bedenklich. Kein einziges Stück Obst oder Gemüse, kein Brot, keine Nudeln – und was das Merkwürdigste war – kein Kuchen und keine Schokolade. Er hatte komischerweise auch gar keinen Appetit auf solche Sachen.

Er stellte eine Pfanne auf den Herd, fummelte das fettige Papier von dem Butterbatzen und stach mit dem Holzlöffel ein großes Stück davon ab. Zum Abendbrot würde es gebratene Zunge geben. Mit schön viel brauner Butter. Danach vielleicht noch ein Stückchen Cheddar. Mit fünfzig Prozent Fett. Weniger war nicht gut, sagte das Atkins-Zauber-Buch.

»Und morgen früh wird sich der dicke, alte Mann auf die Waage stellen. Ich bin schon sehr gespannt.«

Die Butter wurde weich und schwamm zum Rand der Pfanne. Norbert betrachtete die pustelförmigen Knoten auf der Oberseite der halben Rinderzunge. Das sah irgendwie eklig aus. Schnell begann er, das rosa Fleisch in dicke Scheiben zu schneiden und legte diese fein säuberlich nebeneinander in das Butterbad. Das Fett begann leise zu zischeln. Jetzt würde er seine ›Beute‹ wegräumen und es sich dann vor dem Fernseher gemütlich machen.

Es war schade, dass man Alkohol meiden sollte. Ein schönes kaltes Bier hätte den Abend gekrönt. Dies schien ihm im Moment jedoch der einzige Makel. Norbert nahm sich vor, noch einmal im Diätbuch nachzuforschen, ob es nicht doch eine Möglichkeit gab, sich wenigstens einmal in der Woche ein kühles Blondes zu gönnen. Vielleicht konnte man etwas anderes dafür weglassen.

Er drückte die Seitenteile der Einkaufskiste ein, faltete sie zusammen und ließ sie fallen.

Das Poltern der Box auf dem Fußboden mischte sich mit dem aufgeregten Spektakel der Türklingel zu einer Kakophonie. Sein Kopf neigte sich in Zeitlupe nach vorn und die Augen folgten der Bewegung zu dem Plastikkasten am Boden. *Wer kann das sein, Norbert Löwe? Wer besucht einen einsamen, alten Mann am Freitagabend?*

Der einsame, alte Mann hob langsam das Kinn von der Brust. Wieder begann die Türklingel zu lärmen und dies löste gleichzeitig seine körperliche Starre und die Gedankenblockade.

Norbert Löwe *wusste*, wer der ungeduldige Besucher war. Langsam ging er zur Tür.

Es war wie ein Déjà-vu. Ab jetzt würde es jeden Freitagabend bei ihm klingeln; immer gerade dann, wenn er sich gemütlich zum Essen in der Küche niederlassen wollte, und sein geldgieriger Sohn stünde vor der Tür und verdürbe ihm den Feierabend.

»Guten Abend, Paps. Willst du mich nicht reinlassen?« Der lange Lulatsch machte einen Schritt auf ihn zu und Norbert trat beiseite und würgte eine grimmige Bemerkung hinunter. Er *selbst* hatte den Ziegenbart eingeladen, letzte Woche. Seine Studienbescheinigung solle er ihm bringen. Dann könnten sie noch einmal über die *unverschämte* Forderung des Bürschchens nach mehr Geld reden.

»Gehen wir in die Küche.«

»Riecht irgendwie verbrannt hier.« Nils gab der Küchentür einen Stoß mit der flachen Hand, so dass sie hinter ihm zufiel und beobachtete seinen Vater, der erstaunlich flink zum Herd eilte, die Heizplatte ausschaltete und betrübt in eine Pfanne schaute, von der grauer Qualm nach oben stieg. Er ging näher heran und sah dunkelbraune Zungenscheiben in verkohltem Fett schwimmen. Im gleichen Augenblick begann ein Rauchmelder auf dem Schrank durchdringend zu zirpen.

»So ein Mist.« Norbert schob die Pfanne nach hinten, ging zum Fenster, öffnete es, drehte sich dann mit einem Seufzen um und machte eine schlenkernde Handbewegung. »Das war mein Abendbrot. Setz dich, Nils.«

Er sah, wie der Sohn einen Stuhl herauszog, Platz nahm, die Parade der Lebensmittel auf dem Küchentisch mit vorgeschobener Unterlippe betrachtete und spürte dabei ein starkes Bedürfnis, sich für all das Fleisch zu entschuldigen. »Kann ich dir etwas zu trinken anbieten?«

»Ein Bier wäre nicht schlecht.«

»Ich habe kein Bier da. Wasser, Tee, Kaffee oder Cola light.« Jetzt verwandelte sich der Gesichtsausdruck des Sohnes von unbeteiligt-dümmlich zu verblüfft.

»Kein Bier? Was ist denn hier los?« Wieder musterte er die Vorräte. »Machst du eine Diät?«

»Wohl kaum.« In Norberts Brust loderte das Flämmchen altvertrauten Zorns stärker. »Also, möchtest du nun etwas zu trinken, oder nicht?«

»Nein.« Nils legte seine Zigaretten auf den Tisch und Norbert stand auf und begann, die Einkäufe wegzuräumen.

»Hast du eine Verdienstbescheinigung deiner Mutter mitgebracht?«

Der Ziegenbart zog an seiner Zigarette und klopfte dann mit dem Mittelfinger auf die Zigarette, so dass die Asche auf die Untertasse fiel. »Du sollst sie nächste Woche anrufen, hat sie gesagt.«

»Also nicht.«

»Du bist *verpflichtet*, mir Unterhalt zu bezahlen, solange ich studiere.«

»Das kann schon sein.« Norbert bemühte sich, gelassen zu bleiben. Bei renitenten Klienten gelang ihm das hervorragend. »Aber meine Zahlungen sind abhängig davon, was deine Mutter verdient. Und ihre letzten Angaben dazu sind mindestens zwei Jahre her. Ich wäre gern auf dem neuesten Stand.«

»Ruf sie an.« Der Tonfall des Sohnes war gleichmütig.

»Das werde ich tun. Nächste Woche. Bis dahin –« mit einem Ruck schob Norbert seinen Stuhl rückwärts und stand auf »– bis dahin bleibt alles, wie es war.« Er ging zum Kühlschrank.

Auch Nils erhob sich. »Schade, Paps.« Es klang wie eine Drohung. »Ich gehe dann jetzt.« Er ließ die Küchentür herumschwingen und verschwand im Flur.

»Du rufst mich an, wenn sich was ergibt?« Er wartete einen Moment, bis der Vater müde nickte und verschwand. Die Wohnungstür ließ er einfach offen. Sollte der Alte sie doch selber zumachen.

Norbert schloss den Mund und schluckte. Es schmerzte im Hals. ›Wenn sich was ergibt.‹ Was sollte das heißen? Im trüb erscheinenden Licht der Deckenlampe betrachtete er seine gedrungene Gestalt lange im Spiegel. Dann ging er ins Wohnzimmer, öffnete die oberste Schreibtischschublade, nahm ein Briefkuvert heraus und starrte eine Weile auf die beiden Ausbeulungen in dem Umschlag, ehe er noch einmal in den Kasten griff und eine rot beschriftete Tüte herausnahm.

›Probenset – Vaterschaftstest‹ stand darauf.

42

Im Flur polterte es. Regina schaute unwillkürlich zur Uhr. Zehn nach neun.

»Entschuldige Schatz.« Manfred stieß die Tür auf und tappte auf Socken herein. »Es ist später geworden, als ich angekündigt hatte.«

»Ich wollte schon in der Schule anrufen.« Sie drehte den Kopf zur Seite und ließ sich von ihm auf die Wange küssen. Er roch erhitzt.

»Ich hoffe, du bist nicht böse. Es war doch mehr an der Sache dran, als ich ursprünglich gedacht hatte. Jetzt hole ich mir erst mal ein Bier.« Manfred sah in das Schafsgesicht seiner arglosen Frau und richtete sich dann auf. »Möchtest du auch was?«

»Nein danke. Ich bleibe bei Saft.« Regina zeigte auf ihr Glas. »Das ›Besäufnis‹ am Mittwoch hat meinen Bedarf an Alkohol für die nächsten Tage gedeckt.«

Sie hätte ihn getrost anrufen können. Ein Handy klingelte überall. Der Anrufer konnte nicht sehen, wo sich der Angerufene befand. Bildtelefon gab es zwar schon, aber es war teuer und man brauchte es nicht wirklich. Kein Problem, ihr Anruf, gar kein Problem. Es wäre natürlich doof gewesen, wenn im Hintergrund der Automotor gebrummt hätte. Bei den nächsten ›Überstunden‹ würde er das Handy ausschalten. Regina konnte auf die Mailbox labern, wenn sie es denn unbedingt wollte. Im Keller der Schule war keine Funkverbindung möglich, basta.

An was man nicht alles denken musste! Es war, als jongliere man mit zehn Bällen gleichzeitig.

»Was guckst du da an, eine Rosamunde-Pilcher-Liebesschnulze?«

Regina lagerte wie jeden Abend in ihrer Lieblingsecke, den Blick auf den flackernden Bildschirm gerichtet. Jetzt sah sie hoch. »Es geht nicht mehr lange, eine halbe Stunde noch.«

Er nahm in seinem Sessel Platz, ließ sich langsam zurücksinken, setzte die Bierflasche an und nahm einen tiefen Zug. »Von mir aus. Danach möchte ich aber die Nachrichten sehen.«

Manfred Rabicht öffnete und schloss den Mund. Das Pilsner hinterließ einen herben Nachgeschmack auf der Zunge. Es war tatsächlich später geworden, als ursprünglich geplant. Letztendlich hatte sich das jedoch als nützlich erwiesen, denn so konnte er beim Ausladen der süßen Fracht die schützende Dunkelheit ausnutzen. Kritisch wäre nur der Moment, in dem sein Skoda bei der Ankunft nicht auf das *eigene* Grundstück, sondern in die Auffahrt des verstorbenen Nachbars einbog. Was, wenn Regina im gleichen Augenblick aus dem Fenster im oberen Stockwerk sah und das merkwürdige Tun ihres Mannes bemerkte? Es ging manchmal mit dummen Dingen zu. Freitagabend nach acht saß seine Frau *immer* vor der Glotze. Sie hing gebannt an den Lippen der Schauspieler. Nichts und niemand konnte sie ablenken. Eigentlich.

Das Risiko war also gering, aber man musste vorher darüber nachdenken, nicht erst dann, wenn es zu spät war.

Er schielte zu seiner Frau. Ihr Schafsgesicht widerspiegelte die Emotionen der Schauspieler.

Ein kleines bisschen Gefahr erhöhte den Reiz der Sache.

Aber es durfte nicht in kopflose Tollkühnheit ausarten. Zur Sicherheit hatte er seine süße, auf dem Rücksitz schlafende Beute, mit einer dunklen Decke zugedeckt. Ein fremder Beobachter würde nichts erkennen können.

Aber es war so gekommen, wie vorhergesagt. *Niemand* hatte aus einem der Fenster geblickt. Keiner sah den netten, unauffälligen Herrn Rabicht auf das Grundstück von Karl Bochmann fahren. Niemand bemerkte, wie der Mann in der Dämmerung ächzend einen in eine Decke gewickelten Gegenstand aus dem Auto hievte und ins Haus trug.

Er fokussierte seine Augen auf den Bildschirm. Ein Pärchen stand am Rande einer Steilküste. *Er* gestikulierte heftig mit den Armen, *sie* sah ihn wie ein mondsüchtiges Kalb an. Viel schwieriger als das ›Ausladen‹ hatte er sich im Vorfeld die ›Beschaffung‹ der ›Besucherin‹ vorgestellt. Was hatte er sich nicht alles ausgemalt und zurechtgelegt, Überredungskünste geprobt, zum Beispiel das höfliche Ansprechen einer Person an einer abgelegenen Bushaltestelle. War das Opfer erst einmal im Wagen, war der Rest ein Kinderspiel. Der Lappen mit dem Äther steckte in einem Fach der Fahrertür. In einer Plastiktüte. Er musste ihn nur herausziehen, sich hinüberbeugen und ihn ihr aufs Gesicht pressen. Sie würde ein bisschen zappeln und dann süß schlafen. Wie sein Selbstversuch gezeigt hatte, dauerte es eine halbe Stunde, bis der Betäubte wieder erwachte. Genug Zeit, um an einen unbeobachteten Ort zu fahren und seine Angebetete mit Klebeband zu fesseln. So weit die Theorie.

Manfred Rabicht saugte am Flaschenhals. Im Fernsehen lagen sich jetzt die beiden Protagonisten in den Armen. Die Frau heulte ein bisschen. Regina auch.

Sein ganzes sorgfältig geplantes Gedankengebäude hatte

sich als viel zu kompliziert erwiesen. In Wirklichkeit war es viel einfacher gewesen.

Der Hausmeister hatte sich heute gegen Mittag in der Schule abgemeldet. Zur Überprüfung und Reparatur des Heizungssystems waren verschiedene Besorgungen nötig. Er nehme sein Handy mit und sei so erreichbar, wenn etwas Dringendes anläge. Sie würden ihn nicht anrufen. Nicht am Freitagnachmittag.

Dann hatte er sich in seinen Skoda gesetzt und war Richtung Autobahn losgefahren. Es war nicht ratsam, das Opfer – er korrigierte sich schnell – seinen Gast – in der Nähe zu ›besorgen‹. Manfred Rabicht wollte mindestens zweihundert Kilometer zwischen sich und den Ort der Entführung bringen. Auf der A 13 war dichter Verkehr. Die Baustellen existierten seit zehn Jahren. Sie wurden *nie* fertig damit. Was in Sachsen innerhalb weniger Monate erledigt war, dauerte in Brandenburg Jahrzehnte.

Eigentlich hatte er noch weiter nach Norden fahren wollen, sich dann aber aufgrund der voll gestopften Straßen dagegen entschieden. Auf dem Berliner Ring würde um diese Zeit die Hölle los sein. Das musste man sich nicht antun. So war er in Ragow abgefahren.

Regina schnaubte gerauschvoll in ein Tempotaschentuch, gurgelte einen Schluck Saft hinunter und zog dann die Nase hoch. Die Schnulze näherte sich dem Finale.

Manfred Rabicht steckte die Zungenspitze in den Hals der fast leeren Flasche. Er hatte Appetit auf ein weiteres Bier, zügelte jedoch sein Verlangen. Nicht heute Abend. Es gab noch einiges zu tun. Regina tupfte sich die Augen mit dem benutzten Taschentuch ab und seufzte. Der Abspann lief.

Der Mann im Sessel schloss die Augen und sah sich durch kleine verschlafene Orte fahren. Schön gemächlich, es gab keinen Grund zur Eile. Wenn man es nicht besser wusste, würde man nicht auf den Gedanken kommen, dicht an der Hauptstadt zu sein. Es hätte mitten in der Prärie sein können.

Niederlehme. Wernsdorf. Neu Zittau. Lauter beschauliche kleine Dörfer. Manfred Rabicht hatte auch nicht vor, direkt auf einer dieser holprigen Dorfstraßen jemanden anzusprechen. Ganz sicher nicht. Etwas außerhalb, wo einen keiner sah, war es viel ungefährlicher. Vielleicht spazierte oder radelte eins dieser knackigen, jungen Mädchen am Straßenrand entlang. Man konnte anhalten und sie in ein Gespräch verwickeln. Gefiel sie nicht, oder fuhren andere Autos vorbei, war es kein Problem, die Aktion abzubrechen.

Wenn es heute nichts wurde – bitte, dann konnte man es nächste Woche wieder versuchen. Es gab keinen Anlass zur Eile. Lieber bedacht handeln, als sich durch überstürzte Aktionen in Gefahr zu bringen.

Regina schniefte noch immer. Wie konnte man den sentimentalen Quatsch im Fernsehen für bare Münze halten! Jeder wusste doch, dass das hanebüchener Schwachsinn war. Weiber!

Sein Opfer hatte sich ihm schließlich förmlich *aufgedrängt*. Auf einer idyllischen Straße, inmitten hoher Kiefern hinter Erkner. Wie blöd waren die Teenager eigentlich heutzutage? Sagte ihnen niemand, dass Trampen gefährlich war? Stand da am Straßenrand und hielt den Daumen raus, die dumme Kuh. Dann stieg sie auch noch ahnungslos zu ihm ins Auto ein.

Nach ein paar Metern hatte er noch einmal angehalten, nicht, ohne vorher die schnurgerade Straße genau abgecheckt zu haben. Es war ganz leicht gewesen, ihr das Tuch auf Mund und Nase zu pressen und sie hatte auch nur wenige Sekunden gezappelt. Anschließend war er in einen Waldweg abgebogen, hatte ihre Arme und Beine mit Klebeband verschnürt

über der Kleidung natürlich, er war ja kein Unmensch

eine Weile über einen Knebel nachgedacht und das Auto gründlich gelüftet.

Dann drapierte er sie auf dem Beifahrersitz so, als schliefe sie, und schnallte das Mädchen fest. Erst danach kam er dazu, sie genauer zu betrachten. Eine gute Wahl. Ein kleines, hübsches Zuckerpüppchen. In ihrem Rucksack befanden sich das Portemonnaie und der Ausweis. Sie hieß Helene Reimann und war sechzehn. Frisch und unverbraucht.

Über ihm hatte ein Eichelhäher über den ungebetenen Eindringling geschimpft, aber der Mann neben dem Auto hatte es nicht gehört. Das Blut rauschte in seinen Ohren wie ein Wasserfall. Sie sah so unwiderstehlich aus, den Kopf an der Seitenscheibe, die Augen geschlossen. Das schlafende Dornröschen. Ihr Prinz würde sie wach küssen, wenn die Zeit dafür gekommen war. Aber nicht hier und jetzt. Viel zu gefährlich.

Regina kam hereingeschlurft, stellte eine Flasche Radeberger vor ihn hin und machte es sich wieder in ihrer Kuschelecke gemütlich. In den Nachrichten zeigten sie die Explosion einer Feuerwerksfabrik in den Niederlanden. Der Mann im Sessel stierte auf das farbenprächtige Spektakel. Seine Gedanken waren weit weg, in einem Waldstück bei Erkner.

Er hatte auf die Armbanduhr gesehen. Halb fünf. Wenn alles so ablief, wie bei seinem Selbstversuch, würde sie gegen fünf wieder zu sich kommen. Er durfte den Moment nicht verpassen, wenn sie erwachte. Wahrscheinlich würde sich Zuckerpüppchen ein wenig schlecht fühlen. Vielleicht musste sie auch brechen.

Und deshalb würde er auch nicht auf der A 13 zurückfahren, sondern über die Dörfer. Bei Stau konnte man auf eine andere Route ausweichen. Man konnte jederzeit anhalten und ihr behilflich sein, falls es ihr schlecht ging, ohne auf einer Autobahnraststätte von zahlreichen, neugierigen Augen beobachtet zu werden. Der Rücktransport war die kritischste Stelle im Plan.

Und wie sie gebrochen hatte! Das kleine Ding hatte sich die Seele aus dem Leib gekotzt. In weiser Voraussicht hatte Manfred Rabicht kurz vor fünf nach einer passenden Stelle zum Anhalten gesucht und war schließlich auf einen Feldweg abgebogen.

Bei den ersten Regungen hatte er sein Dornröschen abgeschnallt und ihr aus dem Auto geholfen. Mit zusammengebundenen Füßen konnte man schließlich schlecht gehen. Aber sie war nicht schwer.

Umgeben von vertrocknenden, mannshohen Maispflanzen hatte das Mädchen sich mehrmals übergeben. Die Brühe war nur so aus ihr herausgeschossen.

Der Wetterbericht für die nächsten Tage. Es sollte schön bleiben. Manfred Rabicht nippte an seinem zweiten Bier. Zwei Bier machten einen erwachsenen Mann noch nicht betrunken. Die Nachrichten waren, ohne Spuren zu hinterlassen, an ihm vorübergerauscht.

Er hatte dem bleichen Zuckerpüppchen den Mund mit einem Tempotaschentuch abgewischt und ihr die weichen Wangen getätschelt. Die süße Helene wirkte noch immer benommen und ließ sich ohne Widerstand zurück zum Auto bringen. Und ehe sie begriff, was hier eigentlich geschah, hatte er ihr auch schon die Flasche an den Mund gehalten und gesagt: ›Trink. Das wird dir gut tun.‹ Es war ihr gar nichts anderes übrig geblieben, als zu schlucken.

Gluck, gluck, gluck. Eine ganze Ampulle Midazolam.

Dornröschen war wieder entschlummert und er hatte

sich auf den Heimweg gemacht. Schön gemütlich. Es gab keinen Grund zur Eile.

Manfred Rabicht nahm noch einen Schluck. Die Muskeln seiner Oberarme brannten. Ein bewusstloser Mensch schien das doppelte Gewicht wie im Wachzustand zu haben. Wie ein nasser Sack hatte das Mädchen auf seiner Schulter gelegen. In Karls Haus hatte er sie vorsichtig auf dem Fußboden abgelegt und dann unter den Armen gepackt und hinter sich hergeschleift. Es war gar nicht so einfach gewesen, das leblose Bündel rückwärts gehend die enge Kellertreppe hinunterzubugsieren. Ihre Schuhe klackten die Stufen hinunter, bis er schließlich im Gang angekommen war.

43

»Du hast mir immer noch nicht verraten, wo wir in Dresden wohnen werden. Jetzt könntest du aber allmählich mit der Sprache rausrücken.« Doreens Gurt rastete mit einem Klicken ein.

»Lass dich überraschen.« Norbert schaute stur nach vorn, hielt nach einer Straßenbahn Ausschau und wendete dann. »Es wird dir gefallen.« Er hatte etwas Teures gebucht und sie würde es erkennen, wenn sie es sah. »Jetzt fahren wir erst einmal hin. Was willst du denn die nächsten Tage alles erleben?«

»Außer dem, was du im Vorfeld heimlich schon alles organisiert hast?« Doreen kurbelte ihr Fenster halb herunter. Sie hasste es, wenn jemand geheimnisvoll tat und sie im Ungewissen blieb. Aber Norbert war ein sturer Dickkopf. Es hatte keinen Sinn, ihn zu löchern, er würde nicht mit der Sprache herausrücken.

»*Ich* – heimlich organisiert?« Man konnte das Grinsen an seiner Stimme hören. »Es ist *unser* Ausflug. Ich würde gern einmal nach Pillnitz rausfahren. Vielleicht mit einem Dampfer auf der Elbe. Und jetzt du.« Das mit der Semperoper konnte warten. Er warf ihr einen kurzen Blick zu und trat auf das Gaspedal.

»Die Gemäldegalerie möchte ich sehen. Ich war vor der Wende das letzte Mal dort. Vor unendlich vielen Jahren, als ich noch jung war.« Doreen lächelte, als Norbert bei ihrem letzten Satz das graue Haupt schüttelte und sprach weiter. »Und wenn wir schon dabei sind, die

Schätze aus dem Grünen Gewölbe gleich mit.« Doreen erinnerte sich noch an einen Kirschkern, in den ein Künstler zahlreiche – sie wusste nicht mehr, wie viele – Köpfe hineingeschnitzt hatte. Und all die funkelnden und schimmernden Edelsteine auf den verschnörkelten Ausstellungsstücken.«

»Gut. Ich bin dabei.« Der Kadett bog nach links auf die B 93 ab und beschleunigte widerwillig.

»Und dann – hattest du nicht was von Radebeul gesagt?«

»Genau. Radebeul und Meißen. Wir könnten einen vergleichenden Wein-Test machen.« Das Diätbuch hatte er auch vergessen. Norbert wischte den Ärger beiseite. Es würde auch ohne gehen. Wenn man die Diät ein paar Tage gemacht hatte, wusste man, was zu vermeiden war.

»Das ist ja schon ein schönes Programm.« Hoffentlich wollte ihr Kollege nicht die ganze Zeit unentwegt mit ihr zusammen sein. »Ich habe auch zwei Krimis eingepackt. Ein bisschen Muße für jeden von uns wird bestimmt auch drin sein, oder?«

»Heute bummeln wir erst einmal ein bisschen durch die Stadt, dachte ich.« Norbert schien ihre Anspielung nicht zu verstehen. Der Motor des alten Opels begann zu klingeln.

»Hoffentlich bleibt das Wetter auch so schön.« Doreen kurbelte das Fenster wieder hoch und schloss den hereinzischenden Fahrtwind aus. Auf den abgeernteten Feldern stolzierten schwarz glänzende Krähen herum und suchten nach Insekten.

»Laut Wetterbericht soll es mindestens bis Mittwoch so bleiben.«

»Na prima.« Nach diesen Worten legte Doreen den Kopf an die Scheibe und schloss die Augen. Sie hörte noch, wie das Radio mit einem Knacken anging und Hot Chocolat ›You win again‹ sangen, dann dämmerte sie weg.

Norbert ging in Gedanken seine Reisetasche durch, um herauszufinden, was er außer seiner Diät-Bibel noch alles vergessen haben könnte, fand aber nichts. Und wenn schon – sie fuhren nach *Dresden* und nicht nach Hintertupfingen. Heutzutage konnte man alles kaufen. Ob es nun Zahnbürsten, Rasierschaum oder Socken waren. Kein Problem. Die Mappe mit den Plänen, Fahrtrouten, Öffnungszeiten und Restaurants befand sich in einem Seitenfach. Doreen brauchte nicht zu wissen, dass ihr Gefährte – sein Mund zog sich nach oben – das war die richtige Bezeichnung – er fuhr, sie ließ sich chauffieren – dass ihr Gefährte einen exakten Plan für jeden der fünf Tage gemacht hatte. Es sollte alles spontan wirken. Die Mappe war nur für ihn.

Norbert schluckte. Gebratener Frühstücksspeck. Jeden Morgen Rührei würde ihn mit der Zeit garantiert auch abschrecken. Aber es gab sicher Alternativen. Im Moment schmeckte es ihm noch. Und es sättigte verblüffend lange.

Hoffentlich merkte Doreen nichts davon, dass ihr Kollege keine Kohlenhydrate mehr aß. Er sah kurz zur Seite. Ihr Kopf war nach vorn gesunken. Die Schöne schlief. Wahrscheinlich war sie am Wochenende lange aufgeblieben.

Auch Norbert Löwe war lange wach gewesen, aber nicht, weil er nicht zu Bett gehen *wollte*, sondern weil er nicht schlafen *konnte*.

Wie eine Windmühle hatten sich seine Gedanken umeinander gedreht. Schweiß trocknete auf seiner Brust, dann war ihm kalt. Als schließlich draußen auf der Straße ein paar Besoffene ein Fußballerlied zu grölen begonnen hatten, war der dicke, alte Mann wieder aufgestanden, in seine Küche geschlurft, hatte Pfefferminztee gekocht und den Umschlag auf dem Küchentisch angestarrt.

›Vaterschafstest‹. Die grellrote Schrift leuchtete auffordernd.

Als auf der Straße wieder Ruhe eingekehrt und sein Tee nur noch lauwarm war, hatte der müde Mann schließlich das Kuvert geöffnet und das ›Probenset‹ entnommen.

Es war nichts weiter als ein Plastikröhrchen gewesen, in dessen Deckel ein Wattetupfer steckte. Genauso ein Wattetupfer, wie man ihn zum Reinigen der Ohren verwendete. Man solle damit an der Innenseite des Mundes entlang fahren, stand in der Beschreibung. Schön fest aufdrücken, mehrmals hin- und herreiben. Dann den Wattetupfer zurück in das Röhrchen stecken, alles beschriften, in den Rücksendeumschlag legen und ab mit dem Röhrchen des Vaters und Material des zu überprüfenden Kindes in den nächsten Briefkasten. Bezahlt hatte der Kunde schon im Vorfeld. Ohne Überweisung gab es kein Probenset.

Der dicke alte Mann war nachts halb drei durch das schlafende Zwickau getappt und hatte die Zähne so fest aufeinander gebissen, dass die Muskeln unter den Ohren schmerzten. Als das gefütterte Kuvert mit einem leisen Geräusch in den blechernen Briefkasten auf der Leipziger Straße fiel, zitterte der Mann. Dann schlang er die Arme um sich und zockelte zurück, um sich bis zum Morgengrauen im Bett herumzuwälzen.

Doreen seufzte, hob das Kinn und ließ den Kopf nach hinten rollen. Ihre Augen blieben geschlossen.

Norbert Löwe seufzte auch, atmete tief ein, mit einem lauten Schnaufen wieder aus und trat das Gaspedal durch.

44

»Stehst du schon auf?« Regina drehte sich auf die Seite und schob das Kissen unter dem Kopf zu einem Wulst zusammen. »Es ist doch noch gar nicht richtig hell.« Ihre Augen öffneten sich nur einen Spalt, dann kniff sie die verschwollenen Lider wieder zu.

»Ich kann nicht mehr schlafen. Bleib ruhig noch liegen.« Manfred Rabicht strich mit der rechten Fußsohle über den Boden und tastete nach seinen Schlappen. Leise tickte der Sekundenzeiger des Weckers voran. Halb sieben. Seine Frau hatte Recht. Es war Sonnabend und im Normalfall standen sie beide am Wochenende nicht vor acht Uhr auf. Alles richtig.

Heute war kein Normalfall.

Er erhob sich und ging zum Schlafzimmerfenster. Regina zog sich einen Zipfel der Bettdecke über den Kopf. Sie hörte das Fenster leise knarren, seufzte und driftete zurück in ihre Traumwelt.

Manfred Rabicht stützte die Hände auf das Fensterbrett und sah hinaus. Der Untergrund des Rasens in Karls Grundstück hatte, im Gegensatz zu seiner eigenen Wiese, von weitem eine braungrüne Färbung. Das frisch gemähte Gras wurde am Boden schon welk. Er würde am Wochenende auch bei sich mähen müssen. Weniger, um Regina zu besänftigen, es war nötig, weil man im hohen Gras deutlich sah, dass dort jemand *mehrmals* zur Pforte des Nachbargartens und wieder zurückgegangen war. Hinüber und herüber. Und es war überhaupt nicht nötig, dass sich dieser zufällige Beobachter womöglich Gedanken darüber machte.

Karls Haus duckte sich unter die weit herabhängenden Arme der Fichten. Es schlief auch noch. Alle schliefen noch. *Hoffte* der Mann am Fenster. In seiner Brust flammte ein Streichholz auf und entzündete ein kleines Licht, das gelb leuchtend brannte. Es wurde Zeit, sich zu überzeugen, ob alles in Ordnung war.

Zwei Spatzen zeterten in den Brombeersträuchern herum. Kalt hauchte die Morgenluft seine nackten Knöchel an. Der Mann im Schlafanzug zog das Fenster leise heran und schloss es vorsichtig.

Die Kaffeetasse war noch fast voll, als Manfred Rabicht sie auf den Küchentisch stellte. Er hatte keinen Appetit mehr auf das teerähnliche Gebräu. Vielleicht nachher, wenn er zurück war. Es gab Wichtigeres zu tun. Auf dem Weg zur Haustür griff seine Hand automatisch nach Karls Schlüssel und stopfte ihn in die Brusttasche seiner Latzhose. Den sollte man in Zukunft wohl nicht mehr an den Haken zurückhängen. Was, wenn eine neugierige Ehefrau auf dumme Gedanken kam? Sicher war sicher.

Die Gummisohlen der Filzstiefel drückten das taufeuchte Gras beiseite und hinterließen eine weitere Trittspur bis zu der wackligen Pforte. An Karls Hintertür blieb der Latzhosen-Mann stehen, fummelte den Schlüssel hervor und betrachtete dessen gekerbten Bart. Seit seinem letzten Besuch in diesem Haus waren über neun Stunden vergangen. Was, wenn das Mittel nicht so lange gewirkt hatte?

»Eigentlich hättest du in der Nacht mal nach deinem Gast sehen müssen.« Die gemurmelten Worte schwangen sich leise davon und verloschen nach wenigen Metern. Niemand hörte sie.

Manfred Rabichts Vorfreude verwandelte sich in bange Erwartung. Der dichte, dunkle Pelz an seinen Armen richtete sich auf. Er schloss auf, trat ein, zog schnell die Tür hinter sich zu, machte einen Schritt in die Küche des Nachbarn hinein und blieb dann unbeweglich stehen, um zu lauschen. Die Stille umgab seinen Körper wie zäher Sirup. In seinen Ohren begann es zu summen.

Nichts, absolute Lautlosigkeit. Entweder schlief die kleine Kellerassel noch tief und fest oder – etwas anderes wollte er gar nicht denken. Der Latzhosen-Mann schüttelte den Kopf und ging in den Flur.

Am Fuß der Kellertreppe stand der Rucksack des Mädchens. Manfred Rabicht dachte darüber nach, ob er den Inhalt jetzt oder nachher genauer inspizieren sollte und entschied sich für später. Jetzt war es zuallererst wichtig, festzustellen, ob mit seinem Dornröschen alles in Ordnung war.

Um Lautlosigkeit bemüht, tappte der Latzhosen-Mann Stufe für Stufe hinab. Unten war es kühl und dämmrig. Die Luft roch ein bisschen nach muffigem Papier und verschrumpelten Kartoffeln. Der Mann blieb stehen und lauschte. Seine Unterlippe hing leicht nach unten. Im Keller war es still. Nur das Blut rauschte wie ein Wasserfall in seinen Ohren. Das Engelein schlief noch fest.

Was, wenn sie tot ist? Was, wenn du die Dosis zu hoch gewählt hast?

»Blödsinn. Sie schläft, Basta.« Die heisere Flüsterstimme drang nicht bis zur Biegung des Kellerganges vor. »Wir werden gleich sehen, was los ist. Gleich. Zuerst die Sicherheitsmaßnahmen.« Der Latzhosen-Mann schob die Tür zum Vorratskeller auf und drückte auf den Lichtschalter. Er hatte alles sorgfältig geplant, war nicht so ein hirnloser Schwachkopf wie Marc Dutroux. Die Glasaugen der Gasmaske schienen ihm verschwörerisch zuzublinzeln. *Seine* ›Besucherin‹ würde ihn garantiert nicht wieder erkennen.

Bei ihrer Entführung hatte er eine Sonnenbrille und – Manfred Rabicht kicherte unhörbar – eine grauhaarige Perücke von Reginas Mutter getragen. Lächerlich, aber wirksam. Und von nun an würde der Gastgeber die glattgesichtige Larve verwenden. Seine Atemzüge beschleunigten sich, während er sich das filterlose Mundstück unter das Kinn klemmte, den Gummirand links und rechts davon mit beiden Händen nach außen rollte und die Maske dann mit einer schnellen Bewegung über den Hinterkopf zog.

»Fantomas lässt grüßen.« Die Worte kamen verschliffen aus dem Rüssel, aber man konnte der Stimme anhören, dass der Mann dabei grinste. »Und nun wollen wir mal nach unserem Püppchen schauen.« Der Maskierte langte in das Regal neben sich nach dem Schlüssel für das Vorhängeschloss, nahm dann eine Glühbirne, die neben einer Batterie von Gläsern mit Birnenkompott lag und machte sich auf den Weg.

Vor dem zum ›Gästezimmer‹ umfunktionierten Kohlenkeller blieb er stehen, drehte sich seitwärts, schob die Gummihaut über dem rechten Ohr nach oben und drückte die Ohrmuschel an die Tür. Es summte in seinem Gehörgang, aber das kam von innen. Dort, hinter der massiven Holztür, war Ruhe. Jetzt keuchte der Maskierte ein bisschen. Dann öffnete er das Vorhängeschloss, zog es ab, ließ es mitsamt dem darin steckenden Schlüssel vorsichtig in seine offene Brusttasche gleiten und zog den Reißverschluss mit einem Ratschen zu. Sein Keuchen wurde zu einem asthmatischen Röcheln.

Im Zeitlupentempo drückte der Maskenmann die Tür auf. Lautlos bewegten sich die erst kürzlich geölten Scharniere, und sie schwang in den Raum hinein. Die weit geöffneten Augen hinter den Glasscheiben starrten in den Kohlenkeller. Das Licht vom Gang reichte nicht aus, um den Raum zu erhellen. Im hinteren rechten Bereich zeichnete sich ein dunkler, regungsloser Klumpen ab. Fantomas schob den rechten Fuß vor und wartete, ob das scharrende Geräusch den Klumpen zu irgendeiner Regung veranlasste, aber das Häufchen rührte sich nicht und so machte er zwei schnelle Schritte und begann, die Glühbirne in ihre Fassung zu schrauben. Das erbärmliche Quietschen bohrte sich wie feiner Metalldraht in seinen Schädel.

Mit einem Klicken wurde es hell im Raum.

Der Maskenmann betrachtete das Bündel unter der rauen Decke. Sie schien sich seit gestern Abend nicht bewegt zu haben. Atmete Helene Reimann noch? Langsam ging er neben dem Mädchen in Knie und streckte den Arm aus, um ihr Gesicht zu berühren.

45

Doreen schnaufte und ließ den Kopf von links nach rechts rollen. Dann öffnete sie die Augen, schaute zuerst aus dem Fenster und dann zu Norbert. »Kommt vor Dresden noch eine Raststätte?«

»Rasthof Dresdner Tor. Wir sind in fünf Minuten dort.« Norbert wendete den Blick nicht von der Autobahn. »Du hast geschnarcht.«

»Ich schnarche nicht.«

»Das sagen sie alle.« Kurzatmig ratterte der Kadett auf der rechten Spur dahin. Der Tacho zeigte hundertvierzig. »Soll ich an der Autobahnraststätte anhalten?«

»Ja bitte. Mein Frühstückskaffee will hinaus. Tut mir leid.«

»Macht nichts. Wir sind schließlich nicht auf der Flucht.«

»Gut, danke.« Doreen lehnte den Kopf an die Nackenstütze und betrachtete den Himmel. Über dem Horizont war er blaugrau verschleiert, weiter oben wurde die Farbe heller. Unbewegliche kleine Federwölkchen wirkten wie auf Emaille gemalt. Das Auto bremste, bog nach rechts ab und schlängelte sich durch das Labyrinth des Parkplatzes. Vor der Abzweigung zur Raststätte wies der ausgestreckte Arm einer drei Meter hohen Männergestalt nach rechts.

»Ich bleibe gleich im Auto.« Norbert sah auf seine Uhr, machte das Radio an und half Doreen dabei, ihre Handtasche vom Rücksitz zu angeln. Sie stieg aus und er sah ihr hinterher und dachte dabei über die bevorstehenden Tage nach.

»Radio PSR! Mit uns sind sie immer fünf Minuten früher informiert ...« Die Pendeltüren schwangen in der Mitte auseinander und Doreen verschwand.

Fünf Minuten früher ... als ob das ein Argument wäre, gerade diesen Sender zu hören. Norbert zog Radio Zwickau vor. Da wurde man wenigstens rechtzeitig über aktuelle Blitzer informiert. Aber die Reichweite von Radio Zwickau erstreckte sich leider nicht bis nach Dresden.

Er drehte im gleichen Moment den Ton lauter, als der Sprecher mit aufgesetzt ernst wirkender Stimme verkündete, dass in Zwickau ein Mädchen verschwunden sei.

Norberts Kinn schob sich nach vorn und sein Gesicht nahm einen dümmlich wirkenden Ausdruck an, während in seinen Ohren ein Nachhall der Worte wie ein Echo widerhallte.

... Die sechsjährige Ayla Sen aus Zwickau ist heute Morgen auf dem Weg zur Schule spurlos verschwunden ... Ein Zeuge meldete, dass er gesehen habe, wie das Mädchen in ein dunkles Auto älteren Baujahrs gezerrt worden sei, das daraufhin mit hoher Geschwindigkeit davonfuhr ... Unklar ist, ob der türkische Kindesvater, von dem Aylas Mutter geschieden ist, etwas mit dem Verschwinden zu tun hat. Die Polizei kennt seinen Aufenthaltsort bislang nicht. Für Hinweise rufen Sie die folgende Nummer an ...

Mit vorgestrecktem Unterkiefer, wie ein auf Beute lauernder Waran, saß Norbert Löwe in seinem klapprigen Kadett und stierte geradeaus. Seine weit geöffneten Augen sahen, ohne es bewusst wahrzunehmen, wie sich die Türen zur Raststätte öffneten und seine Kollegin beschwingt über die kleine Holzbrücke eilte. Sie öffnete die Beifahrertür, schwang sich auf den Sitz und gurtete sich an. »Kann losgehen!« Erst nach diesen Worten schien sie zu bemerken, dass etwas anders war als sonst. »Stimmt etwas nicht?« Der prüfende Blick aus ihren Nachtaugen schien die Lähmung des Kollegen zu lösen.

»In Zwickau ist ein sechsjähriges Mädchen verschwunden.« Norberts Stimme klang rostig.

»Wenn das ein Scherz sein sollte, ist er misslungen.« Doreen wusste, noch ehe sie die Worte ausgesprochen hatte, dass es kein Gag war.

»Es kam eben im Radio.« Wieder fuhren die Finger vergeblich auf der Suche nach Glimmstängeln in die Brusttasche. Sie konnten sich einfach nicht daran gewöhnen, dass dort nichts mehr war. Ohne seine Kollegin anzuschauen, fasste Norbert mit dürren Worten die Meldung zusammen und wartete dann schweigend auf eine Reaktion von ihr.

»Sie wissen nicht, wer die Kleine entführt hat?«

»Nein. Wenn ich das richtig verstanden habe, denken sie, dass es der Vater gewesen sein könnte.«

»Ich habe schon von solchen Fällen gehört. Ein Ausländer entführt seine Kinder aus Deutschland, um sie in seinem Heimatland bei Verwandten nach seinen Traditionen erziehen zu können.« Draußen öffnete ein buntbemalter Reisebus zischend seine Türen und entließ eine Herde Omas und Opas, die zielstrebig in Richtung Raststätte losmarschierten.

»Das ist schon vorgekommen und es könnte natürlich auch hier der Fall sein.« Es klang resigniert.

Aber du glaubst nicht daran, Norbert Löwe. »Nun –« jetzt verließ Doreen die Parade der Grauen Panther und schaute in die Murmelaugen ihres Kollegen »– wir sind jetzt auf dem Weg nach Dresden ins Hotel.« Ihr fiel ein, dass er noch immer nicht verraten hatte, *welches* Hotel das sein würde. »Und von hier aus können wir jetzt auch nichts unternehmen, oder?« Sie wartete, bis er den Kopf geschüttelt hatte und setzte fort. »Dann lass uns weiterfahren, Norbert.«

Der alte Eisbär ließ sein Haupt zweimal nach unten wippen und drehte dann den Zündschlüssel. »Du hast wie immer Recht.« Er gab Gas. Die riesenhafte Windkraftanlage wurde im Rückspiegel schnell kleiner, während sie Abschied nehmend ihre Flügel schwenkte.

»*Das* ist es?« Doreen hatte während der Fahrt durch die Altstadt von Dresden darüber nachgedacht, wann sie das letzte Mal in Sachsens Landeshauptstadt gewesen war. Norbert hatte eine Route direkt an der Semperoper vorbei gewählt. Von dort aus waren sie in Richtung Großer Garten gefahren. Jetzt betrachtete sie das Hotel. Die weißen Klinker strahlten in der Vormittagssonne. Es war nicht ganz symmetrisch. Das dunkelgraue Türmchen mit den sechs Öffnungen, das links auf dem spitzzulaufenden Dach thronte, fehlte rechts. »Das sieht ja toll aus.«

»Ich präsentiere –« Norbert schwang den linken Arm mit seitlich ausgestreckter Handfläche nach oben »– das Artushof!« Er war sichtlich stolz auf seine Wahl. »Ein historisches Gebäude im Jugendstil. Gefällt es dir?«

»Es sieht toll aus. Ich mag Häuser mit Geschichte. Wie bist du darauf gekommen?«

»Ich habe im Internet recherchiert und mir Fotos angeschaut. Dieses hier gefiel mir auf Anhieb.« Er schaltete die Warnblinkanlage ein und zog den Zündschlüssel ab. »Jetzt laden wir erst einmal unser Gepäck aus. Es wird sicher einen Hotelparkplatz geben.«

Doreen schachtelte sich aus dem Auto, blieb auf dem Gehweg stehen, stemmte beide Arme in die Seiten und reckte sich. »Gute Wahl, Norbert.«

»Deine Habe.« In jeder Hand eine Reisetasche richtete sich Norbert auf. Sein Gesicht leuchtete wie ein rosa Mond.

Es *gefiel* ihr. Für ein paar Augenblicke lang schien die Hiobsbotschaft von dem verschwundenen Kind aus Zwickau ein böser Traum zu sein.

Mit einem ungesunden Knirschen fiel die Kofferraumklappe ins Schloss. Der untersetzte, grauhaarige Mann und seine schlanke, dunkelhaarige Begleiterin griffen synchron nach den Henkeln ihres Gepäcks und schritten auf den Eingang des Hotels zu.

An der Rezeption des Hotels hatte Doreen die Nachricht von der vermissten Ayla schon fast wieder vergessen.

Norbert nicht. Norbert dachte darüber nach, ob er heute noch zurück nach Zwickau fahren sollte.

46

Fast wäre Manfred Rabicht vor Schreck auf den Rücken gefallen, als das Mädchen unter der Decke unvermittelt zu kreischen begann. Das schrille Quieken stach wie der sirrende Bohrer eines Zahnarztes in seinem Schädel und er war versucht, ihr eine Ohrfeige zu geben, um sie zur Räson zu bringen. Im letzten Moment senkte sich die erhobene Hand wieder, der Maskenmann war mit zwei schnellen Schritten bei ihr und zog dem jaulenden Etwas die Decke vom Kopf.

Der Schreihals wollte ihm gar nicht zuhören. Obwohl der Lärmtest mit dem voll aufgedrehten Radio ergeben hatte, dass kein auch noch so lautes Gedröhn aus Karls Keller draußen zu hören war, gefiel Manfred Rabicht das irre Kreischen gar nicht. Die hysterische kleine Heulsuse war in diesem Zustand gar nicht in der Lage, seinen Worten Gehör zu schenken, und so blieb ihm schließlich nichts anderes übrig, als sie ein wenig zu würgen. Nun verfiel das Mädchen ins andere Extrem. Mit fest zusammengekniffenen Augen lag die Kleine auf ihrem Bett und stellte sich tot.

Erst die Drohung, ihr wehzutun, führte zum Erfolg. Helene Reimann öffnete die Lider und starrte ihn wie einen Außerirdischen an.

Manfred Rabicht betrachtete seine ›Eroberung‹ im trüben Licht der einsamen Glühbirne. Trotz des verstörten Gesichtsausdrucks sah sie hübsch aus. Ein richtiger kleiner Käfer. Er hatte gut gewählt.

Über die Dosis Midazolam musste man natürlich noch

einmal nachdenken. Es war nicht *zu viel* gewesen, gut. Aber gleichzeitig war es anscheinend auch zu wenig gewesen, wie sonst hätte der kleine Schreihals ihn hellwach erwarten können?

Der Maskenmann hockte sich neben die Matratze, nahm die beiden Limonadenflaschen aus dem mitgebrachten Einkaufsbeutel und stellte sie neben das paralysierte Mädchen. Unbeweglich lag sie auf dem Rücken, nur ihr zuckendes rechtes Augenlid verriet, dass sie lebte. Manfred Rabicht beschloss, seinen Gast allein zu lassen. Sie *würde* trinken. Wenn er weg war. Trinken und einschlafen.

Und dann würde ihr Gastgeber wiederkommen. Nur das Schreien und Toben musste man ihr gründlich austreiben. Helene Reimann schien die Worte des Maskenmannes, dass sie unter ständiger Beobachtung stehe, ernst zu nehmen. Selbstverständlich konnte er nicht die ganze Zeit draußen an der Kellertür lauschen, aber sie würde dies weder wissen, noch überprüfen können. Das musste fürs Erste reichen.

Falls das kleine Luder beim nächsten Mal wieder einen Schreianfall bekäme, würde man sie fesseln und knebeln müssen. Nicht besonders nett, aber unvermeidlich. Vielleicht klappte es aber auch so.

Ihre Augen rollten zur Seite und verfolgten, wie er den Einkaufsbeutel um die rechte Hand wickelte, in die Mitte des Raumes ging und mit diesem provisorischen Handschuh nach der Glühbirne langte. Mit einem seufzenden Quietschen erlosch das Licht.

»War nett, mit dir zu plaudern, Helene Reimann. Es kann ein bisschen dauern, bis ich dich wieder besuche. Und denk immer schön daran – ich kann dich hören.« Manfred Rabicht zog die Tür zu und hängte das Schloss ein. Dann zog er die Gummilarve von seinem verschwitzten Gesicht und verwandelte sich von Fantomas wieder in den harmlosen Latzhosen-Mann zurück.

Er atmete tief aus und neigte sich vorsichtig zu der glatten Fläche, um sein Ohr daran zu pressen. Der rechte Wangenknochen war im Weg. Er verhinderte, dass die Ohrmuschel sich vollständig an das kühle Holz drücken ließ. Ein Stethoskop fiel ihm ein. Ganz sicher konnte man damit auch die leisesten Geräusche hören. Vielleicht sollte man sich so etwas besorgen.

Im Kohlenkeller war kein Laut zu vernehmen. Wahrscheinlich wirkte die Starre noch ein Weilchen nach.

Manfred Rabicht kniff die Augen zusammen und versuchte, im Dämmerlicht des Kellergangs seine Armbanduhr zu erkennen. Kurz vor halb acht. Wenn nichts Außergewöhnliches passierte, würde Regina sich nicht vor neun aus dem Bett bequemen. Das waren noch anderthalb Stunden.

Leises Schaben aus dem Kohlenkeller löschte die Gedanken an die Uhrzeit. Da drin tat sich etwas. Es hörte sich an, als scharre etwas Leichtes über den Boden. Eine Hand, die eine Flasche ertastete zum Beispiel. Dann war wieder Stille. Das Stethoskop erschien vor seinem inneren Auge. »Geben wir ihr noch zehn Minuten. Dann sehen wir nach.« Die heisere Stimme des Mannes zischelte durch den Kellergang. Er löste die behutsam linke Hand von der Holzplatte, drehte das Handgelenk und beobachtete das Zifferblatt der Armbanduhr.

Seine Augen verfolgten das unhörbare Ticken des Sekundenzeigers, während das rechte Ohr dem gleichmäßigen Rauschen im Innern des Kopfes zuhörte.

Nach vier Minuten begann seine rechte Gesichtshälfte zu brennen. Eine Minute später wurde der linke Arm lahm. Sechs Minuten nach halb acht beschloss der Latzhosen-Mann, dass es reichte und löste das Ohr von der Holzplatte. »Schauen wir mal nach, was unser Schätzchen macht.« Die geflüsterten Worte klangen unentschlossen. Manfred Rabicht leckte sich mit der Zungenspitze über die Oberlippe. Es schmeckte salzig. Sein Mund war trocken. Vorsichtig trat er einen Schritt zurück und begann das Vorhängeschloss aus der Metallöse zu ziehen, bemüht, jedes Geräusch zu vermeiden. Würde sie erwachen, wenn das Licht anging, oder wirkte das Mittel schon nach wenigen Minuten und der Betäubte merkte nichts von dem, was um ihn herum geschah?

»Gleich werden wir es wissen.« Der Latzhosen-Mann hielt inne und erinnerte sich an die drei Taschenlampen aus dem Supermarkt. Eigentlich waren sie für Helene bestimmt gewesen. Wenn sie später brav und fügsam seinen Anweisungen folgte, würde sie eine davon in ihrem Zimmerchen behalten dürfen, damit es nicht so finster war. Aber momentan war die Kleine noch zu verwirrt und aufgeregt und so lagen die Lampen noch nebenan, in Karls Werkstatt.

Er würde die Deckenlampe nicht brauchen. Manfred Rabicht ging nach nebenan, legte die gläserne Birne in das Regal zurück und nahm sich stattdessen eine Taschenlampe.

Leise schabend scharrte die Tür über den Lehmboden. Zentimeter für Zentimeter öffnete sie sich, bis der Mann im Kellergang in das finstere Innere des schmalen Raumes blicken konnte. Manfred Rabicht ließ sich Zeit, während die Schwärze vor seinen Augen zu atmen schien. Genau wie vorhin lag hinten rechts ein dunkles Bündel, halb eingerollt unter einer braun karierten Decke. Allmählich schälten sich weitere Einzelheiten aus der Dunkelheit. Links von dem Bündel tauchte der Haufen Eierbriketts aus der Finsternis auf, vorn rechts der eckige Umriss der Campingtoilette.

Ganz langsam schob der rechte Zeigefinger den Schalter der Taschenlampe nach vorn. Ein daumendicker Lichtstrahl bohrte sich in das Dunkel. Der Latzhosen-Mann leuchtete zuerst zu den beiden Limonadenflaschen. Eine schien nur noch halb voll zu sein. Helene Reimann war ein braves Mädchen gewesen. Ein braves, durstiges Mädchen. Ein Lächeln glitt über Manfred Rabichts Gesicht. Wären nicht die kleinen Stressfältchen in seinen Augenwinkeln gewesen, hätte es fast sanft ausgesehen. Er dachte kurz darüber nach, ob es nötig war, die Gasmaske wieder aufzusetzen. Womöglich spielte das kleine Luder das gleiche Spiel wie vorhin, stellte sich schlafend und wartete nur darauf, dass er sich näherte, um dann erneut wie eine Sirene loszuheulen. Wahrscheinlicher aber war, angesichts der halbleeren Flasche, dass das ›Helene-Schätzchen‹ tief und fest schlief.

Der Latzhosen-Mann griff in seine Brusttasche, nahm Karls Schlüssel heraus, hielt den Atem an und warf ihn mit einer schnellen Drehung des Handgelenks auf die bucklige Decke.

Es rührte sich nichts. Sein Schätzchen schlief.

Manfred Rabicht ließ den Lichtkegel weiterhin auf die Matratze gerichtet, machte ein paar schnelle Schritte, beugte sich nach vorn und zog seinem Gast die Decke weg.

Mit gekrümmtem Rücken betrachtete er das schlafende Mädchen. Ganz entspannt lag sie halb auf der Seite, die Beine leicht angezogen, die Arme an den Seiten ausgestreckt. Ihr Mund stand ein bisschen offen.

Sein Brustkorb hob und senkte sich.

Ein schlafendes Dornröschen. Und er würde ihr Prinz sein, der sie erweckte.

Die Atemzüge des Mannes wurden zu einem Röcheln, während er die kleinen runden Brüste unter dem himbeerfarbenen T-Shirt und den flachen Bauch betrachtete. Sie war nicht besonders groß, aber das schien ihm eher von Vorteil. Es musste keins dieser Models mit viel zu langen und klapperdürren Armen und Beinen sein. *Er* bevorzugte die Püppchen-Version.

Auch Dornröschens Brust bewegte sich im Takt ihrer Atemzüge unmerklich auf und ab.

Am liebsten hätte er sich gleich über sie hergemacht, aber er wollte warmes, zappelndes Fleisch unter sich spüren, heftiges Atmen, leises Stöhnen. Nicht so eine widerstandslos daliegende Gliederpuppe.

Und – es sollte ein spezieller Genuss werden, nichts nebenbei Erledigtes. *Zelebrieren* wollte er das erste Mal.

Und dazu brauchte man Zeit, Zeit und Muße. Abgesehen davon, dass er übermorgen wieder arbeiten musste, wäre – er wusste nicht genau, wie er es am besten nennen sollte und entschied sich schließlich für ›Beschäftigung‹ – die Beschäftigung mit seinem Zuckerpüppchen eine nette Sonntagsüberraschung. Morgen war Sonntag. Morgen schon.

Manfred Rabicht spürte, wie das heiße Blut von der Brust nach unten in den Bauch und dann weiter in seinen Unterleib strömte und schwenkte den Lichtstrahl über das schlafende Dornröschen. Ihr Gesicht leuchtete rosig.

Er kniete sich neben die Matratze und näherte seine Nase ihrem Hals. Helene Reimann duftete ganz leicht nach Blüten. Sie würde sicher nicht tagelang so appetitlich riechen. Ihr Gastgeber würde ihr das nächste Mal eine Schüssel mit Wasser, Waschlappen, Handtuch und Seife mitbringen, damit sie sich frisch machen konnte. Sein Kopf bewegte sich noch ein bisschen nach vorn, bis die gespitzten Lippen die weiche Haut berührten. Die Lippen teilten sich und die Zunge kam hervor und leckte einmal schnell über die Oberfläche, dann richtete sich Manfred Rabicht schnell wieder auf. Sein Schwanz war hart wie ein Eisenrohr, aber das musste für heute genügen. Das Warten würde den Genuss letztendlich nur steigern.

Er ging noch einmal in die Hocke, zog die Decke wieder über das schlafende Mädchen und stellte die halb volle Flasche Bitter Lemon in Reichweite. So konnte Dornröschen gleich nach dem Erwachen ihren Durst stillen und würde weiter sanft entschlummern. Natürlich würde ihr Gastgeber bis morgen noch mehrmals zur Kontrolle hereinschauen, aber sicher war sicher.

Er ging rückwärts aus der Tür, knipste die Taschenlampe aus und fummelte in der Brusttasche nach dem Vorhängeschloss. Es hatte seine Körperwärme angenommen.

Zeit für ein Frühstück mit seiner Angetrauten. Würde Regina sich nicht fragen, warum ihr Mann sich ständig bei Karl herumtrieb? Dessen Rasen war schließlich gemäht.

Eine andere Ausrede war nötig. Das kaputte Heizungssystem in der Schule zum Beispiel. Der Hausmeister musste am Wochenende auch in die Schule, um Reparaturarbeiten auszuführen. Es gehörte zu seinen Aufgaben. Die Arbeiten waren unaufschiebbar. Die Überstunden konnte der Hausmeister später absetzen. Das würde sie ihm abnehmen. Nach dem gemeinsamen Frühstück würde Reginas braver Ehemann bei sich den Rasen mähen, bevor er sich in die Schule auf den Weg machte.

Pfeifend stieg der Latzhosen-Mann die Kellertreppe nach oben.

47

»Ich verstehe das nicht, Regina.« Gerti fuhr mit dem Löffel in die Zuckerdose und ließ das weiße Häufchen dann langsam in ihre Kaffeetasse rieseln. »Manfred ist in der Schule? Am Sonntag?« Bei jedem Wort wurde ihre Stimme ein wenig höher. »Hattest du nicht am Freitag schon gesagt, dass er Überstunden macht?« Sie hob die Hand, krümmte den Ringfinger und kratzte sich am Hinterkopf.

»Die Heizungsanlage ist kaputt. Wenn es kalt wird, muss alles einwandfrei funktionieren. In der Woche kann Manfred nicht in alle Zimmer, also machen sie es am Wochenende.« Regina reckte sich, betrachtete den Rasen neben der Terrasse und sog den Geruch nach frisch gemähtem Gras ein. Es war nicht das erste Mal, dass ihr Mann Überstunden machte. Sie fand nichts dabei. Und – er war sowohl gestern, als auch heute sehr zeitig aufgestanden, um sich um ihre Wiese zu kümmern und das Grundstück in Schuss zu bringen. Es gab nichts zu kritisieren. »Das habe ich dir doch alles schon am Freitag erklärt.«

»Hast du, hast du.« Die Schwester zwang sich, den Blick von der Pfirsichtorte abzuwenden. »Ich habe ja nur gefragt.« Ihre Unterlippe schob sich nach vorn. »Wird schon nichts dabei sein.«

»Essen wir noch eins?« Regina schob, ohne eine Antwort abzuwarten, die Tortenschaufel unter ein Stück, hob das orangefarbene Dreieck an und ließ es in der Luft schweben, während sie auf eine Antwort wartete.

»Von mir aus. Weil heute Sonntag ist.« Gertis Unterlippe sank noch ein Stück nach unten, dann verzog sich ihr Mund zu einem schiefen Grinsen. »Das artet jedes Mal in eine Mastkur aus, wenn ich bei dir bin.«

»Kannst es ja morgen wieder einsparen.« Reginas Stück kippte um und die Sahne rutschte langsam von der glatten Oberfläche auf den Teller.

»Was wird eigentlich mit dem Haus eures Nachbarn?« Gertis Kinn zuckte in Richtung des Zauns.

»Ach, siehst du.« Regina schlug die Hand vor den Mund. »Das habe ich doch glatt verschwitzt, Manfred zu sagen. Nächste Woche kommt der Herr vom Nachlassgericht wieder. Er hat Freitag angerufen. Wir haben doch noch Karls Schlüssel, weißt du?« Sie zerdrückte ein weiches Stück Pfirsich am Gaumen und öffnete den Mund einen Spalt, um den fruchtig-süßen Geschmack noch intensiver wahrzunehmen. »Manne sieht drüben immer mal nach dem Rechten und hat Karls Rasen gemäht, damit es ordentlich aussieht.«

»Was will dieser Nachlassverwalter hier?«

»Er war letztens schon mal da und hat sich in Karls Haus umgesehen. Wenn es tatsächlich keine Erben gibt, fällt alles an den Staat und Haus und Grundstück werden versteigert. Falls ich das richtig verstanden habe.« Regina hob die Isolierkanne hoch und schüttelte sie leicht, um festzustellen, ob noch Kaffee darin war.

»Ach so? Interessant.« Es klang, als sei dies die langweiligste Information, die Gerti jemals gehört hatte. »Wann kommt der Mann?«

»Dienstag oder Mittwoch. Mittwochvormittag, glaube ich.« Es wurde für jede noch eine halbe Tasse. »Ich darf nicht vergessen, Manfred Bescheid zu sagen. Und ich muss Karls Schlüssel suchen, der hing immer bei uns am Schlüsselbrett. Vielleicht ist er runtergefallen.«

»Mach das.« Es war Gerti egal, was mit dem Haus des Nachbarn passierte. »Sag mal ...« Sie beobachtete, wie eine pelzige Hummel vergeblich versuchte, in eine der Dahlien hineinzukrabbeln. Die von Pollen gelb gefärbten Beinchen zappelten über dem dunkelroten Untergrund. Das tiefe Brummen war der einzige Ton in der nachmittäglichen Stille.

»... das mit den Schlaftabletten hast du im Griff?«

»Schlaftabletten?« Reginas Augenbrauen rutschten nach unten, während ihre Augen gleichzeitig nach oben rollten.

»Wir haben Freitag drüber geredet, weißt du nicht mehr? Dein besorgter Mann war in der Apotheke und hat mich um Rat gebeten.«

»Du meine Güte ... das hatte ich schon vergessen.«

»Aber ich nicht. Also raus mit der Sprache.«

»Es gibt nichts rauszurücken, Gerti. Ich habe im letzten Monat vielleicht zweimal eine genommen. Das kann doch nicht schädlich sein!«

»Zweimal im Monat?«

»So ungefähr. Ich zähle nicht nach. Die letzte Packung habe ich mir im März geholt. Und es sind immer noch welche drin. Glaubst du mir etwa nicht?«

»Doch. Ist schon gut.« Gerti suchte den Blick ihrer Schwester und hielt ihn fest. Sie glaubte das Gesagte. Umso seltsamer war Manfreds scheinbare Besorgnis.

Langsam stolzierte Gerti zu ihrem Auto. Irgendetwas stimmte hier nicht. Der Mann ihrer Schwester machte unentwegt Überstunden. Sie schien sich nichts dabei zu denken, aber es klang irgendwie verdächtig. Bei Gerald hatte damals auch alles mit Überstunden angefangen. *Gemeinsame* Überstunden mit seiner Kollegin.

Dann diese komische Sache mit den Schlaftabletten. Vielleicht nahm Regina ab und zu mal eine, wenn sie nicht einschlafen konnte. Aber Gerti glaubte nicht, dass sie süchtig danach war. Sie konnte es nicht erklären, aber an der ganzen Geschichte war etwas faul.

Mochte Regina vertrauensselig sein, Gerti Möller war es jedenfalls nicht. *Sie* würde ihren Schwager schön im Auge behalten.

Was, wenn er eine andere hatte? Was, wenn ihr ach-so-netter Schwager seiner Frau überdrüssig war? Vielleicht wollte er mit den Nachfragen über die Nebenwirkungen von Schlafmitteln die Saat für etwas viel Schlimmeres vorbereiten? Einen inszenierten Selbstmord der lästigen Gattin zum Beispiel?

Sie drehte sich um und winkte ihrer in der offenen Haustür stehenden Schwester zum Abschied zu. Mochten all dies Hirngespinste einer Frau sein, die zu viele amerikanische Reißer gesehen hatte, aber es konnte für den Anfang nichts schaden, wenn man sich in der Schule einmal unverfänglich nach der Heizungsanlage erkundigte. Gleich am Montag würde sie sich darum kümmern. Man konnte nie misstrauisch genug sein.

Gerti Möller warf den Kopf in den Nacken und bog auf die Straße ab.

48

Helenes Finger drehten den Verschluss der Limonadenflasche auf und wieder zu.

Vor ihrem inneren Auge erschien ein anderes Mädchen, das in einer unbegreiflichen Welt gefangen war.

Alice im Wunderland. Helene hatte das Buch so oft gelesen, dass der Buchrücken sich schon auf einer Seite löste und abzureißen drohte. In den Illustrationen hatte Alice ziemlich lange, dünne Arme und Beine und einen Pferdeschwanz, der weit oben am Hinterkopf zusammengebunden war. Ihr Rock endete über dem Knie.

Die kluge kleine Alice. Sie war einem Kaninchen gefolgt, in ein Loch gefallen und nach scheinbar ewiger Flugphase in einem endlos erscheinenden Saal mit unzähligen, winzigen Türen gelandet. Im Bild zu der Szene hatte das arme Ding in diesem Saal gestanden und sich ratlos umgesehen.

Und dann war ihr weiter hinten ein gläsernes Tischchen aufgefallen. Im Näherkommen hatte Alice darauf einen goldenen Schlüssel erblickt, das Werkzeug, um die winzigen Türen zu öffnen. Nur, dass sie leider viel zu groß war, um sich hindurchschlängeln zu können. Keine Chance, Alice.

Obwohl sie das Buch mindestens zehn Mal gelesen hatte, wusste Helene nicht mehr, ob die Karaffe ebenfalls schon von Anfang an neben dem Schlüsselchen gestanden hatte. Sie umfasste den Hals der Limonadenflasche fester. Die Plastikrillen des Verschlusses schnitten sich in ihre Finger.

›**Trink mich**‹ hatte das Etikett der verschnörkelten Kristallflasche das Mädchen mit dem Pferdeschwanz aufgefordert.

Und was machte die dumme kleine Alice? Sie nahm einen kräftigen Schluck aus der Karaffe, woraufhin sie zu einem klitzekleinen Etwas zusammenschrumpfte. Genau auf die richtige Größe, um durch eine der Türen in den wunderschönen Garten dahinter zu gelangen.

Den wunderschönen Garten. Das Mädchen im Keller zog die Nase hoch.

Helene schloss die noch immer weit geöffneten Augen. Sie sah das Bild vor sich, in dem die vertrauensselige Zwerg-Alice unter dem gläsernen Tischchen stand und hinaufblickte; dorthin, wo der goldene Schlüssel lag, mit dem sich die Tür zum Paradies öffnen ließ. In unerreichbarer Ferne. Als plötzlich – wie von Zauberhand – ein Gebäck-Schächtelchen auf dem Boden des Saals auftauchte, hatte Alice zu denken begonnen.

›**Iss mich**‹ rief der Deckel des Schächtelchens ihr zu.

›Iss mich‹ und ›Trink mich.‹

›Trink mich‹ machte einen kleiner. War es dann nicht logisch, anzunehmen, dass ›Iss mich‹ genau das Gegenteil bewirkte? Und so kam es dann auch. Alice kostete von dem Kuchen und wuchs bis zur Decke. Letztendlich nützte ihr auch das nichts. Zwar konnte sie jetzt den Schlüssel vom Tisch nehmen, war jedoch viel zu groß, um durch die Tür zu gelangen. Alice hatte einen Tränensee zusammengeweint und irgendwie veränderte sich dann die ganze Szenerie.

Helene schraubte den Deckel auf und roch an *ihrer* Trink-mich-Flasche. Die Kohlensäureperlen kitzelten an der Nasenspitze.

Und darum ging es eigentlich in dem geliebten Buch aus ihrer Kindheit. Wie ein Mädchen in einer skurrilen, nicht logisch zusammengesetzten Welt zurechtkam und alle Proben bestand. Am Ende landete Alice mit dem wippenden Pferdeschwanz wieder zu Hause. Und alles war wie vorher.

Helene schluckte die Tränen hinunter. Das hier war nicht das Wunderland und sie nicht Alice mit dem Zopf. Aber die Situation war ähnlich. Auch hier gab es eine Flasche und Kekse. Und auch Helene hatte, ohne nachzudenken, von der bitteren Limonade getrunken. Die eigentliche Frage war doch: Was hatte Lewis Caroll den Lesern seiner Geschichten damit sagen wollen? Die Moral aus der Geschichte war, dass man immer zuerst die möglichen Folgen seines Tuns bedenken musste, ehe man handelte. Das hatte die kleine Alice in dem kauzigen Wunderland sehr schnell gelernt.

Und das wird von nun auch Helene Reimann tun. Erst denken, dann handeln.

Eigentlich war es ein Glück gewesen, dass die angefangene Flasche ausgelaufen war. Das hatte ihr entscheidende Zeit zur Besinnung verschafft.

Und jetzt denkst du das zu Ende, Helene. Diese andauernde Müdigkeit konnte doch nicht normal sein. Gewöhnlich war Helene Reimann ein aktives, selbstbewusstes Mädchen, das nicht den ganzen Tag verschlief. Kaum aufgewacht, schon wieder müde. Und was hatte sie in ihrer kurzen Wachphase gemacht?

Getrunken. Und wenige Minuten später war sie erneut in einen traumlosen Schlaf gesunken. Keine Ahnung, wie lange. Es konnten Stunden sein, es konnten aber auch Tage sein. Dann der trockene Mund, die schlappen Muskeln.

Helene Reimann, sag was du willst, aber das ist nicht normal. Ganz sicher ist das nicht normal.

Und was folgte daraus?

Da sie bisher noch nichts gegessen hatte, konnte es nur an der ›Limonade‹ liegen. Der Verschluss hatte sich leicht aufdrehen lassen, so als sei die Flasche schon vorher einmal geöffnet und dann wieder zugeschraubt worden. Und wieso hatte ihr der Maskenmann nicht Cola oder Fanta oder einfach nur Mineralwasser mitgebracht? Wieso musste es gerade diese Sorte sein?

»Weil Bitter Lemon schon von sich aus bitter schmeckt, ist doch klar!«

Mit einem Klatschen schlug Helene sich die Hand vor den Mund. Vor ihrem inneren Auge drehte sich ein altertümliches Tonband.

Ich kann dich hören.

Die Handfläche brannte auf den Lippen. Das Mädchen lehnte sich vorsichtig zurück. Der Hornissenschwarm in ihrem Kopf wollte nicht aufhören, zu brummen. *Von nun an hältst du dein Maul, vergessliche Trine!*

Es gab keine andere Möglichkeit, die Limonade musste ein Betäubungsmittel enthalten, irgendetwas, das schlapp und träge machte und einen endlos schlafen ließ. Und vielleicht waren die Kekse auch präpariert.

Gut gedacht, Helli, Babe. Und weiter. Jetzt denken wir einmal darüber nach, wie wir hierher gekommen sind. Und anschließend darüber, wie wir wieder wegkommen.

Helene forschte in ihrem Kopf nach einer Erinnerung. Der Film endete mit Sarah. Sarah warf die Spitze der Eiswaffel in einen Papierkorb und verabschiedete sich von ihrer Freundin. Sie wollte zum Tennis. Und Helene? Helene hatte sich auf den Heimweg gemacht. Bei schönem Wetter lief sie die drei Kilometer bis nach Hause.

Darüber hast du schon einmal nachgedacht, Helli-Babe. Vor wer weiß wie vielen

Stunden
Tagen
Was auch immer.

Die gleichen Gedanken. Wie hatte sie das vergessen können? Und auch jetzt wieder endete der Film an der gleichen Stelle. Sarah gab ihr ein Küsschen. Sarah drehte sich um und ging davon.

Und nun war sie hier, in diesem Verlies. Eingesperrt von einem Mann mit einer Gasmaske. Über dessen Absichten sie lieber nicht zu lange nachdenken wollte. Helene ließ den Kopf zur Seite sinken. Das Schlafmittel in der Limonade schien sich auch auf ihr Gedächtnis ausgewirkt zu haben. Vielleicht kam die Erinnerung irgendwann wieder. *Gib dir ein bisschen Zeit.*

Ich fürchte, wir haben keine Zeit. Der Typ kann jeder Zeit zurückkommen.

Eine einzelne Träne löste sich aus dem linken Auge und rollte an der Außenseite der Nase nach unten, eine heiße Spur hinterlassend.

Heul nicht! Steh' auf und untersuche dein Gefängnis, Jammerlappen!

Vorsichtig drehte sich das Mädchen auf die Knie, robbte neben die Matratze und schob sich Zentimeter für Zentimeter an der Wand nach oben. Obwohl rings umher noch immer alles stockfinster war, schloss sie die Augen und versuchte, sich an das Aussehen ihres Gefängnisses zu erinnern. In der rechten hinteren Ecke lag die Matratze, neben der sie jetzt stand. Links von ihr türmte sich der Kohlenhaufen. Und direkt in ihrem Rücken lag die Tür. Ein Fenster schien es nicht zu geben.

Setze nichts voraus, was du nicht sicher weißt, Helli-Babe.

Du hast recht, Stimme. Ich habe, als das Licht an war, nur Bruchstücke wahrgenommen.

So ist es. Und deshalb gehst du jetzt los und tastest jeden Zentimeter dieses Raumes ab. Zuerst nehmen wir uns die Tür vor. Eine Tür läßt sich öffnen. Hier ist die Wahrscheinlichkeit, hinauszukommen am größten. Die Stimme zögerte kurz und setzte dann hinzu. *Hoffe ich wenigstens. Irgendwo müssen wir ja anfangen.*

Die Tür, jawohl.

Helene Reimann drehte sich um die eigene Achse und stakste mit ausgestreckten Armen los.

Helene Reimann ging auch davon. Vorhang zu. Tabula rasa.

Helenes Fingerspitzen stießen auf etwas Hartes und sie zog die Hände sofort zurück.

Die Tür. Das musste die Tür sein.

Vorsichtig schob sie den rechten Fuß ein paar Zentimeter vor und streckte die Arme wieder aus, bis die Finger eine kühle, raue Fläche berührten. Während sie die Beschaffenheit befühlte, ließ Helene gleichzeitig die Handflächen über die Wand gleiten und versuchte aus dem schabenden Geräusch weitere Einzelheiten herauszuhören. Die Oberfläche war grobkörnig.

Wenn man gegen eine Wand klopfte, konnte man hören, ob sie hohl oder massiv war. Helene machte eine Faust, winkelte den Arm an und hielt inne.

Kann. Dich. Hören.

Sie ließ den Arm sinken. Kein Klopfen vorerst. Nur fühlen und tasten.

Und nun zur Tür selbst, Helli.

Das Mädchen machte noch einen kleinen Schritt vorwärts und bewegte die Hände seitlich über die Wand, bis diese einen Knick machte. Der Türrahmen fühlte sich kalt und glatt an. Metall. Das war schlecht. Holz wäre ihr lieber gewesen. Holz konnte man leichter bearbeiten.

Dafür schien die Tür selber aus Holz zu bestehen. Allerdings nicht aus einzelnen Latten, so wie Helene es von zu Hause kannte, sondern aus einer soliden Holzplatte ohne Fugen. Bündig und undurchdringlich schien die Struktur ihre tastenden Finger zu verhöhnen.

Pech gehabt, Helli. Aber jammern nützt nichts. Untersuche das Schloss!

Helene stützte sich mit der Rechten an die Wand und ließ die Linke langsam an der Rahmenkonstruktion nach unten rutschen, bis sie auf etwas Hervorstehendes traf. Sie tastete daran entlang und setzte die Bruchstücke im Kopf zu einem Bild zusammen.

Das war ein Scharnier. Ein Metallscharnier. Eine Hälfte an der Innenseite des gemauerten Türrahmens, die andere am Holz festgeschraubt. Dazwischen befand sich eine Art Gelenk.

Das Mädchen schloss die Augen. Sie bemerkte nicht, dass ihr Körper im Dunkeln leicht vor- und zurückschwankte. Ihre Beinmuskeln zitterten vom Stehen und ihr war ein bisschen schlecht. Wahrscheinlich hatte sie noch immer Reste des Schlafmittels im Körper. Das brennende Durstgefühl machte das Ganze nicht einfacher.

Halte durch Helli! Du musst dich zusammenreißen! Mach einfach weiter.

Helene Reimann nickte und öffnete die Augen wieder. Es machte keinen Unterschied, ob sie offen oder geschlossen waren, aber sie hatte ein besseres Gefühl dabei.

O. K. Sehr schön, Schatz. Weiter im Text. Wenn rechts die Türscharniere sind, dann ist das Schloss auf der anderen Seite, Helli. Befasse dich nun mit dem Schloss.

In Zeitlupe bewegte Helene die linke Hand quer über die Innenseite der Tür. Die Muskeln in ihrem Oberarm brannten wie Feuer.

Die Hand stieß an die linke Seite des Rahmens und fuhr nach oben. Dann nach unten. Glatte Winkel. Vor ihr die ebene Türfläche, im rechten Winkel dazu das raue Mauerwerk. Hoch, runter. Noch einmal. Nach oben. Nach unten.

Da ist nichts, Schatz. Kein Riegel, kein Verschluss.

Das kann doch gar nicht sein. Es muss ein Schloss geben.

Was, wenn das Schloss außen ist?

Außen?

Logisch, Schatz. Wir haben beide nicht richtig nachgedacht. Seit wann haben Kellertüren das Schloss innen? Und wie könnte denn sonst der Maskenmann die Tür von außen abschließen?

»Scheiße, Scheiße, Scheiße.« Es war Helene egal, ob der Typ ihr Fluchen hören konnte.

Egal, egal, scheißegal! Ihre Unterlippe zitterte. Hinter den Lidern sammelte sich schon wieder heiße Flüssigkeit. Sie schluckte.

Es existierte kein Schloss. Jedenfalls nicht in ihrer Reichweite. Sie hatte keine Möglichkeit, die Tür zu öffnen. Es gab keine Möglichkeit zur Flucht.

Denk nach, Helli. Gib jetzt nicht auf. Denk an die kleine Alice. Denk um Himmels willen.

Nun gut. Helene hockte sich hin und stützte den Kopf in die Handflächen. Sie hatte das Gefühl, gleich ohnmächtig zu werden. Was gab es denn noch für Möglichkeiten? Würde die Tür aufspringen, wenn man sich fest dagegen warf? Machten sie das nicht immer in den Action-Filmen?

Zweite Frage: Würde der Maskenmann das Gepolter hören und nachsehen kommen, was seine Gefangene da trieb?

Ein Bild blubberte vor Helenes Augen nach oben. Ihr Peiniger mit der Gasmaske, wie er vor ihr stand und die beiden Limonadenflaschen in ihre Richtung streckte. Hinter ihm – hinter ihm ragte die halb geöffnete Kellertür in den Raum hinein.

In den Raum *hinein*.

Und das bedeutet, Schatz, dass die Tür sich nach innen

öffnet. Und wenn das so ist, dann nützt alles dagegenwerfen nichts.

»Auch schön. Sehr schön. Ich bin begeistert.« Heiser krächzte Helene die Worte hervor. Das konnte er ruhig hören. Sie würde ihm nur sinnloses Gestammel liefern. Vielleicht glaubte er dann, sie sei durchgedreht.

Die Tür kannst du fürs erste abhaken, Helli.

»Genau, genau. Das sehe ich auch so.« Laber laber, Rhabarber. Ein Häkchen hinter das Wort »Tür«.

Dann überlegen wir mal, was es noch für Möglichkeiten gibt. Wie ist es mit einem Fenster?

»Glaub ich nicht.« Helene achtete strikt darauf, dass ihre gekrächzten Sätze nicht zu viel von ihren Gedanken verrieten. Sollte er sich während des Abhörens ruhig ein bisschen wundern.

Schließe es nicht aus, ehe du es nicht nachgeprüft hast. Vielleicht gibt es ein Fenster und er hat es mit Brettern vernagelt. Und wenn eins da ist, dann befindet es sich wo?

»Gegenüber.«

Richtig, Schatz. Hier, auf der Türseite, ist es unter Garantie nicht. Also komm hoch und mach dich auf den Weg zur anderen Wand.

Sie stemmte die Handflächen gegen die glatte Tür und drückte die Beine langsam nach oben. Ihre Oberschenkel zitterten. Vorsichtig drehte sie den Oberkörper und zog die Füße nach.

Über ihrem Kopf rumpelte es, dann scharrte etwas über den Boden.

Helene riss die Augen weit auf und versteinerte. Ihre Kopfhaut hatte sich zusammengezogen.

Ein Geräusch. Über ihr.

Er kommt, er kommt! Schnell zurück zur Matratze! Versteck dich! Der Maskenmann ist im Anmarsch! Versteck dich, aber sicher. Was für ein hirnrissiger Blödsinn. Verstecken! Wo zum Teufel konnte sich ein Mädchen in diesem leeren Verlies verstecken? Jetzt zitterten auch die Arme. Klackend schlugen die Zähne des Mädchens aufeinander.

Das kratzende Geräusch über ihr veränderte seine Lage.

Schnell, schnell!

Mit einem Schluchzen zwang Helene ihr rechtes Bein nach vorn, stolperte und fiel auf die Knie.

Das Scharren verstummte.

Das kniende Mädchen schluchzte lauter.

Krabbel zurück! Sofort! Stell dich schlafend!

Hektisch robbte Helene über den Boden. Heiße Tropfen fielen aus ihren Augen auf den glatten Lehmboden und hinterließen im Dunkeln nicht sichtbare feuchte Flecken. Ihre Hände stießen an den Rand der Matratze.

Das Mädchen unterdrückte ein Quieken, kroch unter die kratzige Decke, rollte sich wie ein Fötus zusammen und versuchte, den Schüttelfrost zu bändigen.

Beruhige dich, Helene Reimann! Der Maskenmann glaubt doch, dass du noch immer betäubt bist! Er darf nicht merken, dass die kluge Helli sein perfides Spiel durchschaut hat!

Langsam wurde das Zittern schwächer. Helene wischte sich mit dem Ärmel den Schweiß von der Stirn, atmete tief ein und aus und versuchte, etwas zu hören, aber da war nichts. Tödliche Stille. Würde er herunterkommen? Und was hatte der Mann mit ihr vor? Die schattenhaften Vorahnungen waren schlimmer zu ertragen, als irgendeine Gewissheit und sei sie noch so schrecklich.

Das Scharren setzte abrupt wieder ein und mit ihm kam der Schüttelfrost zurück.

Was machte der Typ da oben? Oder war es gar nicht der

Maskenmann, sondern jemand ganz anderes? Was, wenn er nicht allein war?

Keine Chance auf eine Antwort, Helli-Babe. Schließ die Augen und tu, als ob du schläfst. Es gibt doch eh nichts zu sehen. Höre und registriere alles.

Helli Babe tat wie ihr geheißen, machte die brennenden Augen zu und zog die Decke über den Kopf.

Vor dem Verlies rumpelte es. Er war da.

Helene kniff die Lider zusammen.

Die Tür schabte über den Boden. Dann quietschte die Glühbirne in der Fassung.

49

Der Lichtschalter gab ein Klacken von sich. Dann ertönte die Stimme des Maskenmannes. Es war eine Art Singsang.

»Mein kleiner Engel schläft noch. Schläft süß und fest.«

Helene presste die Lider aufeinander.

Sehe ich dich nicht, siehst du mich nicht.

Schritte tappten heran. Jetzt flüsterte er.

»Sie hat die ganze Flasche Limonade ausgetrunken. Kein Wunder, dass das Engelein müde ist.«

Das ›Engelein‹ unter der Decke spürte, wie sich seine Nackenmuskeln verkrampften.

»Aber nun haben wir uns genug ausgeruht.« Einen Schritt näher. Er musste jetzt direkt vor der Matratze stehen. Helene konnte seine Anwesenheit spüren. Seine Worte wurden lauter.

»Wird Zeit, dass du aufwachst, Engelein. Du bist schließlich nicht zur Erholung hier!«

Die Sätze tönten in ihrem Kopf wie in einer bronzenen Glocke. *Nicht zur Erholung hier.*

Da bin ich auch schon selbst drauf gekommen, du Arsch. Ein Fünkchen Wut glimmte in Helenes Kopf auf und wurde zu einer kleinen Flamme, die das Innere der Glocke erwärmte.

Alles würde sie sich von dem vermummten Heini auch nicht bieten lassen.

Ein Fuß stieß an die Matratze. »Also, nun wollen wir mal sehen, wie wir dich wach kriegen.«

Das Feuer loderte stärker. Die bronzenen Wände begannen zu glühen. Wieder stieß der Fuß gegen die Unterlage, fester jetzt. Die bronzene Glocke leuchtete in hellem Orange.

»Aufwachen, sagte ich!«

Der Maskenmann beugte sich nach unten und zog an der Decke. Im gleichen Moment katapultierte sich Helene mit einem irren Kreischen wie ein Schachtelmännchen hoch und warf sich auf ihren Peiniger, der, überrascht von dem plötzlichen Angriff, nach hinten umkippte. Gemeinsam gingen sie zu Boden.

Er rappelte sich als Erstes wieder auf, schob sie beiseite und erhob sich. Helene blieb, geschwächt von der plötzlichen Kraftanstrengung, mit weit geöffneten Augen bewegungslos liegen. Ihr Kerkermeister trug wieder sein glatzköpfiges Schweinsgesicht.

»Ist denn das die Möglichkeit ...« Er schüttelte sich und überprüfte den Sitz der Gasmaske. »Du kleine Schlampe!«

Der Schweinerüssel neigte sich nach unten. »Da denkt man, sie schläft tief und fest, und stattdessen lauert das kleine Biest unter ihrer Decke darauf, einen anzufallen. Ts, ts. Nicht nett, Mausi, gar nicht nett.« Die Larve wackelte bedächtig hin und her. »Das hat mir jetzt nicht gefallen.« Er klopfte sich die Latzhose ab. »Ich wollte eigentlich ganz lieb zu dir sein, aber daraus wird nun leider nichts werden.«

Sie hatte ihn verärgert. Helene begann zu begreifen, dass ihr die kopflose Aktion mehr schaden konnte, als sie zu glauben bereit war. Nicht nur, dass er jetzt nicht ›ganz lieb zu ihr sein‹ würde – was immer das bedeuten mochte – nein, irgendwann würde ihm auch bewusst werden, dass sein Schlafmittel anscheinend nicht richtig gewirkt hatte.

Das war sehr, sehr dumm von dir, Schatz. Die Erstarrung löste sich. Jetzt begann das Mädchen auf dem Boden wieder zu zittern.

»Also, scher dich auf deine Matratze zurück, du unartiges Ding!« Ohne abzuwarten, ob sie seinen Befehl befolgte, wandte sich der Maskenmann um, ging zur Tür und langte hinaus. Seine Hand kam mit einem dreibeinigen Hocker wieder herein. Dann schob er die Tür zu. Helene drehte sich auf den Bauch, kroch zu ihrem Lager und griff nach der Decke.

»Die brauchst du nicht!« Schneidend fuhr seine Stimme in ihren Rücken. »Du wirst dich jetzt ausziehen. Schön langsam.« Er kam gemächlich zurück, stellte den Schemel in die Mitte des Raumes und nahm darauf Platz. »Hörst du schwer? Ausziehen, sagte ich.«

Die Glasscheiben der Gasmaske widerspiegelten die Gestalt auf der Matratze. »Hallo da drüben! Totstellen nützt nichts! Wir wollen doch keinen Ärger miteinander!« Die Gummimembran schob sich an den Wangen nach oben, so als lächele er hinter der Larve.

Helene lag halb auf der Seite und zog den Kopf zwischen die Schultern. SICH AUSZIEHEN? Ihr Gehirn weigerte sich, die Bedeutung des Gesagten zu erfassen. Stattdessen wiederholte es unablässig einen Reim aus Kindertagen.

Petersilie, Suppenkraut
wächst in unserm Garten.
Unser Ännchen ist die Braut
Soll nicht lang mehr warten.
Roter Wein und weißer Wein,
morgen soll die Hochzeit sein.
Morgen soll die Hochzeit sein.
Morgen soll
Die Hochzeit sein.

»Ich werde gleich grimmig! Zieh – dich – aus! Sofort!« Maskenmanns Hand unterstrich jedes Wort mit einem dumpfen Schlag auf den Schenkel. Helene ahnte, dass der Maskierte es nicht beim Klatschen auf das eigene Bein belassen würde. Mit bebenden Fingern öffnete sie den obersten Knopf ihrer Hemdbluse.

»Gut so, Schätzchen. Und weiter!«

Die Hand des Maskenmannes hörte auf zu klopfen. Stattdessen rutschte sie ganz langsam auf dem Schenkel nach oben. Helene wandte den Blick ab und drückte ihre Beine aneinander.

Die Finger nestelten am nächsten Knopf und ihre Bluse öffnete sich ein Stückchen, so dass der obere Saum ihres BHs sichtbar wurde.

Mit einem schrillen Heulen jaulte eine Sirene in ihrem Kopf los. *WAS TUST DU DA, HELENE REIMANN? HÖR SOFORT AUF DAMIT!*

Die Finger hielten inne und zogen dann die Ränder der Bluse über der Brust zusammen. »Ich kann das nicht.« Dünn und ängstlich tropften die Worte aus ihrem Mund.

»Du kannst das nicht?« Der Maskenmann sprach gefährlich leise und das Mädchen begann wieder zu zittern. »Du wirst dich überwinden müssen, Schatz. Und ich habe keine Lust, bis morgen hier zu sitzen und zu warten, dass du endlich fertig wirst. Also sieh zu, dass du weitermachst!«

Helene krümmte die Finger und stockte erneut. Sie war nicht seine Untergebene. Sie war Helene Reimann, ein resolutes Mädchen von sechzehn Jahren. Und sie ließ sich *nicht* von einem Arsch mit Schweinerüssel ins Bockshorn jagen. Sie würde sich *nicht* ausziehen. Nicht *freiwillig*. »Nein.«

»Nein?« Es klang fassungslos. Damit hatte er nicht gerechnet. Helenes kleiner Triumph dauerte nur Sekunden. Dann federte der Maskenmann von seinem Hocker hoch und warf sich auf sie. »Du elende kleine Nutte! Was denkst du, wird jetzt passieren?« Sein Körpergewicht drückte das sich aufbäumende Mädchen nach unten. Er presste ihr eine Hand auf die Kehle. »*Was* wird jetzt passieren, hm, Schlampe?« Stoßweise drang sein röchelnder Atem aus dem Schweinerüssel.

Helene befreite ihren linken Arm aus der Umklammerung, kratzte über den Rand der Maske und fuhr nach unten zu seinem ungeschützten Hals. Tief grub sie ihre Fingernägel in das nachgiebige Fleisch. Hinter den Glasscheiben meinte sie das Flackern seiner Augen wahrnehmen zu können.

»Jetzt ist aber Schluss!« Der Maskenmann drückte fester auf ihre Kehle. Rotglühende Sterne flackerten vor Helenes Augen und verloschen sofort wieder. Ihre Lunge kreischte nach Luft. Ihr Peiniger presste sich fester auf den zappelnden Körper. Er rieb seinen Unterleib an ihrem und keuchte. Jetzt löste sich der Griff der Rechten und seine Hand fuhr nach unten, um die Hose zu öffnen. Helene holte rasselnd Luft und schlug mit dem freien Arm verzweifelt auf seinen Rücken, was ihn nur noch mehr erregte.

»Gut so, kleines Biest! Wehr dich ruhig, es wird dir nichts nützen!« Seine rechte Hand zerrte jetzt ungeduldig am Reißverschluss *ihrer* Jeans. Helene nahm all ihre Kräfte zusammen, ballte eine Faust und hämmerte sie in sein Gesicht. Das ließ ihn innehalten.

»Das hat *weh*getan, du kleines Scheusal! Ich werde dich wohl ein wenig beruhigen müssen.« Er tastete mit der Linken nach der Flasche, drehte den Verschluss ab und schnippte ihn beiseite. Dann krochen die Finger seiner Rechten über Helenes Gesicht und hielten ihr die Nase zu, während sein Körper sich weiterhin unbeweglich wie eine Zentnerlast auf sie presste. Als sie nach endlosem Ringen keuchend den Mund aufschnappen ließ, goss er die Flüssigkeit hinein. Helene verschluckte sich und musste husten.

»Das hast du davon, du dummes Ding. Wärst du gleich

brav gewesen, hätte ich dies nicht tun müssen.« Wieder kniffen die Finger die Nasenflügel zusammen.

»Noch ein Schlückchen Beruhigungssaft für mein Schätzchen. Dann wirst du ganz schnell brav sein.« Wieder wartete er, bis das Mädchen den Mund aufriss, um Luft zu holen. Wieder floss gallige Flüssigkeit Helenes Rachen hinunter.

Er goss noch einen Schluck hinterher und stellte die Flasche dann neben die Matratze. »Das dürfte fürs Erste genügen.« Helene hatte aufgehört, zu zappeln. Es war sinnlos. Das Schwein hatte ihr Betäubungsmittel eingeflößt und es würde eine Frage von Minuten sein, bis es wirkte.

»Na siehst du. Warum nicht gleich so, Süße.« Der Maskenmann öffnete ihren Reißverschluss und begann am Bund der Jeans zu zerren. »*Jetzt* bist du meine brave Helene.« Die Hose rutschte nach unten. »Das hättest du alles viel einfacher haben können.« Er rollte sich von ihrem Körper und zog an den Hosenbeinen.

Helene schloss die Augen. Sie war müde.

»Nun werden wir ein bisschen Spaß miteinander haben, Helene Reimann.« Die Jeans landete mit einem dumpfen Geräusch auf dem Boden.

»Sei nicht so verkrampft, dann hast du auch was davon.« Undeutlich spürte das Mädchen, wie sich der Körper des Maskenmannes wieder auf ihren wälzte. Er schien nicht mehr so schwer wie vorhin zu sein. Alles war federleicht geworden. Luftige weiße Zuckerwatte. Ihr Geist koppelte sich vom Körper ab und driftete davon ...

Roter Wein und weißer Wein.

... flog wie eine zarte kleine Flaumwolke in den türkisblauen Himmel eines Frühlingsmorgens, hinweg über ein Meer aus Löwenzahn und Gänseblümchen, hinweg über ein gluckerndes Bächlein, an dessen Ufer dottergelbe Blütenköpfe sanft nickten.

Roter Wein.
Und weißer Wein.

Helene breitete die Arme aus und ließ sich treiben. Ganz da unten; weit, weit entfernt, lag auf einem Stückchen Wiese eine leblose Gliederpuppe mit gespreizten Beinen. Der Boden unter ihr war schwarz, als sei das Gras verbrannt.

Das war nicht schön. Kein hübsches Motiv. Es passte nicht zur Frühlingswiese.

Helene wendete den Blick ab und schwebte weiter. Weg von dem dunklen Ort mit der leblosen Gliederpuppe, hinauf ins Himmelsblau, weit weg von dem verbrannten Platz. Weit, weit weg. Was interessierte sie das ferne Bild.

Ein seliges Lächeln erhellte das Gesicht von Helene Reimann. Ein Kindheitstraum war wahr geworden. Sie konnte fliegen.

50

Norbert saß frisch geduscht auf dem Hotelbett. Besser gesagt, er *lag* auf dem Hotelbett, ein weißes Handtuch wie einen Turban um den runden Kopf gewickelt, den Rücken an das Kopfteil gelehnt, ein Kissen stützte die Lendengegend. Sein rechter Zeigefinger drückte ungeduldig den Wippschalter der Fernbedienung. Irgendeins dieser verblödeten Boulevardmagazine musste doch eine Meldung über das verschwundene Kind aus Zwickau bringen.

Die ganze Zeit, während er mit Doreen im schönsten Sonnenschein durch Dresdens Innenstadt gewandert war, hatte ihm die sechsjährige Ayla im Kopf herumgespukt. Sie stand an der fast fertigen Frauenkirche neben ihm, sie spazierte mit ihnen über die Brühlschen Terrassen, sie stand mit in den Nacken gelegtem Kopf vor der Semperoper und bestaunte den prunkvollen Bau. Wie mochte die Kleine in Wirklichkeit aussehen? Norbert hatte immer Annie und Melanie vor Augen, die beiden blonden, zwillingsgleichen Mädchen, die Ronny Sommerfelder entführt und getötet hatte. Aber Ronny Sommerfelder saß hinter Gittern.

Er zappte zu RTL und versuchte, sich an den genauen Wortlaut der Radionachricht von heute Vormittag zu erinnern.

Ein Zeuge hatte ausgesagt, er habe gesehen, wie das Mädchen in ein dunkles Auto älteren Baujahrs gezerrt worden sein. Vielleicht der türkische Vater.

Neben ihm ratterte das altmodisch aussehende Telefon los und Norbert drehte der nett geschminkten Moderatorin den Ton ab und drückte den beigen Plastikhörer ans linke Ohr.

»Ja, Löwe.« Es klang müde.

»Ich komme in zehn Minuten rüber zu dir.« Doreen hörte sich frisch und unverbraucht an.

»Ist gut.«

»Und dann gehen wir was Schönes essen.«

»Das machen wir. Hier im Hotel ist ein argentinisches Steakhouse, das ›Estancia‹. Wie findest du das?« Im Fernsehen zappelte eine Horde Jugendlicher unter zuckendem Diskolicht, oder wie auch immer das heutzutage genannt wurde. Die Jungs sahen alle aus wie Nils Löwe. Der Mann auf dem Bett unterdrückte ein Seufzen.

»Steaks, prima. Und ein schöner trockener Rotwein dazu. Also bis gleich.« Klick. Doreen hatte aufgelegt.

Rotwein. Norbert machte den Ton wieder an, erhöhte die Lautstärke, schob die Beine über die Bettkante und rutschte seitwärts, bis die Füße den weichen Teppich berührten. Doreen würde es komisch finden, wenn er den ganzen Abend Wasser trank. Ein Gläschen konnte doch sicher nichts schaden. Er musste dieses Gedankenkarussell irgendwie zur Ruhe bringen, sonst würde der dicke alte Mann wieder die halbe Nacht wach liegen.

Im Bad schaute ein zerknittertes Mondgesicht fahl aus dem Spiegel. Nach dem Abwickeln des Turbans standen die grauen Haare in alle Richtungen ab. Zehn Minuten, das war knapp.

Er war noch in Unterhosen. Norbert nahm den Fön aus der Halterung.

Seine Hand blieb in der Luft hängen und dem Spiegelgesicht klappte in Zeitlupe der Unterkiefer nach unten, bevor der Mann aus der Erstarrung erwachte, kehrt machte und zurück ins Zimmer hastete. Er blieb mit der Fußspitze an der Teppichkante hängen, klappte wie ein Schnappmesser nach vorn ein und plumpste mit dem Oberkörper auf das Bett. Ohne sein eigenes Ächzen wahrzunehmen, drehte er sich um und starrte auf den Bildschirm, während die rechte Hand über die Decke nach der Fernbedienung tastete.

Im Fernsehen hielt gerade ein bärtiger Mann mit Glatze ein hellgrünes Plakat hoch. ›Wer hat Ayla gesehen?‹ stand oben. Darunter: ›Die Polizei bittet um Unterstützung.‹ Links war ein Bild des Mädchens aufgedruckt. Die Kamera zoomte dichter heran und Norbert verfluchte seine Trägheit. Jetzt rächte es sich, dass er den Besuch beim Optiker von einem Monat auf den nächsten verschob. Die unscharfe kleine Ayla hielt ein Buch in der Hand und lächelte verschmitzt. Sie sah lieb aus. Ein liebes, kleines, sechsjähriges Mädchen.

Der dicke Mann auf dem Hotelbett schluckte trocken, während der bärtige Kahlkopf ihm gegenüber die Zuschauer von einer 65-köpfigen Sonderkommission und bis zu 500 Beamten aus Sachsen, Thüringen und Brandenburg informierte, die im Laufe des Tages in Zwickau eingetroffen seien, und sich an der Suche nach dem Kind beteiligten.

Norbert sah sich mit Doreen auf der Autobahn dahinrattern, kurz vor der Abfahrt Wüstenbrand. Auf der Gegenseite waren ihnen zahlreiche Polizeifahrzeuge mit Blaulicht entgegengekommen; er hatte sich gefragt, was das zu bedeuten hatte und es dann fast im gleichen Atemzug wieder vergessen.

Der Einspielfilm war zu Ende. Die nett geschminkte Moderatorin verkündete, dass RTL die Zuschauer auf dem Laufenden halten werde und ging mit fröhlicher Stimme zum nächsten Thema über.

Im selben Moment, als Norbert den Fernseher ausschaltete, klopfte es. Die Fernbedienung landete geräuschlos auf dem Teppichflor, der dicke Mann sprang auf und schaute dann an sich herunter. Von den weißen Feinripp-Unterhosen waren nur die Seiten zu sehen. Alles, was sich in der Mitte befand, wurde durch den mit grauschwarzem Gekräusel überwucherten Bauch verdeckt.

Wieder klopfte es.

»Gleich, gleich! Einen Moment noch!« Seine Stimme überschlug sich, während er ins Bad eilte und an den Wandhaken nach einem Hotelbademantel suchte. Es gab keinen. Hastig stolperte er ins Zimmer zurück und drehte den Kopf in alle Richtungen. »Komme gleich!« Seine Hand zog die zerknüllte Tagesdecke vom Bett. Eingewickelt wie ein arabischer Prinz öffnete Norbert die Tür und lächelte fahrig.

»Da bin ich. Hungrig wie der andere Löwe.« Doreen grinste über ihr Bonmot und trat ein. Erst dann glitten ihre Augen langsam nach unten bis zu den nackten Füßen, die unter dem rot bedruckten Samt hervorschauten und wieder nach oben. Weiß leuchtete der Bart in dem zinnoberfarbenen Gesicht.

»Wie siehst du denn aus?«

»Ich bin gleich soweit.« Norbert raffte den Umhang nach oben, griff im Vorübergehen nach seiner Hose und verschwand im Bad.

»Und da sagt man immer, Frauen bräuchten ewig, um sich zurechtzumachen.« Doreens Stimme drang gedämpft durch die angelehnte Tür.

»Ich habe einen Bericht über das verschwundene Mädchen aus Zwickau angeschaut.« Der dicke Mann musterte den glühenden Vollmond im Spiegel, beugte sich nach vorn, drehte den Wasserhahn auf und begann, sich mit beiden Händen kaltes Wasser ins Gesicht zu werfen.

»Und?«

»Sie wird überall gesucht. Hundertschaften sind unterwegs.« Er sah auf und begann sich abzutupfen. Es hatte keinen Zweck. Die Rotfärbung würde nur langsam verschwinden. Mit krummem Rücken schob er den rechten Fuß in die Beinröhre der Jeans.

»Keine Anhaltspunkte?« Doreens Stimme kam näher und Norbert fürchtete, sie würde die Badtür öffnen, um zu sehen, wie weit er war. Er verhedderte sich im Hosenbein, machte einen Ausfallschritt und schalt sich einen Dummkopf. Seine Kollegin war gut erzogen. Nie im Leben würde sie ihn hier drin stören.

»Bisher nichts. Ich habe überlegt, ob es Sinn hat, nach Zwickau zurückzufahren.« Der Hosenbund kniff. Mit nacktem Oberkörper erschien Norbert Löwe in der Tür zum Bad und sah die ärgerlichen Falten auf der Stirn seiner Kollegin.

»Du hast was?«

»Darüber nachgedacht, zurückzufahren.« Er ging zum Schrank und nahm ein blau-weiß gestreiftes Hemd heraus. »Aber es wäre Blödsinn.«

Hinter ihm schnaufte Doreen, bevor sie sprach. »Das denke ich aber auch, mein Lieber. Wie viele Polizisten suchen nach ihr, sagtest du?«

»Fünfhundert etwa.«

»Das dürfte reichen, nicht?«

»Ja doch.« Es klang erschöpft. Er drehte sich um und fummelte an den winzigen Knöpfen. »Natürlich bleiben wir hier.«

»Gut. Du kannst mir nach dem Essen alles über den Fall erzählen, aber bitte wirklich erst danach. Und jetzt sieh zu, dass du fertig wirst.« Doreen ging zur Tür. »Ich komme um vor Hunger.«

»Bin gleich soweit.« Norbert schob das abgewetzte Portemonnaie in die Gesäßtasche. Ihm war nicht nach essen, aber es musste wohl sein. Morgen würden die Tageszeitungen über die Entführung berichten und der müde, alte Detektiv würde die Berichte lesen. Heute konnte man nichts mehr tun. Er folgte seiner Kollegin auf den Flur.

51

Manfred Rabicht verteilte den Babypuder im Innern der Gasmaske. Seine Augen nahmen nicht das trüb erleuchtete Innere von Karls Vorratskeller wahr, sondern sahen ein um das Feuer tanzendes Rumpelstilzchen, das sein Lied vom Kind der Königin skandierte. Ab und zu hielt er inne und lauschte. Nebenan war alles still. Dornröschen schlummerte tief und fest. Oder – falls sie nicht schlief, lag sie still auf ihrer Matratze. Gleich würde er es genauer wissen. Die Gasmaske rutschte widerstandslos über sein glatt rasiertes Gesicht. Das Grinsen hinter der olivgrünen Gummihaut war nicht zu sehen.

Der Maskenmann tappte über den Lehmboden und griff nach dem Vorhängeschloss. Ein kleiner Sonntag-Abend-Besuch bei seiner Angebeteten.

Der morgendliche Kampf mit der renitenten Kleinen hatte ihn im Nachhinein ziemlich berauscht. *Natürlich* war es zuerst ein Schock gewesen, dass sich das Mädchen so heftig wehrte. Irgendwie hatte er die Vorstellung gehabt, es könne ihr gefallen, sie würde sich zuerst der Form halber ein bisschen sträuben, aber dann lustvoll nachgeben und es genießen.

Leider war es nicht so gekommen, wie in den Pornofilmen, die Manfred Rabicht ab und zu auslieh und sich genüsslich mehrmals vor- und zurückspulend ansah, wenn Regina bei ihrer Schwester war. Das kleine Luder hatte sich *nicht* kampflos ergeben. Was letztendlich auch seinen Reiz gehabt hatte. Auf seinem Weg in die Schule – denn natürlich würde der Hausmeister am Sonntag ein bisschen an der Heizung herumschrauben – war ihm der kühle, zuerst heftig zappelnde und dann bewegungslos daliegende Körper nicht aus dem Sinn gegangen. Diese kleine Schlampe! Hatte sie doch tatsächlich versucht, ihn zu überrumpeln. Das war leider der Nachteil, wenn man ein Püppchen war. Püppchen hatten keine großen Körperkräfte. Nachteil für Helene Reimann, Vorteil für ihn.

Das mit dem ›Spaß haben‹, würde er ihr schon noch beibringen. Wenn sie brav war.

Manfred Rabicht war erregt. Sehr erregt.

Der Maskenmann zog den Bügel des Schlosses aus der Öse, öffnete dann langsam die Tür und leuchtete in die Dunkelheit. Der Lichtkreis der Taschenlampe wanderte langsam über die braune Decke. Füße, Unterschenkel, Knie, Oberschenkel, Bauch. An der Brustwölbung machte der Lichtkegel halt. Das Mädchen hatte sich nicht bewegt. Sie ruhte auf ihrem Bett wie die Prinzessin auf der Erbse und wartete auf ihren Prinzen. Und da war er auch schon! Langsam tappte er näher heran, die Taschenlampe jetzt auf ihr Gesicht gerichtet.

»Da bin ich wieder, mein Engelein. Hattest du einen schönen Tag?« Sie antwortete nicht. Neben der Matratze ging der Maskenmann in die Knie und legte die Lampe auf den Boden. Sie rollte zur Seite und der gelbe Lichtstrahl beleuchtete die an der linken Seite liegende Jeans, während der Mann mit der Latzhose die Decke Zentimeter für Zentimeter schwer atmend von Dornröschens Leib zog.

Es war ein bisschen schade, dass seine Angebetete so fest schlief, aber für heute leider nicht zu ändern. Manfred Rabicht legte seine heiße Hand auf den Bauch des Mädchens und schob ihr himbeerfarbenes T-Shirt nach oben bis zum Hals. Nachher würde er sie fesseln. Nicht zu straff, aber so, dass sie, wenn sie munter wurde, nicht wieder auf dumme Gedanken kam. Dann wäre sie bei seinem nächsten Besuch hellwach und würde seine Worte verstehen und seine Zärtlichkeiten aktiv miterleben. Und vielleicht, vielleicht war sie dann auch so einsichtig, sich zu bemühen, ihm zu gefallen. Seine Hand glitt Zentimeter für Zentimeter nach oben.

Den BH trug sie nicht mehr. Vom Bauchnabel an abwärts war sie komplett nackt. Er hatte es heute Morgen nicht für nötig gehalten, ihr die enge Hose wieder anzuziehen. Wozu auch. Die Decke sorgte dafür, dass sie nicht auskühlte, das reichte.

Während er sich röchelnd auf das noch immer bewegungslos daliegende Mädchen wälzte, dachte der Maskenmann kurz darüber nach, dass die Kleine sich beim nächsten Mal frisch machen musste – schließlich wollte er es nicht mit einer stinkenden Tussi treiben, auch wenn sie noch so knackig und hübsch war – dann verloren sich seine Gedanken.

»Regina, hallo! Bin wieder da!« Fröhlich hallte Manfred Rabichts Stimme durch den dämmrigen Flur. »Leider ist es etwas später geworden.« Er stellte die Schuhe nebeneinander, richtete sich auf und betrachtete, die Hand in der Brusttasche, den Haken am Schlüsselbrett, an dem sonst immer Karls Schlüssel hing. Im Wohnzimmer wurde der Fernseher leise gestellt und Regina kam herausgeschlurft. Ihre Jogginghosen hatten Beulen an den Knien. Sie lächelte und glättete sich mit der Rechten die Haare, bevor sie ihm voraus in die Küche watschelte.

»Möchtest du gleich Abendbrot, oder lieber ein schönes Stück Pfirsichtorte essen?« Die Kühlschranktür quietschte beim Öffnen. Regina griff nach einer großen, viereckigen Plastikschüssel, hielt inne, als sie sein lapidares ›Abendbrot‹ vernahm und nahm stattdessen die Butterdose heraus.

»Schnitten? Soll ich dir was schmieren?«

»Von mir aus. Mach Wurst drauf. Und Camembert. Vier Scheiben Brot.« Manfred Rabicht hatte Hunger. Und Durst. Er ging zum noch immer offenen Kühlschrank, packte Regina an den Schultern, schob sie mit leichtem Druck beiseite und nahm sich ein Radeberger aus der Tür. »*Wann* hast du denn die Torte gemacht?« Das Bier zischte beim Öffnen. Weißer Schaum quoll aus dem Flaschenhals.

»Heute Mittag, nachdem du weg warst.« Die elektrische Brotschneidemaschine ratterte leise, während Scheibe für Scheibe herausglitt und zur Seite klappte. »Gerti hatte mich angerufen.« Sie drehte sich kurz um und sah, wie ihr Mann das Bier mit in den Nacken gelegtem Kopf trank. Sein Adamsapfel hüpfte auf und nieder. »Und weil du nicht da warst, habe ich sie zum Kaffee eingeladen.«

»Aha. Ein kleiner Kaffeeklatsch unter Schwestern also.«

»Genau so war es. Wir haben uns ein bisschen unterhalten.« Regina öffnete die Wurstdose und betrachtete den Aufschnitt. Irgendetwas hatte sie Manfred doch sagen wollen. Aber was?

»So hattest du wenigstens Gesellschaft.« Er setzte die Flasche erneut an die Lippen und verschluckte sich bei Reginas nächsten Worten.

»Und – hast *du* alles zu deiner Zufriedenheit erledigt?« Sie legte das Messer neben die Butter und kam näher, um ihm auf den Rücken zu klopfen, aber er wehrte ab. Natürlich hatte er ›alles zu seiner Zufriedenheit erledigt‹. Der Hustenanfall ebbte ab und Manfred Rabicht grinste seine Frau an. Nur dass sie garantiert etwas anderes meinte, als er.

»Es ist noch nicht fertig, aber ich bin ein ganzes Stück weitergekommen.« Sie nickte zu seinen Worten. Leberkäse wurde fein säuberlich auf den Schnitten drapiert. »In den nächsten Tagen werde ich früh vor dem Unterricht noch einiges erledigen müssen. Und am Nachmittag wahrscheinlich auch. Es geht nur, wenn die Klassenzimmer leer sind.«

»Das sagtest du ja schon.« Regina schnitt eine Gewürzgurke in schmale Streifen und ordnete diese auf dem Tellerrand wie einen Fächer an.

»Ist das schlimm?«

»Nein, Manne. Arbeit ist Arbeit. Irgendwann wird es auch wieder besser nicht?« Den übervollen Teller auf der Handfläche vor sich her balancierend, verließ sie die Küche.

»Aber sicher.« Er nahm sich ein zweites Bier und folgte ihr dann ins Wohnzimmer. Irgendwann würde es ›besser‹ werden. Er wusste nur noch nicht wie dies zu bewerkstelligen war.

Tief in Gedanken nahmen Mann und Frau vor dem leise murmelnden Fernseher Platz, er im Sessel, sie auf der Couch.

Die Frau dachte darüber nach, was sie ihrem Mann unbedingt hatte mitteilen wollen.

Der Mann dachte über seine ›Überstunden‹ in den kommenden Wochen nach. Die Heizungsanlage konnte nicht ewig als Ausrede herhalten. Er würde sich etwas einfallen lassen müssen.

52

»Frühstück um halb neun?«

»Ja. Wir treffen uns unten.« Norbert legte den Hörer auf die Gabel zurück, ließ sich auf das Bett zurückfallen und betrachtete die stummen Akteure des Frühstücksfernsehens. Er hatte schon seit drei Stunden unentschlossen zwischen den Programmen hin- und hergewechselt.

Doreen hatte sich fröhlich und ausgeruht angehört. Der müde alte Mann ging zum Fenster und schaute hinunter in den Hof. Draußen schien die Sonne. Es versprach, ein wunderbarer Tag zu werden und er blies hier Trübsal. Norbert Löwe öffnete den obersten Hemdknopf und beschloss, schon hinunterzugehen. Man konnte ein bisschen in den Tageszeitungen stöbern, ehe die fröhliche und ausgeruhte Person auftauchte. Danach, so beschloss Norbert Löwe, würde er sein überdrehtes Interesse an verschwundenen Mädchen wegschließen und sich dem wunderbaren Tag und der wunderbaren Doreen widmen. Für heute würde ihm ›überraschend‹ ein Ausflug nach Pillnitz einfallen. Morgen Abend stand ein Besuch in der weltberühmten Semperoper auf seinem geheimen Plan.

Auf einem Tischchen im Frühstücksraum waren verschiedene Zeitungen fein säuberlich aufgereiht. Norbert suchte drei verschiedene heraus und drängte dann seinen Bauch zwischen den Stuhllehnen hindurch in den hinteren Bereich, wo niemand saß. Eine Hotelangestellte mit weißem Schürzchen eilte herbei, fragte, ob Kaffee oder Tee gewünscht werde und verschwand, um mit einer Thermoskanne zurückzukehren. Sie goss ein, lächelte mechanisch und entfernte sich wieder.

Am Büfett häuften sich die Leckereien. Frisch gebackene Brötchen mit gerösteten Sesamkörnern. Toastbrot, Körnerbrot, Müsli und Cornflakes. Sieben verschiedene Sorten Marmelade, Honig, Nutella. Bananen, Weintrauben, Aprikosen. Plunderstückchen. Erst nachdem seine Augen bedauernd über all die verbotenen Köstlichkeiten hinweggeglitten waren, ging Norbert weiter in Richtung der herzhaften Speisen. Schließlich türmte sich auf seinem Teller Rührei mit Speck, am Rand lagen vier Scheiben Schnittkäse; drei Scheiben gekochter und drei Scheiben roher Schinken hingen neben drei goldglänzenden Stückchen Kräuterbutter halb herunter.

Auf dem Rückweg zu seinem Tisch fragte er im Vorbeigehen die Bedienung nach Süßstoff für seinen Tee und machte im Geiste drei Kreuze, dass Doreen sein Frühstück nicht sehen konnte. Wenn sie in zwanzig Minuten erschiene, wäre all das fetttriefende Zeug bereits in dem unersättlichen Magen verschwunden.

Die Zeitungen neben sich auf dem Stuhl, schaufelte Norbert Löwe seine Atkins-Mahlzeit innerhalb von knapp fünf Minuten komplett sich hinein, ohne den Geschmack der Speisen auch nur ansatzweise wahrzunehmen.

Erst, nachdem das letzte bisschen Rührei in seinem Mund verschwunden war, griff er nach den Zeitungen, die neben ihm auf dem Stuhl lagen, schob den Teller beiseite und betrachtete das Titelblatt der Sächsischen Zeitung.

Nichts von der entführten Ayla aus Zwickau. Norbert lehnte sich zurück und wurstelte das Blatt zwischen seinen Bauch und die Tischkante. Warum mussten Zeitungen immer so großformatig sein? Die Bedienung eilte herbei und räumte das benutzte Geschirr ab. Die halb volle Teetasse ließ sie stehen.

Auf Seite vier sprang die Überschrift: »Tatverdächtiger im Fall Ayla verhaftet« ihn an. Norbert streckte den Kopf nach vorn wie ein aufmerksamer Vogel Strauß und begann zu lesen.

»Morgen, mein Bester!« Die aufgeräumte Stimme seiner Kollegin ertönte direkt neben seiner Schulter. »Hast du etwa schon *ohne mich* gefrühstückt?«

»Ich hatte Hunger.« Norbert ließ den rechten Zeigefinger in der zusammengeklappten Zeitung stecken. Zuerst sollte Doreen in Ruhe essen, dann war immer noch Zeit, sie mit den abscheulichen neuen Entwicklungen im Fall Ayla vertraut zu machen. »Sei nicht böse. Ich leiste dir Gesellschaft.« Die linke Hand schlenkerte in Richtung seiner Teetasse.

»Na gut. Dann werde ich mir jetzt etwas holen.« Sie schwenkte davon und Norbert sah ihr einen Augenblick lang nach, bevor seine Finger die Zeitung schnell noch einmal halb aufschlugen, um die letzten Zeilen des mehrspaltigen Berichts zu lesen. Über dem Artikel waren mehrere Fotos abgebildet. Auf einem sah man den Nordplatz an der Leipziger Straße. Das war ganz in der Nähe seiner eigenen Wohnung. Norbert schauderte, schloss dann die Zeitung schnell wieder, als Doreen sich dem Tisch näherte und steckte Hand und Papier unter die Tischplatte. »Lass es dir schmecken.« Wehmütig verweilten seine Augen auf dem Brötchen, das sich neben einem Joghurtbecher und zwei kleinen runden Honigdöschen auf dem Teller seiner Kollegin befand. Butter war nicht dabei.

»Das mache ich.« Sie lächelte ihm zu. »Was könnten wir heute Schönes unternehmen?«

»Wie wäre es mit Pillnitz? Wir sollten das schöne Wetter ausnutzen, wer weiß, wie lange es noch so angenehm ist. Man könnte mit dem Auto hinfahren, dann sind wir unabhängig. Schön ist aber auch die Tour mit einem Elbdampfer. Was denkst du?«

»Ich bin für den Dampfer.«

»Dampfer, fein. Finde ich auch besser. Keine Suche nach einem Parkplatz, keine teuren Gebühren, kein Stress im Stadtverkehr. Schließlich sind wir privat hier. Inkognito sozusagen.« Bei dem Wort ›inkognito‹ kam das verschwundene Mädchen zurück in Norberts Bewusstsein und die Vorfreude auf einen sonnigen Herbsttag im Park von Pillnitz mit Doreen wirbelte davon wie Staubteilchen im Sturm.

»Ich habe vorhin Zeitungsschau gemacht.« Norbert zog langsam die Hand mit der Sächsischen Zeitung unter dem Tisch hervor, hob das Papier hoch und faltete es auseinander. Die Druckerschwärze hatte die Innenseiten seiner feuchten Finger mit einer schwärzlichen Patina versehen.

»Und, was gibt es Neues?« Noch während des Sprechens fiel es ihr wieder ein und die Nachtaugen verdunkelten sich.

»Ich lese es dir vor.«

»Ich will es eigentlich gar nicht wissen, aber es muss wohl sein.« Doreen verabschiedete sich von den Gedanken an einen unbeschwerten Tag, legte die Unterarme auf den Tisch und beugte sich weit nach vorn, um die leise vorgetragenen Sätze besser hören zu können.

»Verschleppte Sechsjährige aus Zwickau bleibt verschwunden – Tatverdächtiger hüllt sich bis gestern Abend in Schweigen.« Er machte eine kurze Pause, schluckte und sah, wie seine Kollegin bei dem Wort ›Tatverdächtiger‹ den Mund zu einer Frage öffnete, ihn jedoch gleich darauf wieder schloss und setzte fort.

»Ein 37-Jähriger wird verdächtigt, am Montag die sechsjährige Ayla S. auf ihrem Schulweg in Pölbitz überfallen und verschleppt zu haben. Der Reinsdorfer schweigt. Unterdessen sucht die Polizei fieberhaft nach dem Mädchen.«

Unmoduliert trug Norberts ein wenig heisere Stimme vor, dass Zeugen auf der Leipziger Straße beobachtet hatten, wie ein Unbekannter das sich heftig wehrende Mädchen gewaltsam in den Kofferraum seines Autos gezerrt hatte und mit ihr davongebraust war. Der dunkelgrüne Fiat Tempra war ihnen durch die Sonnenschutzblenden mit Comicfiguren an den hinteren Fenstern aufgefallen. Ein Anwohner hatte sich Teile des Kennzeichens gemerkt. So konnte die Polizei den Halter des PKW noch am gleichen Tag ausfindig machen und gegen neunzehn Uhr dreißig vor seinem Haus in Zwickau-Reinsdorf festnehmen.

Doreens Pferdeschwanz wippte von links nach rechts, ohne dass sie ihr leichtes Kopfschütteln bemerkte.

»Und jetzt kommt der Knaller. Hör gut zu.« Norbert blickte kurz auf und dachte eine Sekunde lang darüber nach, ob das Wort ›Knaller‹ angemessen war. Seine Murmelaugen waren blauschwarz. Er las die beiden folgenden Sätze ganz langsam, Wort für Wort vor.

»Er ist laut Oberstaatsanwalt Illing einschlägig vorbestraft. Er hat unter anderem wegen sexuellen Missbrauchs von Kindern zwei Jahre im Gefängnis gesessen.« Kurze Pause. Doreens Kopf wackelte jetzt heftiger hin und her.

»Die Polizei hat eine Sonderkommission gegründet. Sie geht davon aus, dass der Täter den Schulweg der Sechsjährigen kannte und auch in der Zeit vor der Tat bereits in Kontakt mit ihr getreten war.« Murmelnd verloren sich die Sätze im Frühstücksraum des Hotels. Am Ende hob Norbert die Stimme und presste die Wörter heraus. »Dieter Kroll, der Chef der Polizeidirektion Südwestsachsen, bringt es auf den Punkt: ›Unser größtes Problem: Es fehlt ein Kind.‹« Er ließ die zitternde Zeitung sinken und fuhr sich mit den Fingerspitzen über die Stirn. Drei graue Streifen blieben zurück.

Doreen nahm einen Schluck von dem inzwischen kalt

gewordenen Kaffee und winkte nach Nachschub. »Das ist unfassbar. Wo hat er das Mädchen *hingebracht*?«

»Das habe ich vergessen, vorzulesen. Hier steht: Der ›Tatverdächtige‹ verweigert derzeit die Aussage.«

»Toll! Was kann man da machen? Ob sie noch lebt?«

»Erinnerst du dich an die Foltervorwürfe gegen Magnus Gäfgen?«

»Aber klar doch. Der Student, der den Bankierssohn entführt hat.«

»Ich bin nach wie vor dafür, dass man in solchen Fällen einen Verdächtigen ein bisschen unter Druck setzen darf. Was, wenn der Typ die Kleine irgendwo gefangen hält?«

»Ich weiß nicht. Was, wenn er es gar nicht war?«

»Na hör mal.« Zwischen Norberts Augenbrauen schoben sich zwei senkrechte Falten zusammen. »Hier stand, der Typ hat schon wegen sexuellen Missbrauchs gesessen. ›Unter anderem‹ schreiben die in der Zeitung!« Seine Stimme wurde von Satz zu Satz lauter. Am Büfett drehte sich eine Frau nach ihnen um. »*Unter anderem*! Was glaubst du, was sie damit ausdrücken wollen?« Seine Faust prallte dumpf auf die Tischplatte und ließ die Tassen hüpfen. »*Zwei Jahre* hat er bekommen, super. *Unter anderem*!« Wieder sauste die Faust zu den verächtlichen Worten herab und Doreen streckte den Arm aus und legte die Handfläche auf seine zusammengeballten Finger. Sie fühlten sich kalt an. »Beruhige dich bitte.«

»Jaja. Klar doch. Ich beruhige mich schon.« Er schob das Kinn vor und grollte. »Scheiß-Kinderschänder. Ich hab sie *so* satt. Hinrichten müsste man sie, alle miteinander. Oder besser noch – vorher richtig quälen. Das Gleiche mit ihnen machen, was sie mit den Kindern gemacht haben.«

»Das ist doch keine Lösung, Norbert. Ich habe Untersuchungen gelesen, dass die Androhung der Todesstrafe auch nicht wirklich abschreckend auf solche Täter wirkt.«

»Natürlich nicht! Nichts schreckt diese Typen ab, nichts.« Norbert schob mit den Kniekehlen den Stuhl zurück und nahm sich vor, an der Hotelrezeption eine Freie Presse mit Zwickauer Lokalteil zu bestellen. Sicher fanden sich dort genauere Informationen. Im Aufstehen fiel sein Blick auf eine kleine Meldung im unteren Bereich der auf dem Tisch liegenden Zeitung.

›Sechzehnjährige aus Erkner wird vermisst‹ stand hier, und: ›Wer hat Helene Reimann gesehen?‹

Ein dumpfes Dröhnen breitete sich im Schädel des Detektivs aus, während er mit seiner Kollegin den Frühstücksraum verließ.

53

Vorsichtig blätterte der Hausmeister Seite für Seite der Zeitung um und überflog die Überschriften. Über ihm grollte das dumpfe Getrappel der Schüler, die zu ihrer Mittagspause unterwegs waren.

Seine Augen blieben an einer Schlagzeile hängen. Plötzlich fröstelte ihn. In den Kellerräumen des ehrwürdigen Schulgebäudes war es immer kühl und ein wenig feucht.

›Sechzehnjährige aus Erkner wird vermisst. – Wer hat Helene Reimann gesehen?‹ Ein winziges Foto zeigte das Püppchen. Mit schief gezogenem Mund schaute sie in die Kamera.

Das Trampeln über seinem Kopf ließ nach. Schnell überflog Manfred Rabicht den dürren Wortlaut der Nachricht. In seinem Kopfkino lag die Vermisste halb seitlich brav auf ihrem Bett, schön zugedeckt bis zum Bauchnabel und starrte ihn mit weit aufgerissenen Augen an. Ihre Hände befanden sich hinter dem Rücken. Von oben konnte man gar nicht sehen, dass sie mit Klebeband gefesselt waren.

»Was haben Sie mit mir vor?« Ihre Stimme hatte gezittert, als sie ihn dies heute Morgen gefragt hatte. Helene Reimann schien sich vor ihm zu fürchten.

»Du bist vorläufig mein Gast.« Seine Antwort war dumpf unter der Maske hervorgekommen. Bei jedem Wort schlug ihm sein eigener heißer Atem ins Gesicht zurück. Das Mädchen hatte die Augen geschlossen, während er ihr erklärte, dass sie nichts zu befürchten habe, wenn sie nur schön brav sei.

Der Hausmeister legte die Zeitung wieder zusammen und faltete sie mit der Titelseite nach oben. In Zwickau hatte ein Unbekannter eine Sechsjährige entführt. Früh, direkt vor der Schule des Kindes, an einer belebten Ausfallstraße. Was für ein Idiot! Es gab garantiert Augenzeugen, die etwas bemerkt hatten.

Er drehte die Zeitung mit der Rückseite nach oben. »Nicht mein Problem. Wir haben hier ganz andere Sorgen.«

Helene Reimann hatte es abgelehnt, sich vor seinen Augen zu waschen, oder auf die Toilette zu gehen. Erstarrt hatte das kleine Biest auf der Matratze gelegen und heftig den Kopf geschüttelt. Auch eine kleine Ohrfeige brachte sie nicht dazu, seine Befehle zu befolgen. Die Kleine war widerspenstiger, als er gedacht hatte. Wenigstens kreischte sie nicht mehr. Das mit der Toilette würde eben warten müssen, bis er zurück war. Irgendwann würde sie es nicht mehr aushalten, ob er nun dabei war, oder nicht. Und waschen – nun *waschen* konnte *er* sie auch. Kein Problem das Ganze. Es würde ihm sogar Spaß machen.

Der Hausmeister würde heute schon früher die Schule verlassen. Dinge mussten besorgt werden, Werkzeug und verschiedene Kleinteile für Reparaturen. Die Fahrt zum Baumarkt, das Suchen nach den benötigten Utensilien, womöglich gab es nicht alles in einer Filiale – all das würde viel Zeit beanspruchen.

Er steckte die Zeitung in seine Aktentasche und machte sich auf den Weg nach oben, um die Sekretärin von seinen Plänen zu unterrichten.

Regina Rabicht stützte die Handflächen auf das sonnenwarme Fensterbrett ihres Schlafzimmers und schloss die Lider bis auf einen kleinen Spalt. So wurde zwar das Blickfeld kleiner, aber gleichzeitig auch schärfer. Für einen seltsamen Augenblick lang hatte es so ausgesehen, als fahre ihr eigener dunkelgrüner Skoda Fabia langsam an ihrem Haus vorbei. *Vorbei*, nicht herein.

Dann schüttelte sie langsam den Kopf und strich sich die Haare aus der Stirn. Eine Fata Morgana. Es gab viele grüne Skodas in Radebeul. Regina betrachtete die tote Fliege auf der Fensterbank und wandte sich dann ab, um einen Lappen zu holen. Ihr Auto konnte dies nicht gewesen sein.

Ihre Augen strichen über die Auffahrt und glitten dann zum Giebel von Karl Bochmanns Haus. Wie ein greller Blitz kam die Erinnerung an das wieder, was sie ihrem Mann gestern noch unbedingt hatte sagen wollen. Der Nachlassverwalter wollte kommen. Dienstag oder Mittwoch? Und Karls Schlüssel hing nicht mehr am Brett.

Im Hinuntergehen murmelte Regina immer wieder die Worte ›Nachlassverwalter‹ und ›Schlüssel‹ vor sich hin. Sie würde sich jetzt einen Notizzettel machen und diesen an den Kühlschrank kleben.

Unten angekommen, schlug die Frau nach einer grünschillernden Schmeißfliege, die um die Lampe brummte, stolperte im gleichen Augenblick über eine Falte im Flurläufer und konnte sich gerade noch an der Garderobe festhalten. Sie blieb stehen und schob mit der Fußspitze den Läufer zurecht. Fragend sahen ihre Augen sie aus dem mannshohen Spiegel an. *Was hatte sie jetzt gleich noch machen wollen?*

Die tote Fliege auf dem Fensterbrett oben wegwischen. Genau. Regina Rabicht setzte ihren Weg in die Küche fort, um den Lappen zu holen.

Langsam fuhr der dunkelgrüne Skoda an der Einfahrt vorbei. Der Mann hinter dem Steuer spähte aufmerksam zum Grundstück hinüber und beschleunigte dann. Vermutlich machte Regina Mittagsruhe. Oder – was noch wahrscheinlicher war – sie saß vor der Glotze und zog sich ihre heiß geliebten Gerichtsshows rein. Ganz sicher jedoch würde sie nicht am Fenster hocken und das eigene Auto hinter Karls Haus um die Ecke biegen sehen.

Es war gar nicht so einfach, alles richtig zu machen. In der eigenen Einfahrt zu parken, kam nicht in Frage. Er zog die Handbremse an, blieb noch einen Moment hinter dem Steuer sitzen und musterte Gehweg und Straße im Rückspiegel. Erst, als niemand zu sehen war, stieg der Mann mit der roten Latzhose aus und eilte zu dem rechts gelegenen Gartentor.

Karls Küche erwartete ihn mit der gleichen staubigen Dämmerstimmung wie am Morgen, nur, dass es jetzt ein bisschen wärmer war. Manfred Rabicht ging zur Spüle, öffnete die Türen des darunter befindlichen Schrankes und musterte die Batterie gelber und weißer Plastikflaschen. Spülmittel und Scheuermilch. Ganz sicher nicht das Richtige, um zarte Mädchenhaut damit zu waschen. Er nahm einen hellgrünen Eimer heraus und klappte die Schranktüren zu. Im Bad war sicher noch Duschgel oder Seife übrig.

Aus dem Spiegel über dem Waschbecken grinste das breitflächige Gesicht zurück. Es dauerte ein paar Sekunden, bis braun gefärbtes Wasser aus dem Hahn über der Wanne gurgelte. Der Latzhosen-Mann ließ es eine Weile laufen, bis der Strahl klar wurde und hielt dann die Hand hinein, um die Temperatur zu prüfen. Auf dem Wannenrand reihten sich Badesalz, Anti-Schuppen-Shampoo und Rheumabad nebeneinander. Duschgel gab es nicht. Manfred Rabicht betrachtete das ausgetrocknete Stück grüner Seife in der Plastikschale des Waschbeckens, griff dann danach und roch daran. Besser, als nichts.

Heute war Waschtag. Die Kleine sollte immer schön

appetitlich riechen. Das Gesicht des Latzhosen-Mannes verzog sich zu einem breiten Grienen. Er würde sein Püppchen am ganzen Körper waschen. Von oben nach unten. Von unten nach oben. Arme und Beine. Alles.

»Fein sauber wirst du sein, kleines Püppchen mein.« Ganz leise summte er die Melodie. Helene Reimann sollte ihn nicht vorher schon hören.

Zuerst ein kühles Bier. Manfred Rabicht stellte den Eimer vorsichtig auf den Lehmboden, legte Handtuch, Waschlappen und Seife auf den kleinen Hocker und schlich sich dann in den Vorratskeller, um ein Radeberger zu öffnen. Sie tranken hier in der Gegend alle Radeberger. Kühl schäumte das Bier in seinem Mund und prickelte auf der Zunge. Vorfreude war die schönste Freude, das galt nicht nur im Advent.

Trüb-gelbes Licht spiegelnd beobachteten ihn die Glasaugen der Gasmaske aus dem Regal. Es war mühsam, immer mit der Gummilarve herumzulaufen, aber es war auch unumgänglich. Wenn er seine Besucherin jemals wieder freilassen wollte, durfte sie sein Gesicht nicht sehen. Die Frage war nur: *Wollte er sie denn jemals wieder freilassen?*

Und wie groß würde dann die Gefahr sein, dass sie ihn wiedererkannte? Der Latzhosen-Mann nahm noch einen Schluck und rülpste dann unhörbar. Was war die Alternative? Konnte man das Mädchen monatelang oder gar jahrelang hier unten einsperren? Würde sie sich an ihn gewöhnen, ihn vielleicht sogar nach einiger Zeit lieb gewinnen?

»Ein schönes Hirngespinst, Manfred.« Sein Flüstern wisperte durch den halbdunklen Raum wie das Zischen einer Schlange.

Blieb noch, sie nach einiger Zeit umzubringen. Aber dazu hatte er überhaupt keine Lust. Einmal davon abgesehen, dass es unschön war, jemanden ohne Grund zu töten, auch wenn man es vielleicht unblutig hinbekommen würde – was dann? Wohin mit der Leiche?

Nein – umbringen war keine Alternative. Jedenfalls nicht im Moment.

»Später können wir neu darüber nachdenken.« Manfred Rabicht trank das Bier aus, stellte die Flasche zurück und nahm die Maske aus dem Regal. »Auf zu neuen Taten!«

54

Helene Reimann kniff die Lider vor dem Öffnen für ein paar Sekunden stärker zusammen. Das Hin- und Herrollen der Augäpfel in ihren Höhlungen schmerzte. Es war zwecklos, nichts zu erkennen.

Sie schloss die Augen wieder und prüfte ihren Körper. Die Nackenmuskeln brannten, so als sei ihr Kopf zu lange überstreckt gewesen. Auch in den Schultern zog es. Arme und Hände lagen nicht wie erwartet, *neben* dem Körper. Das Mädchen versuchte, eine Botschaft zu den Fingern zu schicken. Auf dem Weg dorthin tasteten sich die Gedanken an den abgewinkelten Ellenbogen entlang die Unterarme hinunter bis zu den aufeinander gepressten Handgelenken. Die Finger gehorchten und bewegten sich, aber es gelang ihnen nicht, hervorzukommen. Ein schweres Gewicht lastete auf ihnen. Es dauerte eine Weile, bis Helene bewusst wurde, warum das so war.

Der Schweinerüssel hatte sie gefesselt.

Schnell versuchte sie, die Beine nach links und rechts zu strecken. Es rührte sich nichts. Fesseln auch an den Knöcheln. Jetzt erst spürte sie die harte Matratze an der Rückseite ihrer Beine. Kleine Knötchen bohrten und stachen in ihre Waden und Oberschenkel. *Und in deinen Hintern, Helene Reimann. Auch in dein Hinterteil. Und – was sagt dir das? Warum kannst du die kratzige Unterlage auf deiner Haut fühlen?* Das Mädchen verglich die Empfindungen des Rückens mit denen der unteren Körperhälfte und presste die Lider fest zusammen.

Weil du ab der Hüfte nackt bist, deswegen.

Helene Reimann dachte darüber nach, der Stimme in ihrem Kopf den Garaus zu machen, entschied sich aber dann dagegen. Sie würde das hier ausdiskutieren. Es *musste* eine Lösung geben. Ihr Mund öffnete sich und die Zunge fuhr über die ausgetrockneten Lippen. Wenigstens hatte ihr Peiniger ihr keinen Knebel verpasst.

Aber was nützt dir das in dieser Gruft, Helene Reimann? Schreien kannst du nicht, denn er würde es hören.

Aber ich kann ihn beißen. Ihm die Nase abbeißen, zum Beispiel. So wie Hannibal Lecter es mit seinem Bewacher gemacht hat. ›Das Schweigen der Lämmer.‹ Sarah hatte es aus der Videosammlung ihres Vaters entwendet und die beiden Mädchen hatten es sich gemeinsam angesehen. Helene erinnerte sich noch genau an das entsetzte Prusten ihrer Freundin, als man den Wärter, wie einen blutüberströmten Gekreuzigten am Metallgitter festgezurrt, gefunden hatte. Am Ende war ihnen Hannibal Lecter sympathischer vorgekommen, als der schleimige Gefängnisdirektor und das war dann erst *richtig* beängstigend gewesen.

Du willst ihn also beißen, Schätzchen.

»Ich kann es versuchen.« Das Flüstern des Mädchens strich wie ein Windhauch durch den lichtlosen Keller.

Und dann, Helene Reimann, und dann? Was glaubst du, wird er mit dir machen, wenn es dir tatsächlich gelingen sollte, deine Zähne in sein Gesicht zu schlagen?

»Das weiß ich auch nicht.« Trotz ihrer aussichtslosen Lage achtete Helene strikt darauf, nur *die* Worte aus ihrem Mund zu entlassen, die für einen eventuellen Zuhörer keinen Sinn ergaben. Die Stimme der toughen Helli Babe in ihrem Kopf würde er nicht zu hören bekommen. Die fabelhafte Helli dozierte indessen weiter.

Fassen wir noch einmal den Stand der Dinge zusammen. Du bist in einem fensterlosen Raum gefangen und wurdest gefesselt, keine Ahnung, wie lange schon. Das Mädchen zog die Beine an, rollte sich auf die Seite, um die Arme zu entlasten, krümmte die Hand und bewegte die Finger über die glatte Oberfläche der Fesseln. »So ist es.« Es schien sich um Paketband zu handeln. Vielleicht konnte man mit den Fingernägeln etwas ausrichten. Helene grub ihre Nägel in das Klebeband und dachte weiter nach. *Irgend so ein Perverser hat dich also entführt und eingesperrt, richtig?* Das Paketband fühlte sich schmierig an. Immer wieder rutschten die Fingerspitzen ab, während die Gedanken wie irre gewordene Insekten umeinander sausten.

Dein Peiniger trägt eine Maske. Das ist wohl eher ein gutes Zeichen, glaube ich. Und dann noch eins Helene, denk immer daran – die ›Limonade‹ ist verseucht.

›Noch ein Schlückchen Beruhigungssaft für mein Schätzchen. Dann wirst du ganz schnell brav sein.‹

Im trüben Licht der einzigen Glühbirne hatte der Perverse halb auf ihr gelegen und ihr die Nase zugehalten, so dass sie keine Luft mehr bekam und schließlich den Mund öffnen musste. Schon kurz, nachdem das bittere Gebräu ihre Kehle hinuntergeflossen war, hatte sich eine bleierne Müdigkeit im Körper von Helene Reimann ausgebreitet. Wild kratzten die Fingernägel über das Klebeband. Allmählich bekam sie einen Krampf in der rechten Hand, aber es gab an keine Stelle nach. Schade, dass ihre Fingernägel nicht spitz, sondern gerade gefeilt waren. Die famose, alles wissende Helli sprach jetzt schneller. Sie war noch nicht fertig.

Und nun zum Schlimmsten. Sei tapfer jetzt.

Helene Reimann rollte verneinend den Kopf hin und her, aber die Stimme tönte weiter.

Was glaubst du, warum du keine Hosen mehr anhast? Was ist wohl passiert, als du betäubt warst?

Das Schwein hat dich verge –

STOPP, STOPP! Sprich es nicht aus!

Aber du musst den Tatsachen ins Auge sehen, Schätzchen. Was nützt es dir, wenn du das verdrängst?

»Das weiß ich.« Es war ein müdes Krächzen. Das Mädchen hatte Durst. Und ihre Blase drückte. Sie war sich im Klaren, was der Perverse mit ihr gemacht hatte, aber es war immer noch ein Unterschied, ob man es wusste, oder das abscheuliche Wort dazu dachte.

Nun gut. Du weißt es, ich es weiß es.

Vorsichtig rollte sich Helene Reimann wieder auf den Rücken, streckte die Beine aus und versuchte, nicht an die volle Blase zu denken. Es war tröstlich, sich mit der Stimme im Kopf zu unterhalten. Fast so, als sei noch eine zweite Person im Raum, die ihr beistand.

Und nun zu unserer Strategie. Irgendwann wird er wiederkommen. Und dann musst du ganz sicher sein, was zu tun ist.

Kannst du dich allein von den Fesseln befreien?

»Nein.« Die Zunge klebte am Gaumen. Vor den Augen des Mädchens pulsierte ein Zwei-Liter-Krug mit Eistee. Die Glasoberfläche war beschlagen.

Also, das bedeutet: Er muss die Fesseln abmachen.

»Ja.« Der Perverse würde sich schön wundern, wenn er das heisere Gekrächze hörte. Ja ... nein ... das weiß ich. Wirres Gestammel. Er musste den Eindruck gewinnen, sein Opfer sei übergeschnappt.

Er wird die Fesseln nur abmachen, wenn du dich nicht gleich wieder kreischend auf ihn stürzt. Oder, ihm die Nase abzubeißen versuchst. Es klang ein wenig belustigt und Helene Reimann hatte jetzt ein bisschen Angst, dass sie tatsächlich am Überschnappen war.

Wenn du unterwürfig bist und ihm vorgaukelst, dass du dich in dein Schicksal fügst, wird er dich von dem Klebeband befreien.

Ich weiß nicht, ob ich das fertig bringe. *Diesen* Satz sprach Helene Reimann nicht laut aus.

Du musst. Es ist deine einzige Chance. Bring ihn dazu, dass er dir vertraut. Sei nett zu ihm. Du willst hier raus.

Das Mädchen presste die Lippen aufeinander und holte tief Luft.

Spielen wir den Ablauf einmal durch. Stell dir vor, er kommt. Die Tür knarrt. Er tritt in den Raum.

Helene Reimann konnte das Quietschen der Glühbirne in der Metallfassung hören und begann zu zittern.

Das Licht geht an. Du liegst da und siehst an ihm vorbei. Schau ihn nicht direkt an, er soll nicht das Gefühl haben, angestarrt zu werden. Dann versuchst du ein Lächeln.

Das Mädchen zitterte stärker.

Sie bemerkte nicht, dass Tränen aus ihren fest zusammengepressten Lidern hervorquollen und ihr über das Gesicht liefen.

55

»Bis wohin fahren wir?« Doreen stand halb seitlich hinter ihrem Kollegen und fühlte, wie er das Gewicht von einem Bein auf das andere verlagerte.

»Radebeul-Weintraube heißt die Haltestelle.« Norbert sah auf seine Armbanduhr und rückte dann der Frau, die vor ihm am Fahrkartenschalter stand, dichter auf den Pelz. Die alte Dame schwafelte und schwafelte. Wurde Zeit, dass sie allmählich zu einem Ende kam.

»Weintraube? Das klingt lustig.«

»Von dort aus laufen wir ein bisschen durch die Weinberge und dann lade ich dich zum Mittagessen ein.« Endlich war die Oma fertig, wurstelte noch ein bisschen am Reißverschluss ihrer Handtasche herum, ehe sie beiseite trat und Doreen ein hilfloses Lächeln schenkte. Dann tappte sie davon.

Norbert verlangte die Fahrkarten und schob sie in seine Jackentasche. »Geschafft. Wir haben noch zehn Minuten Zeit. Ich hole mir schnell eine Zeitung.« Schon eilte er davon. Doreen blickte ihm nach und ließ mit einem Schnaufen die hochgezogenen Schultern herabsacken. Sie *wusste*, worüber sich Norbert informieren wollte. Heute früh hatte er mit einer entschuldigenden Geste an der Rezeption die Freie Presse von gestern und die von heute in Empfang genommen, welche die Angestellte für ihn besorgt hatte. Wenigstens hatte er sie nicht sofort am Frühstückstisch gelesen, sondern den Packen erst einmal in seiner Segeltuchtasche verstaut, so dass das Frühstück ohne Diskussionen über vorbestrafte Täter und deren Heilungschancen verlaufen war. Und trotzdem hatten auch am Mittwochmorgen die Nachrichten über das vermisste Kind wie eine düstere Prophezeiung über ihnen geschwebt.

Norbert schob im Zurückkommen die kreischbunte Bildzeitung in den olivgrünen Beutel über seiner Schulter, schloss den Riegel und lächelte entschuldigend. »Auf zur S-Bahn. Ich möchte schön weit vorn sitzen.« Er zog sie vorwärts, während die Bahn schnaufend und rumpelnd einfuhr.

»In der Knautschzone? Wenn du denkst.« Mit einem Zischen kamen die Waggons zum Stehen und die Türen glitten auseinander.

»Wie lange fahren wir?« Doreens Sitz strahlte Hitze aus und sie rutschte ein wenig nach vorn.

»Zwanzig Minuten? Ich weiß es nicht genau.« Norberts Hand nestelte am Verschluss der Tasche. »Hast du was dagegen, wenn ich inzwischen in die Zeitung schaue?«

»Nein. Lies vor, wenn du etwas Interessantes findest.«

Mit einem Ruck setzte sich die S-Bahn in Bewegung.

»Also dann, zuerst die Freie Presse von gestern.« Der Packen Papier landete auf seinem Schoß. »Dienstag, 18. September, das ist sie.« Er stopfte die anderen Zeitungen zurück in die Tasche, fingerte den Zwickauer Lokalteil heraus und stierte darauf, während der Rest der Tageszeitung achtlos neben ihm auf der Bank landete.

In der oberen Hälfte sah man einen Polizeihubschrauber über einem Waldstück fliegen. Daneben ein Foto, auf dem Leute mit Stäben den Wald durchkämmten. Doreen las die Schlagzeile über den Bildern und fröstelte.

Tatverdächtiger hat schon einmal getötet.

Sie löste ihren Blick von den schwarzen Buchstaben. Draußen flogen Häuser und Straßen vorbei. Norbert räusperte sich und begann vorzulesen.

»… Doch an jenem Montag reichten genau jene 80 Meter, um das Kind morgens zu entführen. Genau sechs Tage vor ihrem siebten Geburtstag … Achtzig Meter vom Nordplatz bis zur Grundschule.« Die Leipziger Straße und die mächtige alte Dittesschule auf der anderen Seite wackelten vor den Augen des Detektivs hin und her.

Er las weiter. »›… Zweieinhalb Stunden später klickten bei dem einschlägig Vorbestraften die Handschellen.‹ Einschlägig vorbestraft, das Schwein. Hab ich es dir nicht gestern schon gesagt!« Doreen nickte nur. Die Bahn bremste und blieb stehen. Eine Frau mit einem etwa fünfjährigen Mädchen an der Hand kam herein. Das Kind grinste sie im Vorübergehen an. Sie hatte vorn oben eine Zahnlücke. In ihrer Hand leuchtete ein großer, runder Lutscher. Ihre Zunge war himbeerrot. Die beiden setzten sich zwei Reihen weiter hin und das Mädchen begann, hingebungsvoll zu lutschen. Norbert blickte nicht auf, sondern senkte nur die Stimme.

»… ›Die parallel zur Person des Tatverdächtigen laufenden Ermittlungen brachten Schlimmes zutage. Der Reinsdorfer war vor sieben Jahren wegen sexuellen Missbrauchs von Kindern zu einer Haftstrafe von zwei Jahren verurteilt worden. Die Polizei vermutet deshalb auch jetzt ein Sexualdelikt.‹ Habe ich es nicht gestern schon gesagt.« Jetzt wanderte der Blick des Detektivs kurz zu Mutter und Kind. *Halte sie fest*, dachte Norbert. *Beschütze dein kleines Mädchen.*

Er las leise weiter. »›1985 nahmen die Polizisten den seinerzeit 17-Jährigen das erste Mal fest. Damals hatte er auf offener Straße in Wiesenburg bei Zwickau eine alte Frau mit einem Messer erstochen und sie anschließend beraubt. Er wurde als Jugendlicher wegen Mordes verurteilt.‹«

Doreen sah, wie die Zeitung langsam auf Norberts Knie sank. »Neunzehnhundertfünfundachtzig?« Sie runzelte die Stirn. »Das verstehe ich nicht. Wir haben jetzt das Jahr 2005. Vor sieben Jahren ist er wegen sexuellen Missbrauchs zu zwei Jahren verurteilt worden. Das war dann 1998.« *Und was zum Teufel hat er mit der kleinen Ayla gemacht?* Hartnäckig drängelte sich die Frage nach vorn. Davon hatte *nichts* in dem Bericht gestanden.

Norbert hörte zu, wie seine Kollegin rechnete. *Ihm* war klar, was sich dabei ergeben würde. Und *sie* würde auch gleich darauf kommen.

»Da muss er ja dann 1998 logischerweise schon wieder draußen gewesen sein, nicht? Wie lange musste man in der DDR für Mord in den Knast? Mehr als dreizehn Jahre auf jeden Fall, oder was meinst du?« Ihr Ellenbogen stupste ihn an der Hüfte.

»Nach der Wende gab es eine großzügige Amnestie, Doro.«

»Super! Lassen wir im Zuge der Wiedervereinigungseuphorie einfach alle Mörder frei. Sie werden sich schon zu benehmen wissen. Pfui Teufel!« Doreen hatte das Bedürfnis, aufzuspringen und hin und her zu tigern, um ihrer Empörung Luft zu machen.

Die Frau und das Mädchen mit dem Lutscher standen auf und trippelten zur Tür. Die Bahn bremste und beide klammerten sich an einer Metallstange fest. Die Mutter weiter oben, das Kind darunter. Den nicht merklich kleiner gewordenen Lutscher hielt es dabei fest in der anderen Hand. Die S-Bahn stoppte und beide stiegen aus. Norbert sah aus dem Fenster auf das Schild. »Die nächste Haltestelle ist unsere.«

Jetzt nickte *Doreen*. Sie versuchte, bewusst tiefer ein- und auszuatmen. Was hatte es für einen Zweck, wenn sie sich jetzt hier über die Irrtümer der Justiz und viel zu gnädige Urteile für Mörder oder Sexualstraftäter aufregte. Sie würde ihnen beiden noch den ganzen schönen Ausflug verderben.

»Ich werde die Zeitungen von heute später lesen. Versuchen wir erst einmal, auf andere Gedanken zu kommen.« Die Freie Presse vom Dienstag blieb, mit der Titelseite nach oben, achtlos auf der Bank zurück.

›Keine Spur von vermisster Helene Reimann aus Erkner‹ stand hier.

56

»Ist denn das zu fassen ... Wohin fährt denn der ›liebe‹ Manfred?« Gerti Möller sah das Auto des Schwagers weiter vorn blinken und nach rechts abbiegen. Sie gab Gas und folgte ihm. »Jetzt besuchst du wohl dein Liebchen, was? Dir werd ich helfen, mein Freund.«

Der Skoda verlangsamte seine Geschwindigkeit und der himmelblaue Opel Corsa tat es ihm nach.

»Ganz ruhig. Nur nicht erwischen lassen, Gerti.« Die kleinen Augen spähten nach vorn. Wohin zum Teufel wollte der Mann ihrer Schwester? Musste er nicht jeden Tag furchtbar lange in der Schule arbeiten? *Sie* hatte jedenfalls den ganzen Nachmittag Zeit. Dienstags arbeitete Gerti Möller nur bis Mittag. Und *dieser* Dienstag Mitte September war für Manfred Rabicht reserviert. Ein Blind-Date, bei dem einer von beiden sehen konnte. *Eine,* besser gesagt. Der grell geschminkte Mund der Frau hinter dem Steuer verzog sich zu einem verächtlichen Lächeln. Mochte Regina behaupten, was sie wollte, mit ihrem Mann stimmte etwas nicht. Es war nicht normal für einen *Hausmeister*, dass jeden Tag Überstunden anfielen. Nicht in einer *Schule*. Der Mann hatte etwas zu verbergen und sie würde es herausfinden.

Ihr Anruf gestern in der Schule war allerdings nicht sehr ergiebig gewesen. Die Sekretärin hatte der unbekannten Frau keine Auskunft über die Heizungsanlage erteilen wollen. Vielleicht hätte sie sich als um die Gesundheit ihres Kindes besorgte Mutter ausgeben sollen. Hinterher war man immer klüger. Aber sie machte so etwas ja auch nicht alle Tage. Nun jedenfalls würde die besorgte Schwester dem Schwager erst einmal ein bisschen hinterherfahren. Gerti tastete nach dem geriffelten Einschaltknopf des Autoradios und drückte darauf. Und vielleicht konnte man dann in den nächsten Tagen während der Mittagspause in der Nähe der Schule herumschnüffeln und in der Pause ein paar Leute befragen.

Vielleicht. Wenn *dies hier* nichts brachte. Für heute hatte sie sich erst einmal entschieden, ihren Schwager zu beschatten.

Und, was für ein Glück, sie hatte nicht stundenlang in ihrem Auto vor dem grauen Eisentor, das zum Schulhof führte, herumlungern müssen, wie es zu befürchten gewesen war. Nein, schon zehn nach eins war überraschend der Skoda ihres Schwagers durch die Schlaglöcher geholpert und auf die Straße abgebogen.

Und dieser Skoda schwenkte nun vor ihr auf die linke Spur, beschleunigte und fuhr die Straße in Richtung Innenstadt hinab. Vielleicht traf sich das Liebespaar ja in einem der zahlreichen Cafés der Neustadt.

Der Blick der Frau schweifte kurz zum Beifahrersitz, ehe er sich wieder nach vorn, zur nächsten Ampel richtete. Der Fotoapparat lag griffbereit auf dem wildgemusterten Sitzbezug. Batterien waren eingelegt. Ein paar verwaschene Momentaufnahmen vom Türkei- Urlaub diesen Sommer huschten durch Gerti Möllers Kopf. Die Digitalkamera war einfach zu bedienen, unscharfe Aufnahmen konnten gleich wieder gelöscht werden und sie konnte das ›Objekt‹ dichter heranzoomen, ohne sich ihm soweit nähern zu müssen, dass der Beobachtete es bemerkte.

»Verfluchte ...« Gerti Möllers rechter Fuß wechselte vom rechten zum mittleren Pedal. Manfred Rabichts Skoda stand weiter vorn auf der Linksabbiegerspur und wartete auf Grün. Sie hatte geträumt. »Mist, verfluchter! Eine schöne Aufpasserin bist du!« Die rechte Hand klatschte kurz auf die graue Plastikwölbung in der Mitte des Lenkrads. Dann fuhr der himmelblaue Opel Corsa schnell an der auf der linken Spur wartenden Autoschlange vorbei. Die Frau hinter dem Steuer hatte den Kopf nach rechts abgewendet, aber der Fahrer des Skodas blickte nicht herüber.

Mit einem Ruck zerrte Gerti Möller das Lenkrad linksherum und hielt nach einer Gelegenheit zum Wenden Ausschau. Alles hatte so vielversprechend begonnen und nun vermasselte sie es womöglich durch ihre eigene Dummheit.

Der Skoda Fabia im Rückspiegel wurde kleiner. Jetzt bog das Auto ab und verschwand in der Seitenstraße. Gerti bremste abrupt, fuhr ohne zu blinken, einen Bogen zur anderen Straßenseite, setzte zurück und wendete dann. Sie ignorierte die im Herannahen wild bimmelnde Straßenbahn und brauste in Gegenrichtung davon.

»Mach schon, mach schon.« Gerti drückte die ganze Handfläche auf die Hupe. Der Fahrer vor ihr blinkte rechts und stand wie festgenagelt an der roten Ampel. Er schien sich über die Bedeutung des grünen Pfeils nicht im Klaren zu sein. Das Kennzeichen des schwarzen Mercedes begann mit ›D‹. D wie Doof. Sicher ein Wessi. Aus Dresden war der Mercedes jedenfalls nicht. Dresden hatte zweimal D.

»Dicke Autos fahren, aber keine Ahnung von den Verkehrsregeln haben, das kann ich leiden.« Gerade senkte sich Gerti Möllers Rechte wieder zum Lenkrad, um erneut zu hupen, als der Wessi die Hand hob und losfuhr. Der Corsa folgte ihm ein paar Meter brav, scherte dann jählings aus und überholte den Mercedes. Im Vorbeifahren erhaschten die Augen der Frau einen Blick auf den grauhaarigen Fahrer, der kopfschüttelnd herüberschaute, dann gab sie Gas. Irgendwo da vorn fuhr ihr untreuer Schwager und sie musste ihn einholen.

»Da haben wir dich ja. Trefft ihr euch etwa beim Einkaufen?« Im Schritttempo fuhr Gerti Möller auf den Parkplatz des Einkaufszentrums. Ganz weit vorn hatte sie einen dunkelgrünen Skoda gesehen und gebetet, dass es das Auto des Schwagers sein möge. Und das Glück war ihr hold gewesen. Manfred Rabicht hatte nicht mehr hinter dem Steuer gesessen, als sie endlich in der Nachbarreihe eingeparkt hatte. Es war gewiss nicht ratsam, ihm dort hineinzufolgen. Es gab keine objektiven Gründe dafür, *hier* einzukaufen, wenn man in Radebeul wohnte. Nicht für sie *und* ebenso nicht für den Mann ihrer Schwester.

»Was uns zu der entscheidenden Frage bringt:« Gerti Möller angelte ein Tempotaschentuch aus der Packung und wischte sich den Schweiß von der Stirn. »Wieso kaufst du *ausgerechnet hier* ein?« In Radebeul gab es Kaufhallen – sie bevorzugte noch immer den DDR-Begriff für Supermarkt – zur Genüge. Warum also war der Schwager hierher gefahren? Was, wenn er sich *hier* mit seinem Verhältnis traf? Eine Kaufhalle war doch das Unverfänglichste, was man sich vorstellen konnte.

»Irgendwann musst du wieder herauskommen, mein Freund. Und dann kriege ich dich.« Sie nahm die Digitalkamera vom Beifahrersitz, drückte auf das kleine Knöpfchen auf der Oberseite und das Gerät erwachte, fuhr summend das Zoomobjektiv aus und dudelte eine kleine Begrüßungsmelodie. »Ich werde Beweisfotos machen. Von dir und deinem Gspusi.« Gerti Möller reckte den Oberkörper, hielt die Kamera in Richtung des Supermarkts, schaute auf das Display und zoomte den Eingang so weit wie möglich heran. Man konnte nicht jeden Pickel im Gesicht der Leute erkennen, aber es würde reichen.

Zehn Minuten später saß sie noch immer wie eine Katze vor dem Mauseloch auf der Lauer und fragte sich gerade, ob der Schwager das Auto nur auf diesem Parkplatz *abgestellt* hatte, während er irgendwo anders hingegangen war, als sich die gläsernen Schiebetüren erneut öffneten.

Und da war er. *Allein.* Mit einem Einkaufswagen.

Ihre Unterlippe schob sich nach vorn, so dass ein Stückchen der Schleimhaut sichtbar wurde. Sie ließ sich tiefer in den Sitz rutschen und löste die um das Gehäuse der Kamera verkrampften Finger. Was für eine Enttäuschung! Ihr Schwager hatte nichts anderes getan, als einzukaufen.

Wie bei einem neugierigen Vogel Strauß verlängerte sich gleich darauf ihr Hals wieder und sie versuchte, zu erkennen, was er im Wagen hatte.

Nimm die Kamera, schnell! Hektisch fuhr die Hand der Frau über den Nachbarsitz, während der Mann sich nach unten beugte und den Kasten vom Wagen nahm. Wieder summte und dudelte das Gerät. Gerti Möller zoomte und schaute auf das Display.

›Bitter Lemon‹ stand auf der Seite des vermeintlichen Bierkastens. Der Kasten verschwand im Kofferraum. Der Schwager lud mehrere Päckchen – es sah aus wie Fertiggerichte – und eine Schachtel Pralinen aus und schlug die Kofferraumklappe zu.

Das war nicht das, was sie erwartet hatte. Keine heimliche Geliebte, kein Bier. Schmeckte ihm Reginas Essen nicht? Und dann dieses widerliche Gesöff! Vielleicht wollte der Schwager wieder ›Cocktails‹ fabrizieren. Gerti legte den Fotoapparat zurück und gurtete sich an. Vielleicht würde er *jetzt* zu seiner Geliebten fahren.

Sie ließ den Fuß auf der Bremse, bis sich zwei Autos zwischen sie und den Wagen des Schwagers geschoben hatten, dann fuhr auch sie los. Es ging den gleichen Weg zurück, den sie gekommen waren. Manfred Rabicht war auf dem Weg nach Radebeul.

Die Frau im Auto hinter ihm dachte über seine Cocktail-Leidenschaft nach. Auch das erschien ihr seltsam. Hatte der Schwager nicht schon immer eine Vorliebe für einheimisches Bier gehabt? Und jetzt bevorzugte er auf einmal süße Mixgetränke?

Die Geschichte mit Reginas ›Koma‹ fiel ihr wieder ein. Es war doch nicht normal, dass man von zwei ›Cocktails‹ so besoffen wurde, dass man stundenlang wie tot auf dem Sofa lag, nicht mehr laufen konnte, vom Ehemann zu Bett gebracht werden musste und sich am nächsten Morgen an nichts mehr erinnern konnte.

Gerti Möller verlangsamte die Geschwindigkeit und ließ sich von zwei Autos überholen. Es wäre nicht besonders schlau gewesen, sich jetzt noch erwischen zu lassen. Langsam rollte die Kolonne bergab.

Und dann seine übertriebene Besorgnis wegen Reginas angeblichem Schlaftablettenkonsum. Da war eindeutig etwas faul.

Manfred hatte neulich in der Apotheke nur herumgedruckst und sich in vagen Andeutungen ergangen, war aber nicht konkret geworden. Was, wenn *sie* ihn ohne Reginas Wissen deswegen anriefe und ihrerseits die Besorgte spielte? Mal sehn, was er dann antworten würde. Sie könnte vortäuschen, dass ihr die Sache nicht aus dem Kopf gehe und nachfragen, ob sich etwas Neues ergeben hatte. Gerti Möller ließ die Schultern herabsacken und schnaufte zufrieden. Es war noch nicht aller Tage Abend. Sie würde an der Sache dranbleiben. Stellte sich alles als ein Hirngespinst heraus – nun umso besser für Regina.

Den bohrenden Wunsch, es möge zu dem Rauch auch ein Feuer geben, verdrängte sie ganz schnell wieder.

Das dunkelgrüne und das himmelblaue Auto zuckelten die Meißner Straße entlang. Der Nachmittagsverkehr ließ sie nur langsam vorankommen.

Der Mann in dem Skoda schaute gedankenverloren nach vorn. Er hatte es nicht eilig. Den Corsa, der ihm seit Dresden gefolgt war, bemerkte er nicht. Manfred Rabicht war gefangen in den Planungen für die nächsten Stunden.

Er würde sein Auto jetzt, wie gehabt, zwei Querstraßen weiter abstellen und das Püppchen mit Nahrung und Getränken versorgen. Möglicherweise hatte sie in der Zwischenzeit weiter über ihr Schicksal nachgedacht. Gestern war sie ihm schon viel vernünftiger vorgekommen, als noch am Wochenende. Vielleicht würde sie sich sogar *freuen*, ihn zu sehen. Manfred Rabicht nahm die rechte Hand vom Schalthebel und legte sie kurz auf den Reißverschluss seiner Latzhose. Er jedenfalls freute sich *sehr*.

In Dresden hatte er ein paar Leckereien für sie eingekauft. Schokolade stimmte alle Frauen fröhlich. Regina konnte man mit einer Schachtel Pralinen allemal glücklich machen.

Der Skoda bog nach links ab.

Der himmelblaue Corsa hinter ihm fuhr weiter geradeaus. Gerti Möller hatte ihren Schwager bis fast vor die eigene Haustür verfolgt. Sie wollte nicht riskieren, gesehen zu werden. Manfred Rabicht fuhr nach Hause. Und genau das würde sie jetzt auch tun.

Für heute war ihre ›Observation‹ beendet.

57

Die kleinen Wolken am durchsichtig blauen Himmel über ihnen sahen aus, wie auf den Bildern holländischer Maler, oben mit einem gelblichen Schein, in der Mitte strahlendes Weiß, mit einer schmalen grauen Linie am unteren Rand. Rundlichen Wattebäuschen gleich schienen sie unbeweglich am Firmament festgemacht zu sein.

Norbert ging in Gedanken den Stadtplan von Radebeul durch. Er hatte ihn noch in Zwickau aus dem Internet ausgedruckt, mitgenommen und heute Morgen im Hotelzimmer in sein Gehirn ›eingescannt‹. Dabei blieben ihm nicht nur die meisten Straßennamen, sondern vor allem Richtung und Lage der Wege zueinander im Gedächtnis.

»Zuerst da hoch.« Sein rechter Arm zeigte geradeaus. »Die Richard-Wagner-Straße lang. Dann überqueren wir die Meißner Straße –« die hatte er sich gemerkt, weil sie größer als die anderen war »– und gehen den Körnerweg entlang.« Bei dem Namen tauchte in Norberts innerer Landkarte ein Bild von Hänsel und Gretel auf, die durch den Wald marschierten. Hinter ihnen pickten die Vögel die *Körner* vom *Weg*, die sie ausgestreut hatten, um den Heimweg wieder zu finden. Norbert prägte sich unbekannte Dinge ein, indem sein Gehirn Bilder dazu lieferte. Je absurder, desto besser.

»Schön.« Doreen lief neben ihm her und ließ den Blick zu den Weinbergen schweifen. In der Ferne thronte ganz oben ein in der Sonne hell schimmerndes Gebäude. Es glich einem kleinen Schlösschen.

»Hübsch, nicht wahr? Es heißt Spitzhaus.« *Und die Überraschung ist – wir werden heute dort zu Mittag essen.* Den zweiten Satz dachte Norbert nur. »Jetzt wandern wir erst einmal ein bisschen durch die Weinberge.« Er berührte ihren Ellenbogen, während sie darauf warteten, dass die Straßenbahn an ihnen vorüberrauschte. Hänsel und Gretel stiefelten den Körnerweg entlang.

»Wer hier wohnt, hat Geld.« Doreen zeigte auf die Häuser rechts von ihnen. »Würde es dir hier gefallen?«

»Es ist nicht schlecht. Aber ich bin in Zwickau zu Hause. Rechts!« Er zog an ihrem Arm und deutete auf das Straßenschild. »Winzerstraße, das passt doch wie die Faust aufs Auge.«

Gemächlich schlenderten sie bergan. Vor ihnen balgten sich ein paar Spatzen im Staub. Zeternd flogen sie auf, als die beiden Menschen näher kamen, nur um sich gleich darauf wieder niederzulassen.

»Gleich kommt noch die Weinbergstraße.« Norbert freute sich, dass es ihr gefiel. »Dort stehen historische Winzerhäuschen, so genannte Straußenwirtschaften. Dann biegen wir ab und klettern ein bisschen.« Hier schien die Zeit stehen geblieben zu sein.

»Straußenwirtschaften?« Doreen betrachtete das himmelblaue Tor links und las die Inschrift in dem verwitterten Holzkasten laut vor. »Alter Weinkeller Oberlößnitz.«

»Das ist so ähnlich wie in Grinzing bei Wien.« Norbert wusste mal wieder alles. »Die am Tor hängenden ›Buschen‹ zeigen dem Besucher, dass hier Heuriger ausgeschenkt wird.«

»Kein Strauß zu sehen, schade.« Doreen hängte sich bei ihrem Kollegen ein. Die altersschwachen Häuschen hockten am Wegesrand und schliefen. Für ein paar selige Minuten hatten der Mann und die Frau all ihre Sorgen vergessen und waren einfach nur ein Paar im Urlaub, das sich an der Idylle erfreute.

»Wir haben noch reichlich Zeit bis zum Mittag.« Schwer atmend blieb Norbert stehen, stützte die Hände in die Taille und verfluchte seine Kilos. »Setzen wir uns ein Stückchen hin und genießen die Aussicht?« Er brauchte dringend eine Pause. Doreen war mehr *vor* als neben ihm den steinigen Pfad durch die Weinberge hinaufgeeilt, in einem Tempo, als seien sie auf der Flucht. *Sie* rang nicht nach Luft wie ein Ertrinkender, *ihr* Atem floss ruhig und gleichmäßig. Aber sie nickte und folgte ihrem röchelnden Kollegen zu der Bank.

Sie nahmen nebeneinander Platz. Norbert bemühte sich, nicht zu laut ein- und auszuatmen, aber die Luftnot ließ ihn diesen Versuch schnell wieder aufgeben.

»Ein schöner Ausflug bis jetzt. Wie geht es weiter?« Allmählich könnte er sie ruhig in seine Pläne einweihen, fand Doreen. Sie blickte zur Seite. Sein Gesicht hatte die Färbung reifer Tomaten.

»Um eins habe ich einen Tisch im Spitzhaus reserviert. Wir tafeln fürstlich und betrinken uns mit hiesigem Wein.« Norbert machte eine kurze Pause, um Luft zu holen. Langsam normalisierte sich sein Atemtempo wieder. »Wenn wir dann noch Lust haben, können wir auf der anderen Seite noch weiter durch die Weinberge laufen. Wenn nicht – die berühmte Spitzhaustreppe führt uns schnurstracks nach unten.«

»Fein. Warten wir ab, wie es uns nach dem Essen zumute ist.« Doreen schaute ins Tal. Das Weinlaub färbte sich schon rötlich. Nicht mehr lange, und der Herbst würde mit Sturm und Regen über das Tal und die Hügel fegen und hohnlachend bunte Blätter von den Ästen reißen.

»Ich werfe schnell noch einen Blick in die heutige Zeitung, wenn du nichts dagegen hast.« Norbert wartete nicht auf ihre Antwort, sondern zerrte bereits die Tasche von der Schulter, nahm sie auf die Knie und schlug die Stoffklappe nach hinten um. Mochte der Tag auch noch so wunderbar sein, seine Gedanken kehrten immer wieder zu der entführten Ayla zurück. *Und* zu den anderen Mädchen, die in den letzten Jahren verschwunden waren. Nie hatte es glimpflich geendet. All die süßen, unschuldigen Kinder. Er zog die Freie Presse vom Mittwoch heraus und hängte die Tasche dann an die hölzerne Lehne.

»Wenn es sein muss.« Doreen presste die Lippen aufeinander. Kein noch so zugkräftiges Argument würde ihn davon abhalten können, die aktuellen Meldungen zu verfolgen. Sie schnaufte, so dass er es hören konnte, lehnte sich dann zurück, streckte die Beine aus und wettete mit sich selbst, wie lange es dauern würde, bis er ihr die ersten Zeilen vorlas.

Nach wenigen Sekunden wanderten ihre Augen zu Norberts grauem Schopf und dann weiter nach unten zu dem ganzseitigen Artikel.

›Thema des Tages‹ stand darüber. Dann die Überschrift: ›Seit 20 Jahren mit krimineller Energie am Werk. Reinsdorfer ging kaltblütig und berechnend vor.‹ Doreen rückte dichter an Norbert heran und er schob ohne ein Wort die Zeitung ein Stückchen zu ihr herüber. Die schwarzen Buchstaben tanzten auf dem gelblichen Papier auf und ab. Satzfetzen rückten in den Mittelpunkt und wurden durch andere ersetzt. Sie neigte den Kopf weiter nach vorn und las das, was sie befürchtet und geahnt hatte.

Die kleine Ayla war tot.

Der Täter hatte noch in der Nacht gestanden, sie entführt und umgebracht zu haben. Dann ›half‹ er der Polizei dabei, die Leiche zu finden. Er hatte sie in einem Waldstück zwischen Mosel und Dänkritz, in einer Erdmulde, bedeckt mit Reisig und Laub, versteckt. Auf einem großformatigen Foto zeigte ein Mann mit runder Brille auf eine Landkarte. ›Ohne die Mithilfe des Täters wäre Ayla schwer zu finden gewesen.‹ stand daneben. Die Zeitung auf Norberts Knien zitterte. Doreen spürte die Wärme seines Körpers neben sich. Das Laub hinter ihnen raschelte, eine smaragdgrün schillernde Eidechse schlängelte sich hervor und glitt elegant über den Weg, um sich dann auf einem der sonnenbeschienenen Steine am Abhang niederzulassen.

»Sie ist tot.« Norberts Stimme war brüchig.

»Ich habe es gelesen. Furchtbar nicht?« Doreen wusste nicht, was sie noch dazu sagen sollte. Es wären nichts als Worthülsen gewesen, leere Phrasen.

»Ein einschlägig Vorbestrafter. Ich würde ihm gern eigenhändig den Hals umdrehen. Hast du *das* gelesen?« Norberts Zeigefinger stach auf die Seite nieder. »Im November 1986 wurde er wegen Mordes vom Bezirksgericht Karl-Marx-Stadt zu 15 Jahren Haft verurteilt; dafür, dass er in Wiesenburg einer alten Frau bestialisch die Kehle durchgeschnitten hat. Im Zuge der Wiedervereinigung wurde die Strafe in eine zehnjährige Jugendstrafe umgewandelt. Jugendstrafe –« er prustete verächtlich »– dass ich nicht lache. Elender Wessi-Quatsch! Die verurteilen sogar Zwanzigjährige nach Jugendstrafrecht. Mit Achtzehn sind sie Stimmvieh, dürfen wählen, dürfen Auto fahren, dürfen heiraten; alles dürfen sie. Nur, wenn sie Unrecht begehen – die *armen* unmündigen Jugendlichen – dann gibt es nur ein kleines Sträfchen. Ein Dudulein für das unartige Kind! Wie sollen sie daraus Lehren ziehen?« Die Eidechse zuckte zusammen und huschte unter einen Stein. Doreen nahm Norbert die Zeitung aus der Hand und faltete sie.

Norbert sah seinen Sohn Nils vor sich. Nils den Ziegenbart. Er redete weiter. Es musste heraus, ausgesprochen werden, dann würde es ihm besser gehen. »Kurz darauf begeht dieser Täter eine Unterschlagung. Was bekommt er? Drei Jahre auf Bewährung. Und er macht fröhlich weiter. Im November 1998 wird er vom Amtsgericht Zwickau wegen sexuellen Missbrauchs in vier Fällen zu einer Haftstrafe von zwei Jahren verurteilt, weil das Schwein sich an seinem Neffen und seiner Nichte vergangen hat. Acht und neun Jahre waren die beiden Kinder alt.« Seine Kehle war wie zugeschnürt. Über ihnen murmelte das Laub der ehrwürdigen Bäume. Die Sonne erhitzte ihre Oberschenkel, während der Mann auf der Bank weiter redete.

»Dann kommt der Typ in den Knast. Mal wieder. Und was glaubst du, was sich so einer dort Tag für Tag ausmalt. Was er tun wird, wenn er wieder rauskommt?«

Doreen betrachtete Norberts Profil. An seiner linken Schläfe trat der Kaumuskel als kleine Wölbung hervor.

»Weißt du, was sich so ein Typ vornimmt?« Doreen zuckte die Schultern. Er hatte es ihr gestern schon gesagt. Und er hatte Recht.

»Er *kann* die Finger nicht von Kindern lassen, er muss es wieder tun, wenn er rauskommt. Was ist also die Konsequenz?« Er wartete einen Augenblick und setzte dann fort. »Der Typ nimmt sich vor, *beim nächsten Mal* dafür zu sorgen, dass es *keine* Zeugen geben wird. Man hat ihn doch erwischt, weil die missbrauchten Kinder sich jemandem offenbart haben. Man kann ihn jedoch nicht mehr einsperren, wenn es nach der Tat keine Zeugen gibt. Also muss man die ›Zeugen‹ mundtot machen, ganz einfach.«

Sein Zeigefinger klopfte auf die zusammengefaltete Zeitung und hinterließ schmale Kerben auf dem Papier. »Und *dies* ist dann die Konsequenz. Und – worauf schiebt die deutsche *Justiz* die hohe Rückfallquote? Darauf, dass die Täter im Gefängnis ohne *Therapie* geblieben sind. Behandelte man sie nur richtig, würden sie auch geheilt.« Ein verächtliches Krächzen begleitete seinen nächsten Satz. »Geheilt! Ich lach mich kaputt. Solche Schweine sind nicht heilbar. Ich habe Studien aus den USA verfolgt, die besagen, dass Sexualstraftäter nicht therapierbar sind.« Leises Gelächter hallte durch die Büsche herauf und Norbert kniff die Augen zusammen und spähte nach unten. »Weißt du, gestern, als die Nachricht im Radio kam, dachte ich noch, dass dies der seltene Fall ist, in dem ein völlig Fremder das Mädchen entführt hat. Der ›Schwarze Mann‹, vor dem man die Kinder immer warnt, wo es doch in 95 Prozent der Fälle immer eine Bezugsperson, ein Verwandter, ein Erzieher, der Stiefvater oder ein Nachbar ist. Und genauso war es diesmal auch. Ein Bekannter hat sich die kleine Ayla geschnappt. Hoffentlich machen sie ihm im Knast die Hölle heiß.« Der dicke Mann erhob sich und klopfte den Staub von seinem Hosenboden. »Lass uns weiterziehen.« Er streckte den rechten Ellenbogen zur Seite und wartete darauf, dass sich Doreen bei ihm einhängte. »Gehen wir was essen und versuchen auf andere Gedanken zu kommen.« Die Zeitung verschwand in seiner Umhängetasche und sie marschierten los. Norbert versuchte, seine Gedanken zu Doktor Atkins und seiner Liste dessen, was man in Gaststätten ungestraft verzehren durfte, zurückzuzwingen.

Der Fall Ayla war *nicht* sein Fall. Ihm würde nichts anderes übrig bleiben, als ihn aus der Ferne zu verfolgen.

Dass ein anderes vermisstes Mädchen – ganz in seiner Nähe – nicht mal einen Kilometer von hier – ihrer Hilfe bedurfte, *das* wusste Norbert Löwe in diesem Augenblick noch nicht.

58

Helene Reimann rollte sich auf den Bauch, zog die Knie an und stemmte sich hoch. Sie würde jetzt zur Toilette krabbeln. Wer weiß, wann ihr Peiniger wieder kam. ›Du kannst Gerald zu mir sagen‹, hatte der Maskenmann sie bei seinem letzten Besuch instruiert. Ihr Gehirn weigerte sich, ihn so zu nennen. Und wer wusste denn, ob es überhaupt sein richtiger Name war.

Er trägt eine Maske. Würde er dir dann seinen richtigen Vornamen nennen? Wohl kaum, Schätzchen. So blöd ist er nicht.

Wie ein Hundewelpe tappte das Mädchen in der Finsternis über den kühlen Boden, bis die ausgestreckten Finger der Rechten das glatte Plastikgehäuse der Campingtoilette erfühlten.

Während sie mit fest zusammengekniffenen Lidern auf dem niedrigen Kästchen hockte und versuchte, das Geräusch des Wasserstrahls auszublenden, flackerten Erinnerungsbilder von der letzten Begegnung mit ihrem Peiniger durch Helene Reimanns Kopf.

Genau wie in den Vorhersagen der famosen Helli hatte die Tür geknarrt. Dann war der Schweinerüssel in den Raum getreten. Das Quietschen der Glühbirne kündigte an, dass es gleich hell werden würde und Helene hatte den Kopf zur Seite gedreht und ihre Augen geschlossen, weil sie ihn nicht ansehen mochte. Nicht gleich jedenfalls. Vom Bauchnabel abwärts nackt, Unterleib und Beine nur von einer rauen

Decke verhüllt, fühlte sie sich den stechenden Blicken hinter der Maske schonungslos ausgeliefert.

Das Klacken des Schalters war an ihre Ohren gedrungen. Bräunlich schien das trübe Licht durch ihre Augenlider. Danach scharrte etwas über den Boden und Fantomas hatte undeutlich vor sich hin gemurmelt.

Dann stand er da und Helene konnte auf der Haut spüren, wie er sie ansah. Nun war es soweit.

Du liegst da und siehst an ihm vorbei. Schau ihn nicht direkt an, er soll nicht das Gefühl haben, angestarrt zu werden. Dann versuchst du ein Lächeln. Noch ein letztes Mal wiederholte die Stimme im Kopf das Mantra, dann öffnete das starr auf dem Rücken liegende Mädchen die Augen. Zuerst hoben sich die Lider nur ein winziges Stück. Wie schwarze Schlieren wackelten die Wimpern vor dem Bild hin und her. Ihr seitlich gerichteter Blick erfasste zuerst den Kohlenhaufen und fokussierte dann die Hosenbeine von Fantomas. Das Licht schmerzte auf der feuchten Hornhaut der Augäpfel, obwohl es nicht grell war. Neben seinen Füßen stand der dreibeinige Hocker. Wahrscheinlich hatte er vor, wieder darauf Platz zu nehmen und seine Gefangene zu einem Striptease aufzufordern. Helene drehte die Schulter seitwärts und spürte ihre nach hinten gebogenen Oberarme. Es würde keine Entkleidung geben. Sie war *gefesselt*.

Dann hatte er gesprochen. Ob sie in der Zwischenzeit brav gewesen sein. Ob sie *heute* brav sein wolle. Helene hatte ihn anschreien wollen: *Wie könnte ich nicht brav gewesen sein, Blödmann? Du hast mich mit Paketband gefesselt!* Kein Wort kam über ihre ausgetrockneten Lippen.

Sie hatte es trotz aller guten Vorsätze nicht fertig gebracht, ihn anzusehen. Nicht, als er in die Knie ging und den Hocker mit dem Eimer darauf näher an die Matratze heranrückte, nicht als sein linker Arm in ihre Richtung schwenkte und nach der Decke griff, nicht als die Decke langsam schabend über ihren Bauch rutschte. Stattdessen hatte sie die Augen wieder geschlossen.

Was wollte der Typ mit dem Eimer?

Der Maskenmann hatte derweil weitergebrubbelt. Sauberkeit sei wichtig. Jeder Mensch müsse sich ab und zu waschen. Da sie bei seinem letzten Besuch nicht artig gewesen sei, wolle er es nicht riskieren, ihre Fesseln zu entfernen, damit sie sich selbst waschen konnte. Leises Plätschern war in Helenes Ohren eingedrungen. Dann scharrten die Hockbeine über den Boden. ›*Ich* werde dich waschen. Keine Angst, das Wasser ist schön warm.‹

Als ob das irgendeine Rolle spielt! Warmes oder kaltes Wasser, scheißegal!

Helene Reimann hatte noch einen winzigen Moment lang darüber nachgedacht, wie sie sich fühlen würde, wenn dieses Schwein mit dem nassen Lappen über ihren Körper wischte. Dann hatte sie mit einem Ruck die Augen geöffnet und mit heiserer Stimme zu sprechen begonnen.

»Ich möchte mich selbst waschen. Bitte.« Verblüfft hatte er inne gehalten. Die Hand mit dem Lappen hing dreißig Zentimeter über ihrem nackten Bauch. Ein Wassertropfen löste sich und fiel mit einem leisen Platschen auf die weiße Haut herab.

»Selbst waschen?« Obwohl sich die glatte Maske nicht bewegte, konnte Helene spüren, wie es dahinter arbeitete.

»Bitte.« Es klang furchtsam und sie verfluchte ihre weinerliche Stimme. »Lassen Sie es mich allein machen.« Unterdrückte Tränen quollen nach oben und machten die Kehle des Mädchens eng, während sie in Richtung des Schweinerüssels schielte.

Helen Reimann riss ein langes Stück Toilettenpapier ab, knüllte es zusammen und fuhr sich damit zwischen die

Beine. Es fühlte sich ein wenig wund an. Sie wollte nicht weiter darüber nachdenken.

Zieh die Hose hoch, krabbel zurück. Dann werden wir einen Plan entwerfen, wie es weitergehen soll.

Ihre schwächlichen Finger wurstelten am Reißverschluss der Jeans herum und das Mädchen glitt von der Toilette und machte sich im Vierfußgang auf den Rückweg. Fantomas würde irgendwann wiederkommen.

Ihr Gejammer hatte ihn schließlich erweicht. Mit einem Cuttermesser

schneid mich nicht, schneid mich nicht schrillte es in Helenes Kopf

hatte er das Paketband durchtrennt, während das Mädchen wie versteinert dalag. Die Reste ließ er einfach an ihren Hand- und Fußgelenken kleben, machte mit gebeugtem Rücken zwei kleine Schritte rückwärts, senkte sein Hinterteil auf den Hocker und zeigte dann auf Eimer und Lappen.

Die anschließende Theatervorstellung hatte ihm *zu gut* gefallen. Das unterwürfige Opfer, welches sich vor seinen gierigen Augen wusch. Helene hatte versucht, sich zu beeilen, aber das Schwein beobachtete alles genau und gab ihr Anweisungen, wo ihre Hand mit dem Waschlappen noch nicht gewesen war. In ihren Gedanken war sie über die Sommerwiese geschwebt und hatte Glockenblumen und Margeriten betrachtet. Die ängstlich flüsternde Litanei, die unentwegt fragte, was *nach* der Waschung kommen würde, versuchte sie auszublenden. Dann war die Stimme des durchgeknallten Typen aus dem ›Schweigen der Lämmer‹ im Kopf des Mädchens ertönt. ›*Es reibt sich jetzt mit der Lotion ein!*‹ Der Irre hatte oben am Brunnenrand gestanden und zu seinem Opfer hinabgeschaut, dem er eine Creme in einem Eimer hinabgelassen hatte. ›*Sonst bekommt es den Schlauch!*‹

Helene und Sarah hatten sich erst angesehen und waren dann in unmotiviertes Kichern ausgebrochen. Wie das klang: ›*Es* reibt sich ein!‹. Und was sich Filmleute alles ausdachten, um ihre Zuschauer zu gruseln. Es war absurd. Die beiden Mädchen hatten von beiden Seiten in den großen mit Popcorn gefüllten Eimer gegriffen und synchron gegrinst. So etwas passierte doch im wirklichen Leben nie.

Helene Reimann war an der Matratze angekommen und ließ sich darauf nieder. Der Durst brachte sie noch um, aber das musste man aushalten. Fantomas hatte versprochen, ihr ein paar Dosen Cola mitzubringen. Etwas Besseres war ihr im Moment nicht eingefallen. Doseninhalte konnte man nicht so einfach mit Schlafmittel versetzen. Das hatte jedenfalls die famose Helli gesagt. Die präparierte Limonade würde sie, solange es irgendwie auszuhalten war, nicht zu sich nehmen, aber Fantomas sollte ruhig glauben, sein Opfer habe davon getrunken. Das Mädchen richtete die Arme gerade neben dem Körper aus und begann mit der famosen Helli zu diskutieren.

Der Idiot hat dir die plötzliche Willfährigkeit jedenfalls abgenommen.

»Scheint so.«

Zumindest hat er dir erlaubt, dich hinterher –

hinterher, hinterher echote es in Helenes Kopf

– letztendlich also wieder anzuziehen, nicht?

»Das stimmt.«

Siehst du. Und gefesselt hat dich der Maskenmann auch nicht wieder, oder?

»Nein.«

Na also. Das ist doch schon was. Hätte er geglaubt, du seiest noch immer widerspenstig, lägest du jetzt mit Paketband verschnürt und ohne Hose hier. Das heißt – die Strategie war erfolgreich.

»Hast Recht.« Helene tastete nach den Keksen und versuchte, nicht weiter darüber nachzugrübeln, was der Preis für die ›Strategie‹ gewesen war. Ihr Magen knurrte. Ein Hungerstreik war nicht sinnvoll. Sie würde an Kraft verlieren, und das war nicht förderlich. Zentimeter für Zentimeter tasteten ihre Finger über die Hülle der Kekspackung und suchten nach Unebenheiten; Stellen, an denen die Verpackung geöffnet und dann wieder verschlossen worden war.

Die Folie knisterte leise, fühlte sich jedoch glatt und unversehrt an. Ihre Fingernägel ritzten an der Seite einen Spalt hinein. Sie würde es versuchen müssen. *Zuerst kostest du ein kleines Stück. Denk an die kluge kleine Alice im Wunderland. Wenn es bitter schmeckt, zerbröseln wir die Kekse über dem Klo. Ein Mensch kann bis zu dreißig Tage ohne Nahrung auskommen.*

Ohne Nahrung, kein Problem. Es gab Schlimmeres hier unten im Verlies, *viel* Schlimmeres.

Sie konnte ein bisschen abnehmen, nicht übel. Helene Reimann schüttelte den Kopf, nahm einen Keks aus der Packung und schob ihn vorsichtig zwischen die Zähne. Zuerst leckte die Zunge an dem gewellten Rand und testete den Geschmack. Dann bissen die Schneidezähne ein winziges Eckchen ab –

Iss mich!

Und die Zunge beförderte es in den Mund und presste es gegen den Gaumen. Krümelige, weiche, süße Masse. Der Keks war trocken, aber nicht bitter.

»Scheint Okay.«

Dann rein damit. Iss erst den einen auf. Dann warten wir ein Stückchen, ob du müde wirst. Wenn nicht, kannst du noch einen essen. Und so weiter.

»Mach ich.« Helene Reimann bemühte sich, geräuschlos zu kauen und versuchte dann die klebrige Masse hinunterzuschlucken. Das mit den dreißig Tagen ohne Nahrung war ja gut und schön, aber hieß es nicht auch, drei Tage ohne Wasser? Drei Tage! Der Keksbrei wollte partout nicht die Kehle hinunterrutschen. jetzt quälte sich der Klumpen gerade am Kehlkopf vorbei. Gut, sie hatte hier unten schon etwas getrunken, widerliche Limonade, aber die enthielt das Schlafmittel und etwas anderes war nicht da. Sie würde es noch eine Weile aushalten, aber nicht ewig.

Vielleicht bringt er ja die Cola mit. Sei optimistisch. Nun warten wir, wie der Keks wirkt. Helene öffnete die Augen und starrte in die Finsternis.

Und in der Zwischenzeit machen wir weitere Pläne.

Beim nächsten Mal würde sie ihn um Licht bitten. Jeden Tag – waren es überhaupt Tage? – jeden Besuch ein Zugeständnis mehr. *Das ist die Devise. Keine Fesseln mehr und Kleidung am Leib. Und wenn es hell ist, kannst du dieses Verlies auch genauer untersuchen.*

59

Vorsichtig ertastete Manfred Rabicht Stufe um Stufe und schielte dabei über den Rand der Klappkiste hinweg auf die Treppe. Unten angekommen, bugsierte er die Last um die Ecke, schob mit der Schulter die Tür zu Karls Vorratskeller auf und ließ die Kiste mit einem erleichterten Schnaufen auf den dreibeinigen Hocker poltern.

Zwei Räume weiter erstarrte Helene Reimann in ihrem lichtlosen Verlies und bemühte sich dann, so lautlos wie möglich auf ihre Matratze zurückzukrabbeln.

Der Latzhosen-Mann betrachtete seine Einkäufe. Es gab keine Möglichkeit, die Fertiggerichte zu erwärmen, aber es würde auch so gehen. Sicher hatte seine Angebetete Appetit auf etwas Herzhaftes. Bei seinem letzten Besuch hatte sie die Kekse nicht angerührt. Vielleicht mochte sie auch keine Kekse. Beim nächsten Mal konnte man es mit ein paar frisch gepflückten Brombeeren versuchen. An der Pforte zwischen den beiden Grundstücken hingen noch ein paar letzte Nachzügler an den verwilderten Sträuchern. *Die* würde sie gewiss nicht verschmähen. Junge Mädchen mochten frisches Obst. Er hob die Plastikschachtel dicht vor die Augen und betrachtete das Bild. Nudeln mit Bolognese-Sauce. Es sah verlockend aus. Und es war bereits fertig zubereitet. Junge Mädchen aßen *auch* gern Nudeln. Glaubte er zumindest. Und wenn nicht – egal. Es würde kein Wahlessen geben. Dies hier oder gar nichts.

Manfred Rabicht nahm den kleinen Plastiklöffel aus der Brusttasche. Messer und Gabel waren zu gefährlich.

Zwar war sie bei seinem letzten Besuch schon viel ruhiger gewesen, fast hätte man den Eindruck gewinnen können, sie füge sich in ihr Schicksal, aber zu vertrauensselig durfte man deswegen auch nicht sein. Womöglich kam sie auf dumme Gedanken, wenn man ihr spitze Gegenstände zur Verfügung stellte. Er verstaute zweimal Nudeln mit Bolognesesauce in der Plastiktüte, griff nach einer Flasche, hielt inne, stellte sie lautlos zurück und tappte vorsichtig in den Gang, um zu lauschen. In seinen Ohren rauschte das Blut. Sonst herrschte Stille. Sicher schlief das Püppchen, benebelt von der bitteren Medizin.

Apropos Medizin. Der Latzhosen-Mann kehrte zurück und zog die Holztür hinter sich zu. Es lag noch ein Raum zwischen ihm und Helene. Auch, wenn sie sich anstrengte, die Wände waren dick. Sie würde nichts hören.

Nicht, dass es eine Rolle spielte, ob sie etwas hörte. Der Kohlenkeller war dicht verschlossen. Aber Manfred Rabicht war ein vorsichtiger Mann. Wieder griffen seine Hände nach der Flasche. Die bucklige Glasoberfläche war noch warm. Ohne es zu bemerken, schüttelte der Latzhosen-Mann leicht den Kopf, während seine Finger am Verschluss drehten. Helene Reimann hatte *Cola* verlangt, mehrere Dosen Pepsi.

»Tut mir leid, Püppchen, aber das geht nicht.« Er legte den Plastikdeckel auf das Regal mit den Obstkonserven, nahm eine Ampulle Midazolam heraus, knackte die Spitze ab und ließ die klare Flüssigkeit vorsichtig in den Flaschenhals gluckern. Dosen waren aus Metall. Metall war gefährlich.

Manfred Rabicht verschloss die Flasche wieder und drehte das Handgelenk zweimal, um den Inhalt zu mischen. Dann wiederholten seine Hände das Procedere mit einer zweiten Flasche.

Nicht nur, dass Aluminiumdosen eine potenzielle Gefahr waren, nein, es war auch nicht so einfach, das Betäubungsmittel in die Cola zu befördern, wie in eine Schraubflasche, ganz davon abgesehen, dass es wahrscheinlich den Geschmack veränderte. *Leider wirst du in den nächsten Tagen auf Cola verzichten müssen, Schätzchen. Wenn du brav bist, können wir später das Verbot lockern.* Genau das würde er gleich zu ihr sagen. Manfred Rabicht schob beide Flaschen in den Beutel und griff nach der Gasmaske.

Über ›später‹ musste man auch bald einmal nachdenken. Das Medikament würde nicht ewig reichen. Auch ein viel beschäftigter Hausmeister konnte nicht wochenlang täglich Überstunden machen, ohne dass auch die dümmste Ehefrau stutzig wurde. Und was wurde dann aus dem Zuckerpüppchen?

Er rieb die Innenseite der Glasscheiben mit einem Anti-Beschlagtuch aus dem Handschuhfach seines Autos ab, rollte dann den unteren Rand der Maske auf, zog die Gummihaut mit einem Ruck über den Hinterkopf und rückte den leeren Filter zurecht. Auf zum nächsten Date!

Die Plastiktüte in der Linken, den Schlüssel in der Rechten, machte sich der Maskenmann auf den Weg zu seiner Angebeteten.

»So Schätzchen. Und nun wirst du etwas essen und trinken. Das mit der Cola habe ich dir ja schon erklärt. Cola ist schlecht, weil sie Koffein enthält, verstehst du?« Das Mädchen nickte schwach. Seit er sich von ihr heruntergerollt hatte, lag sie unbeweglich auf dem Rücken, hatte nur die Decke bis zum Kinn nach oben gezogen.

»Ich werde dich nicht fesseln, weil du brav warst.« Der Maskenmann zog den Reißverschluss seiner Latzhose hoch und setzte sich auf den Hocker, um noch ein bisschen mit ihr zu plaudern. »Hier sind Nudeln. Die werden dir schmecken.« Er nahm die beiden Schachteln aus dem Beutel, stellte sie neben die zwei Flaschen und legte den Löffel obenauf. »Nächstes Mal bringe ich dir Obst mit. Frisch gepflückte Brombeeren. Du magst doch Brombeeren?« Wieder zuckte das Kinn des Mädchens zweimal kurz nach unten. Das war eine ziemlich einseitige Unterhaltung. Schade, dass sie so wortkarg war, aber vielleicht gelang es ihm, sie in nächster Zeit ein bisschen aufzutauen. »Willst du denn gar nicht mit mir reden, Süße?«

Der seitlich gerichtete Blick des Mädchens wanderte zur Decke. Dann schloss sie beide Augen, hob langsam den Arm und drückte den abgewinkelten Zeigefinger ans rechte Lid. Die Hand rutschte beiseite und die Augen öffneten sich langsam wieder. Ganz kurz sah sie ihn an, um dann wieder die Wölbung der Decke über ihrem Kopf zu betrachten.

»Also gut, eben nicht. Dann werde ich jetzt gehen, und du wirst essen.« Manfred Rabicht erhob sich, griff nach Hocker und Tasche und drehte sich in Richtung Tür. Ihre heisere Stimme ließ ihn innehalten.

»Könnte ich bitte Licht haben?« Es hörte sich atemlos an. So, als habe sie einen Hundertmeterlauf hinter sich. Fantomas drehte sich wieder zu ihr um. Die glatte Gummilarve zeigte keine Regung. Helene beschloss, noch ein wenig mehr zu betteln. Es war nicht schlimm, sich zu erniedrigen. Sie hatte schon ganz andere Sachen ertragen. »Es ist so furchtbar dunkel, wenn Sie weg sind. Und wie soll ich essen, wenn ich nichts sehe?«

»Nun, Schätzchen.« Fantomas kam zurück und setzte sich wieder auf den Hocker. Seine Stimme war jetzt väterlich. »Du kannst mich Gerald nennen, hatte ich dir gesagt.« Er stützte die Handflächen auf die Oberschenkel und schien zu lauern.

Das Mädchen leckte mit der Zunge über die trockenen Lippen. »Ich fürchte mich im Dunkeln sehr.«

Wieder kam die rosa Zungenspitze hervor. Sie kniff die Augen fest zusammen, öffnete sie wieder und quälte sich die beiden letzten Worte heraus. »*Bitte – Gerald.*«

Jetzt schien die unbewegliche Maske zu lächeln. »Na, mal sehn, was ich für dich tun kann.« Der Maskenmann stand schwungvoll auf und stieß dabei den Hocker um. Die Blicke des Mädchens verfolgten, wie er zur Tür ging und diese hinter sich schloss. Dann hörte sie den Metallbügel des Vorhängeschlosses klappern. Gummisohlen tappten davon. Sie sah nach oben und machte die Augen gleich wieder zu. Die Glühbirne hinterließ ein gelb leuchtendes Nachbild auf ihrer Netzhaut. Was nun? Für etwa zehn Sekunden herrschte Stille.

Dann kamen seine Schritte zurück. Wieder scharrte der Metallbügel und mit einem Quieken öffnete sich die Tür.

»Hier.« Fantomas kam näher, auf seiner ausgestreckten Handfläche einen zylinderförmigen Gegenstand. »Eine Taschenlampe.« Er reckte den Arm zu ihr hin. »Aber mach keine Dummheiten damit!« Helene griff danach, umschloss das kühle Gehäuse fest und unterdrückte ihre Tränen. »Dankeschön.«

»Na, keine Ursache. Sei nun artig, iss schön und trink was. Dann schläfst du fein, bis ich wiederkomme.« Er umwickelte seine Hand mit dem Handtuch und begann, die Glühbirne herauszuschrauben. »Und denk dran – die Batterien halten nicht ewig!« Das Licht erlosch. Nur vom Gang leuchtete noch ein schmaler, trüber Lichtstreif herein, der verschwand, als der Maskenmann die Tür hinter sich zuzog.

»Schatz?« Manfred Rabicht stellte die rechte Fußspitze auf den Absatz der linken Sohle und streifte den Schuh ab, ohne die Schnürsenkel zu öffnen. Dann wiederholte er die Prozedur mit dem anderen Bein, tappte auf Strümpfen durch den Flur und rief noch einmal nach seiner Frau. Es war nach sieben und er hatte Hunger.

Im Wohnzimmer brabbelte der Fernseher herrenlos vor sich hin. Die Gardine wehte im Luftzug des geöffneten Fensters. »Regina? Wo steckst du?« Keine Antwort. Die bestrumpften Fußsohlen hinterließen feuchte Abdrücke auf dem Linoleum im Flur, die sich sofort wieder verflüchtigten. Ein schneller Blick durch die halb offene Küchentür – auch hier gähnende Leere. Der Backofen summte und es roch ganz leicht nach zerlaufenem Käse.

Der Mann mit der roten Latzhose ließ das Gästeklo links liegen – sie benutzen immer die Toilette im oberen Stockwerk – und begann die Treppe hinaufzusteigen. Er wollte duschen und dann gemütlich Abendbrot essen. Oben angekommen blieb er stehen und lauschte.

Aus dem Schlafzimmer drang eifriges Frauen-Geschnatter. Regina war da drin und redete mit jemandem. Manfred Rabicht griff nach der Klinke, drückte sie mit einem Ruck herunter und gab der Tür einen Stoß, so dass sie weit aufschwang.

Regina war allein. Sie saß auf ihrer Seite auf dem Bett und hielt das Telefon ans Ohr gepresst. Er hob kurz die Hand und nickte sein Ich-bin-wieder-da-Nicken.

Mit ihrem Schafsgesicht schaute sie in den plötzlich aufgetauchten Eindringling an, sprach dann ein »Warte mal kurz« in den Hörer, deckte die rechte Handfläche über dessen untere Hälfte und stand auf. Erst jetzt sah Manfred Rabicht, was neben ihr auf dem Bett lag. Die schwarzen Buchstaben mit den zwei blauen Linien darunter flimmerten vor seinen Augen.

»Ich komm gleich runter!« Regina machte eine beschwichtigende Geste und Manfred Rabicht drehte ihr den Rücken zu und verließ das Schlafzimmer. Vor der angelehnten Tür blieb er stehen und hörte zu, wie seine Frau ihrer Schwester Gerti erklärte, dass Manfred grade nach Hause gekommen sei. Im Übrigen habe sie nachgezählt, um sicher zu gehen, und wie sie es letztens schon gesagt hatte, es waren in den vergangenen Monaten ganze vier Tabletten gewesen.

Der Mann am oberen Treppenabsatz setzte einen bestrumpften Fuß auf die erste Stufe und stieg dann bedächtig nach unten. Aus welchem Grund sprachen die blöden Weiber über die Schlaftabletten? Für ihn hatte sich so angehört, als ob Gerti seine Frau darüber befragte, wie viele Regina in den letzten Wochen genommen hatte. Was bezweckte seine anmaßende Schwägerin mit ihrer Fragerei? Manfred Rabicht bog in die Küche ab, um sich ein Bier aus dem Kühlschrank zu nehmen und warf im Vorbeigehen einen Blick in den erleuchteten Backofen. Der Käse auf dem Hawaii-Toast warf schon braune Blasen und Regina schwafelte und schwafelte da oben am Telefon und fand keine Ende. Er schaltete den Herd aus und öffnete die Klappe. Ein Schwall heißer Luft traf sein Gesicht und brannte in den Augen.

»Ach, du hast schon nachgesehen. Danke.« Regina kam herein, legte den jetzt stummen Hörer auf den Küchentisch und nahm sich zwei Topflappen vom Haken neben dem Kühlschrank. »Gerti fragt dauernd nach den Schlaftabletten.« Sie hob das Blech aus dem Backofen und stellte es auf den Herd.

»Wie kommt sie denn darauf?« In seinen Gedanken verfluchte Manfred Rabicht seine neugierige Schwägerin. Das alte Klatschweib verursachte nichts als Schwierigkeiten.

»Ich habe keine Ahnung. Wirklich nicht.« Das große Messer fuhr mit einem quietschenden Schaben unter die Toastscheiben.

»Irgendeinen Grund muss sie doch haben.«

»Was weiß ich, Manfred. Ich kann sie ja beim nächsten

Mal danach fragen.« Regina nahm eine kleine Kuchenplatte aus dem Hängeschrank und begann, die überbackenen Käseschnitten fein säuberlich nebeneinander darauf zu drapieren.

»Ach lass es einfach.« Im Milchfach des Kühlschranks warteten drei Flaschen Bier auf ihren Herrn und Meister. »Gib mir mal den Öffner.« Es war nicht ratsam, weiter darauf herumzuhacken. Wenn man Gerti ein wenig Zeit ließ, würde sie ihr unnatürliches Interesse am Tablettenkonsum ihrer Schwester von ganz allein verlieren.

Manfred Rabicht hebelte den Kronkorken ab und griff nach dem kühlen Bauch der Bierflasche. Kleine Kondenströpfchen benetzten seine warme Handfläche. »Lass uns rüber gehen und essen, ich habe einen Bärenhunger.«

»Geht sofort los.« Regina betrachtete das Tablett und überlegte, ob sie etwas vergessen hatte. Sie *hatte* etwas vergessen. Es hing jedoch nicht mit dem Essen zusammen.

»Wo ist eigentlich Karls Schlüssel?« Ihr Mann antwortete nicht und so setzte sie fort. »Morgen Vormittag kommt nämlich dieser Mann vom Nachlassgericht, du weißt schon.« Jetzt hatte sie es. Die Worcester-Sauce fehlte noch. »Er will Karls Haus begutachten.«

Im Umdrehen sah Regina aus den Augenwinkeln, wie die Flasche aus Manfreds Händen glitt und mit einem Klirren auf den Fliesen zerschellte. Gelber Bierschaum floss zwischen den grünen Scherben in alle Richtungen.

60

»So ein Mist! Das Ding war glitschig ...« Manfred Rabicht stand regungslos da, den Blick nach unten auf die gelbschaumigen Bäche gerichtet, die sich langsam in alle Richtungen ausbreiteten. Seine Hände hatte er hinter dem Rücken verschränkt. Sie zitterten heftig.

Regina hatte in Windeseile das Tablett abgestellt, die Rolle Küchenkrepp vom Regal genommen und war zu seinen Füßen niedergekniet, um die Bierpfützen aufzusaugen. »Geh mal ein Stückchen beiseite.« Als er nicht reagierte, sah sie auf und bemerkte seinen abwesenden Gesichtsausdruck.

Während Regina Rabicht zu Handbesen und Schaufel griff, um die Scherben aufzufegen, drehte sich ihr Mann auf dem Absatz um und ging – eigentlich war es eher ein stolperndes Rennen – zur Tür.

»Ich habe mein Handy im Auto vergessen. Ralf wollte mich noch anrufen. Bin gleich wieder da.« Schon war er hinaus. Seine Frau dachte nicht weiter darüber nach, warum Manfreds Kumpel nicht auf dem Festnetzanschluss anrief.

Auf dem Weg nach draußen ratterten Manfred Rabichts Gedanken durch die Alternativen, die ihm jetzt zur Verfügung standen. Seine Frau hatte momentan noch mit dem Biersee in der Küche zu tun, aber es würde nicht lange dauern, bis sie damit fertig war. Er musste sich beeilen. Dieser ominöse Nachlassverwalter käme morgen Vormittag, hatte Regina gesagt. Das war – er schaute im Hinauseilen kurz auf die Armbanduhr – in reichlich zwölf Stunden.

Der Typ würde Karls Haus inspizieren.

Den Keller auch?

Auch den Keller.

Was bedeutete das?

Helene Reimann musste da weg.

Heute nacht, wenn es dunkel war, und die neugierigen Nachbarn schliefen. Und alle Spuren ihres Aufenthalts mussten beseitigt werden. Sicher würde der Herr Nachlassverwalter nicht jedes einzelne Türschloss begutachten, aber es musste so normal wie möglich aussehen.

Wo schaffst du sie hin?

Auf dem Weg zur hinteren Gartenpforte blieb Manfred Rabichts Blick an den schwarz glänzenden Brombeeren hängen. Die untergehende Abendsonne hatte kleine violette Lichtpunkte auf einzelne Kügelchen getupft.

Keine Zeit dafür. Der Latzhosen-Mann hetzte den Trampelpfad zu Karls Küchentür entlang, ohne auf den Weg zu achten. Weiter, Manfred, weiter. Gedankenblitze schossen wie Bachforellen durch sein Gehirn.

Eins nach dem anderen. Du wirst Helene Reimann wegbringen. Wohin, das entscheidest du später. Danach wird Karls Bude wieder so hergerichtet wie vor ihrem Aufenthalt.

Vorher jedoch – er rammte den Schlüssel in die Hintertür des Nachbarhauses und drehte ihn im Schloss – vorher musste Regina aus dem Verkehr gezogen werden. Er konnte es sich nicht leisten, zu warten, bis sie eingeschlafen war, oder darauf zu vertrauen, dass sie nachts nicht aufwachte und das Bett neben sich leer vorfand. Das war viel zu riskant. Nein, man musste dafür sorgen, dass das neugierige Weib tief und fest schlief, während ihr Mann seine Aufgaben erledigte.

Und genau deshalb war er jetzt hier drüben. Die Tranfunzel über der Kellertreppe blinzelte ihm müde zu. Der Lehmboden dämpfte das Stampfen seiner Turnschuhe zu einem dumpfen Poltern, aber dieses Mal war Lautlosigkeit zweitrangig. Sollte das Mädchen nebenan ihn ruhig hören und sich über den Krach wundern. Er hatte nicht vor, sie zu besuchen. Nicht sofort jedenfalls.

Manfred Rabicht zog die Tür des Vorratskellers auf, eilte zu dem mittleren Wandregal und langte nach der Packung Midazolam. Es würde nach dem Abendbrot wieder Cocktails geben. Leckere Mixgetränke für Regina und ihn. Ihres mit Betäubungsmittel, seines ohne. Irgendwann demnächst ging das Wundermittel auch zur Neige. Es waren noch ausreichend Ampullen da, aber sie würden nicht ewig reichen.

Darüber kannst du morgen nachdenken. Vorerst ist noch genug von dem Zaubermittel vorhanden. Und irgendwann musste das Problem sowieso auf *die eine oder andere* Art und Weise gelöst werden. Heute gab es dringlichere Aufgaben.

Mit der Linken entnahm er vier Ampullen, während die Rechte gleichzeitig den Reißverschluss der Brusttasche aufzog und das Päckchen Tempotaschentücher herausholte. Vorsichtig zog der Latzhosen-Mann die Taschentücher heraus, wickelte seine zerbrechliche Fracht in eine Lage Zellstoff ein, legte die anderen Papiertaschentücher darüber und darunter und schob das Ganze zurück in die Folienhülle. Die so präparierte Packung wanderte zurück in die Brusttasche. Reißverschluss zu, fertig. Er sah auf die Uhr. Nicht ganz drei Minuten.

Und nun hurtig zurück zu seiner Angetrauten!

»Manfred? Komm rein, das Essen wird kalt!« Neben der Stimme seiner Frau plärrte ein Nachrichtensprecher aus dem Wohnzimmer in den Flur. Er schob die halb offene Tür auf und schenkte seiner Frau ein strahlendes Lächeln. Sie hatte in seiner Abwesenheit alles ›nett‹ auf dem Couchtisch arrangiert.

»Sieht lecker aus.« Der Mann nahm vor seinem Teller Platz und schloss die Finger um den Stiel der Biertulpe. In seinem Magen rumorte es. Ein kühles Blondes würde hoffentlich für Beruhigung sorgen. Manfred Rabicht trank in einem Zug das halbe Glas leer, seufzte und wischte sich den Schaum von der Oberlippe, bevor er nach dem ersten Toast griff. Regina mümmelte bereits.

Während seine Zunge, ohne etwas zu schmecken, das weiche Brot mechanisch im Mund hin- und herwälzte, sortierte sein Gehirn die Tätigkeiten für die kommenden Stunden. Nach dem Abendbrot würde der liebende Ehemann in der Küche etwas Köstliches für sich und seine Frau zusammenmixen. *Am besten, du fragst sie gar nicht erst, ob sie Appetit auf Cocktails hat, sondern stellst sie vor vollendete Tatsachen. Dann hat das Weib keine Chance, Nein zu sagen.* Der Brotklumpen rutschte seine Kehle hinab.

»Hatte Ralf eigentlich schon angerufen, während das Handy im Auto lag?« Regina stellte ihren Teller auf den Tisch Sie war fertig.

»Nein, bisher noch nicht. Vielleicht hat er es auch vergessen.« Manfred Rabicht nahm sich die zweite Hawaii-Schnitte vom Teller.

»Wo hast du das Handy jetzt?«

Verflucht, das hatte er vergessen. Er biss in den Käsetoast, kaute mit vollem Mund und schlug sich mit der Rechten auf die Brusttasche, direkt auf den viereckigen Umriss der Packung Tempotaschentücher. *Da* war es doch.

Regina lächelte und drehte sich wieder in Richtung Fernseher.

»Heute werde *ich* die Küche aufräumen. Du kannst

schön gemütlich hier bleiben und dich ausruhen.« Manfred Rabicht trank sein Bier aus, erhob sich und stellte die Teller zusammen.

»*Du* willst das erledigen?« Regina machte ein Karpfenmaul. Sie verstand nicht, wieso er das plötzlich übernehmen wollte.

»Genau. Ich räume das schnell in die Spülmaschine. Bin in fünf Minuten wieder hier.«

»Na gut. Wenn es dir nichts ausmacht.« Sie hatte keine Ahnung, was in ihren Mann gefahren war, aber wenn er unbedingt wollte, würde sie ihn nicht daran hindern.

Im Geschirrspüler roch es nach vergammelnden Essensresten und Manfred Rabicht hielt die Luft an, während seine Finger die Teller einsortierten.

Es war noch Orangensaft da, drei Limetten, eine halbe Flasche Wermut und etwas Rum. Die Bitter Lemon würde er heute weglassen und stattdessen das ganze mit reichlich Kokossirup versetzen. Schön süß musste es sein, dann würde Regina es auch trinken. Und *zwei* Ampullen dürften reichen, um sie bis zum Morgen außer Gefecht zu setzen.

Teil eins seines Plans lief bisher problemlos.

Teil zwei würde schon schwieriger werden. Er musste Helene Reimann wegbringen. Aber wohin? Wenn ihm nicht schnellstens ein geschützter, ausbruchssicherer Ort einfiel, würde ihm nichts anderes übrig bleiben, als dem Mädchen eine Überdosis Schlaftabletten zu verpassen. Es wäre schade um sie, aber es ging nicht anders. Schlaftabletten, oder ein paar Ampullen Midazolam und dann mit dem Kopf in einen Eimer Wasser, bis sie erstickte. Er hatte *keine* Lust, ihr eigenhändig die Kehle zuzudrücken und Blut konnte er schon gar nicht sehen.

Manfred Rabicht balancierte die Gläser ins Wohnzimmer. Die Eiswurfel klingelten melodisch.

61

Nebenan rumorte es noch ein bisschen und dann war Stille. Helene rutschte in eine halb sitzende Stellung. Ihre Finger umklammerten die Taschenlampe. Sie wartete noch ein paar endlose Sekunden und drückte dann auf das kleine runde Knöpfchen. Gelber Schein bohrte sich wie ein Stab aus Licht in die Schwärze des Kellers.

Das Mädchen bewegte die Hand und der gelbe Kreis wanderte über die gekalkten Wände zum Kohlenhaufen, strich über die fugenlose Türplatte, glitt nach links zur Campingtoilette und beendete dann den Bogen neben der Matratze.

Wie lange mochten die Batterien halten, zwei Stunden, drei? Der Zeigefinger knipste die Lampe wieder aus. Denken konnte man auch im Dunkeln. ›Und nun wirst du etwas essen und trinken‹ hatte Fantomas zum Abschied gesagt.

Der rechte Zeigefinger presste sich auf den Einschaltknopf. Langsam ruckelte das Licht über die Pappschachtel mit den Nudeln und dann zu den beiden Glasflaschen.

Keine Cola. Helene Reimann wusste, was das bedeutete. Entweder hielt sie den Durst noch ein Weilchen aus, oder sie trank das Gesöff und schlief, bis der Maskenmann zurückkam.

Was ist dir lieber, Helli?

»Das dürfte doch wohl klar sein.« Ein, zwei Stunden würde ihr ausgetrockneter Körper noch mitmachen. In der Zeit konnte ein Fluchtplan geschmiedet werden. Danach sehen wir weiter.

Gut, Helli-Babe. Schauen wir mal, was wir alles haben.

Sie beugte sich zur Seite, nahm die Nudelpackung in die Hand und beleuchtete sie von allen Seiten. Eine Pappschachtel, mit einer bedruckten Papierhülle, nicht sehr nützlich. Dazu ein Teelöffel aus Plastik. Auch die Hülse der Taschenlampe war aus Plastik.

Innen sind Batterien.

»Batterien, Super!« Es klang verächtlich.

Batterien sind giftig. Was, wenn du eine verschluckst? Dann wirst du krank und er muss dich zu einem Arzt bringen, oder?

»Das glaubst aber auch bloß du.«

Der Typ konnte es doch nicht riskieren, sie irgendwohin zu bringen, dahin wo andere Leute waren, wo die Gefahr bestand, dass sein Opfer auf sich aufmerksam machte oder gar floh. Sehr unwahrscheinlich. Und das Risiko, an der verschluckten Batterie zu krepieren, war auch nicht zu unterschätzen.

Du hast Recht, Helli. Das kannst du nicht riskieren. Also weiter, nächste Idee. Was haben wir noch?

Helene leuchtete nach rechts. »Wir haben Kohlen. Ganz viele Eierbriketts liegen dort nutzlos rum.«

Kohlen, gut. Dazu fällt mir im Moment keine Verwendung ein.

»Mir auch nicht.« Das Mädchen kicherte heiser. Es war ein bisschen irre. Sie redete mit der Stimme in ihrem Kopf. Irgendwann würden sie beide hier drinnen komplett überschnappen. Ihr ausgestreckter rechter Arm sank nach unten und der Lichtkreis rollte über die beiden Limonadenflaschen, rutschte über das genoppte Glas, fiel auf den Lehmboden, kehrte dann zu einer der beiden Flaschen zurück und verweilte auf dem gelben Etikett. Fantomas war ein Dummkopf. Er wagte es nicht, ihr Messer und Gabel hierzulassen, stellte ihr aber dafür zwei Flaschen aus dickem, festen Glas hin.

Glasscherben waren eine gute Waffe. Wurde nicht immer wieder in den Filmen gezeigt, wie der Bösewicht jemandem mit einer gezackten Scherbe drohte?

Es ist eine Idee, Helli. Zumindest ein Anfang. Gut.

Aber der Maskenmann war ihr kräftemäßig überlegen. Entweder nutzte sie den Überraschungsmoment aus und sprang ihm mit der Scherbe an die Kehle, sobald er die Tür öffnete, oder wartete, bis er keuchend und zuckend auf ihr lag, um ihm dann die spitze Waffe direkt in den Hals zu rammen.

Würdest du das fertig bringen, zart besaitete Helli?

»Ich weiß noch nicht. Vielleicht.«

Gut, merken wir uns das vor. Dann muss er aber abgelenkt werden, wenn er kommt, damit ihm nicht gleich auffällt, dass eine Flasche fehlt.

Das Zwiegespräch verstummte abrupt und das Mädchen erstarrte und machte hastig die Taschenlampe aus.

Über ihrem Kopf trappelte etwas.

Schritte. Das sind Schritte! Kam er schon zurück? Helene Reimann lag auf dem Rücken und spürte die rauen Knötchen der Decke auf ihren Armen. Wieder rumorte es über ihr. Dann war es still. Ganz vorsichtig entspannte das Mädchen die verkrampften Nackenmuskeln, nur um die Schultern sofort wieder hochzuziehen, als ein scharrendes Rascheln näher kam. Jetzt hörte es sich so an, als sei das Poltern irgendwo links von ihr. *Was ist das, was ist das?*

Irgendjemand kramte und scharrte neben ihrem Verlies herum. Helene Reimann ließ die angehaltene Luft entweichen und bemühte sich dabei, kein Geräusch zu machen, während die Gedanken in ihrem Kopf einen Flickflack nach dem anderen vollführten.

War das ihr Peiniger nebenan, oder jemand anderes? Was,

wenn er es *nicht* war, wenn es eine unbeteiligte Person war? Würde der Jemand kommen und nachschauen, wer da um Hilfe rief? Vielleicht war das da ihre letzte Chance auf Rettung und sie lag hier reglos rum und traute sich nicht, zu schreien.

Aber was, wenn es *doch* Fantomas war? Hatte er ihr nicht Ruhe befohlen? Er würde sie sofort wieder fesseln, ihr Betäubungsmittel einflößen, sie danach gewiss knebeln und die Lampe wegnehmen. Und dann läge die arme Helene Reimann wie zuvor unbeweglich auf dieser elenden Matratze und jegliche Möglichkeit zur Flucht war ihr genommen.

Nebenan scharrte es jetzt. Es war nicht auszumachen, was oder wer diese Geräusche verursachte.

Entscheide dich! Schreien oder schweigen! Helene Reimann zog den Kopf noch ein wenig tiefer zwischen die Schultern. Dann öffnete sie den Mund zu einem lautlosen Schrei und schloss ihn wieder.

Die Schritte entfernten sich.

Sie war wieder allein.

Weg ist er. Und du wirst vielleicht nie erfahren, ob Rufen dir genützt oder geschadet hätte.

»Das können wir nun nicht mehr ändern.«

Richtig. Du musst dich selbst am Schopf aus dem Sumpf ziehen. Helli. Lass uns also weitermachen.

Wir gießen jetzt das Gesöff ins Klo. Dann kommst du nicht mehr in Versuchung, es zu trinken. Währenddessen kannst du überlegen, ob du dir das mit der Scherbe zutraust.

»Ich kann das.« Leise zischelnd gluckerte der Inhalt in das Plastikbecken. Nummer zwei folgte. Das Mädchen tapste zurück zu ihrem Lager, stellte die leeren Flaschen auf den Boden, legte sich auf den Rücken, löschte das Licht und diskutierte mit ihrem zweiten Ich, wo und wie sie das Glas zerbrechen konnten, ohne sich zu verletzen und ohne Spuren zu hinterlassen.

Zerbrich nur eine. Hier hinten an der Wand. Heb die Matratze hoch und schlage die Flasche fest auf den Boden. Dann suchst du dir eine schöne scharfe Scherbe aus. Der Rest bleibt, wo er ist. Unten drunter.

»Nicht schlecht.« Was wenn er das Geräusch hört?
Du kannst es durch lautes Singen übertönen.

Das ist nicht dein Ernst! Helene Reimann spürte, wie ihre Mundwinkel sich zu einem krausen Lächeln einrollten. Ich und singen?

Das ist kein Spiel mehr, und das weißt du auch. Mach es. Und Helene – mach es gleich.

Vorsichtig schob das Mädchen den Rücken an der Wand hoch. Auf der Rückseite ihres himbeerfarbenen Shirts blieb ein weißer Streifen zurück, der im Dunkeln nicht zu sehen war. Helene Reimann drehte sich auf die Knie und streckte den linken Arm aus, bis ihre Finger das unebene Glas ertasteten. Dann räusperte sie sich und ließ ihre Stimme ertönen. Laut und falsch.

I'm a barbie girl
in a barbie world ...
it's so fantastic ...
I will be spastic ...

Das war nicht der richtige Text, aber es passte wunderbar. Ihr Kopf war ein Heißluftballon. Leer und leicht schwebte das unnütze Ding auf dem Hals. Ein anderes Lied war ihr nicht eingefallen. Der Text spielte keine Rolle. Hauptsache laut.

Ohne Pause begann das Lied von neuem, während eine Hand die rechte Matratzenecke hochbog und die andere den Flaschenhals fest umklammerte. Dann prallte die Flasche auf den Boden.

Noch einmal. Barbie girl ... Barbie world ...

Mitten im Lied klirrte es leise und Helene spürte, dass sie nur noch den oberen Teil in der Hand hielt. Sie sang noch zwei Strophen. Die Stimme im Kopf versuchte, den Barbie-Singsang zu übertönen.

Gut gemacht, Helli. Der erste Teil ist erledigt. Jetzt nimmst du die Taschenlampe und suchst dir eine schöne Scherbe aus. Das Mädchen tat wie geheißen.

Das Glas funkelte und glitzerte im Lichtstrahl wie Diamant. Helene ließ den Kegel langsam über die falschen Edelsteine wandern und entschied sich schließlich für ein lang gezogenes, dreieckiges Stück, das einer durchsichtigen Tortenschaufel glich.

Wohin nun damit?

Wann würde die diamantene Sichel zum Einsatz kommen?

Wenn er auf dir liegt. Dann ist er abgelenkt. Also brauchst du es, wenn du hier, auf dieser stinkenden Unterlage liegst. Unter den rechten Rand damit.

Helene Reimann schob ihre Waffe in Taillenhöhe seitlich unter die Matratze.

Das war sehr, sehr gut, mein Mädchen. Du bist außerordentlich tapfer. Und nun planen wir weiter.

»Ich habe Durst.«

Daran können wir jetzt nichts ändern. Denk nach! Irgendwann kommt er zurück und dann muss alles vorbereitet sein. Schau dir noch einmal den ganzen Raum an. Untersuche die Tür.

Müde schob Helene Reimann die Beine von der Matratze und blieb auf dem Rand sitzen. Der Strahl der Taschenlampe taumelte durch den Raum und blieb auf der Nudelpackung hängen. Eine Plastikschale mit Papphülse.

Was, wenn du eine Botschaft auf die Rückseite der Pappe schreibst?

»Und dann? Ihm in die Hand drücken?« Das kleine Kichern ging in ein trockenes Husten über.

Ich habe außerdem nichts zum Schreiben.

Zuerst die Nachricht. Dann deren Weg nach draußen. Eins nach dem anderen, Helene. Zum Buchstaben malen kannst du die Finger nehmen. Spucke und Kohlenstaub. Das müsste doch gehen.

»Das könnte funktionieren.«

Helene Reimann nahm das Fertiggericht auf den Schoß und betrachtete es im trüben Schein der Taschenlampe. Dann löste sie ganz langsam die Pappe mit dem bunten Bild ab. Es konnte nichts schaden, die Packung zu öffnen und etwas davon zu essen. So würde es ihm auch nicht gleich auffallen, dass die Hülle fehlte.

Aber zuerst schreibst du die Nachricht: Bitte helfen sie mir, ich werde von einem Mann in einem Verlies gefangen gehalten. Unterschrift: Helene Reimann.

Mehr nicht?

Was weißt du denn noch? Wir haben keine Ahnung, wie Fantomas heißt. Wir haben keine Ahnung, wo wir hier sind. Weder in welchem Ort, noch in welcher Straße.

»Schöner Mist.«

Du sagst es. Und nun mach dich an die Arbeit.

Helene begab sich zu dem Kohlenhaufen und betrachtete unschlüssig das schwarze Mehl am Boden. Das Licht der Taschenlampe schien schwächer zu werden. Vielleicht bildete sie sich das auch nur ein. Auf jeden Fall war Eile geboten.

62

Manfred Rabicht blieb stehen und versuchte, den Raum mit den Augen eines Fremden zu betrachten, der gekommen war, um das Haus zu inspizieren. Hinten links saugte ein buckliger Haufen das wenige Licht auf. Karls letzte Kohlenvorräte. Der Lichtkreis der einsamen Glühbirne tönte das Grau des unebenen Fußbodens in der Mitte gelbbraun. In der rechten Ecke reflektierten ein paar verstreut liegende Glasscherben das Licht. Er konnte sich nicht erinnern, ob sie am Anfang auch schon hier gewesen waren, aber es spielte keine Rolle.

Sie konnten liegen bleiben, weil sie belanglos waren.

Nur der große feuchte Fleck am Boden störte etwas, aber er würde in den nächsten Stunden verdunsten und dann war endgültig von all den Ereignissen der Nacht nichts mehr zu sehen. Zufrieden löschte Manfred Rabicht das Licht und zog die Tür zu. Ein Schloss war nicht mehr nötig.

Müde zog sich der Mann mit der roten Latzhose am wackligen Handlauf der Kellertreppe nach oben. Mit jeder Stufe schmerzten die Muskeln in den Oberschenkeln stärker. Auch sein ganzer Rücken schien wund zu sein. Er brauchte jetzt sofort eine Ladung Koffein, um den Tag zu überstehen. Schlafen konnte man dann später. Vielleicht in den Katakomben der Schule, wo es kalt und still war. Ruhe sanft. Er würde den Schlüssel des Nachbarn einfach wieder an das Brett im Flur hängen. Regina hatte nicht richtig hingeschaut, fertig. Sie war manchmal doch sehr zerstreut.

Sanft wippende Grashalme berührten seine Hosenbeine und hinterließen winzige feuchte Flecken. Das morgendliche Gezwitscher der Vögel füllte die Luft mit durchsichtigem Hall. Am flaschengrünen Himmel leuchteten rotorange gefärbte Wolken und verkündeten baldigen Regen. In der Luft lag ein ferner Geruch nach Kartoffelfeuer. Der Latzhosen-Mann nahm nichts davon wahr. Seine Gedanken waren bei den Tätigkeiten der Nacht.

Vorsichtig nahm Manfred Rabicht einen Schluck Kaffee, pustete heftig und streckte die Zunge heraus, während seine Zungenspitze taub wurde. Das Gebräu war heiß. In seinem Nacken kräuselten sich die vom Duschen noch feuchten Haare. Hinter seinen Lidern schienen sich feine Sandkörnchen zu befinden. Bei jedem Wimpernschlag rieben sie über die Oberfläche, so dass es brannte und juckte. Er presste beide Fäuste auf die geschlossenen Augen und rieb. Blitzlichtaufnahmen der Nacht flackerten auf und verloschen sofort wieder. Er nahm die Hände herunter, öffnete die Lider, sah zur Uhr und begann auf einem von Reginas Küchenblöcken zu schreiben.

Könnte heute wieder spät werden. Rufe dich nachher an. Manfred.

Das reichte. Sie würde wahrscheinlich sowieso erst in drei, vier Stunden erwachen, wenn alles so lief wie letztes Mal, als sie zu viel von den Cocktails getrunken hatte. Vorhin, als er kurz bei ihr oben gewesen war, hatte sie jedenfalls dagelegen wie eine Komapatientin. Nur dass die nicht schnarchten.

Er erhob sich, ging in den Flur und checkte seine Tasche. Alles, was benötigt wurde, war da. Der Tag konnte beginnen.

»Guten Morgen Manne!« Helga sah von der Tastatur hoch und betrachtete den Hausmeister. »Du siehst müde aus.« Im

Stillen dachte sie, dass er nicht nur müde, sondern krank wirkte. »Ich habe schlecht geschlafen. Meiner Frau ging es nicht gut.« Der Hausmeister kam um den Empfangstresen herum und kam mit der Thermoskanne und zwei Tassen zu ihrem Schreibtisch. »Trinken wir ein Käffchen zusammen und dann mache ich mich an die Arbeit.« Er goss ein, gab Sahne hinzu und rührte, während Helga ihr Dokument speicherte.

»Ist es was Ernstes?«

»Was?« Er setzte die Tasse ab und begegnete dem mitleidigen Blick der Sekretärin.

»Das mit deiner Frau.«

»Nein.« Helga sah, wie der Hausmeister mit sich rang, ehe er fortsetzte. »Um ehrlich zu sein, sie trinkt gern mal einen über den Durst.«

»Oh.« Jetzt zögerte die Sekretärin einen Moment. »Das ist ja nicht schön.«

»Das kannst du laut sagen.« Manfred Rabicht trank den letzten Schluck und erhob sich. »So hat eben jeder sein Päckchen zu tragen.«

»Du sagst es.«

»Ich geh jetzt runter. Heute werde ich mir das Heizungssystem vornehmen. Es ist Ende September und wenn es kalt wird, muss alles in Schuss sein.« Er öffnete die Tür und drehte sich noch einmal kurz zu ihr um, bevor er hinausging. »Wenn irgendwas ist – du kannst mich über die Sprechanlage erreichen.«

»Mach ich. Bis später, Manne.« Helga sah ihm nach. Man konnte *sein* Päckchen förmlich sehen.

Es drückte auf seinen Rücken und beugte ihn. Eine Frau die trank. Der arme Mann! Dann wandte sie sich wieder ihrem Computer zu.

Stufe für Stufe schritt der Hausmeister in sein unterirdisches Reich hinab. Hier unten herrschte ewige Dämmerung. Und

Stille. Vom oberirdischen Rennen und Toben der Kinder hörte man fast nichts. Jetzt, am frühen Morgen, gab es außer dem Tappen seiner Turnschuhe auf dem Boden kein anderes Geräusch.

Manfred Rabicht schloss seine Werkstatt auf und nach einer Sekunde des Überlegens hinter sich wieder zu, ging dann zum Tisch, stellte die Tasche auf die zerkratzte Holzplatte, setzte sich auf seinen Hocker und stützte den Kopf in die Hände. Hinter seinen geschlossenen Augen lief der Film von letzter Nacht noch einmal in chronologischer Reihenfolge ab. Es hatte keine andere Lösung gegeben. Ob das, was er getan hatte, richtig gewesen war, würde sich zeigen. Langsam öffnete er die bleischweren Lider, ohne etwas zu sehen. Seine Augäpfel rollten nach oben weg.

Er musste jetzt erst einmal ein bisschen schlafen und Kräfte sammeln. Es war noch nicht ausgestanden, aber das Schlimmste war abgewendet.

Der Hausmeister rückte so dicht an den Tisch heran, dass sein Bauch die Kante berührte, streckte die Beine aus, verschränkte die Arme auf der Tischplatte und legte den Kopf darauf.

Fünf Minuten später schlief er.

63

»Was darf ich Ihnen bringen?« Die Kellnerin trug ein weißes Schürzchen und lächelte kokett.

»Ich nehme ein Rumpsteak mit Kräuterbutter und Speckbohnen. Dazu ein großes Wasser.«

»Und ich das Pilzomelett. Und vorher einen kleinen gemischten Salat, dazu einen trockenen Weißwein aus der Gegend.«

»Hast du nicht gestern Abend schon Rumpsteak gegessen?« Und seit wann trank ihr Kollege Wasser anstatt Bier? Irgendetwas stimmte nicht mit ihm. Doreen rieb mit dem Mittelfinger an ihrem Unterlid. Es brannte und juckte.

»Ich habe eben Appetit darauf. Ist das schlimm?«

»Nein. Es fiel mir nur auf. Du isst fast nie Obst und Gemüse.«

»Dafür verzichte ich auf Alkohol.«

»Das ist kein Ersatz. Aber –« sie legte ihm kurz die Hand auf den Arm »– ich will dir nicht das Essen vermiesen.« Sie hatten schon genug hässliche Gedanken an diesem Tag gehabt.

Norbert lehnte sich zurück und faltete die Hände über seinem Bauch. Doreen betrachtete die Wölbung. Es schien ihr, als sei sie kleiner geworden. »Hast du abgenommen?«

»Ich? Abgenommen?« Ein breites Grienen verwandelte sein Gesicht in ein Clownsantlitz. »Vielleicht ein bisschen. Sieht man es?«

»Irgendwie kommst du mir dünner vor.«

»Das macht das Rumpsteak-Essen.« Norbert lächelte noch immer und dankte im Geiste Doktor Atkins. Sie hatte es bemerkt!

»Toll. Ich bin begeistert.« Dass das kurz gebratene Rindfleisch daran schuld sein sollte, glaubte Doreen nicht, aber irgendetwas war an seinem Essverhalten anders. Sie nahm sich vor, ihn in nächster Zeit aufmerksam zu beobachten, um herauszufinden, was die Ursache war.

»Trinken wir noch einen Espresso und machen uns dann auf den Rückweg, was hältst du davon?« Er machte Weißschürzchen ein Zeichen.

»Gern. Welchen Rückweg nehmen wir?«

»Von hier aus geht eine Treppe direkt nach unten. Die berühmte Spitzhaustreppe. Ich erkläre dir, was es damit auf sich hat, wenn wir dort sind.« Sein Blick schweifte für einen Moment zur Uhr. »Es ist erst um zwei. Wir könnten noch ein bisschen durch die Weinberge wandern, ehe wir zurückfahren.«

»Von mir aus gern.« Doreen riss den oberen Streifen der beiden Zuckerpäckchen ab, schüttete die weißen Kristalle in ihren Espresso und verfolgte den Strudel, der beim Rühren entstand. Es sah aus wie ein kleiner Zyklon, in der Mitte eine Vertiefung, um die die braune Flüssigkeit herumwirbelte. Aufblickend sah sie, wie ihr Kollege drei Süßstoff-Tabletten aus dem Spender drückte. Sie plumpsten in seine Tasse und dann rührte auch er. Seit wann trank Norbert wieder Espresso? Und – seit wann verzichtete er auf Zucker? *Das* war definitiv seltsam. Sie führte die winzige Tasse zum Mund und nahm einen Schluck. Auch Norbert verzog das Gesicht. Es war nicht zu erkennen, ob es am Süßstoff oder am Kaffee lag.

»Vom Espressomachen haben sie hier keine richtige Ahnung. Aber das Essen war gut.«

»Das ist die Spitzhaustreppe. Und da drüben –« Norberts Arm schwenkte nach rechts »– hast du den Bismarckturm« Sie standen am oberen Ende und blickten auf Radebeul hinunter.

»Sie sehen hier die längste Treppenanlage Sachsens, Idee von August dem Starken, Ausführung: Matthäus Daniel Pöppelmann. 1799 wurde das Prachtstück fertig gestellt. Man nennt sie auch Himmelsleiter.«

»Ist das der gleiche Pöppelmann, der den Zwinger gebaut hat?« Norbert nickte.

»Ich bin begeistert. Tolle Aussicht.« Doreens Blick schweifte über die Weinberge links und rechts der Treppe und schwang sich dann in die Lüfte über das Elbtal bis nach Meißen. »Das hast du sehr schön ausgesucht, Norbert, danke.« Sie drückte seinen Ellenbogen. Ihr linkes Augenlid kribbelte noch immer und sie berührte die Stelle mit dem Finger. Eine kleine, schmerzende Beule.

»Es sind genau 365 Stufen.« Er schaute verlegen nach unten. Auf offensichtliches Lob fiel ihm keine Antwort ein. »So viele, wie Tage im Jahr.«

»War das Absicht von Pöppelmann?«

»Da kannst du sicher sein. Er hatte sie als Jahrestreppe geplant. Leider sind es letztendlich 390 Stufen geworden, weil sie unten noch ein paar angefügt haben. Wagen wir den Abstieg und zählen nach!« Von unten schnauften vier Japaner herauf. Zwei Männer und zwei Frauen. Die Frauen hatten rote Gesichter und atmeten heftig. Norbert war im Stillen dankbar, dass er die Wanderung nicht umgedreht herum geplant hatte. Auf einem Absatz blieben die vier stehen und die Männer schwenkten im Zeitlupentempo ihre Videokameras von links nach rechts und wieder zurück.

»Weiter unten ist ein kleines Museum. Das Weingut Hoflößnitz. Dort könnten wir zum Abschluss noch einen Schoppen trinken.«

»Da bin ich doch glatt dabei.« Doreen erwiderte das höfliche Nicken der rotgesichtigen Japaner und folgte ihrem Kollegen. »Wenn du ein Glas mittrinkst.«

»Überredet.« Norbert versuchte sich zum mindestens zehnten Mal zu erinnern, ob Wein die Diät störte und entschied sich, dass es egal sei. Einmal war keinmal. Schließlich waren sie zum Ausspannen – das Wort Urlaub schien ihm unpassend – hier. Bei dem Gedanken an ›Erholung‹ verdüsterten sich seine Züge. Für eine reichliche Stunde hatte er keinen Gedanken an Pädophile und ihre Opfer verschwendet. Aber sie waren noch da.

»Dreihundertfünfundsechzig!« Doreen machte einen Hopser vom vorletzten Absatz und blieb dann stehen, um auf Norbert zu warten. »Es stimmt!«

»Hab ich doch gesagt.« Er hielt neben ihr und holte Luft. Seine Kniegelenke schmerzten. »Wenn ich mich richtig erinnere, müssen wir jetzt noch ein Stück da runter und dann rechts rum.«

Norberts Erinnerung trog ihn in diesem Punkt. Zum Weingut Hoflößnitz ging es nicht rechts herum, sondern linksherum, aber der Mann und die Frau würden ihren Irrtum schon bald bemerken und umkehren. Es war, als habe eine höhere Macht Norberts innere Landkarte durcheinander gebracht, um diesen kleinen Umweg zu erzwingen.

64

Das Mädchen versuchte, sich auf die Seite zu wälzen, aber es gelang ihr nicht. Irgendetwas lähmte ihre Muskeln. Auch die Augenlider schienen verklebt zu sein. Einmal, als kleines Kind, hatte sie Bindehautentzündung gehabt. Genau so fühlte sich das jetzt an. Der Boden unter ihr war hart. Unebenheiten drückten und bohrten sich in ihre Rückseite. Auf jeden Fall lag sie nicht auf ihrer Matratze.

Soso. Wir bezeichnen das speckige Ding also inzwischen als ›unsere‹ Matratze?

Die neunmalkluge Helene war auch noch da. Sie schien putzmunter und gab wie eh und je vorlaute Kommentare von sich.

»Lass mich in Ruhe.« Mehr als ein heiseres Krächzen kam nicht aus dem Mund des Mädchens. Die Worte erzeugten einen Hall in dem Raum, den es vorher nicht gegeben hatte.

Mach wenigstens die Augen auf. Versuch es, komm schon.

Helene Reimann merkte nicht, dass sie wimmerte. Sie wollte ihre Ruhe. Um ihren Magen schien sich eine eherne Faust zu legen, die immer fester zudrückte. Das Herz blähte sich im Brustkorb auf und fiel wieder zusammen. Ihre Zunge lag wie ein dicker Klumpen Fleisch hinter den Zähnen. Nein – es ging ihr definitiv *nicht* gut. Die Stimme im Kopf jedoch drängelte und bohrte.

Du öffnest jetzt die Augen! Bei Drei! Eins – Zwei und – Drei!

Im ersten Moment kniff das Mädchen die Augen noch ein wenig fester zusammen. Dann klappte erst das linke und anschließend das rechte Lid nach oben und sie schaute.

Da war nichts. Kein Licht, keine Wände, kein Kohlenhaufen. Schnell schloss Helene die Augen wieder und seufzte. Ich bin so müde.

Warum bist du müde?

Wahrscheinlich hat Fantomas mir wieder Schlafmittel eingeflößt. Und nun schweig und lass mich in Frieden.

Wahrscheinlich hat er dich auch wieder gefesselt und dir die Taschenlampe weggenommen.

Kann schon sein. Sei still, lass mich schlafen. Aber sie konnte nicht schlafen. Wie ein immer wiederkehrender Singsang kreiselten die Gedanken um Fesseln und Finsternis. Handschellen und Schwärze. Klebeband und Dunkelheit.

Das Mädchen gab nach und prüfte die Muskeln der Arme und Beine. Die Gliedmaßen ließen sich auch unter Aufbietung aller Willenskräfte nicht bewegen.

Die vorlaute Helli hatte Recht gehabt. Mal wieder. Helene Reimann lag verpackt wie Frachtgut im Dunkeln. Und so, wie sich ihr Rücken anfühlte, war es der nackte Fußboden.

Warum bloß hatte der Maskenmann sie wieder verschnürt und ihr die kleine, tröstliche Lampe weggenommen? Es war doch zuletzt gut gelaufen. Er hatte ihr die Kapitulation doch abgenommen, oder?

Hatte sie auf ihrer Matratze geglaubt, es könne nicht schlimmer kommen? Nun, das war ein Irrtum gewesen.

Und nun liegst du hier und weißt nicht, was los ist.

Irgendetwas war geschehen. Das Mädchen konnte die Tränen nicht mehr aufhalten, aber die oberschlaue Tussi in ihrem Kopf gab keine Ruhe.

Heul ruhig. Aber versuch dich dabei zu erinnern. Was ist zuletzt passiert? Mach schon Dummkopf!

Allmählich wurde Helene Reimann wütend. Nicht genug, dass sie hier gefesselt und unter Drogen gesetzt in einem Verlies gefangen gehalten wurde, nein – sie musste sich auch noch von der altklugen Stimme beschimpfen lassen. Einer Stimme, die in ihrem eigenen Kopf herumgeisterte und allmählich ein Eigenleben zu führen begann. Das alles machte keinen guten Eindruck.

Sie presste die Lider fest aufeinander, und versuchte, die letzten Bilder heraufzubeschwören, die in ihrem wirren Kopf gespeichert waren.

Das Schloss hatte geklappert. Die Tür wurde aufgestoßen und prallte mit einem Klacken gegen die Wand. Dann quietschte die Glühbirne hektisch. Fantomas schien es heute eiliger als sonst zu haben. Helene Reimann hatte brav auf ihrer Matratze gelegen, die Decke bis zum Kinn hochgezogen, die Augen geschlossen. Neben ihr lag die Taschenlampe. Die halb volle Nudelpackung – die kalte Pampe hatte nach gar nichts geschmeckt – und eine leere Flasche Limonade standen neben dem Lager.

Na siehst du, du erinnerst dich! Weiter, Helli!

Weiter, weiter. Was war dann?

›Steh auf!‹ hatte der Maskenmann befohlen. ›Ein bisschen flott, wenn ich bitten darf!‹ Die Sätze waren verschliffen aus dem Schweinerüssel gekommen. ›Setz dich dort auf den Hocker.‹ Er drehte ihr den Rücken zu und während er in dem mitgebrachten Stoffbeutel wühlte, schob sie ihre Hand unter den Rand der Matratze, tastete nach der Scherbe

Hoffentlich schneidest du dich nicht dabei.
Es ist deine einzige Waffe.

und schob dann die kleine Glassichel in die hintere Hosentasche der Jeans. Fantomas wandte ihr noch immer die Rückseite zu und murmelte unverständlich vor sich hin.

Die Botschaft noch, schnell!

Es blieb keine Zeit für lange Überlegungen und so verstaute Helene Reimann ihren mit Kohlestaub gemalten Hilferuf vorn unter dem T-Shirt. Es war ein kindischer Zettel, eigentlich sinnlos und sie hatte auch noch keine Idee gehabt, wie die Nachricht aus dem Verlies nach draußen gelangen würde, aber vielleicht ergab sich eine Gelegenheit. Der Maskenmann würde es sofort bemerken, wenn er sie abtastete, aber irgendwie hatte sie das Gefühl, dass er dies nicht tun würde. Fantomas hatte heute andere Sorgen.

Das Mädchen auf dem harten Steinboden seufzte tief und versuchte, sich ein wenig zur Seite zu drehen. Die nach hinten verdrehten Arme, auf denen ihr ganzes Körpergewicht lastete, schmerzten am meisten.

Mit einem mürrischen Schnaufen hatte sich Fantomas umgedreht und gesehen, dass sein Opfer noch immer mit weit aufgerissenen Augen auf der Matratze lag.

›Du sollst dich auf den Hocker setzen! Bist du taub? Bring mich nicht erst in Rage!‹

Helene tat so, als begreife sie nicht, was er von ihr wolle, aber der Maskenmann schnappte sich ihren Oberarm und zerrte sie nach oben.

›Mach mir keine Schwierigkeiten, du kleine Schlampe, das könnte böse enden. Und das wollen wir doch beide nicht. Ich habe weder Zeit noch Lust auf Spielchen!‹

Es klang bedrohlich und Helene ließ sich schnell rücklings auf den Hocker fallen, während sie fieberhaft darüber nachdachte, was das zu bedeuten hatte. Da hatte sie nun eine Ewigkeit auf der Matratze gelegen und sich vorgestellt, wie es sein würde, ihm die Glasscherbe in den Hals zu rammen und nun musste sie stattdessen auf dem wackligen Dreibein Platz nehmen. Die Glasscheiben der

Maske blieben einen Augenblick lang unbeweglich auf die zusammengesunkene Gestalt auf dem Hocker gerichtet. Dann war Fantomas hinter sie getreten und hatte weitergemurmelt. ›Wir müssen einen kleinen Ausflug machen.‹ Seine Hände landeten auf ihrem Rücken. Die Last war schwer. Er roch nach Schweiß. Helene konnte ein Zittern nicht unterdrücken. Als ein Stück Stoff über ihren Kopf rutschte, entfuhr ihr ein leiser Aufschrei. Sofort legten sich die Hände sanft um ihre Kehle. ›Halt ja das Maul. Wenn du schreist, drücke ich zu.‹

Sie hatte genickt und er sprach weiter. ›Also hör mir gut zu. Wir gehen jetzt nach draußen, du vorneweg, ich hinter dir. Dann steigst du brav ins Auto. Denk immer dran, ich bin direkt hinter dir. Eine falsche Bewegung, ein Wort, ein kleiner Aufschrei und ich mache dir den Garaus.‹ Die Hände schlossen sich fester um ihren Hals. Wieder hatte sie genickt. Verzweifelt jetzt.

Dann spürte sie, wie er die Henkel des Stoffbeutels in ihrem Nacken verknotete. ›Rühr dich nicht von der Stelle.‹ Hinter ihr raschelte es. Ein schmatzendes Geräusch ertönte. Dann hörte Helene Reimann seine Stimme zum ersten Mal klar und deutlich. ›Wir gehen jetzt los.‹ Seine Hand schloss sich um ihren Oberarm und sie wurde nach oben gezogen. Bevor der Lichtschalter klackte, hatte sie versucht, durch den Stoff hindurch irgendetwas zu erkennen, aber das Gewebe war zu dicht. Fantomas hatte die Maske abgelegt.

Es schien ihr ein gutes Zeichen zu sein, dass er sich ihr trotzdem nicht ohne die Vermummung zeigte. Das – so glaubte Helene Reimann aus den zahlreichen Fernsehthrillern zu wissen – das taten die Täter nur, wenn es ihnen nicht egal war, was aus dem Opfer wurde. Wenn sie vorhatten, es zu beseitigen, brauchten sie auch keine Angst zu haben, später identifiziert zu werden. Solange der

Maskenmann darauf achtete, sich ihr immer nur getarnt zu zeigen, so lange bestand keine Gefahr für ihr Leben.

Glaubte sie.

In der Finsternis gab er ihr einen Schubs und sie blieb mit dem rechten Fuß an dem halb vollen Wassereimer hängen, so dass dieser umfiel und ihre Schuhe durchnässte. Fantomas hatte kurz geflucht, sie dann vorwärts geschoben und so war Helene Reimann losgestolpert, seine Handfläche immer im Rücken.

Er hatte sie bis zum Auto laufen lassen. Wahrscheinlich war das einfacher für ihn, als das schlaffe Bündel zu tragen.

Helene hatte gespürt, dass es draußen dunkel war. Die Luft hatte nach Herbst und trockenem Seidenstoff gerochen. Das Abendlied einer Amsel über ihrem Kopf trieb ihr Tränen in die Augen. Sie schluckte mehrmals, aber der Kloß in ihrem Hals wurde nur dicker.

›Bleib stehen und rühr dich nicht.‹ Der Druck in ihrem Rücken verschwand und Helene Reimann stand allein da. Kurz überlegte sie, zu schreien, ließ es aber bleiben. Neben ihr klappte eine Autotür und dann war Fantomas wieder neben ihr und führte ihren Arm zum Rahmen. ›Steig ein.‹ hatte er befohlen. ›Sofort.‹

Sie hatte sich seitlich neben das Auto gestellt und langsam nach vorn gebeugt, immer darauf hoffend, er möge nicht sehen, was da aus dem unteren Rand ihres Nickis herausglitt und zu Boden rutschte. Dann knickte sie schnell ein, rutschte auf den Sitz und hörte, wie er neben ihr Platz nahm.

›Rutsch ganz nach unten. Es braucht keiner zu sehen, dass da jemand auf dem Beifahrersitz ist.‹

Das Auto hatte losgebrummt. Etwa zwanzig Minuten waren sie in gemächlichem Tempo dahingefahren und Helene Reimann hatte es bald aufgegeben, die Kurven zu zählen. Wahrscheinlich fuhr er durch unbelebte Seitenstraßen, um keiner Streife aufzufallen.

Dann hielt das Auto und der Tanz hatte von neuem begonnen. Sie vorneweg, er hinterher. Zuerst durch eine quietschende Tür. Dann in einen Vorraum, in dem ihre Schritte laut hallten. Schließlich eine Menge Stufen hinunter und einen endlosen Gang entlang. Dann klappte gedämpft eine weitere Tür und sie wurde hineingeschubst. Er ließ sie mitten im Raum stehen. Die Geräusche waren nicht zu identifizieren. Als sich der Beutel von ihrem Kopf hob, hatte Fantomas wieder seine Maske auf. Noch ehe sie fragen konnte, was das alles zu bedeuten habe, hatte er ihr einen Schlag vor die Brust versetzt, so dass sie rückwärts taumelte und auf den Boden fiel.

Und dann kniete das Monster über ihr, hielt ihr die Nase zu und wartete, bis sich ihr nach Luft schnappender Mund weit öffnete, um dann ein kleines Fläschchen bitterer Flüssigkeit hineinfließen zu lassen.

Das war's Helene Reimann. Nun weißt du, was passiert ist. Er hat dich von einem Verlies ins Nächste gebracht.
»Was soll das alles?« Es war nur ein müdes Lallen.
Wenn wir das wüssten, Schatz, wären wir schlauer.
Kann ich jetzt endlich schlafen?
Es wäre besser, du bleibst wach und denkst über unsere Möglichkeiten nach, Helli. Ich für meine Person, würde gern entkommen und du?
Die Angesprochene antwortete nicht. Sie war ins Reich der Träume abgetaucht.

65

Leises Surren bohrte sich in die Ohren des Hausmeisters. Er drehte den Kopf nach rechts und schnaufte, ohne aufzuwachen. Das Surren wurde zu einem Dröhnen. Hartnäckig wiederholte es sich in Sekundenabständen, bis sein Bewusstsein es als das Brummen der Wechselsprechanlage identifizierte und ihm nichts anderes übrig blieb, als die Augen zu öffnen und auf den Knopf zu drücken. »Ja bitte?«

»Manfred?« Helgas Stimme trompetete fröhlich. »Du hörst dich so weit weg an.«

»Ich bin in der Werkstatt.« Der Hausmeister setzte sich aufrecht hin und drehte den Kopf von links nach rechts, um die verkrampften Muskeln zu entspannen. »Was gibt es denn?«

»Wir brauchen die große Tafel zum Aufstellen aus dem Lager. Ich schick dir gleich mal zwei Schüler runter.«

Noch ehe er protestieren konnte, hatte sie schon aufgelegt.

»So ein Scheiß ... Seit wann wird die Tafel von *Schülern* hochgetragen?« Manfred Rabicht sah auf die Uhr. Er hatte drei Stunden geschlafen. Immerhin. Hastig hantierten seine Finger mit dem Schlüssel und dann eilte er um die Ecke und den Gang entlang zum anderen Ende.

Der Hausmeister würde den Schülern die Tafel bis an den Fuß der Treppe bringen. Hochtragen konnten sie diese dann allein.

Beeil dich! Es ist nicht nötig, dass die Jugendlichen hier unten herumschnüffeln!

Laut ratternd rollten die kleinen Metallräder über den Boden und machten bei jeder Fuge ein klackendes Geräusch, fast wie ein Zug auf den Schienen. Am Beginn der Treppe in die Oberwelt blieb der Hausmeister stehen und wischte sich mit dem Hemdärmel den Schweiß von der Stirn. Schritte und Stimmen näherten sich von oben, dann bogen zwei Halbwüchsige um die Ecke und kamen die Steinstufen heruntergeschlendert. Sie nickten ihm zu, packten dann den Metallrahmen der Tafel links und rechts und stiegen, einen Fuß vor den anderen setzend die Stufen hinauf.

Als sie verschwunden waren, setzte sich auch Manfred Rabicht langsam wieder in Bewegung.

Neben der massiven Eisentür in der Mitte des Ganges grüßten die drei verblassten rot-braunen Buchstaben. L, S und R. Der Hausmeister schwenkte den mächtigen Schlüsselbund, so dass dessen Melodie aus zitterndem Eisen ertönte.

Die Sani-Taschen und den Berg-Gasmasken hatte er vorsorglich in einen Nachbarraum geräumt. Nicht, um Platz zu schaffen, sondern um nichts in dem Raum zu lassen, was als Waffe dienen konnte. Im Moment schlief das Mädchen wahrscheinlich tief und fest, aber irgendwann würde sie erwachen und er konnte nicht den ganzen Tag bei ihr sein. Schon der überraschende Besuch der beiden Halbstarken hier unten war nicht eingeplant gewesen. Wer weiß, was noch alles geschah. Dies hier war kein *sicherer* Ort.

Dann schauen wir doch jetzt mal, was die kleine Schlampe macht. Ohne ein Geräusch schob er den Schlüssel ins Schloss und drehte ihn.

In Radebeul drehte sich im gleichen Augenblick ein Schlüssel an der Eingangstür von Karl Bochmann. Der Mann im dunkelgrauen Anzug schielte unauffällig zu der Frau, die mit unter die Achseln geschobenen Händen neben ihm stand. Sie wirkte angetrunken. Er hatte ewig auf die mit ›Rabicht‹ beschriftete Klingel drücken müssen, ehe sich drin etwas rührte. Dabei habe ich mich doch rechtzeitig angekündigt, dachte der Mann im Anzug. Die Frau hatte ihm, in einen verwurstelten Bademantel gehüllt, geöffnet und ihn verständnislos angeblinzelt. Dabei musste sie sich mit der Rechten am Türrahmen festhalten, um nicht hinzufallen. Entweder trank sie schon am frühen Morgen oder bis in den späten Abend hinein. Obwohl er ihr angeboten hatte, allein hinüberzugehen, bestand sie darauf mitzukommen und war zehn Minuten später in einem ausgebeulten Jogginganzug wieder an der Tür erschienen.

Das Schloss gab ein schnappendes Geräusch von sich und sie traten in Karl Bochmanns Flur.
»Ich fange oben an. Sie müssen nicht in jeden Raum mitkommen.«
»Dann setze ich mich in die Küche.« Regina schüttelte behäbig den Kopf. Da drin schien sich weiße Watte zu befinden. Ihre Muskeln waren wie Götterspeise. Ein Wackelpudding auf Beinen. Der Anzugmann stapfte nach oben.
Sich am Tisch abstützend, sank Regina auf einen der Küchenstühle, stellte die Ellenbogen auf die Platte und legte das Kinn in die Handflächen. Die Wanduhr tickte laut, als sei ihr Besitzer noch am Leben. Es war elf Uhr und sie hatte noch wie eine Tote geschlafen. Das Klingeln des Nachlassverwalters war nur mühsam in ihr umnebeltes Bewusstsein gedrungen. Im Bademantel war Regina nach unten geschwankt. Es hatte ein Weilchen gedauert, bis ihr Gehirn dem grauen Anzugmann eine Bedeutung zuordnen konnte, aber dann war es ihr wieder eingefallen. Heute war Mittwoch. Der Anzugmann wollte Karls Nachlass inspizieren. Gestern noch war sie furchtbar neugierig gewesen, wie so etwas ablief, heute jedoch schien ihr alles egal zu sein,

aber Regina beschloss, trotzdem mit hinüberzugehen. Dass Karls Schlüssel am Haken hing, als wäre er nie weg gewesen, war ihr in dem Moment gar nicht aufgefallen.

Über ihr klappte eine Tür. Regina schloss die Augen. ›Sie müssen nicht in jeden Raum mitkommen‹ hatte der Anzugmann gesagt. Sie konnte hier warten und sich ausruhen, bis er fertig war. Sanft wehend glitten die Gedanken dahin. Warum nur war sie so kraftlos und schläfrig? Mit ihr stimmte etwas nicht. Sie musste nachher ihre Schwester anrufen und um Rat fragen. Gerti kannte sich mit so etwas aus. Mit diesem Gedanken driftete die Frau in einen versponnenen Halbschlaf ab.

Manfred Rabicht schloss die Tür zum Luftschutzraum noch einmal ab und ging, um eine der Gasmasken aus dem Nachbarraum zu holen.

Zurückgekehrt öffnete er, spähte hinein, betrat dann mit vorsichtigen Schritten den Raum, zog die Tür hinter sich ins Schloss, zerrte die Gasmaske über den Kopf und tastete erst dann nach dem Lichtschalter. Mit einem Flackern erwachten die drei Neonröhren an der Decke zum Leben und beleuchteten die Szenerie mit ihrem kränklich weißen Licht.

Helene Reimann lag halb seitlich auf dem Fußboden, die Hände hinter dem Rücken gefesselt, die Füße an den Knöcheln zusammengebunden. Sie rührte sich nicht. Manfred Rabicht ging neben ihr in die Knie und legte eine Hand auf das weiche Gesicht. Ihre Augenlider flatterten, blieben aber geschlossen. Vielleicht war die Dosis heute Nacht ein wenig hoch gewesen, aber besser zu viel, als zu wenig. Er würde sich frühestens am späten Nachmittag mit ihr befassen können, wenn alle Lehrer und auch Helga nach Hause gegangen waren. Dann gehörte das ehrwürdige Gebäude ganz ihm.

Und *dann* musste er auch ernsthaft darüber nachdenken, wie das hier weitergehen sollte. Nicht nur, dass das Midazolam demnächst zur Neige gehen würde, es war auch undenkbar, Helene Reimann wochenlang im Luftschutzraum der Schule gefangen zuhalten. Und einen anderen sicheren Ort kannte er nicht.

Gedankenverloren betrachtete der Mann mit der Maske die bläulich-weiße Haut des Mädchens. Ihr Brustkorb hob und senkte sich gleichmäßig.

Du wirst dich entscheiden müssen, was aus der da werden soll. Willst du sie freilassen und riskieren, dass sie dich irgendwann schnappen und die Kleine dich identifiziert?

»Vielleicht tue ich das ja.« Es klang nicht überzeugend.

Was wäre denn die Alternative? Manfred Rabicht hatte keine Lust auf Gewalt. Würgen, Stechen, in Blutpfützen waten – das war nicht sein Stil. Wenn, dann sollte es lautlos und schmerzfrei stattfinden. Zum Beispiel durch eine Überdosis Betäubungsmittel. Oder zwei ganze Packungen von Reginas Schlaftabletten. Sein Unterbewusstsein schien heute früh, als er die weißen Schachteln aus ihrem Nachttisch genommen hatte, schon Bescheid gewusst zu haben. *Und dann? Wohin mit dem Körper?*

Der Hausmeister sah die alte Heizungsanlage der Schule vor sich. Sie war stillgelegt, funktionierte aber noch. Er nahm sich vor, diese Idee im Auge zu behalten. Man musste schließlich nichts überstürzen, aber ewig durfte er mit einer Entscheidung auch nicht zögern.

Der Maskenmann richtete sich auf, holte drei Zeltbahnen aus der rechten Ecke des Raumes, fasste Helene Reimann unter den Achseln und zog sie darauf. Egal, was geschehen würde, sie sollte es etwas bequemer haben. *In ihren vielleicht letzten Stunden.*

Sie roch ungewaschen. Gar nicht mehr frisch und knackig. Was ja in Anbetracht dessen, dass sie die stets gleichen Sachen nun schon etliche Tage trug, kein Wunder war. Zuerst hatte er darüber nachgedacht, ihr ein paar Kleidungsstücke aus Reginas Kleiderschrank zum Wechseln mitzubringen, sich dann aber dagegen entschieden. Und momentan war es überhaupt nicht wichtig, wie sie aussah oder roch.

Der Hausmeister würde jetzt noch ein wenig Betäubungsmittel in die schlafende Helene nachfüllen und dann in seiner Werkstatt versuchen, den verlorenen Nachtschlaf nachzuholen.

Irgendwie hatte Manfred Rabicht das undeutliche Gefühl, dass etwas vorbei war. Das ›Abenteuer‹ mit der kleinen Sklavin schien sich dem Ende zuzuneigen.

66

Norbert hob das Glas, hielt es vor die Augen und drehte den Stiel von links nach rechts. Der Wein leuchtete im Licht der Nachmittagssonne wie heller Bernstein. Dann nahm er einen Schluck und schmatzte ein bisschen. »Ein Genuss.«

Doreen antwortete ihm nicht. Abwesend starrte sie auf die Tischplatte, als wolle sie sich die Maserung einprägen.

»Doreen, ich unterhalte mich mit dir.«

»Für mich hört es sich eher nach einem Selbstgespräch an. Aber wenn du eine Antwort willst: Der Wein schmeckt prima.« Ohne hinzusehen, umfasste sie die Wölbung ihres Glases und trank es halb leer. »Ganz toll.«

Norbert hatte den Eindruck, dass es ihr nicht aufgefallen wäre, wenn das Glas statt Wein Wasser enthalten hätte. »Meinst du?« Er beschloss, abjetzt nur noch lapidare Kommentare von sich zu geben. Eigentlich hatte er gehofft, gemütlich mit seiner Kollegin über dies und das plaudern und dabei unauffällig ihr Schneewittchengesicht bewundern zu können. Stattdesen saß Doreen nun hier und starrte auf den Tisch. Zwischendurch berührte sie immer wieder eine rote Stelle am linken Auge.

»Möchtest du noch einen Schoppen oder wollen wir dann zahlen und uns allmählich auf den Rückweg machen?«

»Nichts mehr, danke. Lass die Rechnung kommen.« Doreen rieb an ihrem Lid.

»Das sieht ganz rot aus.«

»Es tut auch weh. Ich fürchte, das wird ein Gerstenkorn.« Doreen war wütend. Die Aussicht, mit einem halb zugeschwollenen Auge herumzulaufen, war, abgesehen von den Schmerzen nicht besonders schön. »Vielleicht finden wir auf dem Rückweg eine Apotheke, wo ich mir eine Salbe holen kann.«

»Ganz bestimmt.« Norbert legte sein ausgebeultes Portemonnaie auf den Tisch und hob den Arm, damit die Kellnerin sehen konnte, dass sie zahlen wollten.

In der S-Bahn war es stickig. Auf der Bank vor ihnen werteten zwei Omas das Wetter der letzten Tage aus und prophezeiten, dass es bald regnen würde. Vielleicht heute noch. Norbert sah hinaus und betrachtete die lang gezogenen durchscheinenden Wölkchen an dem verschleierten graublauen Himmel. Durchaus möglich, dass die beiden Alten Recht hatten. Aber es war nicht schlimm. Für heute Abend hatten sie Karten für die Semperoper und morgen konnte man die Gemäldegalerie oder das grüne Gewölbe besichtigen.

»Da!« Doreen kniff in seinen Oberarm und sein Blick fiel auf das rot leuchtende ›A‹ auf weißem Grund, das an ihnen vorüberglitt. »Eine Apotheke!« Sie erhob sich und hangelte zur Tür. »Wir fahren mit der nächsten Bahn weiter in Richtung Innenstadt, ja?« Norbert nickte und drückte die Knie durch. Die Gelenke knirschten. Er war ein altes, abgetakeltes Wrack. Mit bemüht lockerem Gesichtsausdruck folgte er seiner Kollegin zum Ausgang und stieg hinter ihr aus.

Die Apothekentür schwang lautlos auf. Im Innern roch es nach Zitronenspray und Menthol. Der Verkaufsraum war leer. Doreen trat an die Theke und betrachtete die Parade der Schmerztabletten unter der Glasplatte. Aus dem Raum dahinter machte eine weiß bekittelte Madam ihnen ein Zeichen, dass gleich jemand kommen würde. Sie hielt den Telefonhörer noch ein paar Sekunden ans Ohr gepresst, hörte mit heruntergezogenen Augenbrauen zu und begann dann zu sprechen. Obwohl sie sich bemühte, zu flüstern, konnte Norbert doch jedes Wort verstehen. »Du gehst jetzt nach oben und siehst nach. Jetzt *gleich*!« Es klang wütend. »Ja, ich warte.« Ihre Finger vollführten einen Trommelwirbel auf der Schreibtischplatte. Die Madam schielte kurz zu Norbert, der seinen unbeteiligten Gesichtsausdruck aufgesetzt hatte und krümmte den Rücken, um sich von seinen Blicken abzuschirmen. Es dauerte etwa eine Minute, dann begann sie wieder in den Hörer zu zischeln. »Hast du richtig nachgesehen? Ich verstehe das nicht ... Die können doch nicht weg sein! Ja. Ja. Von mir aus. Mach das. Bis später!« Mit einem empörten Kopfschütteln legte sie auf.

Eine junge Frau mit einem altmodisch am Oberkopf zusammengezwirbelten Dutt eilte herbei und entschuldigte sich für ihre Abwesenheit. Doreen trat dichter an den Verkaufstresen und ließ ›Frau Dutt‹ ihr Auge begutachten, während Norbert darüber nachdachte, dass solch eine Frisur im Volksmund ›Zwiebel‹ genannt wurde.

»Das scheint mir ein Gerstenkorn zu werden.« Die ›Zwiebel‹ guckte betrübt.

»Das hatte ich befürchtet.« Doreen atmete tief aus und ließ die Schultern herabsacken.

»Wir finden ganz bestimmt etwas für Sie.« Sie stakte nach hinten und begann, Kästen aufzuziehen und wieder zuzuschieben. In der Zwischentür diskutierte die Madam jetzt mit einer großen knochigen Apothekenhelferin mit Pferdezähnen.

»Das muss doch nichts bedeuten, Gerti.« Das Pferdegebiss schüttelte sacht den Kopf. »Vielleicht hat deine Schwester heute mal ein Mittagsschläfchen gemacht und war noch nicht richtig munter.«

»Ein Mittagsschläfchen! Regina macht *nie* Mittagsruhe. Schon gar nicht nachmittags um vier! Nein, Christine, glaub mir, da stimmt etwas nicht. Sie klang nicht normal. Irgendwie benebelt.«

Es hörte sich empört an. Norbert drehte sich zur Seite und grub die Zähne in die Unterlippe, um nicht zu lachen. Probleme hatten die alten Tratschweiber! Wahrscheinlich hatte ›Regina‹ einfach einen zu viel getrunken.

Die Madam schwadronierte indessen munter weiter. »Wenn es *nur* das wäre, würde ich gar nichts sagen. Aber erst neulich hat mein Schwager behauptet, Regina nähme andauernd Schlaftabletten und trinken würde sie auch. Eben habe ich sie nachsehen lassen und sie sind verschwunden. Einfach weg!«

»Sie wird sie verlegt haben.«

Da haben wir es doch, Bruder Alkohol. Norbert versuchte, die beiden nicht zu offensichtlich zu beobachten. Ihr Dialog hätte von Loriot sein können.

»Verlegt? Zwei ganze Schachteln Radedorm? Das *glaube* ich einfach nicht! Und Alkohol trinkt Regina kaum. Wenn, dann mal ein Gläschen Wein.«

»Vielleicht macht sich dein Schwager einfach Sorgen.« Das Pferd scharrte mit den Hufen.

»Sorgen! Dass ich nicht lache! Der und Sorgen – niemals!« Die Stimme der Madam wurde mit jedem Satz ein bisschen schriller. »*Nie* ist er daheim, jeden Tag Überstunden, sogar am Wochenende. Und – *wenn* er mal zu Hause ist, kümmert er sich lieber um das leer stehende Haus seines verstorbenen Nachbarn. Christine, sag was du willst, aber das *ist* nicht normal.«

Von ihrer gestrigen Observationstour sagte Gerti Möller ihrer Kollegin Christine nichts. Wie hätte sie auch vernünftig erklären können, dass sie dem Schwager zuerst den ganzen Nachmittag im Auto hinterhergefahren war, bis dieser gegen halb fünf in seine Straße abgebogen war? Seltsamerweise hatte Regina bei ihrem Telefonat abends um sieben behauptet, Manfred sei eben erst heimgekommen. Wenn das stimmte – und warum sollte Regina lügen? – wo zum Teufel war der Kerl in den zweieinhalb Stunden dazwischen gewesen?

›Zwiebel‹ kam mit mehreren Tuben zurück, legte sie vor Doreen auf die Glasplatte und begann Wirkung und Anwendung zu erklären.

Hinter ihr begann der nächste Akt der Schmierenkomödie. »Ich werde heute nach dem Dienst nach Radebeul rausfahren und ihn zur Rede stellen. Meiner Meinung nach geht der Typ fremd.« Ihren viel schlimmeren Verdacht, Manfred Rabicht wolle seine Frau vergiften, um für die Geliebte frei zu sein, behielt Gerti Möller für sich. Sie pochte mit der Faust auf den Türrahmen, entdeckte erst jetzt, dass sie einen interessierten Zuhörer hatten, drehte sich schnell auf dem Absatz um und verschwand im hinteren Bereich der Apotheke.

»Das macht dann neun Euro dreißig.« Die ›Zwiebel‹ packte eine winzige Salbentube in eine kleine Plastiktüte und reichte diese über die Theke.

»Sie können es so oft verwenden, wie sie möchten. Waschen Sie sich vorher die Hände, wenn sie es mit den Fingern auftragen, damit nicht noch mehr Keime an das Auge gelangen. Sie können auch den kleinen Spatel benutzen.«

»Besten Dank.« Doreen bezahlte und folgte Norbert zum Ausgang. In seinem Kopf wirbelten die Worte der Weißkittel-Madam durcheinander, mischten und entwirrten sich wieder.

67

Den Einkaufsbeutel in der Linken schloss der Hausmeister die Tür hinter sich ab und blieb in dem stillen, kühlen Gebäude stehen, um zu lauschen. Er war allein und ungestört.

Bis auf das schlafende Dornröschen da unten.

Die Lehrer hatten es nach dem Unterricht immer eilig, zu verschwinden. Helga war nach Hause gegangen. Manne Rabicht würde jetzt seinen Rundgang durch die Flure machen und alles kontrollieren. Haus und Inhalt gehörten jetzt ihm allein. Regina wusste Bescheid, dass ihr Mann heute später kommen würde. Alles war im Lot. Er stellte den Beutel an den Fuß der Treppe und begab sich ins obere Stockwerk.

Der Hausmeister rüttelte an der Klinke und zog den Schlüssel aus dem Schloss. Die große, schwere Eingangstür war verschlossen. »Das wäre alles. Und nun zu weiteren unaufschiebbaren Dingen.« Auf dem Weg nach unten zog er die Henkel des Beutels auseinander und betrachtete den Inhalt. Nougatpralinen, Orangenkekse und Geleebananen.

Eine kleine Henkersmahlzeit.

Irgendwie hatte er beim Einkaufen das Gefühl gehabt, Helene Reimann bevorzuge Süßes. Und heute sollte ihm für sie nichts zu schade sein. Alkohol würde sie jedoch nicht bekommen. Es konnte Nebenwirkungen mit den Schlaftabletten geben und falls das Mädchen davon erbrechen musste, würde alles wieder herausbefördert, was eigentlich drin bleiben sollte. »Tut mir leid, Schatz, aber Cola tut es auch. Heute bekommst du endlich deine heiß ersehnte Pepsi.«

Manfred Rabicht verschloss auch die Zwischentür zum Kellergang hinter sich. Sicher war sicher. Er betrachtete seine ausgestreckten Hände. Die Finger vibrierten unmerklich hin und her. Sein Atem war flach und schnell. Es war kein Wunder, dass er aufgeregt war. Schließlich war dies hier kein alltägliches Ereignis.

Vor dem Luftschutzraum blieb er stehen, stellte die Tasche ab und dachte einen Augenblick nach. Die Gasmaske war eigentlich nicht mehr nötig, nun, nachdem eine Entscheidung gefallen war. Andererseits – würde das Mädchen nicht sofort Unheil wittern, wenn er ihr unmaskiert entgegentrat? Was, wenn der erste Versuch scheiterte und sie doch irgendwann wieder erwachte, wenn er gerade unterwegs war, um die alte Heizungsanlage anzuwerfen, was, wenn sie bei seiner Rückkehr zappelte, schrie und kreischte? Unwahrscheinlich aber nicht unmöglich. Dann würde die kleine Schlampe sein *Gesicht* kennen.

Manfred Rabicht ging in den Nebenraum, holte die Gummilarve und zog sie über den Kopf. *Zum letzten Mal vielleicht.* Seine Hände zitterten noch immer.

Es war schade um die schöne Idee und die saubere Ausführung, aber es hatte nicht sein sollen. Vielleicht konnte man es beim nächsten Mal besser machen. Gründlicher planen und organisieren. Nicht sofort, gewiss nicht. Er brauchte den Kick nicht zum Leben, aber es war aufregend gewesen. Berauschend, spannend und erregend.

Lass dir ein zwei Jahre Zeit, Manfred. Bring erst einmal dies hier zu Ende.

Der Hausmeister schloss die Tür zum Luftschutzraum auf und machte das Licht an.

Helene Reimann lag jetzt auf dem Rücken. Ihre Augen waren halb geöffnet. Mit verschleiertem Blick verfolgte sie, wie der Maskenmann die Tür von innen verschloss und sich dann umdrehte. »Da bin ich wieder.« Er kam langsam näher. Seine Stimme schien ihr heute höher als sonst. »Ich habe dir etwas mitgebracht, weil du so brav warst.«

Helene Reimann kämpfte mit den Tränen. Schon wieder. Sie war ein Jammerlappen. Wie hätte sie auch in diesem Zustand – verschnürt wie eine Weihnachtsgans – nicht brav sein können?

»Schau mal, hier.« Eine leuchtend bunte Packung Pralinen wurde aus dem Einkaufsbeutel hervorgezerrt und wackelte vor ihren Augen hin und her.

»Du magst doch Nougat? Wenn nicht, hätte ich da noch Waffeln und Geleebananen für dich.« Das Mädchen nickte matt. Ihre Augen wollten sich ganz schließen. Sie fand Nougat schmierig und viel zu süß und Cremewaffeln hatte sie seit ihrem vierten Lebensjahr nicht mehr angerührt, aber es war egal.

»Und hier: Was du dir gewünscht hast! Pepsi-Cola!« Er setzte sich neben sie auf eine Zeltplane. Die Dose zischte und brauner Schaum quoll aus der Öffnung, als er die Lasche abriss. »Nimm einen Schluck, komm.« Sein behaarter Arm näherte sich ihrem Gesicht und Helene unterdrückte den plötzlich aufkommenden Brechreiz beim Anblick der schwarz gekräuselten Härchen. Wieso war er plötzlich so scheiß-freundlich? »Ach, du kannst dich gar nicht richtig bewegen, warte. Ich mache dir die Fesseln an den Händen ab.«

Er griff nach ihrer linken Schulter und rollte das Bündel auf die Seite, um dann mit seinem Cuttermesser das Klebeband zu durchtrennen. »Setz dich gerade hin, sonst verschluckst du dich noch.«

Helene versuchte, sich aufzurichten, aber ihr Körper war gefühllos. In den Fingerspitzen brannte und kribbelte es, jede Bewegung schmerzte. »Einen Moment, bitte.« Das grüngraue Gummigesicht schaute auf sie herab. Fantomas schien hinter der Larve zu lächeln, während sie mit ihrer inneren Stimme diskutierte, ob sie die Cola trinken durfte oder nicht. Schließlich hatte er sie vor ihren Augen geöffnet, oder? Einen Versuch war es wert. Ihr Mund fühlte sich an wie die Wüste Gobi nach einem Sandsturm. »Ich muss dringend auf die Toilette.« Helene Reimann hatte lange über diesen Satz nachgedacht. In *diesem* Verlies hier war kein Campingklo. Das bedeutete, er würde sie irgendwohin bringen müssen. Vielleicht gab es eine Möglichkeit zur Flucht.

»Aber sicher doch.« Jetzt lächelte die Larve *eindeutig*. »Zuerst isst und trinkst du, dann binde ich deine Beine los und bringe dich zur Toilette.« Er konnte sehen, wie sie sich entspannte.

Sein Vorschlag war natürlich nur eine Finte, um sie in Sicherheit zu wiegen. Ganz gewiss hatte er nicht vor, das Mädchen durch das ganze Schulhaus zum Klo und wieder zurückzuführen, auch wenn jetzt niemand im Gebäude war. Aber es war wichtig, sie bei Laune zu halten. Unnötig, dass sie sich in ihren letzten wachen Momenten noch aufregte.

»Nimm eine Praline.«

»Ich habe keinen Hunger.« Die Tränen waren noch immer hinter den Lidern und Helene Reimann versuchte, sie zurückzuhalten, während sie mühsam ihre noch immer zusammengebundenen Beine an den Körper zog und sich dann aufsetzte. In ihrer linken hinteren Hosentasche drückte die Glasscherbe. Ein nutzloses Utensil. Ob jemand ihre Nachricht gefunden und einen Sinn darin gesehen hatte? Außer ihrem Namen waren keine zweckdienlichen Informationen in dem Gekritzel enthalten gewesen. Wie auch?

»Dann nimm einen Schluck Cola.«

Ihre Finger kribbelten noch immer, aber der Schmerz ließ langsam nach und so streckte Helene Reimann den

Arm aus, nahm die Dose aus seiner Hand und setzte sie an die Lippen.

»Du wolltest ja weder Nougat, noch leckere Waffeln, Dummchen.« Manfred Rabicht schob die beiden Schachteln wieder in den Beutel, zog dann die Maske von seinem schwitzenden Gesicht und betrachtete die schlaff daliegende Gestalt. Regina *jedenfalls* würde sich sicherlich über die Pralinen freuen.

Langsam hob und senkte sich der Brustkorb des Mädchens. Er hatte ihr angesehen, dass sie beim Anblick der Cola hin- und hergerissen war und abwog, ob es schaden konnte, davon zu trinken. Schließlich hatte sie nicht widerstehen können und einen großen Schluck davon genommen.

Man konnte auch eine scheinbar fest verschlossene Dose präparieren. Es war nicht einfach, aber es ging. Und nun schlief sie wieder tief und fest.

Der Hausmeister würde jetzt in seine Werkstatt gehen und die Schlaftabletten in reichlich Wasser auflösen. Er hatte eine angebrochene Schachtel mit achtzehn Stück und eine noch unberührte mit zwanzig. Achtunddreißig kleine weiße Scheibchen. Das würde auf jeden Fall genügen. Den Sud würde er ihr dann langsam, schön gemütlich, damit sie sich nicht verschluckte, einflößen. Man konnte sie halb an die Wand gelehnt, abgestützt mit ein paar Zeltplanen rechts und links, sitzen lassen, dann kam auch nichts wieder heraus. Seiner Meinung nach würde es ein paar Stunden dauern, bis das Zeug richtig wirkte. In der Zwischenzeit konnte Manfred Rabicht die alte Heizungsanlage anfeuern, damit sie bis zu seiner Rückkehr richtig auf Touren kam und dann zum Abendessen zu seiner lieben Frau nach Hause fahren. Man musste sie ein bisschen über den Nachlassverwalter aushorchen und danach würde Regina, ohne es zu merken, noch ein bisschen Midazolam zu sich nehmen. Er konnte es sich erlauben, großzügig zu sein. Die Ampullen wurden nicht mehr gebraucht.

Fürs erste jedenfalls.

Der Hausmeister zerdrückte die weißen Scheibchen mit dem Hammerstiel in der Gummischale, in der er sonst Gips anmischte, goss dann eine halbe Tasse Mineralwasser hinzu und rührte, während sein Pfeifen von den dicken Steinmauern widerhallte.

Das Kännchen mit dem dickflüssigen Inhalt vorsichtig vor sich hertragend, ging er nach nebenan, stellte es auf den Boden und zerrte am schlaffen Körper des Mädchens, bis sie in einer halb sitzenden Position an der Wand lehnte. Dann griff er nach ihren strähnigen Haaren, zog den Kopf nach hinten, goss den ersten Schluck in den geöffneten Mund, wartete, bis der Schluckreflex eingesetzt hatte und ließ den nächsten Schwapp hineinlaufen. Es ging ganz leicht. Und seine Hände zitterten nicht mehr.

Etwas war vorbei, etwas Neues fing an. So war das Leben.

68

»Hoffentlich hilft die Salbe.« Doreen hatte einen kleinen Handspiegel aus ihrer Tasche genommen und glich die Schwankungen der S-Bahn durch Hin- und Herwiegen aus, während sie ihr Augenlid mit der weißen Creme betupfte.

Norbert antwortete ihr nicht. Sein Blick war nach draußen gerichtet, ohne dass er die vorüberhuschenden Gebäude wahrnahm.

»Noch eine Station, dann sind wir am Hauptbahnhof. Laufen wir den Rest bis zum Hotel?« Wieder kam keine Antwort. Doreen zwinkerte mehrmals, aber die fettigen Schlieren vor ihrem linken Auge tanzten unbeirrt weiter auf und ab. »Norbert! Träumst du?« Erst als sie ihm einen Stoß in die Seite versetzte, wandte er sich ab und sah sie an. »Ich habe nachgedacht.«

»Worüber?«

»Dieses Gespräch in der Apotheke eben.«

»Die Frau, die zu viel trinkt?« Doreen hatte von dem Disput zwischen Pferdegebiss und Madam nicht viel mitbekommen.

»*Das* war es nicht. Ich weiß auch nicht recht. Irgendwas an dem, was die eine gesagt hat, war komisch, aber ich komme nicht darauf, was.« Norbert erhob sich und rückte den Henkel der Segeltuchtasche auf der Schulter zurecht.

»Wird schon nichts gewesen sein.«

Aus dem Fernseher plärrte eine sich im grellbunten Licht windende Popband. Der dicke Mann auf dem Hotelbett bekam davon nichts mit. In Unterwäsche, mit halb geschlossenen Lidern, die Hände über der Brust gefaltet, lag er wie aufgebahrt auf dem Rücken. Vor seinen Augen standen ›Pferd‹ und ›Madam‹ und redeten miteinander, aber leider gelang es ihm nicht, ihre Sätze komplett zu rekonstruieren.

Schließlich erhob er sich mit einem Schnaufen und begann, sich anzuziehen. Sie hatten vereinbart, heute zeitiger essen zu gehen, weil abends der Besuch in der Semperoper anstand. Norbert knöpfte sein Hemd zu und fuhr sich dann gedankenlos mit der Hand über die noch feuchten Haare.

Im Fernsehen erschien die glattgesichtige Brisant-Moderatorin und kündigte einen Bericht über den Tod der kleinen Ayla aus Zwickau und die Hintergründe der Tat an. Norbert tappte auf Socken zur Minibar. Er brauchte jetzt ein Bier. Auf der Bettkante sitzend, verfolgte er die Bilder aus seiner Heimatstadt. Die Kamera schwenkte über das Waldstück zwischen Mosel und Dänkritz, wo die Polizei die Leiche des kleinen Mädchens in einer Erdmulde gefunden hatte, dann wurden Bilder von der Pressekonferenz gezeigt.

Der dicke Mann auf der Bettkante nahm einen Schluck, während der Bericht noch einmal die Chronologie der Ereignisse abspulte und mit dem Statement des leitenden Staatsanwalts, der einschlägig vorbestrafte Tatverdächtige gehöre ›endgültig weggesperrt‹ abschloss.

»Endgültig weggesperrt – so ein Geschwätz. Das sagt ihr doch immer!« Norberts Mund lächelte, seine Augen nicht. Es war noch eine Viertelstunde Zeit, bis Doreen an seine Tür klopfen würde. Er setzte sich an den kleinen Schreibtisch, klappte seine Tasche auf und stierte auf das Durcheinander im Innern. Konnte nichts schaden, da drin mal ein bisschen aufzuräumen.

Norbert hielt die Tasche schräg und schüttelte. Ruckweise glitten Zeitungen, sein Notizbuch, zwei Päckchen

Tempotaschentücher, eine Blisterpackung Kopfschmerztabletten und zwei blaue Kugelschreiber heraus.

Mit einfältigem Gesichtsausdruck fixierte Norbert das Stillleben vor sich. Sein Mund stand offen, ohne dass er es merkte.

Mit der Titelseite nach oben lag die Freie Presse vom Dienstag neben den Schmerztabletten. Metallisch rot leuchtete die Schrift: Paracetamol. Norberts Blick glitt von links nach rechts und wieder zurück. Die Überschrift der Tageszeitung von gestern schrie ihn an, endlich aufzuwachen. KEINE SPUR VON VERMISSTEM MÄDCHEN AUS ERKNER.

Norbert beugte sich nach vorn, bis seine Augen dicht über dem Papier waren und versuchte, gleichzeitig den Zeitungsartikel über das verschwundene Mädchen und die Buchstaben daneben aufzusaugen. In seinem Kopf hallten die Sätze der Apothekenmadam, die auf wundersame Weise aus dem Unterbewusstsein wieder aufgetaucht waren und verwoben sich mit den Tabletten zu einem Teppich des Wissens.

Nie ist er daheim, jeden Tag Überstunden, sogar am Wochenende

Eben habe ich sie nachsehen lassen und die Schlaftabletten sind verschwunden. Einfach weg!

Und – wenn er mal zu Hause ist, kümmert er sich lieber um das leer stehende Haus seines verstorbenen Nachbarn.

HELENE REIMANN

»Mach auf, schnell!« Verblüfft hörte Doreen Norberts Stimme vor der Tür. Er trommelte wie ein Wilder an das Holz.

Eilig zog sie sich das auf dem Stuhl liegende dunkelgrüne Seidenhemd über, öffnete und schaute mit hochgezogenen Augenbrauen in das purpurne Gesicht ihres Kollegen.

»Was ist los? Unsere Verabredung beginnt erst –« ein kurzer Blick zum schlierig wirkenden Zifferblatt der Uhr »– halb sechs. Ich habe noch genau sieben Minuten. Ist dein Hunger so groß, dass du es nicht mehr aushältst?« Doreen zwinkerte, aber der Fettfilm auf ihrem Auge blieb. Dafür brannte das Gerstenkorn nicht mehr.

»Mach dich fertig, bitte, gleich. Wir müssen noch mal fort.« Er packte ihren Arm und wollte sie aus dem Zimmer ziehen.

»Moment, Moment, nicht so hektisch.« Doreen machte sich los. »Was ist denn plötzlich in dich gefahren?«

»Erinnerst du dich an das Gespräch zwischen den Angestellten in der Apotheke?« Norbert trat von einem Bein aufs andere, als müsse er dringend auf die Toilette.

»Das Geschwätz über die verschwundenen Schlaftabletten?«

»Genau!« Er fasste stattdessen erneut nach ihrem Oberarm. »Komm schon Doreen, vertrau mir. Ich erkläre dir alles im Auto.«

Sie ließ sich von ihm aus dem Zimmer ziehen und schloss ab. »Was wird mit unserem gemütlichen Abendbrot und dem Opernbesuch?«

»Wir essen heute später und tauschen die Karten um.« Er rannte fast die Treppen hinunter, den Autoschlüssel schon in der Rechten. Doreen schüttelte den Kopf.

Norbert stieß mit der Schulter gegen die Schwingtür, prallte wie ein Gummiball zurück und fluchte.

Sie stiegen gleichzeitig in den alten Kadett ein und noch ehe Doreen ihre Tür richtig zugemacht hatte, fuhr er schon los. Die Reifen quietschten. Dann bog das Auto auf die Fetscherstraße ein und fuhr in Richtung Altstadt.

»Würdest du jetzt die Güte haben, mir mitzuteilen, wo wir so dringend hin müssen?«

Norbert seufzte und begann damit, zu erklären, welcher schreckliche Verdacht ihm beim zufälligen Nebeneinanderliegen von Zeitungsartikel und Kopfschmerztabletten gekommen war.

»Ziemlich weit hergeholt, findest du nicht?« Doreen war nicht überzeugt.

»Wenn es nicht stimmt, auch gut. Was kann denn schlimmstenfalls passieren? Wir blamieren uns bei völlig Unbeteiligten, weiter nichts.«

»Na, wenn es weiter nichts ist. Ein bisschen Blamage hat noch keinem geschadet. Übrigens, falls hier irgendwo ein Blitzer steht, wird es teuer.« Die Tachonadel zitterte zwischen siebzig und achtzig herum. Norbert nahm den Fuß vom Gas und reduzierte die Geschwindigkeit auf knapp über sechzig. Immer noch zu schnell, aber nicht mehr im Flensburg-Punkte-Bereich.

Vor der Apotheke fuhr er mit Schwung auf den Gehweg, schaltete die Warnblinkanlage ein, stieg aus, ohne auf Doreen zu warten und hastete zum Eingang. Der Innenraum roch noch immer nach Zitronenspray und Menthol.

»Guten Tag. Wir waren heute Nachmittag schon einmal hier.«

»Ich weiß. Die Dame mit dem Gerstenkorn.« ›Zwiebel‹ nickte grüßend. »Haben Sie etwas vergessen?«

»Eigentlich wollten wir Ihre Kollegin sprechen.« Norbert spähte durch die Tür in den hinteren Bereich der Apotheke. »Sie heißt Gerti.«

»Gerti Möller?« ›Zwiebel‹ hob die Augenbrauen. Sie verstand nichts. »Die ist schon weg.«

»Wissen Sie, wo sie wohnt? Wir müssen Frau Möller *unbedingt* sprechen.«

»Was wollen Sie denn von ihr?« Wie auf ein Zeichen hin erschien das Pferd in der Zwischentür und bleckte grüßend das Gebiss.

»Wir sind Privatdetektive.« Doreen sah, wie der Unterkiefer beider Frauen bei Norberts Worten synchron nach unten sackte. Es war immer wieder verblüffend zu sehen, wie die Leute auf ihre Berufsbezeichnung reagierten. Viele kannten Privatdetektive nur aus dem Fernsehen und hatten keine Ahnung, dass es so etwas auch in Deutschland gab.

»Bitte. Es ist *sehr* wichtig.«

»Können Sie sich ausweisen?« ›Zwiebel‹ blieb sachlich. Sie nahm eins von Norberts Visitenkärtchen entgegen und begutachtete es, als wolle sie die Inschrift auswendig lernen.

»Ist es wegen Gertis Schwager?«

»Nun, das können wir jetzt nicht sagen. Frau Möller wird es Ihnen sicher morgen erzählen.«

»Also, hören Sie zu.« Pferdegebiss hatte sich entschieden. »Gerti musste eher los, weil sie zu ihrer Schwester wollte. Sie macht sich Sorgen. Da stimmt etwas nicht.« Sie fasste kurz den Verdacht der Kollegin zusammen und machte dann eine erwartungsvolle Pause.

»Wo wohnt die Schwester von Frau Möller?«

»In Radebeul.« Als sie den Straßennamen nannte, begannen eisige Finger über Doreens Rücken zu kribbeln und dann zu den Unterarmen hinabzulaufen. Plötzlich fror sie.

»Recht vielen Dank. Das hilft uns weiter.«

»Viel Erfolg!« Pferdegebiss schaute betrübt. Spannende Dinge würden geschehen und sie musste sich bis morgen gedulden. Dann scharrte sie mit den Hufen und Doreen wartete darauf, dass sie den Kopf zurückwarf und wieherte, aber nichts dergleichen geschah.

»Wiedersehen.« Die Glasscheiben der Tür glitten auseinander und die beiden Detektive verschwanden und ließen zwei konsternierte Weißkittel zurück.

»Auf nach Radebeul.« Norbert ließ den Motor an und preschte los. Das Gefühl, sich beeilen zu müssen, wurde stärker.

69

»Hier vorn rechts, das müsste die Paradiesstraße sein!« Das blaue Schild mit der Aufschrift ›Meißner Straße‹ huschte an Doreens Augen vorbei. Ihr Nacken wurde gegen die Kopfstütze gedrückt, als Norbert abrupt bremste und das Auto um die Ecke schlingerte.

»Dann die dritte links, glaube ich.« Heute Nachmittag waren sie aus der anderen Richtung gekommen und Doreen hatte schon immer Probleme mit der Orientierung gehabt. Der Kadett blinkte wie befohlen links, bog ab und während er im Schritttempo über die Straße zuckelte, presste sie die Stirn an die Scheibe und sah hinaus. »Das ist es! Halt an!«

»Habe ich auch schon gesehen. Ich parke auf der anderen Straßenseite.« Ihre Köpfe ruckten nach vorn, als Norbert auf die Bremse trat und wurden nach hinten gezogen, als sein rechter Fuß auf das Gaspedal wechselte. Sie hielten an und blieben beide unbeweglich sitzen.

»Ich werde das Gefühl nicht los, dass es eilt.« Norbert zog den Zündschlüssel ab, stieg aus und sah sich um. Die Häuschen waren alle betagt. Bei ihrer Erbauung hatte man noch Wert auf großzügige Grundstücke gelegt.

Wenn er mal zu Hause ist, kümmert er sich lieber um das leer stehende Haus seines verstorbenen Nachbarn.

Doreen betrachtete die kleinen rötlichen Pflastersteine auf dem Gehweg. Ein fleckiger Pappdeckel wurde von einer

Windbö über den Gehweg gewirbelt. Das Papierstückchen drehte sich dabei in der Luft, sodass einmal die vielfarbig leuchtende Vorderseite und einmal die weiß-schmutzige Rückseite aufleuchteten. Im Näherkommen legte sich der Wind und der Pappendeckel blieb mit der bunten Seite nach oben direkt vor ihren Fußspitzen liegen.

Doreen betrachtete die Abbildung eines Tellers Nudeln mit Bolognese-Sauce. Sie hätte nicht sagen können, was sie dazu brachte, aber sie beugte sich nach vorn und griff nach dem Stück Müll.

»Was ist *das* denn?« Auf Norberts Stirn erschienen zwei Querfalten.

»Keine Ahnung. Ich wollte mir das nur mal ansehen.« Doreen drehte den Deckel um und betrachtete die Rückseite. »Komisch ...« Sie kniff die Augen zusammen. »Das sieht aus wie Schrift.«

Norbert kam näher. »Schrift? Weißt du was *ich* da sehe? Ein Klecksbild. Der Schmutz hat es gezeichnet.«

»Aber siehst du das denn nicht? Hier – Doreens Zeigefinger fuhr, ohne es zu berühren, in Schlaufen über das Papier. »Ein ›H‹.« Dann malte die Fingerspitze eine Linie mit einem Punkt obenauf und anschließend einen lang gezogenen Kringel. »Ein ›i‹ und ein ›l‹.«

Der heiße Atem ihres Kollegen wehte in ihren Nacken, während sie die letzten beiden Buchstaben nachmalte. »Und zum Schluss ›f‹ und ›e‹.«

»Hilfe?« Norbert klang ungläubig. »Was soll das bedeuten?«

»Das weiß ich auch nicht. Darunter steht noch etwas, aber das kann ich nicht entziffern.«

»Doreen, wirf das weg. Es ist Abfall.« Er griff nach der Pappe, um sie ihr wegzunehmen, aber sie zog die Hand zurück. Jetzt hob sie die Pappe mit beiden Händen vorsichtig an den Ecken bis dicht vor die Augen und neigte sie schräg in die Sonne. »da steht noch mehr. Es sieht aus wie mit den

Fingern gemalt.« Sie senkte die Hand und bewegte den Arm in Richtung Kollegen. »Schau es dir wenigstens einmal an Norbert, bitte. Ich *weiß* das es etwas zu bedeuten hat.« Er griff zu. Der Schatten seines Kopfes verdunkelte die schmutzige Papieroberfläche und hob die Kontraste stärker hervor. Plötzlich sah er auch die verwackelten Buchstaben deutlicher. HILFE.

Darunter stand in kleinerer Schrift noch etwas. Mehrere Worte.

»Kannst du was erkennen?« Doreen klang kurzatmig.

»Nicht so richtig.« Seine Augäpfel schmerzten von der Anstrengung. »Irgendetwas mit ›Verlies‹. Am unteren Ende steht ein Name. Der erste Buchstabe sieht aus wie ein ›H‹. Der nächste wie ›E‹ oder ›F‹.«

»Ein ›E‹ kommt mir logischer vor. Oder kennst du einen, Namen der mit ›Hf‹ beginnt?«

»Nein.« Norbert ließ den Deckel sinken. Ein kleiner Eiswassertropfen rollte sein Rückgrat hinab, während die Worte der Apothekerin sich in seinem Kopf mit dem Wort »Hilfe« und dem Namen des Mädchens aus der Zeitung zu einem verfilzten Knäuel verwoben.

Und wenn er mal zu Hause ist kümmert er sich lieber um das leer stehende Haus seines verstorbenen Nachbarn.
HILFE
HELENE REIMANN

Doreens Handfläche landete auf seinem Unterarm und Norbert erwachte aus seiner Erstarrung. Er stand auf dem Gehweg vor einem älteren Häuschen in Radebeul. Seine Alarmglocken schrillten. Helene Reimann wurde vermisst. Er machte einen Schritt auf das Gartentor zu, kniff die Augen zusammen und riss sie gleich darauf wieder auf. Die winzige Schrift flimmerte. »Was steht da?«

Doreen schaute über seine Schulter. »Rabicht.« Das Glas über dem Klingelschild war gesprungen. Sie hatten die Frau in der Apotheke gar nicht nach dem Namen der *Schwester* gefragt. Da diese – mit einem angeblich viel zu beschäftigten Mann – verheiratet war, konnte sie nicht Möller heißen. »Der Zettel lag vor diesem Haus, oder?« Doreen nickte und Norbert drückte auf den Knopf. »Versuchen wir es also zuerst hier.« Die Pappe wanderte in seine Jackentasche.

»Der Zettel lag ungefähr vor diesem Haus, nicht?« Doreen nickte und Norbert drückte auf den Knopf. »Versuchen wir es zuerst hier.«

»Was wollen Sie?« Frau Möller steckte den Kopf durch die Tür. *Auf Anhieb richtig, Herr Löwe,* dachte Norbert. Die Frau im Eingang musterte die beiden Besucher. Über ihr Gesicht huschte Verständnislosigkeit. Dann glomm ein Funke Wiedererkennen auf. »Sind Sie nicht ...«

»Ja, wir sind.« Norbert schob das protestierende Gartentor auf und machte zwei Schritte auf die Madam zu. »Dürfen wir hereinkommen? Ich habe Ihrer Unterhaltung heute Nachmittag in der Apotheke zugehört und hätte dazu ein paar Fragen.« Die Frau behielt ihren argwöhnischen Gesichtsausdruck bei und ließ den Blick von dem Mann zu seiner Begleiterin schweifen.

»Entschuldigen Sie bitte. Wir haben uns gar nicht vorgestellt. Das ist Herr Löwe –« Doreen machte eine schnelle Handbewegung zu Norbert und zeigte dann auf sich »– und ich bin Frau Graichen. Wir sind Privatdetektive.«

»Na so was!« Frau Möller kam etwas näher. Jetzt war ihr Gesichtsausdruck erwartungsvoll. »Meiner Schwester geht es nicht so gut.«

»Wir halten Sie nicht lange auf. Zehn Minuten, bitte.« Norbert sah auf seine Armbanduhr. Er hatte ständig die verschmierten Buchstaben vor Augen.

HILFE
GEFANGENGEHALTEN
IN EINEM VERLIES

»Na gut. Dann kommen Sie mal rein.« Frau Möller drehte sich auf dem Absatz um und ging voran. Die beiden Detektive folgten.

»Ist *Herr* Rabicht auch da?« Norbert sah nach unten, zu seinen Füßen auf dem Flickenteppich und prüfte unauffällig die Socken auf Löcher.

»Nein. Der ist schon wieder unterwegs. Vor einer halben Stunde hat er kurz vorbeigeschaut und dann ist er gleich wieder los. Muss die Heizungsanlage in seiner Schule in Schuss bringen. *Sagt er.* Dass es seiner Frau seit gestern Abend schlecht geht, interessiert ihn scheinbar gar nicht.« Gerti Möller drehte sich um und pustete verächtlich. »Seit einer Woche muss Manfred jeden Tag arbeiten. Jeden Nachmittag und jeden Abend.«

Sie stieß die Tür zum Wohnzimmer mit dem Ellenbogen auf. »Nicht erschrecken, Regina. Ich bringe zwei Besucher mit.« Die Angesprochene lag auf dem Sofa, ein Kissen im Rücken und hatte ein feuchtes Handtuch auf der Stirn. »Eigentlich haben sie dort eine vollautomatische Heizung. Jedenfalls hat Manfred dies vor ein paar Jahren ganz stolz erzählt. Alles wird von allein gesteuert. In jedem Raum. Was also gibt es da tagelang dran zu bauen?« Sie ließ sich neben ihrer Schwester auf die lila-graue Samtcouch plumpsen und zeigte auf zwei mächtige Sessel. Auf der Marmorplatte lag eine Schachtel Pralinen.

»Er hat gesagt, die alte Heizung muss ab und zu gefeuert werden. Damit sie bei einem Ausfall der neuen Anlage einsatzbereit ist.« Regina nahm das Tuch von der Stirn und setzte sich auf.

»Aber das interessiert Sie sicher überhaupt nicht.«

Das tut es doch, meine Beste. Sehr sogar. Norbert saß mit durchgedrücktem Rücken auf der Kante des weichen Sessels. Seine Nasenlöcher hatten sich wie bei einem Raubtier, das Witterung von einer möglichen Beute aufnimmt, geweitet.

»Also, Sie sagten vorhin, Sie hätten in der Apotheke meinem Gespräch mit Christine zugehört und dabei sei Ihnen etwas aufgefallen.« Gerti Möller drehte den Kopf zur Seite und tätschelte Reginas Schulter. »Christine und ich haben uns über Manfreds *angebliche* Überstunden unterhalten.« Sie hielt kurz inne und beobachtete das verständnislose Gesicht ihrer Schwester. »Und über die Sache mit den Schlaftabletten, du weißt schon.« Was einem wildfremden Privatdetektiv bei diesem Thema Seltsames auffallen konnte, fragte sich Gerti Möller nicht.

»Und das fanden Sie komisch?« Regina runzelte die Stirn, schloss die Augen und stöhnte leise. »Entschuldigen Sie. Ich habe rasende Kopfschmerzen.« Sie öffnete die Lider wieder. »Das ist doch alles Humbug.«

»Vielleicht *ist* es Humbug. Lassen Sie uns dies nachher entscheiden.« Norbert sah kurz zu Doreen und setzte dann fort. »Können Sie noch einmal zusammenfassen, was Sie Ihrer Kollegin in der Apotheke erzählt haben?« Gerti Möller ließ die Schultern herabsacken, nickte und begann zu reden.

In Doreens Kopf tönten Satzfetzen, als sie sprach und erzeugten ein immer stärker werdendes Pochen. Seit *einer* Woche war der Mann ihrer Schwester jeden Tag später als üblich nach Hause gekommen. *Jeden Tag* musste er die Heizung reparieren. Gerti hatte deswegen in der Schule nachgefragt, aber die Sekretärin war nicht sehr auskunftsfreudig gewesen. Gestern hatte sie beschlossen, ihm zu folgen. Ein kurzer Bericht über Einkauf des Schwagers im Supermarkt, und wie sie ihm bis fast vor die Haustür gefolgt war, folgte.

»Du hast was?« Regina runzelte die Stirn.

»Ich bin ihm bis hierher gefolgt. Aber er kam erst über zwei Stunden *später* bei dir an. *Wo* war dein Mann in der Zwischenzeit?« Gertis Augen funkelten jetzt.

»Wahrscheinlich bei Karl drüben.«

»Bei Karl! Noch so ein Ding! Was hat er dauernd da drüben verloren, sag es mir! Karl ist tot, das Haus steht leer!«

»Er hat den Rasen gemäht.« Regina wurde immer kleinlauter.

»*Letztes Wochenende* war das, hast du mir erzählt! Ich rede von gestern!«

»Vielleicht wollte er noch ein bisschen aufräumen. Der Nachlassverwalter war heute Vormittag da und hat sich alles angesehen.«

Doreen und Norbert hörten den Sätzen zu, die zwischen den Schwestern wie Pingpongbälle hin- und herflogen.

»Der Nachlassverwalter, na fein! Und was ist mit den Schlaftabletten?« Gerti Möller trompetete die Sätze jetzt heraus. »Dauernd bist du wie benebelt. Woher kommt das wohl? Regina, ich bitte dich, hör auf, dir etwas vorzumachen!« Sie klatschte in die Hände und schnaufte. Ihre Schwester hatte das Handtuch vom Tisch genommen und presste es auf ihre Augen. Doreen betrachtete den feuchten Fleck auf der Marmorplatte. Er hatte die Form eines Seesterns.

»Lassen Sie mich das Ganze zusammenfassen.« Norbert rutschte auf der Sesselkante hin und her. Das Gefühl, ihnen laufe die Zeit davon, wurde von Minute zu Minute stärker. Auch Doreen konnte das Unheil fühlen. Gevatter Tod schien seine Skelettfinger auf ihre Schulter gelegt zu haben. Die Last drückte ihren Rücken nach vorn.

»Ich kann meine Ahnungen nicht begründen, aber ich glaube, hier steckt etwas ganz anderes dahinter.« Norbert fuhr mit der Rechten in seine Jackentasche, nahm die Pappe heraus und hielt sie den beiden Frauen hin. »Was Sie beide nämlich noch nicht wissen ...« Er holte Luft und setzte dann fort »ist, was wir vorhin draußen auf der Straße gefunden haben.«

Gerti Möller nahm die Hülle mit spitzen Fingern und zwei Köpfe neigten sich darüber.

»Was ist das?«

Norbert zog den Zeitungsartikel mit der Vermisstenmeldung hervor und legte ihn stumm daneben. Regina Rabicht begriff als Erste. Ihre Augen öffneten sich weit und die Pupillen schienen noch schwärzer zu werden. Ihr Mund klappte auf und zu, wie bei einem Fisch auf dem Trockenen. Dann verstand auch Gerti. Sie sprang wie ein Schachtelmännchen von der Couch und zerrte dabei am Arm ihrer Schwester. »Los, los! Steh auf, schnell!« Zwischendurch schüttelte sie heftig den Kopf. »Oh Gott! Wenn das wahr ist!« Regina ließ sich von ihr in Richtung Hausflur ziehen. In der Tür drehte sie sich um. »Glauben Sie, das Mädchen war da drüben bei Karl gefangen?«

»Es könnte sein.« Norbert folgte ihr. »Wenn der Zettel mit der Nachricht echt ist – wovon ich ausgehe – wie käme er sonst auf die Straße vor ihrem Haus?«

»Wo wollen wir eigentlich hin?« Regina blieb im Flur wie ein widerspenstiges Kind stehen und machte sich aus dem Griff ihrer Schwester los.

»Da drüben ist sie *nicht* mehr, oder?« Gerti Möller sah in Norberts Murmelaugen. Ihre Pupillen waren geweitet.

»Nein, ich glaube nicht.« Er ließ den Blick zu Regina Rabicht wandern. »Sie waren heute Vormittag mit dem Nachlassverwalter im Haus Ihres verstorbenen Nachbarn, nicht wahr?« Die Frau nickte schwach. »Und da war niemand?«

»Nicht dass ich wüsste. Ich habe in der Küche gewartet. Irgendwie geht es mir heute nicht so gut.«

Dazu kommen wir später. Wahrscheinlich hat dein lieber Mann seine Mittelchen an dir ausprobiert. Norbert hatte sich entschlossen, dies später zu klären. Es gab drängendere Sorgen. »Der Nachlassverwalter war in allen Räumen, auch im Keller?«

»Ich glaube schon.«

»Und hat nichts Auffälliges erwähnt?«

»Nein.« Die Schlussfolgerungen aus den Fragen des Detektivs gefielen Regina Rabicht gar nicht und so antwortete sie immer einsilbiger.

»Dann ist sie nicht dort.« *Nicht mehr.* Norbert drückte seine Fersen in die Schuhe, ohne sie aufzubinden. »Wo ist die Schule?«

»In Dresden.« Die Schwester hatte die Regie übernommen. »Ich weiß, wo. Lassen Sie mich vorausfahren.« Sie schlüpfte in ein Paar Gesundheitsschuhe. »Zieh dich an Regina, schnell.« Wieder fasste sie nach dem Arm ihrer Schwester, so dass diese aus ihrer Trance erwachte und den Schlüssel von der Innenseite der Haustür abzog.

Zu viert eilten sie hinaus.

Doreen klammerte sich an den Griff über der Beifahrertür. Bei jedem Schlagloch machte ihr Herz einen Hopser. Der himmelblaue Corsa vor ihnen hopste immer schon eine Sekunde vorher. Sie sah die Köpfe der beiden Frauen in dem Auto im Takt wippen. Norbert drückte das Gaspedal bis zum Anschlag durch. Ein Schmied hämmerte hinter seiner Stirn auf ein Stück rotglühendes Eisen ein.

die alte Heizung muss ab und zu gefeuert werden
muss ab und zu gefeuert werden
gefeuert werden
Feuer

Der Corsa vor ihnen zog in die Mitte der Fahrbahn, fuhr

noch zweihundert Meter geradeaus und bog dann durch ein eisernes Tor auf einen Schulhof ab.

Doreen ließ die angehaltene Luft entweichen. Sie hatte das Gefühl, seit Radebeul nicht geatmet zu haben. Ihre Zähne klapperten aufeinander, während die beiden Autos hintereinander durch die tiefen Schlaglöcher holperten. Der Kadett bremste heftig und ihr Kopf schleuderte nach vorn. Norbert ratschte die Handbremse nach oben, trat die Tür mit dem linken Fuß auf, stürzte hinaus und rannte auf den Mann in der roten Latzhose zu, der sich über den Kofferraum eines Autos gebeugt hatte und jetzt bestürzt auf die ungebetenen Besucher starrte.

Doreen blieb mit der Fußspitze am Rahmen hängen und fiel fast aus der Beifahrertür. Bevor sie den anderen hinterher rannte, sah sie kurz nach oben.

Aus dem Schornstein in der Mitte des Daches stieg grauer Rauch auf.

»Wo ist sie, du Schwein? Antworte gefälligst!« Wie ein tollwütiger Bernhardiner war Norbert den Latzhosen-Mann angesprungen und drückte ihm den Hals zu.

»Was wollen Sie von mir? Hören Sie auf, mich zu würgen!« Der Mann röchelte. Sein Gesicht lief allmählich rot an.

»Das Mädchen! Sag, wo du sie versteckt hast, oder ich mach dich kalt!« Keiner der beiden nahm die drei Frauen wahr, die inzwischen herangeeilt waren. Der Rauch aus dem Schornstein verfärbte sich jetzt schwärzlich.

»Sie ist hier! Ich weiß es!« Norbert hatte seinen Klammergriff auf die Schultern des Kontrahenten verlagert und schüttelte diesen hin und her. »Rede endlich!«

»Ich ... lassen Sie mich doch mal los! Was soll denn das? Regina ...« Sein Blick wechselte zu der anderen Frau, die er kannte »Gerti ... Wer ist der tobsüchtige Mann?«

»Ist *sie* hier, Manfred?« Regina Rabicht war dicht vor

ihren Mann getreten und versuchte, ihm ins Gesicht zu sehen.«

»Wen meinst du?« Er wandte den Blick ab.

»Helene Reimann. Die meinen wir. Du hast sie entführt. Sag uns jetzt, wo sie ist.« Gerti Möller schlug ihrem Schwager bei jedem Satz einmal mit der Handfläche vor die Brust. Sie konnte es an seinen Augen sehen, dass sie mit all ihren Vermutungen Recht hatten.

»Ihr kommt zu spät.« Jetzt verzerrte ein Grinsen das unrasierte Gesicht. »Zu spät.« Er kicherte, während Norberts Hände von seinen Schultern glitten und sich alle Blicke nach oben richteten, nach oben, wo dicke, schwarze Qualmwolken in den Abendhimmel aufstiegen.

»Halts Maul perverses Schwein! Ich glaube dir nicht!« Der Mann hier log. Helene Reimann lebte noch. Norbert fühlte es. Er wollte fest daran glauben, dass sie nicht zu spät gekommen waren. **Nicht schon wieder.**

»Vorwärts. Du führst uns jetzt zu ihr.« Er krallte seine Finger um die Schultern des Latzhosen-Mannes, drehte ihn um hundertachtzig Grad und schob ihn voran.

Mit Norberts Hand im Rücken ging der Latzhosen-Mann voran. »Aber ich sage Ihnen, Sie kommen zu spät.«

»Maul halten, weitergehen.« Ein kräftiger Stoß ließ Manfred Rabicht taumeln. Wie an einer Schnur aufgefädelt stiegen fünf Leute in die unterirdischen Katakomben hinab. Zwei Männer vorneweg, drei Frauen hinterher.

Vor der Wand mit den verblassten roten Buchstaben blieb der Latzhosen-Mann stehen. »Bitte sehr.« Er deutete auf die Tresortür. »Da drin.«

Norbert versuchte, den Kloß im Hals hinunterzuschlucken, aber es gelang ihm nicht. Zu sehr fürchtete er sich vor dem, was sie gleich sehen würden. »Schließ auf. Du gehst zuerst rein.«

Die drei Frauen zitterten. Der Latzhosen-Mann nestelte in seiner Brusttasche nach dem Schlüsselbund. Mit einem Quietschen öffnete sich das Schloss. Die Tür schwang auf. Fünf Augenpaare starrten in die Finsternis.

»Mach das Licht an!« Wieder bekam Manfred Rabicht einen Stoß in den Rücken und machte einen Ausfallschritt in den Raum hinein. Die Neonröhren flackerten. Ihr unruhiges Licht zuckte bläulich über die Szenerie.

Mit einem Aufschrei rannte Doreen zu der am Boden liegenden Gestalt, kniete vor ihr nieder und legte Zeige- und Mittelfinger auf die Halsschlagader. Regina Rabicht begann hinter ihnen zu schluchzen. Gerti Möller sprang mit einem Fauchen auf ihren Schwager zu und schlug ihm ihre Fingernägel ins Gesicht. Norbert hielt den Mann noch immer am Kragen fest und ließ sie gewähren, während er kurzatmig zu Doreen sah, die den Kopf schüttelte und ihre Finger am Hals des Mädchens etwas weiter nach vorn gleiten ließ. Sein Blick schweifte über die Zeltplanen, die Gasmaske am Boden und kam schließlich bei dem kleinen weißen Kännchen an. Gerti Möller ließ endlich von ihrem Schwager ab und hastete zu dem Mädchen.

»Lassen Sie mich mal. Ich glaube, ich kann das besser.« Doreen rutschte beiseite und versuchte, das Klappern ihrer Zähne zu unterdrücken, indem sie diese fest aufeinander presste. Die Szenerie glich einem Standbild im Film. Dicht bei der Tür der Mann mit der roten Latzhose, einen albernen Ausdruck im Gesicht. Hinter ihm Norbert, der ihn am Schlafittchen hielt. Im Gang die Frau des Latzhosen-Mannes. Geräuschlos rollten Tränen aus ihren Augen. Und neben ihr, am Boden, dicht vor dem toten Mädchen, kniete die Schwägerin.

Hinterher dachte Doreen oft, dass es ihr wie mehrere Stunden vorgekommen war, aber bis zu Gerti Möllers nächsten Worten hatte es mit Sicherheit nur eine oder zwei Minuten gedauert.

»Ich fühle einen Puls!«

In der nächsten Sekunde geschahen mehrere Dinge gleichzeitig. Der Latzhosen-Mann machte einen großen Schritt und versuchte sich loszureißen. Da Norbert aber seinen Hemdkragen nicht losließ, fielen sie beide nach vorn. Während Regina Rabicht im Gang wie eine Irre zu schreien begann, krachte Norbert zu Boden und begrub den Mann unter sich. Gerti Möller klatschte indessen rhythmisch links und rechts auf die Wangen von Helene Reimann. So plötzlich, wie sie begonnen hatte, verstummte die Kakophonie auch wieder.

Norbert richtete den Oberkörper auf, blieb dabei aber auf dem Rücken von Manfred Rabicht, der unter ihm mit schmerzverzerrtem Gesicht stöhnte, sitzen. Manchmal hatte es auch sein Gutes, wenn man dick war. »Lauft nach oben. Ruft den Notarzt an.« Er fingerte sein Handy aus der Tasche und reichte es Doreen. »Wartet auf dem Schulhof und zeigt ihnen den Weg. Sag ihnen, es eilt. Ein bewusstloses Mädchen. Wahrscheinlich Schlaftablettenvergiftung. Frau Möller bleibt mit mir hier und kümmert sich um die Kleine. Als zweites rufst du die Bullen an und erzählst, was hier los war, klar?« Dann wischte er sich mit dem Ärmel über die Augen. »Beeilt euch!« Seine Stimme schwankte. Die Schritte der beiden Frauen wurden schnell leiser, als sie davon hetzten.

Epilog

Die gelben Lichter im Moseler Tunnel zwinkerten Doreen verschwörerisch zu. Sie hatte fast die gesamte Rückfahrt verschlafen. Irgendwie war es ihnen gelungen, die restlichen beiden Tage in Dresden herumzubringen, ohne so richtig zu merken, was sie eigentlich taten.

Sie und Norbert hatten sich vor der Presse versteckt und viel geredet.

Helene Reimann war wieder bei ihrer Familie und wurde psychologisch betreut. Sie hatten ihr den Magen ausgepumpt und sie bis gestern in Dresden im Krankenhaus zur Beobachtung behalten. Äußerlich wies das Mädchen keine sichtbaren Schäden auf. Wie es in ihr drin aussah, konnte niemand sagen. Der Vater hatte versprochen, die beiden Detektive einzuladen, um sich für die Befreiung seiner Tochter zu bedanken. *Später.* Wenn Gras über die Sache gewachsen war. Manfred Rabicht saß in Untersuchungshaft und Gerti Möller kümmerte sich aufopfernd um ihre Schwester.

An der ersten Ampel bog Norbert nach rechts ab. Er sah ernst aus. Doreen versuchte, den Wasserstand in der Mulde zu erkennen, konnte aber nicht über das Brückengeländer schauen. Der Kadett ratterte die Leipziger Straße entlang, an der Dittesschule vorbei. Nur hundert Meter weiter, auf der linken Straßenseite, quoll der Gehweg von Blumen, Plüschtieren und Kinderspielzeug über. Norbert fuhr jetzt ganz langsam. An der Hauswand hing ein bemaltes Bettlaken. ›Todesstrafe für Kinderschänder‹ stand darauf. Doreen rieb sich über ihre nackten Unterarme, aber die Gänsehaut verschwand nicht. Es war kein Trost, dass sie *ein* Mädchen gerettet hatten. Man konnte nicht ein Leben gegen ein anderes aufwiegen.

In der Bosestraße war alles beim Alten. Nur das Restaurant ›Levantes‹ gab es nicht mehr. Es war durch ein furchtbares, amerikanisch aussehendes Lokal ersetzt worden. Doreen seufzte und stieg aus.

»Machs gut, Norbi. Bis Montag im Büro.« Sie nahm ihre Reisetasche aus dem Kofferraum, hängte sie über die Schulter und ging zum Fahrerfenster, um sich zu verabschieden. Seine Wange fühlte sich kühl auf ihren Lippen an. Er lächelte ihr wehmütig zu und fuhr los.

Norbert kurvte rückwärts in die Parklücke vor seinem Haus, stieg aus dem Auto und sah an der Fensterfront nach oben. Seine Fenster waren am schmutzigsten.

Im Hausflur kam ihm der junge Mann aus der Wohnung über ihm entgegen. Eine Zigarette hing aus seinem Mundwinkel. Er grüßte freundlich und ging hinaus.

Aus dem Briefkasten hingen mehrere Werbezettel verschiedener Pizzadienste halb heraus. Norbert schloss auf und versuchte, die herausfallenden Briefe mit beiden Händen aufzufangen. Im Halbdunkel des Hausflurs sortierte er die Post. Das meiste war Werbung. Ein Brief mit einer Bußgeldforderung. Die Wer-weiß-wievielte. Zwickau wurde reich durch ihn. Norbert Löwe, der unbelehrbare Parksünder.

Nach der Box-Weltmeisterschaft in Zwickau hatte das Ordnungsamt ein Schreiben mit der Forderung eines Verwarngeldes von *fünf* Euro bis nach Australien geschickt, weil der Begleiter des australischen Boxers neun Minuten auf dem Neumarkt geparkt hatte. Wo das Parken erlaubt war. Der Ärmste hatte nur die vorgeschriebene Parkscheibe nicht eingelegt. Es gab keinen Pardon. Von den Kosten der Halterermittlung und Nachsendung hatte man nichts verlauten lassen.

Norbert Löwe war zurück in der kleinbürgerlichen Welt, wo übereifrige Politessen nach fünf Minuten ohne Parkscheibe unerbittlich Knöllchen verteilten und die Stadtverwaltung darauf beharrte, dass all ihre Entscheidungen richtig seien.

Mit vorgeschobener Unterlippe betrachtete Norbert seinen Namen auf dem letzten Kuvert, das noch übrig war. Das blassblaue Papier zitterte in seiner feuchten Hand.

Im Absender stand: Gentest.org.

Das war schneller gegangen, als er gedacht hatte.

Und er hatte *immer noch* die Wahl. Öffnen und das Ergebnis sehen, oder den Brief ungelesen in den Mülleimer werfen. *Denk vorher gründlich nach Norbert. Willst du das Ergebnis wirklich wissen?* Entscheiden wir das später.

Müde ächzte der dicke Mann die Treppen nach oben.

ENDE

Personenverzeichnis

Doreen Graichen, Arbeitskollegin von Norbert Löwe/Detektivbüro

Paul, Doreens ehemaliger Freund

Norbert Löwe, Detektivbüro

Nils Löwe, Norberts Sohn

Manfred Rabicht, der Täter

Regina Rabicht, Ehefrau des Täters

Ralf, ein Kumpel von Manfred

Margot, eine Freundin von Regina

Gerti Möller, Reginas jüngere Schwester

Karl Bochmann, ehemaliger Nachbar von Rabicht

Das Mädchen, Helene Reimann

Detlef Lamm, ein Klient

Kerstin Lamm, Exfrau von Herrn Lamm
Lara Lamm, Tochter von Detlef Lamm

*Weitere Krimis finden Sie auf den
folgenden Seiten und im Internet:
www.gmeiner-verlag.de*

KRIMI IM GMEINER-VERLAG

Claudia Puhlfürst
Eiseskälte

326 Seiten, 11 x 18 cm, Paperback.
ISBN 3-89977-659-3. € 9,90.

Die zehnjährige Josephine aus Zwickau verschwindet spurlos. Suchaktionen werden gestartet und die verzweifelte Mutter bittet im Fernsehen um Hilfe. Auch die beiden Detektive Norbert Möller und Doreen Graichen beschließen nach dem Kind zu suchen.

Als Josephines Mutter einen Brief mit einer Lösegeldforderung erhält, bestätigen sich die schlimmsten Befürchtungen: Ihre Tochter wurde entführt und der Täter meint es ernst. Doch trotz intensivster Ermittlungen, kommen weder die beiden Detektive noch die Polizei dem Entführer auf die Spur – bis Josephines Tagebuch entdeckt wird ...

Claudia Puhlfürst
Leichenstarre

419 Seiten, 11 x 18 cm, Paperback.
ISBN 3-89977-639-9. € 9,90.

Eine fünfzehnjährige Schülerin aus Zwickau wurde vergewaltigt und erwürgt. Ihr Vater – in dem festen Glauben, seine Tochter sei auch dieses Mal wieder bei Freunden untergetaucht – beauftragt Tage später um seine Frau zu beruhigen, die beiden Privatdetektive Doreen und Norbert mit der Suche.

Während diese im Umfeld des Mädchens ermitteln, gerät eine weitere Schülerin in das Blickfeld des soziopathischen Täters. Gleichzeitig fallen diesem die Recherchen der Detektive auf und als sie ihm immer näher kommen, beschließt er, den Nachforschungen ein Ende zu bereiten und einen »kleinen Unfall« zu inszenieren.

GMEINER-VERLAG

www.gmeiner-verlag.de

KRIMI IM GMEINER-VERLAG

Ihre Meinung ist gefragt!

Mitmachen und gewinnen

Als der Spezialist für Themen-Krimis mit Lokalkolorit möchten wir Ihnen immer beste Unterhaltung bieten. Sie können uns dabei unterstützen, indem Sie uns Ihre Meinung zu den Gmeiner-Krimis sagen!

Füllen Sie den Fragebogen auf www.gmeiner-verlag.de aus und nehmen Sie automatisch am großen Jahresgewinnspiel teil. Es warten »spannende« Buchpreise aus der Gmeiner-Krimi-Bibliothek auf Sie!

Die Gmeiner-Krimi-Bibliothek

KRIMI IM GMEINER-VERLAG

Das neue Krimijournal ist da!
2 x jährlich das Neueste
aus der Gmeiner-Krimi-Bibliothek

ISBN 3-89977-950-9
kostenlos

In jeder Ausgabe:

- Vorstellung der Neuerscheinungen
- Hintergrundinformationen zu den Themen der Krimis
- Interviews mit den Autoren und Porträts
- Allgemeine Krimi-Infos (aktuelle Krimi-Trends, Krimi-Portale im Internet, Veranstaltungen etc.)
- Die Gmeiner-Krimi-Bibliothek (Gesamtverzeichnis der Gmeiner-Krimis)
- Großes Gewinnspiel mit »spannenden« Buchpreisen

Erhältlich in jeder Buchhandlung oder direkt beim:

Gmeiner-Verlag
Im Ehnried 5
88605 Meßkirch
Tel. 0 75 75/20 95-0
www.gmeiner-verlag.de

GMEINER-KRIMI-BIBLIOTHEK

Alle Gmeiner-Autoren und ihre Krimis auf einen Blick

Anthologien: Grenzfälle (2005) • Spekulatius • Streifschüsse (2003)
Artmeier, H.: Katzenhöhle (2005) Schlangentanz • Drachenfrau (2004)
Baecker, H.-P.: Rachegelüste (2005)
Beck, S.: Einzelkämpfer (2005)
Bekker, A.: Münster-Wölfe (2005)
Bomm, M.: Schusslinie (2006) • Mordloch • Trugschluss (2005) • Irrflug • Himmelsfelsen (2004)
Bosch van den, J.: Wassertod • Wintertod (2005)
Buttler, M.: Abendfrieden (2005) • Herzraub (2004)
Danz, E.: Osterfeuer (2006)
Emme, P.: Heurigenpassion (2006) Schnitzelfarce • Pastetenlust (2005)
Erfmeyer, K.: Karrieresprung (2006)
Franzinger, B.: Wolfsfalle • Dinotod (2005) • Ohnmacht (2004) • Goldrausch (2004) • Pilzsaison (2003)
Gardener, E.: Lebenshunger (2005)
Gokeler, S.: Supergau (2003)
Graf, E.: Löwenriss • Nashornfieber (2004)
Haug, G.: Gössenjagd (2004) • Hüttenzauber (2003) • Finale (2002) • Tauberschwarz (2002) • Höllenfahrt (2001) • Todesstoß (2001) • Sturmwarnung (2000) Riffhaie (1999) • Tiefenrausch (1998)
Heim, Uta-Maria: Dreckskind (2006)
Heinzlmeier, A.: Bankrott (2006) • Todessturz (2005)
Karnani, F.: Takeover (2006)
Keiser G./Polifka W.: Puppenjäger (2006)
Klewe, S.: Kinderspiel (2005) • Schattenriss (2004)
Klingler, E.: Königsdrama (2006)
Klugmann, N.: Schlüsselgewalt (2004) • Rebenblut (2003)
Kohl, E.: Zugzwang (2006)
Koppitz, R. C.: Machtrausch (2005)
Kramer, V.: Todesgeheimnis (2006) • Rachesommer (2005)
Kronenberg, S.: Flammenpferd • Pferdemörder (2005)
Lebek, H.: Karteileichen (2006) • Todesschläger (2005)
Leix, B.: Zuckerblut • Bucheckern (2005)
Mainka, M.: Satanszeichen (2005)
Matt, G. / Nimmerrichter, K.: Schmerzgrenze (2004) • Maiblut (2003)
Misko, M.: Winzertochter • Kindsblut (2005)
Nonnenmacher, H.: Scherlock (2003)
Puhlfürst, C.: Dunkelhaft (2006) • Eiseskälte • Leichenstarre (2005)
Schmöe, F.: Fratzenmond (2006) Kirchweihmord • Maskenspiel (2005)
Schröder, A.: Mordswut (2005) • Mordsliebe (2004)
Schwab, E.: Großeinsatz (2005)
Schwarz, M.: Maienfrost • Dämonenspiel (2005) • Grabeskälte (2004)
Stapf, C.: Wasserfälle (2002)
Steinhauer, F.: Racheakt (2006)
Thadewaldt A./Bauer C.: Kreuzkönig (2006)
Valdorf, L.: Großstadtsumpf (2006)
Wark, P.: Epizentrum (2006) • Ballonglühen (2003) • Absturz (2003) • Versandet (2002) • Machenschaften (2002) • Albtraum (2001)
Wilkenloh, W.: Hätschelkind (2005)

KRIMI IM GMEINER-VERLAG